KB052491

미국대통령 7명을 법률자문한–

고한실의 삶

국제기구 세계녹색기후기구
고 시 계 출 판 기 관

고한실 박사 (Dr. Andrew H Koh) 귀화 증명서

나의 길을 예비하시고

이끄시는 분은 하나님이시다.

나의 오랜 외국 생활은

하나님 계획 안에 있었던 것이고

나의 자리에서 최선을 다해 일하고자 했다.

한라산과 남해 바다가 어우러져
경치 좋고 공기 맑고 물 좋은 제주도 제주시 아라동 산천단을
기억하면 늘 가슴이 뛴다.

Contents

Part 1. 유년기

> 멀리 한라산 자락에 봄이 되어 들풀마저 활개 치면 눈이 부셨다. 사시사철 때맞춰 피어난 꽃들이 우리 집을 둘러쌌다. 사람들은 우리 집을 꽃집이라 불렀다.

산천단의 천년송

고한실의 삶

Part 2. 일본 유학 시절

나는 무슨 일이든 규정을 정하고 나면 그것을 비가 오나 눈이 오나 성실하게 지켜 나갔다. 그렇게 한 발짝씩 목표를 향해 나아가고 있었다.

그래, 나는 법관이 되어야 겠다

Part 3. UN 고등검찰관 시절

어린 나이임에도 불구하고 최고 정상이라고 해도 과언이 아닌 제너럴 헤드 쿼터(GHQ) UN최고 사령부의 전범 재판을 위한 군사 법정의 UN 고등검찰관이 된 것도 다 하나님의 섭리요 인도하심임을 오랜 세월이 흐른 후에야 알게 되었다.

세계사의 한가운데

Part 4. 일본 변호사 시절

변호사 자신도 정직한 사람이어야 한다. 그래야 변호할 때에도 법안에서 공정하게 일할 수 있다. 법관은 공정하고 정직하게 일해야 오래 가고 신임을 받는다.

이기는 변호사, 살리는 변호사

Part 5. 미국 교수 시절

미국에 머물면서 배운 몇 가지를 소개하고 싶다. 첫째는 나라를 위해 노력한 것을 돌려받을 수 있는 토대였고, 둘째는 사람들의 자립심이었다.

새로운 세계, 새로운 삶

Part 6. 미국 백악관 시절

어딘가에 요구되는 긴요한 사람이 된다는 것은 시간과 공간을 쉽게 넘나들 수 있는 사람이 된다는 것을 알게 되었다. 그때 내 나이는 42세였다.

백악관에서

고한실의 삶

Part 7. 신앙생활

내 인생에서 신앙을 빼면 의미가 없다. 젊어서 누구보다 열정적으로 살아왔고, 또 그만큼 법조인으로서 사회적으로 인정받았다고 자부한다. 그럼에도 '법조인 고한실'보다 '신앙인 고한실'이 나에게 우선이다.

하나님의 품 안에서

부록. 국제기구 세계녹색기후기구 (INGO–WGCA)

국제기구 세계녹색기후기구(INGO–WGCA)는 선진국 G20과 개발도상국연합체 G77 및 최빈국, 섬나라까지 이 지구 우주 유무기체에 피해를 주는 모든 것에 대하여 감찰, 감시, 지도, 교육을 지원하는 INGO–WGCA 헌법 실천 국제기구이다.

국제기구 세계녹색기후기구 이해 및 헌법

노송(老松)의 나이테를 들여다보며

은퇴 후 언젠가는 나의 이력을 정리해 보겠다고 결심한 지 몇 년이 지났다. 그간 철저히 기록한 일지를 살펴 보니 허투루 쓴 시간 없이 숨 가쁘게 달려온 모습이 눈에 선했다.

삶을 돌아보는 이들이 하는 후회는 비슷하다. 앞만 보고 달려온 것이 허무하다는 이가 있고, 건강을 잃어 안타까워하는 이도 있다. 가족을 외롭게 해서 원망을 듣는 이도 있고, 주변 사람들과 거리가 있어 아쉬워하는 이도 있었다. 그런 이야기를 들을 때마다 똑같은 잘못을 저지르지 않으려 경계했지만, 아쉬운 부분이 없지 않다. 다행히 가족들과 친지, 이웃들의 배려 덕에 건강하고 행복한 마음으로 삶을 돌아볼 수 있다는 것에 감사한다.

또한 의미 없이 달려가기만 한 것이 아니라, 하나님의 도우심 아래 이 삶을 꾸려갔다는 것에 깊은 감사와 영광을 돌린다. 하나님의 은혜가 아니었다면 인간적인 성취는 있었을지언정 신앙인 고한실이 얻는 기쁨은 기대할 수 없었을 것이다.

고한실의 삶

그런 마음을 담아 자서전을 내놓는다. 살아온 이력에 아쉬운 점도 있으나, 후회 없이 열렬하게 살았다고 자부한다. 정치적으로나 경제적으로 격동하는 시절을 보냈고, 가난한 제주도 소년으로서는 최선의 삶을 거두고 누렸다고 생각한다. 어머니가 심은 꽃씨와 아버지가 기른 나무들이 해를 더해가며 바람과 비, 햇살을 거름 삼아 자라나듯 나 역시 두 분의 사랑 안에 태어났고 하나님의 은혜 아래 성장했다.

사회·경제·정치적으로 불안함을 이야기하는 지금 이 시기에 후학들에게 이 책이 어떤 의미가 될지 궁금하다. 나의 항해는 성공적이었으나 모든 과정이 순탄했던 것은 아니었다. 눈물을 삼키고 가난을 견뎠고 까딱하면 나락으로 떨어질 불안 가운데서 옳은 선택을 하고자 애썼다. 이런 기록들은 구불구불하고 촘촘한 나이테로 남았다. 이 나이테를 더듬어 가며 젊은 세대에게 두려움을 견디고 살아낼 용기를 줄 수 있기를 바란다. 그리고 이 책을 통해 한 번 결정하면 뒤돌아보지 않았던, 긍지 높던 한 법학자의 고집을 내려놓고 기도하게 하신 하나님을

만나기를 바란다.

　책이 나오기까지 많은 이들이 사랑으로 수고했다. 출판사와의 연락을 맡아 준 박태선 장로, 그리고 출판사의 팀원들의 수고에 감사를 전한다. 그리고 책을 풍성하게 꾸릴 수 있게 나와 만나 준 수많은 이들에게 고마움을 전한다. 동반자 된 아내, 축복으로 얻은 자녀손들에게도 사랑을 전한다.

　그리고 모든 시작과 끝에 계신 하나님께 영광을 돌린다.

2016년 여름
고 한 실

조지 워커 부시 (George W. Bush, George Walker Bush) / 미국 대통령 (43rd)

To: Dr. Andrew H. Koh,
Laura and I are grateful for your loyal support and stalwart commitment to the Republican National
Committee. Your continuing leadership is vital to Republican victories in the 2007-2008 presidential election cycle.

Warmest regards,

Dr. Andrew H. Koh
Unit 2405S
5501 Seminary Road
Falls Church, Virginia 22041-3901

Dear Dr. Koh:

Thank you for remembering me during this joyful season when we
gather with loved ones and count our many blessings. I appreciate
your thoughtfulness. As we celebrate the New Year, may you and
those you love enjoy peace and happiness.

Laura and I send our best wishes.

Sincerely,

George W. Bush

빌 클린턴 (Bill Clinton, William Jefferson Blythe Ⅳ) / 미국 대통령 (42nd)

Thank you for your kind words and your gift. The American people have given me the opportunity to lead our country in a new direction. I will depend on the diverse talents of every citizen to make the American dream a reality once again. I am grateful for your support.

Dr. Han Shil Koh
5501 Seminary Road #2405 S
Falls Church, Virginia 22041-3901

고한실의 삶

로널드 레이건 (Ronald Wilson Reagan) / 미국 대통령 (40nd)

Ronald Reagan

Dear Dr. Koh: March 24, 1983

Thank you for your thoughtful remembrance. I appreciate your
kindness and expression of friendship. With my best wishes,

Sincerely,

Ronald Reagan

Dr. Han Shil Koh
13908 Bethpage Lane
Silver Spring, Md. 20906

15

제럴드 포드 (Gerald Rudolph Ford Jr) / 미국 대통령 (38nd)

To Han Shil Koh
With best wishes,

Through the courtesy of Senator Mathias, I have
received the copy of your book, How American
Laws Are Made. The availability of this volume
in the Japanese language explaining the workings
of our Government will, I hope, create a greater
understanding between the people of America and
the people of Japan. It was thoughtful of you to
send me this personally inscribed copy, and this
note brings with it my thanks and very best wishes.

Sincerely,

Gerald R. Ford

고한실의 삶

지미 카터 (James Earl "Jimmy" Carter, Jr) / 미국 대통령 (39nd)

ROSALYNN CARTER

Dear Dr. Koh,

    All over the world we want the same things for our families: love, happiness, education, and good health. Unfortunately, there are so many people with so little who give up because the obstacles they face are overwhelming. Please take this opportunity to join our efforts to bring hope and a promising future to those less fortunate all over the world.

            Thank you,

            Rosalynn Carter

리처드 닉슨 (Richard Milhous Nixon) / 미국 대통령 (37nd)

PERSONAL

Dear Dr. Koh:

Through the courtesy of Congressman Lawrence Hogan, I have received the inscribed copy of your book, How American Laws Are Made, which Professor Francis Shieh gave to him for me. I am pleased to have this particular example of your work brought to my attention, and want to express my appreciation for your special thoughtfulness.

With my every good wish,

            Sincerely,

            Richard Nixon

빅토리 리 (Victory Lee / INGO-WGCA. F,D.EBM Chairman)

"祝贺37年历任美国总统法律顾问及顾问委员——
高汉实博士的自传出版发行。"

INGO-WGCA F,D.EBM Chairman
GLOBAL WHQ. Chairman

Ph.D. VICTORY LEE
INGO-WGCA International Lawyer

"Practicing the green technology commodities is
the responsibility of people around the world."

다니엘 박 (Daniel Park / INGO–WGCA USA Global W.Sup HQ. CEO)

〈국제기구 세계녹색기후기구와의 특별한 만남〉

〈사진 : 2017년 국제기구 세계녹색기후기구 미국글로벌세계지원본부 대표와 함께〉

고인은 생전에 수많은 국제기구들 중 유일하게 헌법을 가진
'국제기구 세계녹색기후기구'에 대하여 법률가로서
이해하고 함께 하기를 원하셨습니다.

특히, 미국 글로벌 세계지원본부를 통하여 전세계 공공의 이익을 위한
'국제기구 세계녹색기후기구' 녹색책무실천헌법을 미국내 사용수탁하여
녹색실천사업을 함께 하시기로 약속하셨습니다.

INGO-WGCA USA GLOBAL W.SUPPORT HQ. CEO
Daniel Park
INGO-WGCA International Lawyer

Part 1. 유년기

집 뒤꼍으로 병풍처럼 둘러쳐진 한라산 능선에 그림자 들면, 새파란 바다처럼 그림물감을 쏟아놓은 듯 둥글고 시원스럽게 아주 큰 소나무가 펼쳐 있는데 그곳을 산천단이라 불렀고 현재는 그 소나무가 천연 기념물 제 61호로 지정되어 있다.

산천단의 천년송

산천단의 천년송

한 라산과 남해 바다
가 어우러져 경치
좋고 공기 맑고 물 좋은
제주도 제주시 아라동
산천단을 기억하면 늘
가슴이 뛴다. 집 뒤꼍으
로 병풍처럼 둘러쳐진 한
라산 능선에 그림자 들
면, 새파란 바다처럼 그
림물감을 쏟아놓은 듯
둥글고 시원스럽게 자란,
지금은 천연기념물 제61
호로 지정된 소나무가

산천단

고한실의 삶

가지를 뻗고 있다. 사람들은 그곳
을 산천단이라 불렀다.

　버짐이 핀 듯 허옇게 껍질이 벗어
진 스무 남짓한 소나무는 푸른 잎
사귀가 말라 안쓰러웠는데 집 떠
난 지 16년만인 1954년 돌아와 보
니 소나무는 청청하게 다시 살아
나고 있었다. 동네 사람들은 일본
에 나라를 빼앗겼을 때 죽어가던
고목이 1945년 나라를 되찾자 재
생하기 시작했다고 말한다. 명물
은 명물인 모양이다. 이곳이 내가
태어나 12살까지 머물렀던 내 유
년 시절의 고향이다.

산천단 천년송

　천년송이 의젓하게 있던 산천단은 먼 옛날 왕이 제사 지내던 곳이기도
했다. 나는 바로 1926년 6월 21일 제주도 제주시 아라리 371번지에서 아
버지 산음(山音) 고규남, 어머니 김덕신 사이에 2남 3녀 중 차남으로 태어
났다. 형과 누나 그리고 여동생 둘 사이에 낀 어중간한 아이였지만 워낙
에 별난 탓에, 그리고 어려서부터 집을 떠난 탓에 부모님의 염려와 걱정
은 고스란히 내 몫이었다.

[1923년 6월에 출생하였으나, 3년후인 1926년 6월자로 호적신고가 되어 자서전의 기록은
1926년 6월 출생의 기점으로 기록하고자 한다.]

꽃집의 개구쟁이

　일본의 침략으로 고단한 한반도에서도 산천단은 그런대로 조용하고 평화로웠다. 집은 지금 생각해도 흐드러진 꽃잎, 아득한 꽃향기가 떠오르는데, 순전히 팔도강산을 돌아다니며 꽃씨를 가져다 집 주변에 심어 집안을 가꾼 어머니 덕이었다.

　꽃도 근사하게 매만지는 솜씨가 필요하다. 봉선화가 흐드러지게 피어나면 빨강과 노랑꽃을 한군데 짓이겨 종이로 감아 밥풀로 붙였다. 붕대처럼 꽃잎을 묶어 둔 것이다. 일주일이면 꽃이 자라나는데, 두 색깔 꽃이한데 엉겨 피어나면 알록달록 화려한 색채를 뽑냈다.

　개나리와 진달래, 패랭이꽃, 수국과 붉은 장미…. 겨울 눈 속에 피어나는 어여쁜 꽃도 있었다. 멀리 한라산 자락에 봄이 되어 들풀마저 활개 치면 눈이 부셨다. 사시사철 때 맞춰 피어난 꽃들이 우리 집을 둘러쌌다. 사람들은 우리 집을 꽃집이라 불렀다. 도시 불빛보다 더 화사한 꽃들의 빛깔, 우아한 향기, 든든한 꽃나무…. 자리를 자주 비우신 어머니 대신 꽃들의 향기와 빛깔에 감싸여 나는 자랐다.

　어머니가 자리를 비우신 데는 이유가 있었다. 낯선 아저씨가 나타날 때마다 나는 어머니가 한동안 집에 없겠구나 했다. 낯선 아저씨가 불쑥 찾아오면 어머니가 사라지곤 해서였다. 나중에 알고 보니 그 낯선 사내는 일본 형사였다. 전국 방방곡곡을 돌아다니며 만세 운동을 하시던 어머니는 제주도 조천 삼일동산에서 3·1 만세를 부른 것을 비롯해서 산 속 깊은 절에서, 어느 날은 금강산에까지 만

제주도 집 입구

세 운동을 다녀오시기도 했다. 형사가 찾아오면 어머니는 유치장 신세를 지고 오셨다고 한다. 그리고 풀려나면 집에서 며칠 쉬다가 다시 나가고, 그런 생활이 내가 일본 유학을 떠나는 시절까지 간헐적으로 계속됐다. 어머니의 온화한 성품 어디에 죽음을 불사하는 열정이 숨어 있었는지 알 수 없었다.

어머니 대신 나를 먹이고 챙기신 분은 외할머니와 아버지셨다. 할머니의 밥상에는 좁쌀 보리밥에 농사지은 도라지, 더덕, 산에서 캐서 무친 산나물이 다였다. 고기나 생선은 일 년에 한두 번 먹을까 말까였다. 시장통 번화가에 두부 파는 집이 있었는데 두부 한 모를 사서 가게 앞에 쭈그리고 앉아 어머니와 형과 셋이 나무젓가락으로 간장에 찍어 먹던 기억이

난다. 그나마 풍년인 건 고구마. 어찌나 달고 부드러운지 질리지 않았다. 비타민이 풍부한 고구마는 훗날 일본 유학을 떠나서도 나의 삼시 세끼 주식이 되어 주었으니 나의 오랜 동반자인 셈이다.

감자는 귀해 구하기가 쉽지 않았는데 다행히 우리 집에서는 감자 농사를 지었다. 아버지가 동네에서 감자를 가장 먼저 심었다. 우리는 감자를 지실이라 불렀다. 근면하게 대지를 돌보는 아버지 덕분에 우리 땅은 비옥했고, 작황된 농작물이 모두 싱싱하고 맛있었다. 여름철이면 땅을 파고 공간을 만들어 그 안에 박스를 집어넣어 냉장고처럼 고구마나 감자 과일 등을 보관하기도 했다.

토마토 농사도 귀한 소출이었다. 토마토라는 이름이 붙여지기 전에는 생긴 게 감과 비슷하고 일 년만 먹을 수 있어 일년감이라고 불렸다. 달고 단단한 감과 달리 토마토는 밭에서 바로 따 베어 먹으면 물이 많아 이빨 자국에서 상큼한 물기가 배어 나왔다. 우리 앞집인 정씨 할아버지 집에서 먼저 토마토를 심었다. 그 집에는 나보다 한두 살 어린 여자애가 살고 있었다. 그 아이를 꼬드겨 앞집 토마토를 몰래 하나 따먹었다가 정 할아버지에게 혼쭐이 나고 말았다. 이 모습을 보고 생각하신 게 있었는지, 바로 다음 해부터 아버지가 토마토 농사를 시작하셨다. 그렇게 우린 먹을 것을 자급자족하며 가난한 살림에 축이 덜 나게 했다.

고한실의 삶

음식을 마련하는 동안 남자들은 물을 길어 오곤 했다. 약수인 생수는 집에서 100여 미터에 떨어져 있었다. 간신히 사각 물지게 통을 지고 물을 떠 오면 끙끙 앓곤 했는데 동네 폭포수에서 할아버지들이 지금 말로 맛사지를 받는 것을 보고 나도 종종 폭포 밑으로 들어갔다. 아릿아릿 시원하기가 이만저만이 아니었다.

그렇지만 시원한 폭포수 대신 내 다리는 회초리로 피딱지가 마를 날이 없었다. 어머니도 보고 싶고, 가난한 밥상을 나눠 먹느라 배곯는 것에 종종 심술을 낸 탓이었다.

다섯 살 즈음 일이다. 마당 귀퉁이에서 장난을 치는데 밥을 먹으라고 할머니가 부르셨다. 상이라고 해봤자 둥근 나무 밥상에 김치와 나물 한두 가지. 그나마도 다섯 명이 다퉈 가며 먹자면 순식간에 없어지는 것이 예사였다. 집에서 100여 미터쯤 떨어진 약수터서 손을 씻고 오면 먹을 밥이 남아나지 않을 터였다. 배에서는 꼬르륵 소리가 들리는데 꼭 손을 씻으라 하시니 야속한 마음에 심술이 났다. 방으로 성큼성큼 걸어 상 밑으로 기어 들어가 그대로 훌쩍 일어섰다. 밥상은 거북이 등가죽처럼 뒤집어졌다. 와장창 소리를 내며 그릇이 엎어지고 수저가 떨어졌다. 북새통에 할머니의 노호성까지. 나는 뒤도 돌아보지 않고 줄행랑을 쳤다. 지금 생각해 보면 참 철없는 일이다. 딸을 대신해 다섯 손자손녀를 돌보시느라 외할머니는 항상 부엌 부뚜막에 앉아 밥을 드셨다. 방바닥에 한가

로이 앉아 밥 한 숟가락 뜰 여유도 없었는데 나는 그렇게 말을 안 들었으
니….

그런데 이 개구쟁이도 딱 한 번 매를 맞지 않은 적이 있었다. 늘 아버지
역성을 들었던 어머니가 내 편이 된 날이기도 했다.

우리 집은 아버지가 하늘이자 법이었던 터라 아버지 말씀을 순종하지
못하면 회초리를 맞았는데, 나를 제외한 형과 누나, 여동생 들은 다 아버
지 말씀에 순종해 회초리를 피했지만 툭하면 장난질을 친 탓에 산천단의
소문난 개구쟁이 종아리에는 피딱지가 마를 날이 없었다. 사고가 터졌다
하면 내가 가장 의심 가는 인물 중심에 있었고 그래서 다른 형제들이 잘
못해도 매는 대표로 나만 맞았다. 반장 대표도 아니고 매 대표는 억울할
만도 하다 (그것도 자주 당하다 보니 어느덧 익숙해져 갔다).

아버지가 피던 쌈지 담배를 어느 날 몰래 피우려고 아버지 담배통에
넣고 부싯돌로 불을 붙이다가 아버지께 들키고 말았다. 그리고 나는 겁
도 없이 덤벼들었다.

"나도 남잔데 아버지가 피는 담배를 나는 왜 못 피웁니까?"

어김없이 회초리가 날아들었다. 아무리 생각해도 이해가 되지 않았다.
다섯 살에 담배를 피우면 건강에 치명적이라는 설명이라도 들었으면 덜
억울했을 터이다. 분한 생각을 하다가 차마 항변은 할 수 없고 고약한 일
을 저질렀다. 담배쌈지에 오줌을 싸버린 것이다.

고한실의 삶

그런데 이상하게 집 안이 고요했다. 아버지는 "누구 짓이냐?" 하고 물었다.

"예! 저요."

내 대답에 무슨 생각을 하셨는지 아버지는 그날로 담배를 끊으셨다. 어머니는 내 머리를 쓰다듬으시며 처음으로 '잘했다'는 칭찬을 하셨다. 딱 한 번 남편 뜻을 어긴 게 담배 탓이었다니, 담배를 끔찍이도 싫어하셨던 어머니였다.

관음사, 서당 그리고 화북소학교

여섯 살이 될 무렵의 1932년 봄. 나는 마침내 우리 집에서 30~40분 떨어진 한라산록에 있는 관음사라는 절로 보내졌다. 아버지는 작정하고 절에서 사람을 만들어 보자고 나를 보내 버리셨다. 내 일과는 절 안팎 청소였다. 식사 후에는 한문 불경 공부 시간도 있었다. 나보다 나이가 많은 형들도 있어 함께 청소를 했다.

절에는 바리때 혹은 발우라는 공양 그릇(음식 담는 그릇)이 있다. 식사 때는 밥, 국, 반찬, 물 그릇 이렇게 4개의 바리때를 쓴다. 식사 시간 전에 제 그릇을 자기 자리 앞에 펼쳐 놓아야 한다. 그런데 아침 청소를 끝내고 오전 6시 식사 시간을 알리는 목탁소리를 듣지 못하고 나무에 기대어 깜빡 졸았다. 헐레벌떡 눈을 뜨고 식사하는 방으로 달려가 보니 내 밥과 반찬이 장판 바닥에 비참하게 널려 있었다. 국과 물은 바닥에 그냥 쏟아놓을 수 없었든지 아예 없었다.

'아무리 늦어도 그렇지 가족도 없고 눈만 뜨면 청소에 불경 공부라 세 끼 밥 먹는 낙으로 사는데 이럴 수 있어?'

그러고는 나는 나 자신도 믿어지지 않는 일을 저질렀다. 곧장 부엌으로 달려 나가 양동이에 물을 한 가득 퍼다가 방바닥에 시원하게 부어 버린 것이다. 노년의 주지 스님을 비롯해 식사하던 수십 명의 스님들이 식사 중 모두 자리에서 일어난 것은 물론이다. 주지 스님께 호출을 받고 곧

고한실의 삶

장 불려 갔다. "왜 그랬느냐"는 호통에 나는 한참 동안 입을 꾹 다물고 침묵을 지켰다. 딱히 할 말이 없었기 때문이다. 다시 한 번 쩌렁쩌렁한 목소리가 허공을 때리고 마룻바닥에 떨어졌다. 하는 수 없이 대답을 해야 했다. "내 밥과 반찬이 방바닥에 있으니 방바닥이 내 밥그릇 아닙니까? 그래서 늦은 김에 물 말아 빨리 먹으려고 그랬습니다." 어디서 그런 맹랑한 대답이 나왔는지 모를 일이다. 가족에 대한 애타는 그리움을 애꿎은 스님들에게 덮어씌운 것은 아닌지…. 주지 스님은 어머니를 불러 주의를 주는 것으로 그 사건을 일단 흘려 보냈다.

절에 들어 온 지 6개월이 지나며 평범하고 평온한 하루하루가 지속됐다. 절 마당 청소에서 부처님을 모신 법당청소로 승진한 것이다. 눈보라 몰아치는 혹한의 날씨나 폭염의 뙤약볕 내리쪼이는 마당 청소에 비하면 식은 죽 먹기다. 집에서 매 맞는 것보다 낫다는 생각이 들 정도였다.

그런데 그렇게 청소를 하며 일년 정도가 지난 어느 날, 부처님을 모신 대불당 뒤 골방을 걸레로 훔치던 중이었다. 마침 신자들이 불공을 드리려고 갖다 놓은 김이 모락모락 피어오르는 시루 팥떡과 과일이 눈에 띄었다. 배가 고팠던 차에 실컷 포식을 하고 그만 그 자리에서 잠이 들어 버렸다. 몇 시간 후 나는 현행범으로 잡히고 말았다. 어쩐단 말인가? 불경 공부를 하며 청소로 세월을 보내도 내 버릇은 고쳐질 기미가 보이지 않은 채 시간만 속절없이 흘러가는 것을…. 마침내 절에서도 쫓겨나는 처량한 신세가 되었다.

아버지는 나를 집으로 데려가며 한라산 골짜기를 향해 이놈은 사람이 되지 않을 것이라고 소리를 지르시며 분풀이를 대신했다. 나는 최대한 아버지의 눈에 뜨이지 않기 위해 열 발자국쯤 뒤쳐 따라가야만 했다. 내 등에는 옷가지가 담긴 봇짐이 처량하게 대롱대롱 매달려 있었다.

집으로 돌아온 일곱 살, 다시 나는 조천면 신촌리 동수동의 한 친척집에 맡겨져 서당을 다녔다. 자식을 직접 가르치는 것보다 다른 곳에서 배우게 하는 것이 낫다고 여기셨다. 아버지는 조상 대대로 물려받은 전통인 유교사상이 강하게 마음에 자리하신 분이라 처음엔 우리들을 학교에 보내지 않았다.

그러나 서당 생활도 중도에 접어야 했다. 1933년 여덟 살 때였다. 골목대장으로 그날도 꼬마들과 뛰어놀다가 친구 집 담 안에 감이 먹음직스럽게 매달린 것을 보았다. 아무도 올라갈 사람이 없어 골목대장인 내가 올라가 감 몇 개를 땄을 때 감나무 주인이 나와 내려오라고 했다. 매 맞는 게 싫어 버텼는데 감나무 주인과 몇몇이 달라붙어 감나무를 흔들었다. 그 바람에 돌담에 떨어진 내 위로 담이 무너졌고, 의식을 잃고 쓰러진 후 6개월이 지나 깨어났다고 한다. 어머니는 나를 업고 제주도립병원으로 가셨고, 그곳에서 의사는 6개월 이상 치료를 받아야 한다고 진단했다. 어머니는 '그러면 살겠느냐'고 물으셨지만 의사는 '장담할 수 없다'고 했다. 어머니는 다시 나를 업고 집으로 돌아오셨다. 그리고 아버지 어머

아버지, 어머니

니 두 분이 달여 주는 한약과 정성으로 나는 회복됐다. 그야말로 지성이
면 감천이었다. 부모님의 사랑 덕에 반 년 후 나는 회복되었다.

회복된 후 나는 학교에 다니고 싶다고 아버지를 졸랐다. 서당은 중도에
포기했지만 학교는 다니고 싶었다. 일본 학교는 안 된다는 아버지를 설득
해 나도 공부를 하고 싶다고 졸라댔다. 개구쟁이 짓은 죽도록 하면서도
학교는 좋아했다. 저렇게 사고를 치다가 언제 죽을지 모르니 소원이나 들
어 주자는 마음으로 아버지는 승낙하셨다.

산천단 우리 집에서 동쪽으로 한 시간 남짓 걸어가면 첫 번째 나오는

화북리에 화북소학교가 있었다. 당시 제주도에는 화북소학교 외에 남소학교와 북소학교가 있었다. 남소학교는 일본 사람만이 다닐 수 있었고, 북소학교는 한국 사람들이 다니는 학교였다. 그 두 학교는 수준이 높았고, 일본인 선생들이 많았다. 화북소학교는 교장을 비롯해 선생이 모두 한국 사람들이었다. 수준은 남소학교에 비해 훨씬 떨어졌다. 1935년 4월 아홉 살 때 나는 네 살 위의 형과 이곳에서 자취를 하며 학교를 다녔다. 형(고한수)은 열세 살이었으니 초등학교를 졸업할 나이에 학교에 들어간 것이다. 학교에는 결혼한 사람도 있었다. 누이와 여동생 둘은 아라동의 내가 다녔던 삼공 의숙에 다녔다. 그 당시 학교의 대부분이 공립이었던 것에 반해 화북소학교는 사립이었다. 공립이라도 남소학교와 북소학교 등은 월사금 등 드는 돈이 많았고 뒷배가 없으면 들어갈 수도 없었다. 월사금으로 어머니는 쌀이나 좁쌀을 가져가곤 하셨다. 물자가 귀하던 시절이라 쌀은 월사금을 대신하기에 손색이 없었다. 형과 나는 함께 1학년으로 입학했다.

머리가 좋고 학구파에 모범생인 형이 2학기 때 2학년으로 월반을 했다. 그래서 나도 막무가내 떼를 썼다. 형이 2학년이면 나도 따라 가겠다는 것이었다. 5학년 때의 나의 품행성적은 갑, 을, 병 중에서 모두 병이었고 형님은 모두 갑이었다. 부모님은 "네 품행이 병이라 상급 학교에 진학을 할 수 없다"고 하셨다. 우리는 함께 월반을 거듭해서 2년 반 만에 졸업반이 됐다. 3월 25일이면 졸업장을 받을 수 있는데 나는 다시 공부에 대

고한실의 삶

한 열정이 샘솟았다. 누구도 멈출 수 없는 학구열이었다.

이번에는 일본 유학이었다. 일본에 가면 일을 해서 학비를 벌며 공부를 계속할 수 있으리라 여겨졌기 때문이다. 제주도에서는 그 당시 학비를 충당할 만한 돈벌이가 흔치 않았다. 그리하여 나의 굳은 의지와 어머니의 교육열, 아버지의 마지못한 승낙이 합쳐져 졸업을 45일 앞둔 1938년 2월 10일에 일본 유학길에 오르게 됐다. 일본에서 중학교의 입학시험 날짜가 임박해 졸업을 하지 못하고 떠난 것이다. 어머니는 일본으로 향하는 나를 붙들고 남에게 해가 되지 않는다면 학업을 위해서는 체면을 버리라고 말씀하셨다. 창씨개명이 문제였다. 아버지는 끝까지 이름을 가졌지만 나는 하는 수없이 일본 이름을 가져야만 했다. 한국 이름으로는 일본 학교 입학시험 응시조차 할 수 없었기 때문이다.

월반을 해가며 극성스럽게 공부를 했지만 일본행 관부연락선에 오르는 순간 초등학교 졸업장은 물 건너가고 말았다. 그렇게 해서 받지 못한 졸업장 덕분에 고한실은 초등학교도 졸업하지 못한 사람이라는 별명이 오늘날까지 따라 다닌다. 어디 그뿐인가? 나에게는 중학교·고등학교 졸업장도 모두 없다. 돈이 없어 학교를 빨리 마쳐야겠다는 욕심에 중·고등학교 과정에서 다시 월반을 거듭했기 때문이다.

아버지가 남기신 교훈

유학을 가고, 다시 외국 생활을 하면서 고마웠던 것은 아버지의 회초리와 관음사에서의 생활이었다. 아버지의 엄격한 가르침 덕분에 훗날 외로운 역경의 바다를 한눈 팔지 않고 헤쳐 나갈 수 있지 않았나 싶을 때가 많았으며, 외로움과 싸우며 성숙의 터전을 마련했던 것이다. 절에서 지낸 생활이 남긴 유익한 점이 있다면 일찌감치 부모님 곁을 떠나 스스로 살아가는 이력이 붙은 것이었다.

열두 살, 아버지는 먼 길을 떠나는 아들에게 한시를 적어 주셨다.

남아입지출향관(男兒立志出鄕關) 사내대장부가 한번 뜻을 세워 고향을 떠나

학약불성사불환(學若不成死不還) 학업을 이루지 못하면 죽어서도 돌아오지 않으리

아버지의 매서운 편지는 학업에 임하는 내 마음을 강하게 다잡아 주었다. 나는 학업을 마치고 하루라도 빨리 집으로 돌아가고 싶었다.

사실 아버지는 회초리뿐 아니라 편지로, 그리고 몸에 밴 습관으로 나를 가르치셨다. 이른 새벽 동이 터 오면 산천단 우리 초가집 창문은 모두 활짝 열린다. 한라산 정기를 받아 한 여름을 빼고는 공기가 얼마나 싸하고 차가웠는지 모른다. 특히 겨울 날 새벽의 얼어붙은 공기에 대해서는 말하고 싶지도 않다. 잠자리에서 먼저 일어난 아버지가 어머니와 5남매

고한실의 삶

를 깨우는 것이었다. 이불로 얼굴을 감싸고 몸을 움츠리다가 아버지의 불호령이 무서워서 하는 수 없이 눈을 떴다. 우리 5남매는 밥 준비를 거들거나 청소를 했다. 아버지는 가훈을 만들어 지키게 하셨는데, 첫째가 근면이다. 그 다음은 정직, 검소, 노력, 언행일치 이렇게 다섯 가지였다. 게으른 사람은 우리 집에서 살아남기 힘들었다. 아버지부터 그것을 평생 몸소 실천하셨기 때문이다.

아침 일찍 규칙적으로 일어나는 것으로부터 근면을 몸에 배게 하셨다. 살아가면서 나는 성공과 실패의 갈림길이 근면에서부터 시작한다는 것을 깨닫게 됐다.

여섯 살 때 관음사에 맡겨졌을 때에도 새벽 4시면 어김없이 눈을 뜨곤 했다. 열두 살까지 나는 새벽 4시가 되면 어김없이 잠자리에서 일어났다. 그랬더니 그것이 어느덧 몸에 배어, 일본에 가서도 그 습관을 유지 할 수 있었다. 습관이란 반복적인 행동의 훈련에 의해 형성되며 그 훈련이란 내가 할 수 있는 것보다 조금 힘든 과정을 겪어 나가는 것이다. 어려서부터 그런 습관이 붙으면 꿈을 이룰 수 있다.

Part 2. 일본 유학 시절

나는 무슨 일이든 규정을 정하고 나면
그것을 비가 오나 눈이 오나 성실하게
지켜 나갔다. 그렇게 한 발짝씩 목표를
향해 나아가고 있었다.

그래, 나는 법관이 되어야겠다

· 괴롭게 하는 사람, 도와 주는 사람
· 사첩 방은 남의 나라
· 매일매일 치열하게, 낭비하지 않는 삶
· 고등학교 입학과 사법고시
· 생명은 하나님께 속한 것

그래, 나는 법관이 되어야겠다

괴롭게 하는 사람, 도와 주는 사람

제주와 부산을 잇는 제부연락선에 오를 때, 부모님은 부서지는 파도를 쳐다보듯 내 눈을 한참 동안 응시하셨다. 염려인지 자식에 대한 믿음의 표시인지 알 수 없었다. 부모님이 안쓰러움에 눈물을 흘리셨어도 나는 당장 맞닥뜨린 현실에 앞이 캄캄했다. 2월 엄동설한에 생면부지의 낯선 땅에 도착하면 당장 기거할 집도 없는 처지였다. 이 추운 날 어디서 잠을 청하나? 눈앞이 캄캄했다.

겨우 열두 살, 부모님 품안에서 금지옥엽 온실의 꽃처럼 지냈다면 눈물범벅이 되어 못 떠났을 어린 나이였다. 피딱지가 마르지 않던 따끔한 회초리로 단련된 여섯 살 적 관음사 시절부터 시작해서 5년 가까이 세상살이와 직접 대면하지 않았던가? 하나님이 차곡차곡 준비시켜 준 것이라는 생각이 들었다.

고한실의 삶

제부연락선에서 내려 다시 관부연락선을 탔다. 부산과 일본 시모노세키(야마구치 현의 항구도시)를 왕복하는 국제 여객선이다. 줄잡아 승객이 이삼백 명은 됨직하다. 나처럼 어린 학생은 눈에 띄지 않는다. 거의가 큰 형이나 누나뻘 혹은 아저씨, 아줌마들이다. 일본인보다는 한국 사람이 많아 열에 일곱 여덟은 한국 사람으로 보였다.

일본 가는 배를 타기 위해서는 도항 증명서를 가져가야 한다. 면사무소에서 호적 등본을 떼어 파출소에 갖고 가면 그곳에서 '일본 도항을 증명함'이라는 도장을 쾅 찍어 준다. 수험표를 보여 주고 간단하게 도장을 받았다. 뚜렷한 명목이 없는 사람은 신분 조사부터 복잡하다. 시모노세키까지는 240km, 8시간이 걸린다. 이제부터는 혼자 살아야 한다는 각오 때문인지 배 멀미를 할 여력도 없었다. 일렁이는 바람만이 외로운 나를 지켜주는 듯했다. 시모노세키에서 내려 다시 동경(東京 ; 교토. 이후 동경으로 통일)행 완행열차로 갈아탔다. 아, 동경까지 가기가 왜 이리 멀고도 오랜가? 마음은 조급한데…. 기차가 무려 24시간이 걸린다. 12시간 만에 가는 급행도 있건만, 돈이 없으니 하는 수 없이 완행표를 끊었다. 역마다 쉬어 가니 혼잡하기 짝이 없었다.

지루한 여행 중 잠시 화장실에 다녀와 보니 내 좌석에 웬 낯선 일본인 남자가 앉아 있었다.

"여기는 제 자립니다."

"뭐? 이 새끼 조센징!"

벌떡 일어난 일본인은 욕설을 퍼부으며 내 멱살을 잡고 주먹으로 얼굴을 쳤다. 순식간에 일어난 일이었다. 나는 너무 놀라 말도 못 했다. 쓰러진 몸을 일으켰는데 코에서 뭔가가 흐르고 있었다. 코피였다.

주변을 돌아보니 승객들은 모두 앞좌석 의자 등받이에 고개를 파묻을 뿐 아무도 도와주려 하지 않았다. 나 혼자였다.

나는 더듬대고 일어나 조금 전에 다녀온 화장실로 갔다. 일본 남자가 뒤따라오며 목덜미를 챌까 봐 숨이 막혔다. 화장실 한 칸을 차지하고 얼른 안에서 문을 걸어 잠갔다.

'부모님이 안 계시니 금세 이런 일이 생기는구나!'

눈물이 핑 돌았다. 화장실로 달려가 코피를 대충 닦고 눈물을 머금으면서 속으로 생각했다. 틈틈이 그 사람이 자리에 있나를 확인해 보다가 두어 시간이 지나니 하차를 했는지 보이지 않았다. 얼른 내 자리를 찾아가 다시 앉고 보니 비로소 숨이 몰아쉬어 졌다. 파김치처럼 몸이 내려앉았다. 피로감이 몰려 왔다.

일본에 갈 때는 의사가 되는 것이 부모님의 바람이었다. 나는 공부를 계속하고 싶었을 뿐 무엇을 하든지 상관없었다. 의사든 법관이든 부모님의 뜻을 그대로 따랐었다. 그런데 졸지에 이유도 모르는 폭행을 당하고 보니 여간 억울한 것이 아니었다. 누굴 붙들고 하소연할 곳이 없으니 더 속이 끓었다. 그때 결심했다.

고한실의 삶

'저런 못된 놈을 혼내 주려면 의사보다는 법관이 돼야겠다.'

'그래, 법관이 되는 거다. 어디 두고 보자…'

어머니의 권유보다도 내가 직접 당하고 경험한 사회의 단순한 사건이 계기가 되어서 공부의 방향이 바뀌게 되었다. 그리고 5년 만에, 나는 그들 제국의 육법전서를 완벽하게 외웠다. 법조항의 쪽 수와 줄 수도 다 기억할 정도로. 얼마나 가슴에 맺혔으면 그렇게 공부를 했을까?

사람들은 종종 내 고지식한 성격이 법관에 딱 맞는다고 말한다. 타협하지도 아부하지도 않는 성격이 타고난 것인지, 오랜 법관 생활에서 빚어진 것인지는 잘 모르겠다. 그렇지만 완행기차에서 불량배를 만나지 않았다면, 그래서 의사가 되었다면 어땠을까? 물론 병을 치료하고 환자들을 돕는 의사도 좋다. 그러나 우여곡절로 가득한 법관으로서의 삶을 나는 더 사랑한다. 일본과 미국에서 견문을 넓히며 다채로운 인생의 그림을 그릴 수 있었다. 일본에 있는 한인들의 인권 옹호를 위해 일하고 불법 체류자들의 본국 추방을 막으며 보람을 느꼈고, 세계사적 격변기에 맥아더 총사령부에서 일하며 고국을 위해 미력한 힘이나마 보탤 수 있어 감사했다. 미국에 사는 한인들의 권익 보호를 위해 나의 목소리를 낼 수 있을 때도 침묵하지 않을 수 있어 감사했다. 그러고 보니, 기차간에서 만난 그는 하나님이 준비해 놓으신 등장인물이었음에 틀림없다. 아버지가 나의 삶의 가치관을 형성시켜준 선한 등장인물이었다면, 불량배는 법관이라는 인생을 시작하도록 불을 지펴준 악역이었던 것이다. 하나님은 사건들을 지배해 주셔서 악역조차 선하게 써 주셨다.

　나를 괴롭게 한 사람이 있는가 하면 반대로 나를 돕는 사람도 있는 법이다. 오가와 하나(小川 はな) 할머니는 처음 일본에서 사는 2년 반 동안 나를 친손자처럼 돌봐주신 분이었다. 동경 오차노미즈(御茶の水) 역에서 내려 거처할 집을 구하기 위해 이집 저집 대문을 두드렸다. 제주도를 떠나기 전에 배워간 글이 있었다. 바로 '가시 마 아리(貸間 有り)', '방 있음'이라는 뜻이다. 그런데, '가시 마 아리'라고 적혀 있는 집만 골라서 대문을 두들기는데도 빈번히 거절당했다. 조선인인 탓인가? 행색이 너무 남루한 탓인가? 화북소학교 삼 년 내내 입었던 다 낡아 빠진 회색빛 학생복 차림이었다. 세 번째 집에서마저 거절을 당했다. 그런데 나도 모르게 입에서 기도가 흘러 나왔다. 오도 가도 길이 없는 막바지 상황에 다다르자 무심결에 기도가 흘러나온 것이다.

　"하나님, 제가 방을 빌릴 수 있게 도와주세요."

　그렇게 기도를 하고 네 번째 집 문을 두드렸다. 백발에 아담한 체구를 가진 한 할머니가 나를 맞아 주었다. 할머니를 보자마자 간청을 했다.

　"저는 동경부립제일중학교에 시험을 보러 온 학생입니다. 갈 곳이 없으니 좀 재워주십시오."

　"거기가 얼마나 어려운데 시험을 보겠니?"

　믿지 않는 할머니 앞에 나는 하는 수 없이 가방에서 수험표를 꺼내

고한실의 삶

보여드렸다. 그러자 할머니는 나를 집안으로 들였다. 내친 김에 용기를 냈다.

"할머니, 이불이 없으니 할머니 방에서 함께 지내도록 허락해 주십시오."

할머니는 선선히 그러자고 했다. 자식과 손주들은 다른 곳에 따로 있고 혼자 사는 할머니였다. 그렇게 해서 할머니 집에 들어가게 된 나는 그날 이후 방값도 내지 않은 채 할머니와 한 방을 쓰다가 중학교에 입학한 후 아르바이트를 하며 돈이 생기자 이 층 방으로 옮겨 가게 됐다. 나를 손주 챙기듯 보살펴 준 마음씨 착한 할머니의 이름은 오가와 하나. 이부자리까지 내줄 정도로 나를 믿어 주었지만 내가 그 치열한 경쟁률을 뚫고 시험에 합격하리라고는 예상하지 못하셨다.

당시 일본에서는 동경부립제일중학교와 국립제일고등학교, 그리고 동경제국대학 3코스를 수재 코스로 쳤다. 250명 모집에 내 수험번호는 7725번이었다. 지원자 중엔 1만 5천여 명이 있었으니 경쟁률이 가히 60 대 1을 넘은 모양이다.

학과 시험을 마치고 면접시간에 왜 이 학교를 지원했는지에 대한 질문이 이어졌다. 등록금이 제일 저렴해서 지원했다고 대답했더니, 면접관들은 서로 마주 보며 미소지었다. 이 학교가 수재 코스라는 것은 훗날 알았다. 일본의 명문인 줄 알았다면 지원하지 않았을 것이다. 우연찮게 일본의 수재 3코스를 거치게 되었는데 그 당시 중학교와 고등학교 때는 한국인 친구가 없었고 대학에 입학한 후 사법시험을 치르자 사법시험 선배 중에 한국 사람이 있다는 말을 들었다.

합격자 발표를 하기 전, 할머니는 경쟁률을 생각해 동경시립제일중학교도 시험을 치르라고 하셨다. 시립은 부립보다 경쟁률이 약간 낮았고 비교적 쉬운 편이었다. 둘 다 합격이었다.

합격 소식을 듣자 할머니는 팥밥을 해서 동네 축하 잔치를 벌였다. 일본에서는 팥밥이 잔치 음식 중 하나이다. 결혼식이나 생일 때에도 팥밥을 해 먹곤 한다. 동네잔치까지 벌이자 친손자냐고 묻는 사람도 있었다. 고등학교에 진학하며 기숙사로 옮기기 전까지 이 년 동안 할머니는 나를 친손자처럼 다정하게 대해주셨다.

부립에 진학하기로 결정하고 제주도에 편지를 띄웠으나 답장이 오지 않았다. 일제 시대라 특별 고등계에서 한국과 일본을 오가는 모든 편지를 검열했다. 편지가 그냥 없어져 버리기 일쑤였다. 일주일이 소요되는 편지가 한두 달 정도 소요됐다. 전화는 우체국에서만 할 수 있었다.

어렵사리 합격은 했는데 등록금이 모자랐다. 학교 입학 안내서에 등록금이 2엔 50전이라는 것은 알고 있었지만 다 마련하지 못하고 고향을 떠나 온 것이었다. 돈을 벌면서 학교를 다닐 작정이었는데 한달치 등록금을 선불로 냈어야 했다. 할머니와 함께 학교를 찾아가 등록과에 등록금 마감을 일주일만 연기해 달라고 간청했다. 당연히 거절당했다. 교무실 안쪽

으로 걸어 들어가 다른 책상보다 두 배쯤 큰 책상에 앉아 있는 선생님께 부탁했다. 돈을 빌려 주면 사흘 이내에 반드시 갚겠다는 약조를 하고 돈을 빌려 겨우 등록을 마칠 수 있었다. 나중에 알고 보니 그 분은 교감 선생님이었다. 그날로 고향에 합격 전보를 보냈다.

그리고 어찌된 영문인지 며칠이 지난 후 제주도에서 100엔이라는 거금이 송금됐다. 그렇게 큰 돈이 어떻게 마련되었는지 알 수 없었다. 집이라도 팔았단 말인가? 100엔 중에서 90엔은 우체국에 넣어두었다. 그 당시 동경에는 미쓰비시 은행이 있었는데 그곳은 돈이 많은 사람들이 주로 이용했고 적은 돈은 우체국에 맡겼다. 나머지 10엔으로 우선 등록금 2엔 50전을 갚았다. 그리고는 시내 고물상에 가서 헌 교복과 모자, 구두를 샀다. 새것의 10분의 1 가격이었다. 양복과 모자를 사자 구두는 덤으로 줬다. 양복저고리는 단추 대신 작은 갈고리 같은 것으로 여며 입는 식이었다. 이부자리와 그릇은 할머니가 빌려줘 따로 사지 않아 큰돈을 절약할 수 있었다.

그러고 보니 앞의 세 집에서 모두 문전박대한 것이 다행이라는 생각이 들었다. 마음씨 좋은 주인을 만나는 것이 어디 그리 쉬운 일인가?

2년 후 월반해 고등학교에 진학하면서 헤어지게 됐지만 할머니께 늘 감사하는 마음으로 지냈다. 그리고 10여 년이 지난 후 할머니의 은혜에 작은 보답을 할 수 있었다. 1948년경 유엔 고등검찰관으로 일할 당시였다. 오가와 할머니의 손자가 후쿠시마 현에 살고 있었다. 중학생인 그가 동경의 중학교로 옮기고 싶어 해서 내가 다닌 동경부립제일중학교로 특별전학을 시켜 준 것이다. 5년제인 학교는 중간에 육사나 공사, 해사로 시험을 치러 전학을 가거나 낙제를 하는 경우가 있어 빈자리가 있었다. 1학년 50명 정원 중 학년을 올라갈 때마다 낙제를 당하거나 전학 등으로 5학년 졸업반에는 45명 정도만 남는 것이 보통이었다. 학교 입학 뿐 아니라 학교를 다니는 것도 그렇게 치열했다. 졸업 후 낙제생은 1년제 복습과에 들어가 다시 공부를 마치고 고등학교에 진학할 수 있었다. 보통은 중간에 편입학이 허락되지 않는 학교였다. 당시 일본 최고의 권력기관에 속하는 유엔 총사령관에서 일한 덕에 편입이 가능했다.

사첩 방은 남의 나라*

아버지로부터 다녀가라는 전보를 받고 중학교 1학년 여름방학, 그리운 제주 땅을 다시 밟았다. 오른쪽 가슴에 빛나는 급장표를 달고 당당하게 돌아온 고한실에게서는 예전의 개구쟁이의 모습은 온데간데 없었다. 실상 급장표는 이름순으로 일정기간씩 다는 것이었다. 방학이 끝나고 내 차례인데 방학 시작하면서 친구가 급장표를 일찍 반납한 덕에 방학 내내 내가 호사를 누린 것이었다.

그리고 그 다음날, 드디어 일본으로 송금된 거금 100엔의 비밀을 알게 되었다. 제주도 도지사의 초청으로 도지사 관사에서 저녁식사를 하면서 장학금 내역을 알려 준 것이었다. 일본에서 합격 전보를 집으로 보낸 것을 특별 고등경찰에서 알게 됐고, 그것이 다시 제주 도지사에게 보내졌다. 도지사는 제주도에서 동경부립제일중학교에 합격한 것을 경사로 여겨 격려 차원에서 내게 장학금을 지급했던 것이다. 그러면 그렇지. 우리 집에 그렇게 큰돈이 있을 리 없다. 산 좋고 물 좋은 고향 집을 팔아 보낸 유학 자금이 아니어서 얼마나 다행인지 몰랐다.

그때의 100엔은 내가 일본에서 공부를 계속할 수 있는 든든한 밑받침이었다. 뿐만 아니라 외롭고 가난한 이국땅에서 나의 버팀목이자 자존심이기도 했다. 쓰지 않고 우체국에 맡겨 놓은 것만으로도 만석지기처럼

* 육첩 방은 남의 나라—윤동주

늘 마음이 든든했다. 졸린 눈을 부비며 아르바이트로 학비를 마련하면서도, 여간해서는 그 돈을 축내지 않으려 애썼던 것도 그런 연유였다. 학교에서 장학금으로 도와주려 해도, 돈이 있어 꼭 필요한 상황이 아니면 받지 않았다. 100엔 중 10엔만 쓰고 나머지는 고이고이 간직했다. 한데 중학교 때 일본 친구가 등록금이 없다고 하기에 빌려준 적은 있었다. 다음 달 바로 갚아 다시 원상복구가 됐다. 점심을 고구마 한 개로 때우는 나를 친구들은 가난한 조선인으로 치부했는데, 그 이후에는 내게 다가와 돈을 빌려 달라는 친구들이 더러있었다.

100엔에 대한 고마운 마음이 내가 훗날 장학회를 만드는 계기가 되었다. 나처럼 2엔 50전이 없어 학교 등록을 하지 못할 처지의 사람들을 힘닿는 대로 도와주고 싶었기 때문이다.

벌어서 학교에 다니는 형편이니 입고 다니는 옷이나 살림살이가 편안할 리가 없었다. 윤동주 시인은 '육첩방은 남의 나라'(「쉽게 씌어진 시」)라고 했지만 나는 다다미 4개 반이 깔린 가장 작은 방을 썼다. 이런 방을 '요조한(四畳半)'이라고 하는데, 나는 이 좁은 요조한에 빈 사과 상자를 놓고 신문지를 깔아 책상으로 만들었다. 옆에 이불을 깔면 빈자리가 남지 않는다. 교복 저고리는 다다미 윗칸에, 바지는 이불 밑에 줄을 세워 깔고 자면 아침에는 반듯하게 다림질이 돼 있었다. 사계절을 교복 한 벌로 지낸 데다 세탁비를 아낀답시고 2년 만에 처음으로 가져갔다. 세탁소 주인 아

고한실의 삶

저씨는 씻어도 씻어도 때가 안 빠진다고 미소를 지으셨다. 학교에는 매일 줄이 선 바지를 입고 갔으니, 모범생인 내가 설마 그렇게 오랫동안 빨아 입지 않은 바지를 입었던 것은 몰랐겠지. 목욕은 한 달에 한번 목욕탕에 가서 했는데, 학생 할인으로 5전이었다.

오죽 옷이 낡았으면 헌 옷을 입고 다니는 나를 상급 학년으로 오인해 1학년 친구들이 내게 경례를 붙이는 불상사가 발생하기도 했을까. 목덜미에 학년 표지를 달고 다니지만 헌 교복이 먼저 눈에 들어 왔던 것이다. 설명할 겨를도 없이 부지불식간에 경례를 받고 말았지만 그 일로 나는 선배들에게 불려가 혼이 난 적도 있다. 경제 사정이 어려워 고물상에서 헌 옷을 샀노라고 설명하고 더 이상의 봉변은 면했다.

겨울은 난방이 없어 이불을 덮어쓰고 견뎠다. 뜨거운 물을 끓여 양철통에 넣은 고다츠를 이불 안에 넣고 그 안에 발을 들여 놓고 공부를 했다. 하지만 잠을 깨는 새벽이면 거의 다 식어 있어 차가운 다다미에서 웅크린 채 잠을 자고 나면 등허리가 낙타처럼 굽어져 한동안 펴지지가 않았다. 새벽의 신선한 공기를 들이마시며 어두컴컴한 골목길에 늘어서 있는 할머니 집 앞마당과 좌우 양 옆 집 앞뜰까지 빗자루로 쓸고 나면 오그라들은 몸이 풀리는 건 물론이고 마음마저 상쾌해졌다. 관음사에서 비가 오나 눈이 오나 싸라기 나무 빗자루 질을 했으니, 마당 청소는 내 전공이었다. 나는 떨어진 나뭇잎사귀나 휘날리는 휴지 조각을 말끔하게 청소하는 비법을 터득하고 있었다.

음식은 근처 야채 가게에 부탁을 해 뒀다가 토요일 오후에 가서 사 오곤 했다. 음식이라 봐야 고구마가 전부이다. 고구마로 삼시 세끼 끼니를 해결했다. 고구마를 사다가 2~3일 치를 한꺼번에 쪄 놓고 매끼 한 개씩 먹었다. 학교에 갈 때도 도시락 대신 고구마를 가져가자니, 친구들 보기가 민망해, 고구마를 몰래 주머니에 감춰 갖고 나와 교실 복도를 걸어 다니면서 소리 내지 않고 씹어 먹기도 했다. 고향땅 산천단에서는 사과나 배, 감, 철마다 다디단 과일을 먹었었는데, 신기하게도 그런 음식이 그다지 생각나지 않았다. 마음에 여유가 없었던 탓인지 모르겠다.

고구마는 가스 불에 쪘는데 1전을 넣고 스위치를 누르면 5분 동안 가스가 나오고는 꺼졌다. 동전을 넣고 하는 자동차 실내 청소기처럼 자동이었다. 가끔 돈을 집어넣기 전에 가스가 남아 있는 날은 복권에 당첨된 듯 기쁘기 그지없었다. 나는 2층에 살았는데, 내 방 맞은편에 30대 부부가 살고 있어 우리는 2층 부엌에서 종종 마주치곤 했다. 그들이 남긴 가스임에 틀림없었다.

점심시간마다 고구마를 꺼내 먹는 내 모습이 안쓰러웠는지 같은 반 친구인 이케다가 어느 날 점심을 사주겠다고 했다. 중학교 1학년 때였다. 점심시간은 1시간이었는데, 학교 밖의 매식이 허용됐다. 이케다는 학교 앞에서 10분 거리에 있는 갑주옥이라는 국수집으로 나를 데려갔다. 메뉴

판을 곰곰이 들여다 보다 새우덮밥을 시켰다. 아니 세상에 이런 음식도 있는가? 사람들은 이런 음식을 먹고 산단 말인가? 황홀한 입맛에 눈앞에 별이 다 어른거렸다.

덮밥 한 그릇을 바닥까지 게눈 감추듯 먹어치우고 나오며, 친구가 계산을 했다. 그래서 다음에는 내가 사겠노라고 했다. 아무리 돈이 없어도 신세진 것을 갚고 싶었고, 그러면서 한 번 더 먹고 싶기도 했다. 그랬더니 이케다가 다음에는 먹기 내기를 하자고 제안했다. 내기를 해서 지는 사람이 식사 값을 내는 것이었다. 나는 무슨 내기라도 자신이 있는 사람이다. 그래서 그러자고 흔쾌히 대답을 했다. 며칠 후 점심시간에 다시 갑주옥을 찾았다. 우선 새우덮밥 네 그릇을 시켰다. 나는 세 번째 그릇을 다 비웠는데, 친구는 반만 먹고 더 이상을 못 먹겠다며 거친 숨을 헐떡거렸다. 천문학적인 밥값은 내기에 진 친구에게로 다시 돌아갔다. 그런데 그 다음날 친구가 학교에 나오지 않았다. 찾아가 보니 배탈이 났다는 것이다. 그러더니 일주일, 이주일이 지나도 학교에 나오지 않았다. 회복이 안되었다는 것이다. 그러더니 한달이 지나 이케다는 어이없게도 죽고 말았다. 그의 병명이 무엇이었는지는 정확히 알지 못한다. 배탈 때문에 죽었는지, 아니면 다른 지병이 있었는지….

하지만 나 때문에 죽은 것만 같아, 마음을 둘 곳이 없었다. 내가 도시락을 싸가지고 다니기만 했더라도, 이케다가 내게 점심을 사 주지는 않았을 것이다. 가난한 내 처지가 처음으로 원망스러워졌다. 나의 가난한 고구마 도시락을 아름다운 우정으로 감싸주었던 유일한 친구인데 미안한 마음과 그리운 마음이 교차하며 한동안 아무 일에도 집중을 할 수가 없었다. 외로운 동경의 밤 하늘에 떠 있는 반짝이는 별들을 올려다보며 눈물 흘리는 것이 유일한 위로가 되었다.

그의 장례식에서 나는 조사를 써서 읽었다. 콧물, 눈물범벅을 두 주먹으로 북북 문지르며 띄엄띄엄 읽어 나갔다.

'이 바보 같은 놈아… 보고 싶은 친구야! 어떻게 자기 몸도 가누지 못하고 병들어 죽을 수 있냐? 나를, 이 못난 친구를 용서해라. 미안하다.'

고한실의 삶

매일매일 치열하게, 낭비하지 않는 삶

누구에게 지는 것을 싫어하는 성격이기도 해서 좋은 성적을 받기 위해 열심히 집중해서 공부했다. 고향에서의 개구쟁이 버릇은 집을 떠나며 나도 모르는 사이에 어느덧 사라져 가고 있었다. 장난질도 비빌 언덕이 있어야 치나보다. 부모님을 믿고 마냥 사고를 쳐 대다가, 이제 의지할 데 없는 고아처럼 지내다 보니 정신을 차린 것이다. 아버지의 회초리 없이 스스로 철이 들기 시작한 것이다.

동경부립제일중학교의 선생님들은 실력이나 인격적인 면에서 손색이 없는 우수한 교사들이었다. 선생님의 수업은 교과서 중심으로 진행됐지만, 교과서가 참고서와 함께 뒷전으로 물러날 만큼 선생님들의 수업내용은 교과서를 앞질렀다. 질적으로 우수할 뿐 아니라 교과서보다 훨씬 방대한 양을 가르쳤다. 수업 시간에 몇 초만 한 눈을 팔아도 선생님의 가르침을 놓쳐 버린다. 눈은 선생님의 입술에 고정시킨 채, 손은 속기사가 되어 쉴 틈 없이 적어내려 가야 했다. 노트 필기 실력은 날이 갈수록 일취월장해 몇 달이 지나니 속기사로 취직을 해도 될 지경이었다.

숙제나 시험은 교과서에 없는 선생님의 강의 내용에서 다루어지는 경우가 많았다. 수업 시간에 집중하지 않을 수 없는 이유였다. 나는 숙제를 철저히 해갈뿐 아니라 예습도 거르지 않고 했다. 숙제는 그날 밤까지 끝내고, 예습은 다음날 아침, 새벽 청소를 끝낸 다음 시작했다. 그렇게 예습과 복습의 규칙을 정하고 공부를 했는데, 그것은 나의 학업을, 아니 목표를 이뤄내기 위한 방법이었다. 나는 무슨 일이든 규정을 정하고 나면 그것을 비가 오나 눈이 오나 성실하게 지켜 나갔다. 그렇게 한 발짝씩 목표를 향해 나아가고 있었다.

'3당 4락', 세 시간 자면 붙고, 네 시간 자면 시험에 떨어진다는 말이 있다. 나뿐만 아니라 그 당시 우리 학교의 친구들은 모두 그렇게 열심히 공부했다. 하루에 3~4시간 자는 것이 고작이라 늘 소원이 실컷 자는 것. 그리고 소원은 실컷 먹는 것이었다.

오전 9시부터 3시까지 학교 수업, 방과 후에는 전차를 타고 '연수사'라는 출판사에서 아르바이트를 했다. 연수사는 학교 교과서나 참고서 등을 출판하는 곳이었다. 나는 연수사에서 봉투에 주소 쓰는 일을 했다. 학생들에게 새로 나온 참고서 등을 소개하는 안내서를 동봉하는 봉투였다. 1000장을 쓰고 나면 30전짜리 동전을 받았다. 손목과 손가락 마디가 얼얼했지만 참을만 했다. 먹고 살아야 한다는 생각에 아픈 생각을 할 여유도 없었다. 하지만 30전을 버는 데 처음에는 며칠씩 걸렸다. 토요일은 오전 수업이라 오후 내내 연수사에서 봉투를 썼다. 일요일은 집에 가져 가서 썼다. 그렇게 해서 한 달에 버는 돈이 5~6엔. 학교 한달 수업료 2.5엔을 내고 하숙비를 지불하고 고구마를 샀다. 그 이후에는 다시 전차를 타고 근처의 중앙 대학 도서관에 가서 도서관이 끝나는 9시까지 공부를 했다. 대학 도서관 입장료는 하루에 3전, 한달치 입장권을 만들면 30전이

라 그리 비싸지 않게 이용할 수 있었다. 뿐만 아니라 대학생 형이나 누나 들이 보는 책을 무엇이나 빌려 볼 수 있는 장점이 있었다.

집에서 학교까지는 전차를 타고 갔는데 중간에 한번 갈아탔다. 바닥에 레일을 깔고 공중에 전깃줄을 매달고 다니는 전차였다(1964년부터 조금씩 없어지기 시작해 1970년대에는 거의 다 사라졌다). 갈아타는 지점에서 하얀 종이를 주는데 그것을 다음 전차에 내면 두 번 요금을 내지 않았다. 학교에서 연수사를 갈 때도 다시 도서관을 갈 때도 모두 전차를 이용했다. 학생 할인권이 있는 데다가 한꺼번에 여러 장을 구입하면 더 할인을 해 줘 가격은 그다지 비싸지 않았다. 다행이 중학교 2학년에 진학하며 출판사를 그만뒀다. 교장선생님이 여자 중학교 2학년에 재학 중인 딸의 가정교사를 맡겼기 때문이다. 해방 전에 여자 고등학교는 없었던 반면에 여자 중학교는 있었다. 쌀밥을 일년에 한번 구경할까 말까 했는데 그때부터는 고구마 대신 입맛 당기는 쌀밥을 먹는 일이 자주 생겼다. 고등학교 때도 가정교사를 계속하며 한두 끼는 밥을 먹을 수 있는 생활이 시작됐다. 가정교사 수입은 궁핍한 생활을 다소 면하게 도와줬지만 그렇다고 여유 있는 편은 아니었다. 생활은 그렇게 조금씩 나아지는 가운데 시간은 바쁘게 소리 없이 흘러가고 있었다.

방과 후 출판사에서 봉투 쓰는 일을 마치고 도서관에 도착하면 두툼한 육법전서 책을 읽기 시작했다. 일본인 청년에게 발길질과 모욕을 당한 후

법관이 되리라 결심했는데 법관이 되기 위해서는 우선 법을 알아야 했다.

하루에 한 시간씩 계획을 짜고 읽었는데 읽다 보니 차츰 재미가 붙어 하루에 한 시간 반, 두 시간을 훌쩍 넘기는 경우가 많았다. 나머지 시간은 학교 숙제를 했다. 그리고 다시 전차를 타고 하숙집에 돌아오면 거의 10시가 가까웠다. 그러면 미처 못 끝낸 숙제 더미를 꺼내 마치고 12시가 넘어야 잠을 잤다. 그리고 다시 새벽 4시쯤 잠을 깼다. 잠이 깨면 우선 다다미방과 마당 청소를 하며 떠지지 않는 눈을 뜨고 정신을 차린 후에 그날 배울 공부를 예습했다. 그리고 시간이 남으면 어제 저녁에 끝낸 숙제를 다시 점검했다.

이렇게 잠이 늘 모자라다 보니 1939년 중학교 2학년 때 고등학교 입학 전형 시험을 끝내고 집으로 돌아오는 길에 시내 전차에서 쓰러지고 말았다. 깨어 보니 동경제국대학 병원이었다. 병원비가 없어 걱정을 하고 있는데 그냥 가라고 한다. 쓰러져 있을 때 신원 조사를 하기 위해 가방을 뒤진 모양이었다. 일류 중학교에 다니는 덕을 본데다가 학교에서 신원 확인을 해 주는 바람에 병원비도 내지 않은 채 집으로 돌아왔다.

현재 일본의 육법전서는 3천여 페이지에 달하며 1권과 2권으로 나뉘어져 있다. 1938년 내 나이 열두 살, 처음 육법전서를 공부를 시작할 당시에 내용은 현재와 유사하나 3천 페이지 한 권으로 구성되어 있었다. 하지만 말이 3천 페이지이지. 한 페이지가 가로 넉 줄로 나뉘져 깨알 같은

고한실의 삶

글씨가 **빽빽**이 들어 차 있다. 아프리카의 울창한 밀림 못지않은 글씨정렬이다. 여간한 마음으로 시작하지 않고는 한 줄을 읽어 내기도 쉬운 일이 아니다. 처음 몇 달은 초등학교 1학년 학생에게 어른용 성경책을 맡긴 듯 서투른 일본말에 한자까지 섞인 내용이 눈에 잘 들어오지 않았다. 다행히 제주도에서 서당에 다니며 한자를 어느 정도 알고 있었다. 서당에서는 한자만 썼기 때문이다. 또한 관음사에서 배운 불경도 한자로 되어 있어 한자가 어느 정도 익숙한 터였다.

책을 읽기로 마음먹은 그 날부터 나의 계획은 이미 활시위를 떠난 활이었다. 활이 도착할 곳은 오직 목적지뿐이었다. 언행일치. 그것은 우리 집 가훈 중의 하나였다. 말을 꺼냈으니 반드시 지켜야 했다.

나 자신에게 한 약속을 지키는 것. 그렇게 사는 방식이 습관이 붙으면 오히려 삶이 단순해진다. 이것저것 하느라 시간 낭비를 하지 않기 때문이다. 그렇게 하루에 세 페이지씩 읽어 나갔다. 한번 쭉 훑어 읽고, 다시 한 번 읽고, 세 번째는 눈을 지그시 감고 입술을 움직여 암기해 보았다. 다음 날도 암기해 보았다. 다시 처음부터 읽으며 잘 이해되지 않는 부분을 복습하고, 새로운 페이지를 읽고 또 읽었다.

육법전서를 읽어나가며 가장 어려웠던 점은 모르는 단어를 사전을 통해 찾아도 그 법이 사실상 어떻게 적용되는가였고, 비슷한 내용과 단어가 반복되는 것도 공부하기 어려운 점 중 하나였다. 그것도 자꾸 읽어가

노라니 차츰 가닥이 잡혀갔다. 다행스러운 것은 점차 내용이 재미있게 느껴진 것이다. 사람이 사는데 이런 법들이 있구나, 이렇게 잘못하면 이런 벌을 받을 수 있구나 하는 내용이 흥미를 끌었다. 법이란 어처구니없는 속박이 아니라 사람답게 살기 위한 약속이라는 생각이 들었다.

그렇게 점점 더 책 속으로 빠져 들기 시작했고 4년을 쉬지 않고 읽다 보니 어느 새 육법전서의 내용을 하나둘씩 암기하기 시작했다. 열두 살에 처음 읽기 시작했는데 내 나이 어느덧 열여섯, 이제는 거의 모든 내용을 이해할 수 있을 뿐 아니라 한 페이지 한 페이지가 활동사진처럼 저장된 것이다. 육법전서는 어느덧 나의 일부가 되어 있었다.

지성이면 감천이라고, 그렇게 치열하게 공부하던 중에도 즐거운 일들이 있었다. 지금도 참 재미있는 기억을 소개한다. 중학교 2학년 어느 날 수학 선생이 기하학 숙제를 내줬다. 대학 도서관의 참고 자료를 다 뒤져봐도 해답이 나오지 않았다. 늦은 밤 집으로 돌아와서도 계속 붙들고 늘어졌지만 해결이 나지 않았다. 사과박스 책상에 엎드려 잠이 들고 말았다. 그런데 어디선가 홀연히 흰 두루마기에 허연 수염을 늘어뜨린 할아버지가 나타났다. 그러더니 골치 아픈 수학 문제를 술술 풀어가는 것이 아닌가?

'아니, 저럴 수가! 어떻게 저렇게 간단하게 해답이 나오지?'

그리고 벌떡 일어났는데 꿈이었다. 지금 생각해도 참 재미있지만 그때는 꿈에서 본대로 공책에 허겁지겁 적느라 바빴다. 지성이면 감천이란 말

고한실의 삶

은 이런 데 쓰는 말인가? 문제를 풀어 숙제를 꼭 해가야겠다는 내 마음을 하늘이 내려다 보셨단 말인가? 그 이후로 '성실하고 근면하게 살고 나머지는 하늘에 맡겨라. 그러면 하나님이 책임져 주신다.'는 결론을 내렸다. 물론 성의를 다하지 않고 기도만 한다면…, 그건 나도 잘 모르겠다.

그리고 다음 날 수학 시간, 문제 풀어 본 사람을 찾는 선생님 앞에서 나는 자랑스럽게 손을 번쩍 들었다. 칠판에 나와 풀라는 말씀에 공책에 정리한 대로 옮겨 적었다. 물론 숙제를 해온 학생은 나 한 사람뿐이었다.

수업이 끝난 후 수학 선생이 교무실로 나를 호출했다.

"문제를 어떻게 풀었느냐? 아버지 어머니가 도와줬냐?"
"아니오."
"그럼 할아버지 할머니?"
"…예."

꿈 속에 나타났던 사람은 분명 수염을 길게 늘어뜨린 할아버지였기 때문에 할아버지라고 대답했다. 더 이상 이야기를 하면 나를 이상한 놈으로 여길까봐 나머지는 생략했다. 선생님은 그 문제는 선생님도 풀기 어려운 것인데 기특하니 상으로 맛있는 음식을 사주겠다고 하시면서 동경제국대학 정문 앞에 있는 양식당으로 데려가셨다. 처음으로 비프스테이크라는 서양 음식을 먹어 보았다. 양 손에 포크와 나이프 쥐는 법도 처음으로 배웠다. 선생님이 시범을 보이며 일일이 가르쳐 주셨다. 고구마만 먹던 내 위가 또 다시 잔칫날을 맞았다. 입안에서 녹아 위장으로 홍수처럼 휩쓸려 내려가던 고기 맛이라니! 속으로 선생님이 내일은 좀 더 어려운 문제를 내 주셨으면 좋겠다고 생각했다.

당시 주요 과목은 일본어와 수학, 영어, 한문이었다. 이 네 과목만 잘하면 상급학교 진학은 어렵지 않았다. 그 외에 음악, 지리, 역사 등이 있었지만 주요 네 과목에 비해 비중이 그다지 크지 않았다. 요즘의 학교생활과 유사했다. 중학교 시절부터 군사 훈련을 받았는데 주로 영어 시간을 이용했다. 군사 훈련에 불참하면 비국민 취급을 받았다. 2차 대전의 한가운데라 일본과 미국은 견원지간이었다. 그리하여 일본 사람들은 미국, 영국 놈은 귀신 놈들, 동물 같은 놈들이라면서 노골적으로 혐오했다. 영어는 일주일에 두 시간이었는데 혐오하는 미국 놈의 영어를 배울 필요가 없다며 한시간은 수업을 하고 한시간은 교련으로 대치되는 것이 다반사였다. 어느 때는 영어 수업 대신 거의 군사 훈련만 했다. 그렇게 싫으면 아예 수업에서 영어를 빼 버리면 될 터인데 일본의 교육 현장에는 영어가 제일 먼저 등장했다. 그 다음이 수학, 국어 순이었다. 앞뒤가 잘 맞지 않는다는 생각이 들었다.

아직도 잊혀지지 않는다. 영어 시간에 '가르 프랜도'라는 단어를 배웠는데 군사 훈련 전후에 선생님이 계신 교실에 가서 영어 테이프를 들을 수

고한실의 삶

있어 들어 보니 발음이 전혀 달랐다. '걸 프렌드(girl friend)'였다. 그뿐인가 종전 후 '마그도나르도'가 들어왔는데(일본 교과서에도 그렇게 적혀 있었다) 알고 보니 맥도날드였다. 패전 후 일본에 들어온 미군들에게 그렇게 말하니 알아듣는 사람이 아무도 없었다. 발음을 고치느라 영어 공부를 더 열심히 하게 됐다. 나는 군사 훈련으로 영어 시간이 날아가게 되면 기왕에 영어 시간이었으니 단어나 익혀야겠다며 교과서 진도를 따라 가짜 몽둥이 총을 어깨에 둘러매고 걸어 다니며 영어 단어를 외웠다.

물론 재미있는 일만 있는 것은 아니었다. 아버지가 써 주신 한시와 내 목표 때문에 흔들리지 않았지만 어린 나이에 혼자서 외국에서 공부하는 것이 어디 쉬웠겠는가. 엉뚱한 오해를 받은 적도, 가족이 없어서 더 서글펐던 일도 있었다.

중학교 1학년에 다닐 때다. 막시즘과 레닌주의라는 말이 돌았는데 그게 도대체 뭔지 궁금해서 도서관에서 책을 빌려다 읽고, 목욕탕에 다녀왔더니 일이 터졌다. 책은 없어지고 사과 박스 책상 위에 놓인 흰 메모지에는 '우에노(上野) 경찰서의 특별 고등계 사다 게이치(佐田啓二) 형사에게 곧 와주시오.'라고 적혀 있었다. 경찰서로 즉시 출두한 나는 아무런 조사도 받지 못한 채 3일 동안 꼼짝없이 감방 생활을 했다.

사흘 째였다. 교장선생님과 학생대표들이 나를 방문했다. 어찌나 반가운지 동굴에 갇혔다 햇빛을 본 기분이었다. 교장선생님은 우연찮게 레닌을 읽은 것이지 특별히 사상에 빠진 것은 아니니 선처를 부탁하셨고 다행히 풀려났다. 간신히 집으로 돌아와 좁은 다다미방에서 교장선생님과 학생 한 명이 간신히 들어와 나를 따뜻하게 위로해 주셨다.

　그 다음 중학교 2학년 때도 마음 상할 일이 있었다. 운동회 때 달리기 경주에서 3등을 차지했다. 상으로 노트를 받았는데 곁에 아무도 없고 보니 잘했다고 축하해주는 사람도 노트를 맡길 사람도 없었다. 운동장에 그냥 두고 멀리 뛰기 경기를 하고 돌아와 보니 노트가 없어졌다. 지금에야 큰 일이 아니지만 어려운 형편에 노트는 소중한 선물이었다. 맡길 사람도 없는 처지, 빼앗겨도 찾을 수 없는 처지라는 것이 참 서글펐다.

　종종 가족과 고향이 생각날 때면 밤하늘에 떠 있는 달을 올려다보았다. 외로이 홀로 떠 있는 달이 내 처지 같았고 말없이 까만 하늘에 총총히 박혀 있는 별들이 내 마음을 알아주는 것만 같았다. 어깨를 들썩거리며 눈물짓기도 했지만 목적을 달성하기 전에는 돌아가지 않는다고 나의 마음과도 다짐한 터라 돌아가고 싶지는 않았다. 학업을 빨리 끝내고 그리운 부모님과 형제들을 만나고 싶은 마음뿐이었지만 제주도에 가고 싶어도 갈 방법이 없었다. 밀항선을 제외하고는 배를 구할 수 없었고 비행기도 물론 없었다. 일본 국내만 오가는 기차가 있었을 뿐이다. 게다가 제2차 세계대전 중이었다. 중학교 5년, 고등학교 4년, 대학교 4년. 현재보다 중고등학교 과정이 몇 년은 더 긴데 그 긴 시간 내내 고향에 한 번 못 가고 어떻게 해야 할까?

결국 나는 결심했다. 빨리 졸업하기로. 중학교 과정을 소화하며 도서관에서 고등학교 입학자격 전형시험 참고서를 구해 함께 공부했다. 가능하다면 5년이나 되는 중학교 과정을 좀 줄여 볼 심산이었다. 제주도 화북소학교에서도 월반을 해 본 경험이 있어 가능하리라는 생각이 들었다. 그리하여 중학교 2학년 때 고등학교 입학 자격 전형시험을 치러서 합격했다. 그렇게 3년을 앞당겼다. 고등학교에 입학한 후에도 다시 같은 방법으로 대학 입학 자격시험을 준비해 고등학교 2학년 때 대학 전형 시험을 치러서 고등학교 과정 2년을 다시 줄일 수 있었다. 그렇게 해서 열두 살에 고향을 떠난 지 5년 만인 17세에 마침내 대학에 입학할 수 있었다.

등록금을 줄이고 공부를 빨리 마치고 고향으로 돌아가고 싶은 간절한 심정으로 월반을 하며 대학에 입학했지만 이 같은 공부 방법이 꼭 바람직하다고 생각지는 않는다. 견해 차이가 있겠지만 자녀를 비롯해 다른 사람들에게는 권하지 않았다. 첫째, 나이에 맞는 친구가 없다. 어릴 때부터 동고동락하며 진학한 또래의 친구가 없어 허허로운 벌판의 나목 같은 외로운 학창 시절을 보냈다. 하기야 친구가 있었어도 어울려 놀만한 시간은 많지 않았으리라. 동경부립제일중학교와 제일고등학교 친구들은 모두 책 속에 파묻혀 사는 영혼들이었으니 말이다. 두 번째 이유는 공부를 열심히 하느라고 했지만 워낙 건너뛴 과정이 많다보니 아무래도 실력이 딸린다는 것이다. 정규 과정을 무수하게 빼먹은 탓이다.

고등학교 입학과 사법고시

　나는 열심히 공부해서 중학교 2학년 2월에 고교 입학 자격 전형 고시에 응시, 그해 9월에 합격통지를 받고 월반해서 다음해 4월에 일본 국립 제일고등학교에 입학했다. 그리고 이어서 열심히 노력해 고교 2학년 때 대학 입학 자격 전형 시험에 합격하여 동급생들이 동경부립제일중 5학년일 때, 나는 이미 동경제국대학 법학부 1학년에 입학했다(그때는 동경부립제일중고등학교 학생이라면 거의 동경제국대학에 합격했다). 중학교 동급생보다 5학년이나 월반한 선배가 되어 있었다. 그래서 나는 대학 졸업장 외에는 초 중고 졸업장이 없는 실정이다. 지금까지 박사 학위 3개를 가지고 있으면서도 말이다.

　고교 1학년일 때 교장선생님이 중 3학년에 올라가는 자기 딸을 지도해 달라고 가정교사를 요청해왔다. 당시 중학교 교사 월급이 45원 할 때인데 내게 파격적인 대우로 교사 월급 비슷하게 제의하며 요청한 것이다. 당시 쌀 한 가마에 1원 50전 할 때다. 교장선생님의 딸은 세 종류의 고시를 도전하려고 했다. 결국 나중에 그 딸은 고시 3과 사법고시, 행정고시, 외무고시에 합격한 능력 있는 지도자가 되었다. 그 딸은 무남독녀였는데 교장선생님은 나를 데릴사위로 생각하고 있었던 것으로 추억된다. 그후 교장선생님이 하숙을 요청했으나 나는 정중히 거절했다. 그분의 딸이 내

고한실의 삶

게 무려 열 번이나 선물을 보내온 걸 보면 나를 좋아했던 것으로 생각된다. 열 번의 선물 공세에 나는 딱 한 번만 인사로 받았다.

교장선생님의 집 바로 옆 이웃으로 이웃에는 '쿠루스'라는 분이 살고 있었는데 동경대 선배이며 주불 대사를 역임했고 불란서 여인과 결혼하여 살고 있었다. 당시 일본의 적국인 연합국 측 불란서 여인과 살고 있기에 돌에 맞을 수 있지 않겠느냐고 생각했으나 앞서가는 사람들에 대한 대국의 배려인지 전혀 그런 일은 일어나지 않았다.

당시 고등학교는 기숙사가 의무제였다. 예외는 딱 한 사람, 하도야마 이치로였다. 이치로의 아버지는 국회의장이었고 훗날 일본의 국무총리가 되었다. 그리하여 교장과 국회의장인 아버지의 협정 하에 자택을 기숙사 분실로 지정, 기숙사에 들어오지 않은 유일한 인물이었다.

고등학교 기숙사는 자고 먹는 것이 공짜였고, 등록금만 냈다(1935년 고마바 캠퍼스로 이전). 목욕은 일주일에 한번 시간을 정해 놓고 했으며, 기숙사 방은 두 사람이 함께 썼다. 내가 다닐 당시 제일고등학교는 남학생만 다닐 수 있었다. 제2차 대전 패전 후 미국의 정책에 의해 1947년부터 여학생 입학이 허가됐다.

1학년에 입학했을 때 나의 룸메이트는 사도라는 이름의 졸업반 형이었다. 나이는 나보다 다섯 살이 위였다. 그는 훗날 일본 최고 검찰청 검찰 총장이 된 수재였다. 그는 동경제국대학 3학년 때 사법시험에 합격했는데, 나도 같은 해에 시험에 합격, 나와는 사법시험 동기 동창이 된 셈이다. 그 이후 더욱 가깝게 지내게 됐는데, 검찰 총장, 이름만 들어도 무시무시한 자리라 그를 만나면, "그 자리 편안하오?" 하며 농담을 던지곤 했다. 월반해서 다니다 보니 자연히 나이 많은 친구들과 어울리게 되었고, 그러다 보니 어느새 세월은 유수처럼 흘러, 가까운 친구들은 거의 모두 내 곁을 떠나갔다.

이 시기에도 나는 한 번 더 경찰서 신세를 졌다. 가족들에게 보낸 편지 때문이었다. 태평양전쟁은 1941년 12월 8일 시작되었다. 당시 나는 고등학교 1학년이었다. 그리고 이듬해 1942년 4월 17일, 처음으로 미국 비행기가 일본 본토를 공격하면서 동경 도내에 폭격이 있었다. 사상자가 많았고 사람들은 공포에 떨었다. 미군기가 나타나면 순식간에 사이렌 소리가 들렸고, 사람들은 다들 숨을 곳을 찾아 헤맸다. 나는 이 사실을 형에게 편지로 써 부쳤다. 2~3주 후, 경찰 고등계에서 형사가 하숙집으로 찾아왔고, 나는 다짜고짜 연행돼 유치장에 들어갔다.

유치장 방장은 동경대 3학년 학생 '다나카(那中)'였다. 그는 사상범으로 수감되어 있었다. 내가 경찰에 잡혀간 것을 알고 학교에선 난리가 났다. 교장선생님이 학생들을 인솔해 함께 면회를 왔다. 교장선생님은 학생들과 함께 경찰에게 이 학생은 순진하고 착실한 학생이며 부지런히 오직 일념 공부에만 전념하는 타의 모범이 되는 학생이라고 역설했다. 그때 나

고한실의 삶

는 경찰이 중간에서 압수하여 가로채 가지고 있다가 구류한 후 돌려 준 그 편지를 교장선생님에게 정직하게 보이고 동급생들에게도 보여주며 이야기했다. 그때 내 나이 16세였다. 다행히 3일 후 풀려났다. 교장선생님과 동급생들의 변호 덕분에 일찍 풀려난 것이다. 만약 교장선생님과 학생들이 찾아오지 않았다면 아마 사상범으로 몰려 더 긴 옥살이를 했었을 것이다.

다행이 다음 해에는 기쁜 일이 있었다. 17살에 최연소로 사법고시에 만점으로 합격했기 때문이다. 동경제국대학 법학부에 입학하기 전에 나는 이미 육법전서를 밤낮으로 도서관에서 읽어 전서 전체를 다 외우고 있었다. 초·중·고교를 월반하며 올라와 17세가 되던 해인 1943년 고향을 떠나 일본에 온지 5년 만에 누구나 선망의 대상이 되는 동경제국대학에 그것도 법학부에 합격했다. 그 해 고등 문관 사법과 시험에 응시했다. 사법시험은 대학생부터 자격이 주어진다. 그 당시 일본의 소학교를 비롯해 중·고등학교, 대학교의 입학식은 4월 1일이었다. 나는 동경제국대학 법학부에 입학한 두 달 뒤인 6월 일본 사법시험을 치렀다. 고등학교 2학년 때 대학 입학 자격 전형시험을 거쳐 동경제국대학에 입학한 후였다. 사법시험은 1차와 2차, 3차 시험까지 1차마다 육법 중 2개씩 시험을 치른다. 육법이란 형법, 형사소송법, 민법, 민사소송법, 공법(헌법), 국제법 등이다.

육법전서를 거의 암기한 덕분인지 시험에서 최연소인 데다가 만점으로 수석 합격하는 영광을 안았다. 몇십 년 만에 한 차례씩 만점자가 나온다고 했다. 면접 시간이 되자 민법과 형법 등에 관한 구두 질문이 이어졌다. 평균 스물 너댓 살은 돼야 사법시험에 응시하는데 이제 겨우 열일곱 살의 어린 나이의 내가 합격을 하자 믿을 수 없다는 표정이 역력했다. 면접관들로부터 이런 경우는 민법이냐 형법이냐 등의 질문이 쏟아졌다. 그들의 질문에 나는 속 시원히 대답을 했다. 그래도 못 믿겠다는 표정이 지워지지 않았다. 하는 수 없이 나는 다시 한 번 좀 더 친절하게 대답했다. 그 답변은 1275페이지 위에서 두 번째 칸, 오른쪽에서 일곱 번째 줄에 적혀 있습니다. 두 번째 세 번째 문제에도 같은 방식으로 페이지 숫자까지 자신 있게 알려 주었다. 드디어 일본인 시험 면접관들은 합격을 인정했다.

고국을 떠난 지 5년 동안 나는 최선을 다했고 마침내 동경 행 완행 기차간에서의 한을 풀었다. 한 가지 목표를 이뤄 냈다는 성취감. 일본 땅에 발을 내딛는 그 날부터 나는 3가지 목표를 세웠다. 첫째는 사법시험 합격. 두 번째는 대학 졸업. 세 번째 목표는 좋은 직장에 들어가는 것이었다. 그 중 한 가지 목표를 이루었다는 만족감이 가슴이 뿌듯했지만 함께 기쁨을 나눌 가족들이 현해탄 건너 있다는 사실이 안타까웠다. 밤하늘에 떠 있는 초승달을 바라보며 어머니! 아버지! 외쳐 보았다. 그 당시 나를 포함해 한인 일본 사법고시 합격자는 4명이 있었다. 우리는 고시 4인방이라고 부르며 가깝게 지냈다. 그들은 학업을 마치고 귀국해 법관 등으로 활동하다가 일본으로 찾아와 다시 알고 지내게 된 사람들이다. 변호사에겐 판례를 많이 훑어보는 것이 도움이 되는데 한국에서 활발한

활동을 하는 그들이 일본이나 미국의 판례 책을 구하기 위해 나에게 도움을 요청하기 위해 일본을 방문하기도 했다.

규수제국대학 출신의 강원길 박사는 한국에서 변호사를 하다가 외무부 통상 국장을 역임했으며, 샌프란시스코 총영사를 하다가 미국으로 귀화, 미국 FBI에서 한국 부장을 지냈다. 교토제국대학의 한환진(1916년생. 2008년 92세로 별세)은 1942년 일본 고등문관 시험 사법과에 합격 후 평양 지법 판사, 서울 지법 판사, 서울 고법 부장판사, 대구 지방법원장 등을 역임했다. 한환진은 대구 지방법원장을 하다가 대법관을 지냈다. 또 한명은 동경제국대학의 이호로 이승만 대통령 때 법무부장관을 지냈다. 그는 대학과 사법 고시 선배이다.

고시에 합격하자 많은 사람들이 서로 나를 하숙시키려고 하였다. 그중에는 일본의 많은 고관들, 검찰, 심지어 대법관까지 있었다. 나의 최연소 일본 사법시험 만점 수석 합격 소식은 아마 당시 이를 아는 조선 사람들로서는 엄청난 쾌거였을 것이다.

많은 사람이 국내의 지하에서 또는 외국에서 독립운동을 하며 애국심을 불태울 때 나는 12세 어린 나이로 단신 도일하여 비교적 짧은 시간 안에 아직도 홍안의 소년티를 가지고 있으면서 막 벗어나는 17세에 일본국의 심장부에 그것도 아무도 어떻게 말할 수 없는 만점으로 사시 수석 합격을 했으니 나의 쌓은 실력과 의지 하나로 일본 상류사회로의 정면 돌파구를 성사시켰다고나 할까 조선인의 기개를 여지없이 일본 중심부에 나타내면서 무엇인가를 보여 주는 계기가 되었으리라고 추억한다.

일본에서의 학교생활은 고교 때는 연고자가 없을 때 기숙사에 있어야 하지만 대학생이 되면 하숙을 할 수가 있었다. 그래서 나는 예비역 중장 출신이며 기업가인 딸이 둘 있는 집에서 가정교사를 요청한 덕에 하숙 겸 가정교사 생활을 1946년 2월까지 했다. 전 가족이 호의를 베풀어 주었고 두 딸 역시 내게 많은 호감을 가지고 있었다. 그 집에 역시 동경대생 3명이 함께 하숙을 하고 있었다.

어느 날 딸 중에 동생이 내게 영화 구경을 같이 가자고 요청하였는데 내가 같이 안 갔더니 다음 날 아침, 밥그릇에 밥이 절반만 담겨져 있었다. 나는 웃으며 사과했다.

동경제국대학 법학부 1학년 때인 1943년은 일본국으로서는 태평양전쟁을 한참 치르고 있는 때였으므로 많은 젊은이들이 전쟁터로 징벌되어 전사하거나 군 복무 중이라서 본국에는 젊은 남자들이 거의 없었던 시기였다고 기억된다.

내가 그렇게 동경에서 나름대로 고군분투하는 동안의 고국 상황은 피폐하기 그지없는 때였다. 민족문화 말살 정책을 펴고 창씨개명을 했다. 전쟁물자 공출을 하며 전쟁에 내보낼 사람을 징벌했다. 군수 물자 공장에서 일할 사람을 징용으로 내보내는 등 말할 수 없는 고난과 아픔의 상황이었다고 기억한다.

고한실의 삶

생명은 하나님께 속한 것

1945년 일본 군대로부터 강제 징집 명령이 떨어졌다. 21세부터는 의무적으로 군대에 가야 하는데, 나는 19세였기 때문에 강제 징집이었다. 동경제국대학에 재학 중이었다. 나뿐 아니라 우리 대학 재학생 모두에게 내려진 명령이었다.

징용 서류가 집으로 날아들었다. 1월 20일 입대, 병참 부대 부대장으로 발령이 났다. 직급은 육군 소위. 원래는 3개월 훈련이 규정인데, 전시라 3주일만 훈련을 받고 곧장 마쓰도(松戸) 부대로 파견이 됐다. 병참 부대는 술, 담배, 말 등 군수 물품을 보관하는 창고이다. 말은 자동차 대신 기마 헌병들이 타고 다니는 것이었다. 물품을 취급하는 곳이라 배고픈 걱정은 하지 않게 됐다. 쉽사리 구하기 힘든 쌀도 있었다.

병참 부대는 대량의 물품을 다루는 곳이라 어느 부서보다도 정직한 자질이 요구되는 자리였다. 발령을 받을 때는 그런 상황을 알지 못했다. 그런데 부대장으로 발령을 받고 일을 시작한지 얼마 지나지 않아 이 자리가 한 달 이상 붙어 있기 힘든 불안정한 자리라는 것을 알게 됐다. 전쟁 중이라 민간인들 사이에도 생필품 품귀 현상이 심각한 상황이었다. 그러다 보니 일반인이 병참 부대장에게 뇌물을 먹이고 군대 물품을 빼 돌리는 경우가 비일비재하게 발생했던 것이다. 병참 부대장은 한 달을 채우지 못하고 파면을 당하는 자리가 되고 만 것이다.

이 사실을 알고, 나는 부대원을 비롯해 그곳에서 일하는 모든 군인들에게 엄중하게 경고했다. 뇌물을 가져오면 가차 없이 군법을 적용하겠다고 말이다. 사법시험을 통과했다는 것도 긍정적으로 작용했다. 군법을 허투루 알지는 않을 것이라고 생각했기 때문이다. 한 달이 지나도 나는 해고되지 않았고 몇 달 뒤에는 중위로 진급했다. 그리고 전쟁이 끝나는 8월, 군대가 해산하기 전 병참 부대장 일을 감당하게 됐다.

물론 여기까지 오는 것이 쉽지는 않았다. 그야말로 우여곡절의 삶이었고, 그 하루하루가 내 인생을 수놓는 화초가 되었다. 화초는 부드러운 꽃잎만으로 만들어지지 않는다. 상처투성이 가시와 질긴 뿌리가 있어야 화초는 완성된다. 하나님께서는 가시와 뿌리까지 사랑하게 하셨다. 몇 백 배, 몇 천 배로 갚아 주신 하나님의 은총이 있었기에 나는 이 길을 올 수 있었다. 5년간의 학업, 그리고 사법시험 합격은 새로운 기회를 만들어주고 있었다.

우리는 중학교와 고등학교 시절부터 군사 훈련을 받았다. 중학교 때 받는 군사 훈련은 병종, 고등학교는 을종, 대학교 훈련은 갑종이라고 부른다. 나는 대학 재학 중이라 갑종 간부 훈련까지 받고 있는 상황이었다. 물론 훈련의 강도가 상급 학교로 올라갈수록 점점 강해지며, 대학 때는 전투훈련까지 받는다. 갑종 훈련생만이 군대에서 간부가 될 수 있다.

병참 부대에는 21세부터 49세까지 나이든 군인들이 많아 아버지나 형님 같았다. 내가 나이는 어려도 갑종 훈련생이라 장교인 육군 소위 병참

부대장이 된 것이다. 부대장으로 근무한 지 8개월 정도 지난 8월 16일은 뉴기니아로 발령이 나 있었다. 2차 대전 때 일본이 뉴기니아 섬을 몇 년 동안 점령했으나 1945년, 일본은 패전하며 뉴기니아 섬에서 완전히 떠나갔다.

그런데 뉴기니아로 가기 하루 전인 8월 15일 미연합 군을 상대로 일본이 항복을 선포함으로써 전쟁이 끝났다. 그 당시 뉴기니아로 간 군인들은 살아서 돌아온 사람이 거의 없었다. 하루 차이로 목숨을 건진 것이다. 그런데 뉴기니아 발령을 받고도 이상하게 두렵지 않았다. 하나님이 지켜 주신다는 믿음이 있었으며, 죽음이 하나님 뜻이라면 할 수 없다는 생각이었다. 그런 가운데 하루 차이로 죽음의 행진인 뉴기니아행을 면한 것이다.

1945년 3월 10일, 2차 대전이 막바지로 치닫던 때, 일본을 무력화시키고 전쟁의 조기 종결을 위해 미군이 일본의 수도인 동경과 그 주변 일대에 대량의 소이탄을 투하한 사건이 있었는데, 10일 새벽, 채 3시간이 안 되는 공습으로 동경과 일대는 쑥대밭이 됐고, 이 날 하루만 10만여 명의 주민이 목숨을 잃었다.

1945년 군대 가기 전 하숙집에 있을 때 미국의 공습으로 대피 명령이 자주 있었다. 공습 사이렌이 울리면 모두 집 가까운 방공호로 대피를 해야만 했다. 하지만 방공호라고 모두 안전한 것은 아니었다. 방공호에서도 죽어 나가는 사람이 없지 않았다. 방공호로 피신하는 중 부상을 당하거나 죽는 사람도 있었다. 또한 방공호라는 것이 말하자면 땅굴인데, 천장이 낮아 앉아서 고개도 제대로 들지 못하는 상황이었다. 그래서 여기서 죽나, 방공호에 가서 죽나 마찬가지라는 생각이 들었다. 처음 한 두 번은 피신을 하다가 그 다음부터는 공습 사이렌에도 대피하지 않고 내 방에 그대로 머물러 있었다. '잠이나 자자' 하면서.

그날도 그런 마음으로 사이렌 소리를 듣고도 움직이지 않고 방 안에 그대로 길게 드러누워 있었다. 아니나 다를까? 누워 있는 천장 위로 지붕을 뚫고 미국제 소이탄이 장난감처럼 퍽하고 날아들었다. 불과 몇 초 후에 방으로 날아들었던 소이탄은 마당 중앙에 있는 책상만한 큰 드럼 물통으로 던져져 그곳에서 뿌연 연기를 뿜으며 요란한 굉음과 함께 쾅 하고 터졌다. 드럼 물통은 화재 발생 시에 쓸 비상 물을 담아 놓는 통이었다.

방안으로 폭탄이 떨어지는 순간 신문기사가 머릿속에 스쳤다. 전쟁터에서 폭탄을 끌어안고 숨진 일본 군인의 이야기였다. 물론 내 주변에는 아무도 없었다. 사람이 없으니 집을 살려야겠다 싶었다. 집이 폭발하면 사람들이 돌아와도 살 곳이 없으니 말이다. 반사적으로 일어나 폭탄을 던졌다. 그 순간만큼은 올림픽 투포환 대표선수만한 힘이 나왔다. 폭탄은 드럼 물통에 떨어졌고, 집도 나도 살았다. 공습 때 피신을 하지 않으면 비국민으로 잡혀 갔는데, 그때는 집을 살려 줘 고맙다며 동장이 찾

고한실의 삶

아왔다. 전쟁 막바지라 감사장 쓸 종이도 없어 인사로 치하했던 시절이었다.

뉴기니아 파병 소식을 들었을 때도, 지붕을 뚫고 방 한가운데 떨어지는 소이탄을 보고도 두렵지 않았다. 생명은 하나님께 속한 것이라고 생각했기 때문이다. 죽을 고비가 닥칠 때마다 두려움이 엄습하지 않았다. 살면 사는 것이고, 죽음이 운명이라면, 그것도 하나님 뜻이라는 생각이 들었기 때문이다. 그런 나를 하나님은 오늘까지 건강하게 붙들어 주시니 감사할 수밖에. 주님이 오늘 오라 하시나, 내일 데려 가시나, 나의 준비된 말은 '감사합니다. 주님.' 이것뿐이다.

병참 부대장으로 근무하면서 쉬는 날이면 고노에 사단(近衛 師団) 사령부를 찾아 가곤 했다. 천왕을 지키는 특수군 부대라 먹는 것과 입는 것이 풍족했다. 대학 과 동기인 이시다는 학업 성적도 좋고 가정환경이 좋은, 이른 바 성분이 좋은 친구여서 특수부대로 배정되었다(나는 조선인이라 한계가 있었다).

그리고 그곳에서 내 발길을 잡아당긴 것은 라디오에서 흘러나오는 미국 방송이었다. 우리 부대에서 영어 방송을 들으면 그대로 영창행인데 유독 그곳에서만은 미국 방송이 허용됐다. 나는 미국 방송을 통해 실타래처럼 엉켜있는 세계정세와 전시 상황을 알게 되었다. 당시 미국과 일본은 서로 무차별 공격을 퍼부어 대고 있었는데, 미국 방송과 일본 방송은 보도 내용이 상반됐다. 미국 방송은 선제공격을 누가 했는지, 일본 비행기의 추락과 군함 침몰이 어떻게 일어났는지 보도했지만 일본 방송은 그렇지 않았다. 듣다 보니 어느 보도가 사실인지 알 것 같았다. 미국은 일관성 있게 근거를 들어 방송했지만, 일본은 일관성도 없었고 사실도 숨기고 있었다. 투명하지 않으니 오래 가지 못하겠다 생각했다.

방송을 들으며 얻은 것은 세계 정세에 대한 이해뿐 아니라 영어실력이었다. 학교에서 배운 일본식 영어 탓에, 영어 방송을 처음에는 이해하지 못했지만 하루에 서너 시간씩 듣다 보니 어느새 귀가 열렸고 내용이 머릿속에 들어갔다. 능력을 얻게 되는 것은 재능만이 아니라 필요와 능력에도 달려 있다는 것을 영어공부를 하며 실감했다.

그리고 1945년 7월 24일. 미국 방송에서 나는 포츠담 선언을 들었다. 독일 포츠담은 2차 대전 당시 미국의 해리 트루먼 대통령을 비롯해 영국의 처칠수상, 소련(현 러시아)의 스탈린 등이 모여 회의를 열었던 곳이다. 포츠담 선언을 통해 미국과 영국, 소련 등이 히로시마와 나가사키에 원자폭탄을 떨어뜨려 2차 대전을 종식시키겠다는 결정을 내렸다. 소련은 가장 늦게 연합군에 합세했다. 소련은 일본과 손을 잡고 있는 상태였는데 히로시마 등에 핵폭탄이 터지면 일본의 전세가 불리해지리라 예상해 연합군에 뒤늦게 들어왔다. 소련과 일본은 일소불가침조약을 맺은 상태였지만 소련은 조약을 파기하고 바로 북한으로 침입했다. 1945년 8월 8일 선전포고를 하고 일본이 점령하고 있던 만주와 한반도 북부에 침입, 일

고한실의 삶

본 세력을 내쫓았으며 러일 전쟁의 패배로 일본에 넘겼던 본린 섬 남부와 쿠릴 열도를 되돌려 받았다.

8월 6일에는 히로시마, 9일에는 나카사키에 원자폭탄을 투여함으로써 8월 15일, 일본 천황 히로히토가 항복을 선언했다. 그리고 9월 2일 외무부장관 시게미츠 마모루와 미국의 맥아더 원수가 요코하마 근해에 정박한 미해군 미주리호 선상에서 만났고, 일본은 무조건 항복문서에 서명했다. 그렇게 7년에 걸친 세계 제2차 세계대전이 막을 내렸다.

이후 나는 내 진로를 더 깊이 고민하게 됐다. 무엇이 되어야 할까? 어떻게 살아야 할까? 그러기 위해서는 당장 눈앞에 놓인 일부터 처리해야 했다. 병참 부대 부대원들에게 지급되지 않은 담요와 먹거리 등을 나누어 주기로 했다. 아버지나 형님 같은 부대원 60명에게 모두 나누어 주었다. 목탄차, 쌀, 양말, 담요, 옷 등을 다 나눠 주면서 '이거 배임죄 아닌가?' 생각도 했지만, 전쟁은 끝났고 그간 받지 못한 물자를 나눠 준다고 생각하고 문제가 생기면 내가 책임지기로 결정했다. 다 나눠 주고 나니 담요 한 장이 남아 집으로 가져가려 했다. 그때 마침 49세 된 병사가 아내가 해산을 하려고 하는데 담요가 있냐고 물어와 그것마저 얼른 줘 버렸다. 1945년 8월 16일의 일이었다.

운이 좋은 것인지 없는 것인지 하필이면 다음날 17일 일본 헌병대에서 재고품 조사가 내려왔다. 남는 물건은 당연히 없었고 헌병들은 어디다 물건을 팔아넘겼느냐고 소리를 질렀다. 헌병으로 왔지만 패전되었으니 헌병 자격도 없었다. 나는 배짱을 부렸다. '팔아먹지 않았고 나눠 주었다. 그리고 나는 앞으로 변호사나 검사가 될 것이니 말 조심하라!' 되려 큰소리를 치고 돌려보냈다. 걱정은 했으나 별 일이 없기에 며칠간 잊고 있었다.

8월 21일 부대가 해산했고, 나는 하숙집에 왔다. 그리고 엿새가 지나 8월 27일 오전 8시 30분이었다. 아침 식사로 뭘 할까 고민하면서 집 근처 가게로 갔다. 쌀이 부족해 국수만 팔기에 아쉬워하던 즈음, 대문으로 국방색 군화 몇 컬레가 밀치고 들어왔다. 장대처럼 키가 큰 미국 헌병 두 명과 통역병까지 모두 세 사람이었다. 팔뚝에는 MP(Military of Police)명찰이 달려 있었다. 총 두 번 찾아왔는데 한 번은 보고서를 쓰라고, 다음에는 체포하려고였다.

골탕을 먹일 작전이었는지 영어로 답변서를 쓰라고 해서 자초지종을 상세하게 영어로 기재를 했다. 그런데도 어쩐 일인지 며칠 후 다시 찾아와, 다짜고짜 체포 영장을 갖고 왔으니 나를 체포한다고 우겼다. 군법에 위배되는 일을 저질렀다는 것이었다. 다행히 헌병대의 은색 수갑이 내 손목을 채우지는 않았다. 병참 부대 물품 사건이 일본 헌병대에서 상급 기관인 미군 헌병대로 이첩됐다는 생각이 들었다.

마침내 나는 유엔군 총사령부 법무실로 인계됐고, 그곳에서 병참 부대 물품을 빼돌렸다는 죄목으로 조사를 받기 시작했다. 하지만 조사시 내

가 갖고 간 물건이 하나도 없다는 사실이 입증돼 누명에서 벗어날 수 있었다. 마지막 남은 담요 한 장까지 주지 않았으면 큰일날 뻔했다. 담요 한 장에 인생의 고비가 바뀔 수도 있다니!

나누어 준 물품 중에 가솔린 대신, 장작 나무로 불을 때면서 가는 목탄차도 있었다. 불 때는 사람이 불을 때야만 가는 차라 온 사람이 얼굴이 새카맣게 타곤 했다. 누구는 목탄차를 주고 누구는 담요 한 장, 누구는 양말 11켤레가 지급됐으니 불공평하다고 비판했다. 목탄차는 잘라 쓸 수도 없을뿐더러 일반 사회에는 양말 한 켤레만도 못하다고 대답했다. 결국 이 지루한 조사는 5개월이 지나서야 무죄로 판명이 났다.

이후에서야 자초지종을 알게 되었다. 왜 일본 물자를 배급한 내가 일본군 대신 미군의 조사를 받아야 했는지 말이다. 미군은 당시 2차 대전을 일으킨 전범을 조사해야 했다. 그러려면 일본 법률을 아는 법률가가 필요했는데, 공정하게 조사하고 판결하려면 일본인은 아니되 일본법을 잘 아는 사람이 필요했다. 그래서 낙점된 것이 나였다. 다만 워낙 황소고집이니 오라고 해도 올 리도 없고, 고민하다 이들도 체포하는 것으로 강수를 둔 것이었다.

이런 고생을 했으니 병참 부대 사람들을 원망할 법도 했지만 그렇지는 않았다. 미국에 살던 1965년경, 동경제대에서 열린 변호사회의에 참석할 겸 영국대사관 앞의 페어먼트 호텔에 묵었는데 뜻밖에 반가운 손님들을 만났다. 병참 부대에서 함께 근무한 전우들이 방문한 것이다.

도쿄에 방문한다는 기사가 자그맣게 실린 것을 보고 내 일정을 확인해 모인 것이다. 잔뜩 신이 나서 형제처럼 어울리기도 하고 MPC(군표)로 PX에서 물건을 사 보내기도 했다(당시에는 물자가 귀해 구할 수 없는 물건들이 많았다). 20년 전이나 지금이나 반가운 얼굴들과 만나는 소중한 시간이었다.

이 외에 짧은 에피소드 하나를 소개한다. 나는 운전면허가 7개이다. 병참 부대장으로 근무하는 동안 가솔린차로 운전 연습을 열심히 했다. 트럭 운전도 해 보고 싶었지만 운전이 아직 익숙하지 않아 그것까지는 하지 못했다. 맥아더 사령부에서 일하면서부터 운전수가 딸린 자동차를 타고 다니는 바람에 운전할 기회를 잡지 못했다. 맥아더 사령부 일을 그만둔 후 변호사 시절, 군대 시절 해보지 못한 트럭 운전을 꼭 해보고 싶었다. 그런가 하면 버스를 타고 가다 운전수가 갑자기 쓰러지는 비상 시, 버스 운전을 할 수 있으면 좋겠다는 생각이 들었다. 그리하여 급기야 나는 6일 동안 일본 승용차를 비롯해 트럭, 버스, 오토바이, 트레일러, 사이드카, 삼륜차 등 7개의 운전면허를 따기에 이르렀다. 삼륜차는 자동차 하나가 다른 차를 끌고 가는 차다. 운전하는 것을 즐기는데다 트럭이나 버스 등 다른 차종을 운전하는 운전수들의 심리를 알아보고 싶기도 했다. 변호를 할 때 실제 경험이 큰 도움이 되기 때문이다. 교통 법규는 7개 차종이 거의 비슷했다. 그래도 시험은 모두 따로 치렀

고한실의 삶

다. 오토바이와 사이드카 시험은 하루에 치러 6일 동안 7개의 면허를 딸 수 있었다. 친구들이 직권 남용으로 백을 쓴 것이 아니냐며 의심의 눈초리를 흘렸지만 연수 받고 시험을 치러서 모두 정식으로 합격한 것이다. 🐟

Part 3. UN 고등검찰관 시절

어린 나이임에도 불구하고 최고 정상이
라고 해도 과언이 아닌 제너럴 헤드 쿼
터(GHQ) UN 최고 사령부의 전범 재판
을 위한 군사 법정의 UN 고등검찰관이
된 것도 다 하나님의 섭리요 인도하심임
을 오랜 세월이 흐른 후에야 알게 되었
다.

세계사의 한가운데

미국 변호사시험 합격과 첫 졸업장

1945년 9월 3일 유엔사령부가 발족되면서 맥아더 장군이 동경에 입성했다. 같은 해 10월 24일 국제연합기구가 창설되어 공식적인 국제기구로서의 시작된 것은 두 달 후의 일이었지만, 2차 세계대전 후의 연합국 측 군사동맹이 군정으로 처리해야 할 일이 많이 있었기에 연합국 측 군사령부가 동경에 입성한 것이다.

나는 그 후에는 동경 유엔사령부 미군 조사대에서 조사를 받게 되었다. 이들은 나를 계속 배임이라고 윽박질렀고, 나는 '팔아먹지 않았다'고 대답했다. 매일 아침 8시 30분에 지프차로 데려와 어떤 때는 5분, 어떤 때는 1분 30초 정도만 조사하면서 다시 오후 5시에 차로 데려다 주는 일이 계속됐다. 나중에 하숙집에서는 UN지프차로 데리고 갔다 데려 오는 모습을 보고 내가 아주 멋있는 직장에서 아주 높은 일을 하는 줄 알았

고한실의 삶

다고 한다. 전쟁에서 진 후에는 일본 전체가 먹을 것 자체가 귀할 정도로 형편이 말이 아니었다. 그 시기 나는 6개월 동안 헌병대가 모는 지프차를 타고 출퇴근을 하고 쌀밥에 푸짐한 쇠고기 스테이크에, 형형색색의 과일까지 세끼를 모두 공짜로 얻어먹었다. 매우 좋았고 마음도 태평했다.

병참 부대의 물건을 빼돌렸다는 죄목으로 조사를 받았지만, 실제 유엔 사령부 당국은 당국으로 오가는 내내 내 신상조사와 상황을 알게 되었다. 사실 몇 개월 치 월급도 못 받고 있던 부대원들에게 내가 명령하여 물건을 나눠 준 것은 법적으로 하자가 없는 일이었다.

지프차 뒷자석도 아니라 운전수 옆좌석에 앉아 거리를 오가는 사람들과 얼룩덜룩한 상점 간판을 보며 여유롭게 오갔다. 그렇게 가서는 조사는 딱 2~5분, 형식적으로 받고 잘 먹고 난 다음 무엇을 했을까?

내 나름대로는 미국 헌법으로 조사받으면서 미국 헌법을 배우는 좋은 기회를 누렸다. 그리고 민간인들이 먹을 것이 없어 고생할 때 몸과 마음이 편하고, 굶주리지 않을 수 있었다. 특히 법을 공부할 수 있는 귀한 시간을 누린 것에 감사한다. 실제 법무관실에는 미국, 영국, 프랑스, 중국 법무관들이 있었고, 그 중 반 이상은 미국인이었다. 그들은 내가 일본 사법시험에 합격한 것을 알고선 미국 변호사시험을 준비해 보라고 권했다. 키이난 유엔 고등 검찰총장도 같은 권유를 했다.

매일 아침 9시부터 오후 5시까지 점심시간을 빼고 하루 7시간씩 맥아더 사령부 안에 있는 법률도서관에서 미국 사법시험을 준비했다. 친절한 미국의 법무관들은 내게 미국의 연방 헌법에서부터 주법에 이르기까지 틈이 나는 대로 개인 교습을 시켜 주기도 했다. 그렇게 5개월 반을 준비하니, 어느 정도 미국 법에 대해 알게 됐고 미국 변호사시험에 응시, 합격했다. 당시 세계 제일의 법으로 간주 되는 것은 영국법이었다. 그런 연유로 다른 나라에서 법을 제정할 때 영국법을 모방하는 경우가 많았는데 미국과 일본도 예외는 아니었다. 그래서 미국과 일본법이 차이가 있기는 하지만 영국법을 모체로 하고 있어 공부하는데 큰 어려움을 겪지 않았다.

시험 당일, 미국에서 시험을 치러야 하나 고민했는데, 다행히 맥아더사령부 내에서 혼자 시험 치를 수 있는 특혜를 얻었다. 며칠간 시험이 이어졌다. 면접에서 시험관이 형법 121조 3항에 관한 내용을 언급하면 '아니요, 그것은 2항에 나오는 내용입니다. 시험관님.' 이렇게 정정해 주곤 했다. 법률 조항을 외우는 데는 일찌감치 이력이 붙은 사람이 아닌가? 일본 육법전서를 공부하면서 강훈련이 몸에 밴 탓이었다. 한편 사법시험을 치루기 하루 전날. 배임죄에 대한 나의 조사는 일단락이 지어지며 무죄 판결을 받았다. 시험을 치기 전, 마음을 가볍게 해주기 위한 배려였던 듯하다.

고한실의 삶

시험에 합격 후 어느 날, 마가티 소장(법무감, 법무관들의 총책임, 검찰 총장에 해당)이 이제 미국 사법시험에 합격했으니 2계급 특진, 중위에서 미 육군 소령으로 임명한다고 했다. 병참 부대장으로 입대할 때는 소위였다가 중위로 승진했었다. 그렇지만 나는 육군대령이라고 주장했다. 이유가 있었기 때문이다. 마가티 소장은 자기 권한으로는 그렇게 할 수 없다며 맥아더 사령관에게도 데려갔다. 맥아더 사령관은 내게 '대령을 주장하는 법적 근거가 뭐냐?'고 물었다. 유엔 고등검찰관 규칙에는 두 나라 사법시험에 우수한 성적으로 합격하면 대령으로 임명한다는 내용이 적혀 있었다. 나는 그 법규를 맥아더 총사령관에게 보여 주었다. 그러다가 맥아더 장군은 몇 차례 되풀이해서 법규를 훑어보더니 마침내 내용을 인정, 나를 미 육군 소령 대신 대령으로 임명하기로 결정했다. 그러면서 맥아더 장군은 곧바로 나에 대한 호칭을 고 대령으로 바꿔 부르기 시작했다.

그렇게 해서 나는 1946년 3월 1일 자로 미 육군 법무관, 유엔군 고등검찰관 대령 고한실이라는 임명장을 받게 됐다. 하지만 나의 공식 계급 명칭은 Major thru colonel 이다. 메이져는 소령, 커널은 대령을 일컫는다. 만 20세의 젊은 나이라 대령으로 임명하기에는 너무 이른 감이 있어, 절충안으로 중간 계급이 언급됐고, 나 역시 흔쾌히 승낙, 소령과 대령을 아우르는 좀 특이한 계급의 이름을 갖게 됐다. 하지만 연봉을 비롯해 모든 혜택은 대령에 준했다. 연봉은 대령 초급으로 1만 1천 달러 정도를 받았다.

한편 언제든지 전쟁에 나가는 현역 군인과 군속(문관)들은 그때부터 기부하는 습관이 붙기 시작했다. 군대 안에는 회계사가 있어 세금 문제 등을 상담할 수 있었다. 운전수가 딸린 자동차가 나왔는데 미국산 뷰익(BUICK) 번호는 666번이었다. 장교 클럽에서 먹는 음식 값도 모두 면제해 주고, 병원도 무료였으니 따로 돈을 지불할 일이 거의 없었다.

이렇게 미 육군 대령이자 유엔군 고등검찰관이 된 나는 맥아더 유엔군 총사령관을 통하여 일본의 A급 전범 재판은 물론, 일본 천왕 체포권까지 갖게 된 최고의 권력 기관에 소속되었다. 유엔 총사령부는 전범 처리 문제 외에도 패전국인 일본을 어떻게 이끌 것이냐 등 전후 일본의 총체적인 문제를 논의하는 기관이기도 했다. 미국의 아이젠하워 대통령이 일본 문제를 의논하기 위해 맥아더 총사령관을 방문하곤 했다. 아이젠하워 대통령과 맥아더 총사령관은 미 육군사관학교 선후배 사이이다.

그 당시 일본은 천황 중심의 나라로 천황을 살아 있는 신으로 취급했다. 교과서에도 현대의 살아 있는 신이라고 기재돼 있었다. 1945년 9월 2일을 기해 맥아더 사령부에서는 천황에 대해 살아 있는 신이라는 말을 쓰지 못하도록 금지령을 내렸다. 일본 천황을 장군의 임시 숙소로 쓰고 있는 미국 대사관으로 불러 맥아더 장군이 천황에게 직접 지시를 내린 것이다. 천황은 그것을 마지못해 수락했다. 이 외에도 천황이 참석하는 어전회의를 없애고, 천황은 국가의 책임자가 아닌 상징적인 존재로 남아

동경 법대 졸업증명서   성적증명서

야 한다는 것 등을 지시했다. 그 이후 모든 국가의 책임은 총리 이하 내
각에서 지기로 했으며 현재까지 일본에서의 모든 국정 책임은 총리가 지
고 있다.

유엔 고등검찰관으로 재직 중이었던 시절 동경제국대학의 총장이 대
학원 박사 과정을 신청하라고 했다. 사법시험에 합격하면 법관이 되기 위
해 대학을 구태여 다닐 의무가 없다. 나는 초등학교부터 고등학교 과정
까지 단 한 장의 졸업장도 없는 터라 대학 졸업장만은 꼭 갖고 싶었다. 월
반을 해서 일찌감치 대학에 들어오기는 했지만 졸업장이 없으니 호적이
없는 사람처럼 허전했던 것이다. 사정을 알게 된 동경제대의 총장이 내

게 제의를 했다. 박사 과정을 준비하며 일주일에 하루 이틀씩 대학원을 다니고, 논문이 통과되면 박사 학위를 받을 때 대학 졸업장을 함께 고려해 보겠다는 것이었다. 그렇게 해서 나는 대학 수업을 들으며 박사 논문을 공들여 준비했다. 결국 전쟁의 와중에서 군 복무를 하고 지내다 보니 1943년 입학해서 종전 후 1947년 논문을 준비한 지 5년 후 박사 학위를 손에 넣었다.

그해에 나는 동경제국대학 법학부를 졸업함으로써 꿈에도 갖고 싶었던 졸업장을 갖게 되었다. 실로 갓 스물에 학교 졸업장이라는 것을 처음으로 받은 것이다. 계속 월반하며 상급 학교를 진학하여 소학교부터 중학교, 고등학교, 대학까지 졸업장 한번 구경 못하고 있다가 대학만은 결국 졸업장을 손에 쥐게 된 것이다. 감개가 무량했다. 그날이 내가 잊지 못할 한 날로써 1947년 9월 25일이었다. 물론 그동안 군 복무와 UN 극동국제군사법원 동경 UN 법무관으로서 근무를 하느라 공부를 마칠 기회가 없었으나 근무하면서 기회를 얻어 남은 공부를 마저 하게 된 것이다.

그 당시 동경제국대학은 명실 공히 동양 최고의 대학이었다. 동경제국대학을 졸업한 6일 후 1947년 10월 1일 모교인 동경제국대학의 교명을 제국을 빼고 동경대학으로 개명했다. 역대 국무총리 등 일본의 장관급 중에서 동경제대 출신이 상당수다. 하지만 우수한 인재들이라고 꼭 모두 훌륭한 사람이라고 할 수 없다. 일본 변호사 시절, 일본 회사의 간부를 만난 적이 있는데 동경제대를 나왔다고 하니 바보로군요 하면서 자신도

고한실의 삶

아카몬 동경제대 출신이라고 소
개했다. 아카몬은 일본말로 빨간
문이라는 뜻이다. 동경제국대학의
정문이 빨간색이라 학교를 아카
몬이라고 부르곤 했다. 아카몬은
일본 국보로 지정돼 있다. 그가 말
하는 바보란 딱딱하고 융통성이
없다는 의미가 아닐는지!

고등검찰관 시절 신분증

 총장은 약속대로 박사 학위를
수여하며 대학 졸업장을 줬다. 난
생 처음 손에 쥐어 본 졸업장은 이질감이 느껴질 정도로 생소했지만 따
스한 잉크 냄새가 묻어나는 듯 정겨웠다. 대학과 대학원 과정이 4~5년,
박사 과정이 5년 정도 걸리는데 나는 대학과 박사 과정 등을 합하여 4년
을 다녔다. 마지막 해는 고등검찰관을 하고 있어 일주일에 한두 번 학교
에 가서 강의를 들었다. 고등검찰관은 일주일에 5일 근무. 토요일과 일요
일은 쉰다. 하지만 나는 토요일과 일요일에 일하고 대신 평일 중 이틀을
쉬며 학교에 다녔다. 수업을 들으며 시간강사로 학생들을 가르치기도 했
다. 나보다 나이 많은 학생들의 향학 열기를 만족시키느라 한시도 팽팽
한 긴장의 끈을 늦추지 못했던 시절이다.

맥아더 장군

　유엔군 총사령관 법무관 실에서 일을 시작한 것은 1946년, 내 나이 20세 때 일이다. 백발의 더글라스 맥아더 오성 장군은 66세였는데, 그는 나를 아들처럼 손자처럼 친절하게 대해주셨다. 내가 일하는 사무실은 같은 건물의 3층. 장군은 7층에서 일을 하고 있어 자주 마주치지는 못했으나 일주일에 몇 차례는 불러 일본에 대한 실태 보고 등에 대한 나의 의견을 묻곤 하셨다.

　맥아더 장군은 6·25 전쟁 시 인천상륙작전을 성공적으로 펼친 장본인이다. 그에 대한 우리나라 사람들의 평가는 양극으로 나누어지기도 한다. 한국이 공산화되지 않도록 지켜준 은인이라는 평가와 무리한 작전으로 전쟁터에서 귀한 목숨을 불필요하게 희생시켰다는 의견이다. 내가 몇 년 동안 곁에서 지켜본 맥아더 장군은 두뇌가 명석할 뿐 아니라 전쟁의 작전 등에 뛰어난 통찰력을 갖춘 출중한 군인이었다. 아이젠하워 미국 대통령의 미 육군사관학교 선배인 맥아더 장군은 머리가 명석해 아이젠하워가 중간 성적을 유지하는 것에 반해 그는 늘 1등을 차지했다고 한다.

　맥아더 장군은 국가와 민족을 위해 일한다는 투철한 사명감과 미래를 내다보는 선견지명이 있어 우리나라가 공산화되지 않도록 막아준 은인이다. 그렇게 출중한 군인이면서도 가까이서 대하면 인정이 많고 다정다감했다. 나뿐만 아니라 부하를 항상 배려해 주는 사람이었다. 나는 어릴

고한실의 삶

때부터 아버지의 권유로 일기를 쓰기 시작했는데 일본에 도착해서도 그 습관은 계속됐다. 맥아더가 어느 날 무슨 날 무슨 일이 있었나를 물으면 일기장을 보고 가르쳐 드리곤 했다. 그랬더니 맥아더 장군은 문득 일기장을 보여 달라고 했다. 일기장이라 봐야 딱히 비밀이랄 것도 없어, 장군이 보자고 하면 언제든지 보여 드렸고 우리는 허심탄회하게 일본의 미래 문제 등에 관해 대화를 나누곤 했다. 인천상륙작전 때 한국에 함께 나가자 제의했으나 나는 군인이 아니니 다음에 나가겠다고 답변하기도 했다.

그밖에도 이런 저런 사건에 관해 서류를 가져오라거나, 일본인들의 실태나 국정 조사를 맡기기도 했다. 일본을 공산화 시키지 않으려면 어떻게 하는 것이 좋겠냐고 물으면 그 당시 일본의 A급 전범이었던 기시(기시 노부스케 : 岸信介)를 활용하면 좋겠다고 답변하기도 했다. 정직하고 책임감이 강했던 기시를 맥아더가 잘 봐서 나에게 계속 접촉해 보라고 지시를 내리기도 했다. 그런가 하면 장군은 준법정신이 철저해 모든 일을 규율 안에서 처리하고자 했다.

하지만 그런 맥아더 장군이 대통령의 명을 어겨가며 밀어 붙이고자 한 작전이 있었는데 그것은 다름 아닌 6·25 전쟁 때 중국을 치자는 의견이었다. 1950년 9월 15일 인천상륙작전을 펼치며 북진하던 맥아더 장군에게 복병인 중국이 신의주까지 치고 들어왔다. 백발의 맥아더 장군은 그 당시 은퇴할 나이인 70세였다. 맥아더는 자유 진영을 위해 중국의 군사기지인 중국 본토를 치자고 했다. 하지만 미국의 트루먼 대통령이 반대했다. 2차 대전이 이제 겨우 끝났는데 그러면 다시 제3차 세계대전이 시작될 위험이 있다는 것이 트루먼 대통령의 의견이었다. 군인 최고 지도자가 작전을 진행하고자 할 때는 그만큼 자신이 있다는 뜻이다. 만약 그때 맥아더 장군이 중국의 군사기지를 쳤다면 우리나라는 1·4 후퇴로 인한 죄 없는 목숨의 희생을 훨씬 줄였을 터이고, 남북 분단의 서러움을 겪지 않았을지도 모른다는 것이 나의 개인적인 소견이다. 한 개인의 운명뿐 아니라 한 나라, 아니 세계의 운명 또한 한 순간의 결정에 좌우된다고 생각하니 두렵기도 했다. 트루먼은 3차 대전을 우려했으나 맥아더는 걱정하지 않았다. 그 당시 중국은 북한 정도의 힘밖에 없었다. 그 당시 모택동도 약했다. 그리고 중공군은 교도소에서 나온 죄인들이라 총도 제대로 쏠 줄 몰랐다. 군인 옷 오래된 것을 입혀 노련한 군인인 것으로 오인했으나, 비누를 빵인 줄 알고 먹고, 축음기에 총을 대고 빨리 나오라고 하는 등 허술하기 짝이 없는 군인들이었다. 맥아더 사령부에 이런 보고가 들어와 맥아더는 이런 사실을 모두 알고 있었다.

그리하여 맥아더는 죽을 각오로 대통령의 명을 어기면서까지 중국 본토를 치고자 했다. 하지만 결국 트루먼 대통령의 명령에 작전을 포기하지 않을 수 없었다. 이 사건으로 맥아더는 곧바로 해임됐다. 전쟁 통이라 대통령의 명을 어길 경우 해임과 함께 사형이 집행된다. 하지만 태평양 전쟁에서의 공로를 인정받아 사형은 면했다. 그 이후 맥아더는 대한민국을 위해 다시 의견을 내놓았는데 소련에서 한반도를 나누어 미국령과 소련

고한실의 삶

령으로 하자고 한 것을 맥아더가 반대, 남한과 북한으로 나눠지게 됐다. 맥아더 장군은 우리나라에 둘도 없는 은인이다.

또한 맥아더는 한국뿐만 아니라 일본에게도 큰 은인이다. 전쟁 후 소련의 영향으로 일본이 공산화되려고 하는 것을 맥아더 총사령관이 강력하게 막아 주었다. 중국의 장개석 때 소련이 일본의 북해도를 가져가겠다고 위협했다. 하지만 맥아더 장군은 그렇게 되면 일본을 공산 치하로 만들 위험이 있어 안 된다고 반대했다. 소련이 일본의 북해도를 가져갈까, 아니면 이북을 가져갈까 논의할 때, 맥아더가 북해도를 지키려고 이북의 신탁 통치를 주장했고, 그에 의해 38선으로 조정되었다. 이 과정에서 장군은 일본의 문제에 관해 나의 의견을 묻기도 했다. 나 역시 소련에 북해도를 내주면 일본 본토까지 공산권에 내주게 될 것이므로 적극적으로 막아야 한다는 의견을 피력했었다. 맥아더는 공산주의하고는 말도 섞지 않을 만큼 공산주의라면 고개를 저었다.

최근 인천에 있는 맥아더 동상을 철거한다는 시위 등 맥아더 장군에 대한 부정적인 의견은 배후에 북한을 동조하는 세력의 조정이 있음을 간파해야 한다. 그들의 조종에 꼭두각시처럼 놀아나지 않기 위해서는 공산주의가 무엇인지, 실상을 알았으면 하는 바람이다. 나 역시 일본에 있을 때 몇 차례 북한으로 전향할 것을 종용하는 유혹이 있었다. 하지만 일언지하에 거절했다. 국가와 민족을 위한 정치가 참 정치인데, 위정자 몇몇 사람만 호의호식하고 2천만 명의 북한 주민들이 굶주림에 허덕이고 있는 현 실상 그것을 목도하면서도 공산주의에 무분별하게 이끌리는 사람들은 먼저 공산주의에 대해 심도 있게 연구해 볼 것을 바란다. 북한은 엄밀히 말하면 모든 사람들이 똑같이 나누어 가지는 공산주의의 본래의 의미를 벗어난 지 이미 오래다. 독특한 독재주의일 뿐이다.

맥아더 장군이 죽은 후 장군 가족의 초청으로 버지니아 노드혹에 있는 그의 집을 방문한 적이 있다. 청렴했던 그의 집에는 소박한 가구뿐이고. 귀중품 하나 진열되어 있지 않았다. 새까만 선글라스를 끼고 파이프 담배를 입에 문 맥아더 장군을 보면 배우처럼 잘생겼다는 생각이 들었지만 생활은 청렴한 사람이었음에 틀림없다. 장군의 후임으로는 리지웨이 장군이 왔는데 퇴임 후 그의 집에도 가본 적이 있다. 그의 집에서는 거실과 방을 불문하고 한국과 일본의 골동품이 차고 넘쳐났다. 일본에 있을 때 퇴임 전에 한국과 일본의 골동품을 군함으로 실어갔다. 맥아더 장군과는 일주일에 몇 차례 만났었지만 리지웨이와는 한 달에 한 번 정도 만났다.

고한실의 삶

기시 노부스케

내가 어린 나이임에도 불구하고 최고 정상이라고 해도 과언이 아닌 제너럴 헤드 쿼터(GHQ)–UN 최고사령부의 전범 재판을 위한 군사 법정의 UN 고등검찰관이 된 것도 다 하나님의 섭리요 인도하심임을 오랜 세월이 흐른 후에야 알게 되었다. 정직하고 순진하고 양심적인 사람을 도우시고 선한 길로 인도하시며 형통케 하시는 하나님의 큰 사랑을 깨달은 것도 그 먼 후일의 일이었다. 그 당시 나는 아직 하나님의 말씀을 깊이 이해하고 놀라우신 성령의 능력을 체험하며 기뻐하면서 사는 것이 무엇인지 전혀 몰랐지만 내 마음 속에 양심의 소리대로 정직하고 법대로 옳은 일을 하며 살리라 하는 마음이 언제나 강하게 나를 붙들고 있었다. 옛말에 '순천자(順天者)는 흥(興)하고 역천자(逆天者)는 망(亡)한다'는 말이 있듯이 내 마음 속에는 어찌하던 국가가 만든 법의 테두리 안에서 맡은 바 모든 일에 최선을 다하며, 윤동주의 시처럼 '하늘을 우러러 한 점 부끄럼 없이' 정직하고 진실 되게 주어진 일들을 처리한다는 마음이 초지일관이었다. 이러한 결심을 실천하며 살다보니, 오늘날까지 어떤 큰 궁지에 몰려 허덕이며 어렵게 되었었던 적이 한 번도 없었던 것으로 기억한다.

내가 맡은 바 전범 조사를 위해 리스트에 올라 있는 28명에 대한 체포영장을 극동국제군사법정 동경 법원 UN 고등검찰관의 자격으로 1946

년 5월 3일 발부했다. 그리고 그들을 조사하기 시작해 약 일 년간의 세월이 지나갔다. 그들 중에 바로 이미 언급한 바 있으며, 후에 일본 총리를 역임하게 된 기시 노부스케 전 장관이 있었다. 조사라고 하는 것은 독자들도 잘 알고 있겠지만 법률 용어로 검찰의 심문 과정이다. 만 19세에 일본군의 중위로 있던 내가 몇 개월이 지난 사이에 180도로 신분이 바뀌어 연합국 UN 군사법정에서 '패전국 일본의 A급 최고의 전범들을 심문하게 되었다는 것 자체가 어떤 면에서는 역사의 아이러니가 아닐까?

생각하면 시간이 대단하기도 하고 한편으론 웃기기도 한다. 시나 연극에서의 한 대목같이 이 무슨 운명이란 말인가? 그 당시 식민지 국가의 한 사람으로서 UN군 고등검찰관이 되어 반대로 일본의 최고 전범인 일본 천황을 포함하여 국회의원, 장관 등을 체포하고 조사하며 판결할 권한을 가졌다는 것에 대해 아버지는 '잘했다'라며 내게 칭찬을 한 바가 있다.

좌우지간 나는 맥아더 장군을 만난 연유로 연합국 군 수뇌들과 함께 전범들을 체포하고 심문하고 구형을 주장하는 일을 한 것이다.

내가 전범들과 심문으로 시간을 보내기 시작할 무렵 같은 달 5월 25일에는 요시다 내각이 설립되었다. 그리고 몇 개월이 지난 후 서구식의 교육 방침을 도입, 모든 학교를 남녀가 함께 공부하도록 하는 남녀공학 선언이 그해 10월 9일에 있었다. 이어서 11월 30일에는 일본 헌법을 개정 공포하는 일이 있었는데 오늘날까지 이날이 일본에서는 기념일로 정해

고한실의 삶

져 기념하고 있다.

함께 일하는 제너럴 헤드 쿼터(GHQ)의 부서 중에 휴가국이 있는데 그 부서의 최고 책임자는 국장으로 대령급이었다. 그런데 언제나 그 자리는 뇌물 때문에 문제가 생겨 몇 개월이 멀다하고 교체되곤 했다. 뇌물을 받은 것이 알려지거나 탄로나면 그 경중을 가려 옷을 벗든지 다른 곳으로 좌천되어 발령에 따라 옮겨야 했다. 3개월을 견딘 자가 없었는데 이 사람 저 사람 하다 보니 이제는 내게 그 책임이 돌아와 먼저 조건을 이야기하며 6개월간만 하겠다고 건의했다. 그래서 UN 법무관 겸 휴가국장을 겸직했다.

취임하던 바로 그날, 과자 한 상자가 선물로 들어 왔는데 단순히 먹을 것이라고 생각하고 비서실 직원 10명과 부관 토니 중위가 보는 앞에서 함께 나눠 먹었다. 그러자 그 과자 상자 안쪽에서 CNP 군표가 아닌 그린달라(Green 달러)로 1만 달러가 들어 있었다. 1947년의 일이니까 얼마의 돈인지 상상에 맡긴다. 당시의 1달러는 일본 돈 360엔이었다. 나는 즉시 그 과자 상자를 보낸 사람을 잡아오라고 명령했다. 당시 군정에서의 법무관은 누구나 구인장을 발부할 수 있었다. 구인장에 싸인을 해 주었더니 그 사람을 데려왔다. 여러 가지 말로 알아듣도록 호통을 치고 그 자리에서 시말서를 쓰게 하고 그것을 도로 가져가도록 하면서 덧붙이기를 앞으로 이런 일이 또 다시 있을 경우 결코 용서하지 않겠다고 강조하며 돌려보냈다. 전에 휴가국장실로 매일 10,000달러 정도의 뇌물이 일본인 기업가들과 호텔업 하는 사람들로부터 들어왔다고 하니 그 뇌물이 얼마나 됐겠는가? 그러니 뇌물 있는 곳에 냄새가 나게 마련이고 뇌물 먹은 곳이 부패하거나 뇌물 먹은 사람의 눈이 어두워져 자연히 실정이 있게 되고 여러 소문과 함께 그런 자리를 부정과 악덕의 자리로 보게 되므로 뇌물을 먹고 견딜 재간이 있는 자가 어디 있었겠는가? 낌새가 보이자마자 수시로 경질되었으므로 3개월을 견딘 자가 없었던 것이다.

이런 뇌물은 주로 일본인 기업가들의 자사 사업상의 로비 활동으로 볼 수 있겠으나 당시 전후 상황으로는 그런 뇌물은 군정을 하는 UN 여러 나라에게 별로 그리 좋게 볼 수가 없는 모습일 뿐 아니라 바른 통치에 상당한 악영향을 끼칠 수 있는 불씨였다. 오늘날이라면 과연 어떻게 이들에 대한 평가를 했겠는가? 아마 그 당시와는 엄청나게 달랐을 것이라고 생각한다. 맥아더 사령부에서는 그런 직책을 아예 없애는 것이 어떻겠느냐는 의견이 대두됐을 정도였다. 결국 나는 일 년이나 그 자리를 겸직하여 정직하게 일을 처리하고 원칙대로 잘 마무리하고는 그 후 다른 사람에게 그 자리를 물려주었다.

맥아더 총사령관 산하 유엔 고등검찰관 시절 나는 주임 검사로 내 밑에 4명의 검사를 데리고 있었다. 나보다 나이가 많고 실력을 갖춘 쟁쟁한 검사들이었다. 나 이외에도 미국과 중국, 소련 등지에서 온 주임 검사 밑

고한실의 삶

에 보통 4명에서 6명 정도의 검사들이 함께 일했다. 우리 팀에 사건이 맡겨지면 나를 합쳐 다섯 명의 검사가 다수결로 의사 결정을 한다. 그런데 다른 두 명의 검사가 나를 동조하는 일이 많아 반대자 두 명을 이기고 우리 세 사람의 의견이 관철되는 경우가 많았다.

우리가 주로 하는 일은 2차 대전 종전 후 일본 전범들에 대한 조사였다. 우리 조에 일본 장관을 지낸 기시 노부스케가 맡겨졌다. 그는 제2차 세계대전 발발과 관련 A급 전범이었다. 유엔 고등검찰관들에게는 A급 전범들만 맡겨졌다. 전범 중 가장 죄목이 무거운 죄인인 것이다. 그 당시 일본인 전범 180여 명이 체포된 가운데 A급 전범은 28명이었다. 그 중 한 명인 기시 노부스케를 내가 맡게 된 것이다. 나는 기시만을 담당했으나 보조 검사들은 다른 사람도 맡았다. 하지만 보조 검사들은 전범을 직접 담당하지는 못한다. 주임 검사가 어떻게 일하는지 살피는 감시의 입장이었다.

기시는 그 당시 3가지 죄목으로 A급 전범으로 간주됐는데, 첫째는 일본 상공부장관으로 어전 회의(국내 장관급들과 천황이 함께 진행하는 회의)에 참석했다는 것과, 만주국 상공부장관을 지낸 일, 또한 1943년 5월 호 중앙공론 잡지에 '대동아전쟁(제2차 세계대전)은 정당하다'는 발언을 한 것이 죄목으로 지목됐다.

나는 유엔군 총사령관이었던 맥아더 장군께 기시의 첫째와 둘째 조건은 A급 전범으로 간주하기 어렵고 단지 세 번째 발언만 죄로 성립, 그의 형기는 6개월이 적합하다고 피력했다. 하지만 그의 판결을 맡고 있던 극동국제군사법정 동경 재판소에서는 기시의 6개월 형기에 대한 판결을 유보한 채 시간을 끌고 있었다.

기시에 대한 일반 자료 중 그가 일본의 A급 전범 중에 유일하게 기소를 당하지 않은 인물이라는 내용이 있다. 하지만 그것은 사실과 다르다. 그는 A급 전범 중 가장 먼저 기소를 당했으며 또한 가장 마지막에 판결이 난 사람이다. 기소 없이 어떻게 3년이나 옥살이를 치를 수 있는가? 20일 이상 감옥에 가두기 위해서는 반드시 기소장이 필요하다. 그에 대한 기소는 내가 직접 했다.

그 당시 유엔 고등검찰관은 모두 60명이었다. 수석 검사는 조셉 키넌 총검찰관이었다. 우리는 자신이 맡은 전범이 아닌 다른 A급 전범들의 재판 과정을 지켜보기 위해서도 법정에 참석해야만 했다. 그런데 A급 전범 28명의 재판을 지켜보는 중 진풍경이 발생했다. 법정 밖에서 멀쩡하던 사람들이 법정 문을 들어서며 갑자기 옷을 벗거나 오줌을 싸고 헛소리를 하는 등 정신이상자 쇼를 펼치는 것이었다. 겉옷만 벗는 것이 아니라 속옷까지 벗으며 차마 눈 뜨고 쳐다보지 못할 광경을 연출했다. 그 자리에는 윌리암 웨프 재판장을 비롯해서 검사, 변호사, 각국의 기자들이 즐비하게 앉아 있었다. 그리고 내가 맡았던 기시도 함께 앉아 있었다.

하는 수 없이 A급 전범 28명 중 15명이 기소 면제, 법집행 유예처리가

됐다. 그리고 나머지 13명의 A급 전범 중 7명은 사형을 선고 받았다(60여 명 이상의 전쟁 범죄 용의자로 지명된 사람 중 28명이 기소되어, 판결 이전에 병사한 사람 2명과 소추가 면제된 1명을 제외한 25명이 실형을 선고, 그 중 7명이 교수형, 16명 종신형, 2명 유기금고형, 판결 전 병사 2명, 소추 면제 1명). 하지만 일본 천황이자 최대 책임자였던 쇼와 천황(昭和天皇)과 난징 대학살의 지휘관이었던 아사카노미야 야스히코(朝香宮鳩彦王)를 비롯한 주요 일본 황족들은 처벌을 면했다.

그 당시 A급 전범으로 사형 선고를 받은 죄인 중에는 관동군 총사령관 도조 히데키(東條英機)가 포함돼 있었다. 육군 대장이기도 했던 그는 법정에서 모든 책임은 자신이 진다고 말했다(아들 히데타카, 데루오, 도시오). 한편 그를 체포하기 위해 미 헌병이 체포 영장을 가져갔을 때 자신의 허리춤에서 권총을 꺼내 자살하려 했지만 헌병이 손을 잡아채는 바람에 미수에 그쳤다. 도조 히데키를 포함해 영어를 못하는 전범들의 취조 시에는 통역을 썼는데 일본인 국적을 가진 일본인 대신 일본인 2세들을 썼다.

도조 히데키는 1941년 일본의 내각 총리대신이 됐다. 그는 어전회의에서 '미국을 쳐야 합니다. 진주만을 공격해야 합니다.' 등의 발언을 서슴지 않았었다. 그는 A급 전범으로 사형수 7명에 포함됐다. 나머지 6명은 각각 20년, 10년, 5년 형 등을 구형 받았는데 기시만 판결이 유보 된 채 시간을 끌고 있는 답답한 상황이었다.

미국측에서는 일본을 공산화하지 않기 위해 일본을 지킬 일본인 인재를 물색 중이었는데 기시도 그중 한 사람이었다. 그가 어떤 사람인지 알아내느라 그에 대한 판결이 마냥 미루어지고 있는 속사정을 알 리 없는 기시는 동경의 스가모 형무소(巢鴨刑務所)의 차가운 마룻바닥에서 답답한 마음을 추스르고 있었다. 그렇게 그는 그곳에서 판결이 계속 미루어진 채 무려 3년을 갇혀 지냈다. 주임 검사로서 그에 대한 심문은 일년 만에 모두 마쳤다. 하지만 그에 대한 판결은 유보된 채 교도소에 계속 수감 중이라 나는 그가 갇혀 있는 3년 동안 그를 찾아 가지 않을 수 없었다. 취조 스케줄이 짜져 있었기 때문이다. 형무소 안에는 작은 책상과 의자, 변기, 이불 등이 놓여 있었다.

감방 안에 놓여진 나무 책상을 마주하고 의자에 앉아 진행된 취조 및 상담은 3년 동안 일주일에 세 차례 1~2시간씩 계속됐다. 우리는 세상 돌아가는 이야기부터 시작해서 '도조 히데키 대장은 어떻게 됐나, 기무라 헤리타로 대장은 어떻게 됐나' 등의 질문을 하면 다나카 장군은 미친 사람이 돼서 정신병원에 가 있다(오카와 슈메이, 소추 면제, 나가노 오사미 제독, 마스오카 요스케 외무대신 병사)는 등의 대답을 해주곤 했다. 하지만 3년이라는 긴 시간 동안 만주에서 살아온 이야기를 비롯해서 그의 과거 살아온 이야기를 듣는 것이 주였다.

상담을 하는 동안 비서가 옆에 앉아 끊임없이 메모를 했다. 상담이 다 끝나고 나면 메모된 보고서를 나와 보조 검사들이 검토한 후 키이난에게 제출했다. 기시를 장래 일본의 국무총리로 쓰기 위해 그렇게 오랜 시

고한실의 삶

간 관심을 가지지 않았나 싶다.

기나긴 겨울에는 교도소 안에 숯불을 피워 그리 춥지는 않았다. 주요 질문을 다 마친 상황이라 그는 내게 책을 읽고 싶은 것이 있으니 허가해 달라는 등의 부탁을 하곤 했다. 담당 검사의 허락 없이는 신문이나 잡지를 보는 것도 허용되지 않았다. 그 당시 A급 전범들에게 신문은 허락되지 않아 잡지만을 허용했다.

실상 내가 기시의 3가지 죄목 중 세 번째 항목만을 죄로 성립, 6개월이라는 짧은 형기를 구형한 것은 나름대로 공정한 판결을 위한 심사숙고한 뒤 내린 결정이었다.

우선 그의 2차 대전이 정당하다는 발언과 관련, 그의 발언으로 전쟁이 발발했으면 그것은 사형을 받아 마땅한 중죄임에 틀림없다. 하지만 그의 발언은 이미 전쟁 중에 언급된 것이다. 망발이긴 하지만 발언 자체는 개인의 의견으로 간주, 6개월 형을 구형했다. 또한 첫 번째 죄목인 보건복지부 장관(농상무성 장관)으로 어전회의에 참석한 장관 중에는 일본과 일본 민족의 번영을 위해서 혹은 대동아 건설과 대 일본 제국의 확대를 위해서 전쟁을 일으켜야 한다고 주장하거나 왕에게 건의한 2차 대전을 일으킨 주범들이 포함돼 있었다. 그들은 당연히 사형을 구형받았다.

두 번째, 만주국에서 산업부 차관을 지낸 일과 관련, 기시는 이미 만들어진 만주국에 가서 일했을 뿐, 만주 사변이나 만주국 건설(만주국 산업 개발 5개년 계획 실시 일제의 만주 괴뢰국 건설한 우익의 원조, 만주국 창건은 32년, 기시가 만주국의 산업 차장으로 부임한 것은 36년, 다시 상공성 차관으로 귀임한 것이 36년이라 만주시대는 그리 길지 않았나…)에는 참여하지 않았기 때문에, A급 전범으로 취급 될 수 없다는 것이 나의 의견이다. 일본은 1928년 중국의 군벌 장쭤린을 폭살, 1931년 만주사변을 발발케 하며 이듬해 만주국 건국 선언을 한 바 있다. 한국에 이어 또 하나의 식민지 건설을 위한 발판을 다진 것이다.

이렇듯 이웃 나라에 대한 도발을 일삼은 일본의 위정자들에 대해 나 역시 개인적인 감정을 갖고 있는 것을 인정하지 않을 수 없다. 또한 기시 노부스케는 일본의 고위 공직자 중의 한 사람이었다. 하지만 검사로서 그를 취조할 때 나는 개인적인 감정을 모두 배제한 채, 법률에 의거해 그를 취조하고자 최선을 다했다.

한편 기시는 제일고등학교와 동경제국대학 법학부 선배이며 일본 사법시험 선배이기도 하다. 물론 그가 선배여서 특혜를 봐주지도 않았다. 나름대로 정직하게 일했을 뿐이었다. 검찰관으로 일하면서 사적인 감정을 가지면 그런 사람은 검사의 자격이 없다. 다만 잡지에 한 차례 발언한 것만 그의 죄로 인정이 되었는데 그것을 놓고 5년, 10년을 구형한다는 것은 법적으로 무리라는 생각이 들었기에 형을 무겁게 하지 않았다.

그에 대한 재판으로 나는 유엔 고등검찰관실에서 공정한 검찰관으로 신임을 얻게 됐다. 그 일이 미국의 백악관까지 보고돼, 그 당시 부통령이

고한실의 삶

던 닉슨의 일본 방문에 맞춰 개인적인 만남을 갖는 계기가 마련됐다. 새로운 시간들이 나를 기다리고 있었다.

기시는 자신의 앞날의 운명이 어떻게 결정 날 것을 알지 못한 채, 쉽사리 흘러가지 않는 날수를 헤아리며 옥중에서 지루한 나날을 보내고 있었다. 그의 유일한 낙은 옥중 일기를 쓰는 것이었는데 출옥 후 그의 옥중 일기는 일본에서 책으로 출간됐다. 판결이 유보된 채 옥중에서 지낸 억울한 심정을 그는 일기장에 고스란히 기록했다.

마침내 그에 대한 판결이 나왔다. 6개월 형이었다. 사형을 선고 받은 A급 전범들의 사형 집행까지 모두 끝난 후였다. 도조 히데키 이하 일곱 명의 A급 전범이 교수형으로 처형된 것이 1948년 12월 23일이었고, 기시는 그들이 처형된 다음 날 옥문을 빠져 나와 3년이 흐른 후였다. 그러니까 그는 감옥에서 2년 6개월이라는 시간을 억울하게 허송한 셈이었다. 하지만 군사재판에서는 지난 시간에 대한 청구 소송이 성립되지 않는다.

억울한 심정을 비장에 꿀꺽 삼킨 채 그는 옥문을 나왔다. 그리고는 집으로 돌아가지 않고 바로 나의 사무실로 찾아왔다. 그 당시 그의 나이는 50줄에 접어들어 있었다. 하지만 나이보다 훨씬 초췌하게 늙은 모습이었다. 허연 수염이 턱 밑으로 늘어진 채 잿빛 머리카락은 오랫동안 자르지 않아 장발로 어깨에 닿았으며 누렇게 바랜 헌 양복을 입고 있었다.

나는 맥아더 총사령관실의 칸막이가 없는 열린 공간에서 조수와 비서관인 49세 미국계 일본사람 등 일곱 명이 함께 일하고 있었다. 방문을 열고 기시가 들어오더니 성큼 성큼 내 책상 앞으로 다가왔다. 그러면서 나에 대한 감사의 표시를 하기 위해서 이곳을 먼저 찾아왔노라고 설명했다. A급 전범들이 사형이나 최소한 5년형 이상을 구형 받은 것에 반해 자신의 형기를 6개월로 잡아준 것에 대해 진심으로 고맙다는 말을 했다. 우리는 그에게 악수를 나눴다. 그리고 나는 또 처음으로 그에게 선배님이라는 호칭을 썼고, 그는 좋은 후배를 두어 행복하다는 말을 하기도 했다. 보고서에 그런 말은 적지 않았다. 오해를 불러일으킬 소지가 있었기 때문이다.

책으로 출간된 그의 옥중 일기에서 담당 검사에게 말할 수 없이 고마웠다고 적어 나에 대해 몇 차례나 보답의 인사를 잊지 않았다. 그는 일본의 위정자 중 한 사람이었지만 나에 대한 태도뿐 아니라 모든 사람들에게 예의 바르고 겸손한 인격의 소유자였다. 2차 대전에 연루됐던 것은 그역시 시대를 잘못 타고났기 때문이라는 생각이 들었다. 맥아더 총사령관이 일본의 공산당을 막기 위해 일본인 인재 중 누구를 추천하는 것이 좋겠냐는 질문에 나는 기시를 추천했었다. 기시는 의지력이 강하고 일본의 고위 관리 중 비교적 정직하게 행정에 임하는 사람이었기 때문이다.

그의 담당 검사로서 나는 그에게 당분간 집으로 돌아가지 말고 그의 동생인 사토 에이사쿠(佐藤榮作 ; 1901년 생, 1964년부터 1972년까지 61, 62, 63대 총리 역임, 퇴임 후 1974년 핵무기를 만들지도 갖지도 반입하지도 않는다는 비핵 3원칙을

고한실의 삶

내세우고 핵무기 확산금지 조약 체결 등 핵무기 정책에 대한 공로로 노벨 평화상 수상)의 관사로 가 있으라고 충고했다. 맥아더 사령관과 의논한 문제였다. 그의 안전을 위해서였다. 사토는 그 당시 관방장관(요시다 시게루 내각의)을 하고 있어 일반 사람의 집보다 안전하리라고 여겨졌기 때문이다. 사형을 구형 받은 전범들도 많은데다가 그의 형기가 다른 전범들에 비해 짧아 앙심 을 품은 일본 사람들이 그를 해칠 우려가 있었기 때문이다. 기시의 동생 사토 에이사쿠는 사토 집안의 양자로 들어가 성이 기시에서 사토로 바 뀌게 된 사람이다. 일본의 관방 장관이란 총리 다음 가는 직책으로, 사 토는 관방장관을 거쳐 일본의 그 후 12년 동안 총리를 지냈다.

  기시 노부스케 장관은 후에 일본수상이 되었고 1972년경 민간 외교 차, 한일 양국가간의 친선을 위해 박정희 대통령 시절 한국을 방문한 적 이 있다. 그때 박정희 대통령에게 말하기를 '내가 전범으로 체포되어 수 사를 받을 때 한국 사람의 도움을 받은 적이 있다.'고 말하면서 '나의 선 조도 한국으로부터 온 사람이다.'고 했다. '그 도움을 준 사람이 누구냐?' 는 박 대통령의 물음에 'UN 고등검찰관 고한실 대령'이라고 내 이름을 얘기하게 됐고 그 연유로 나는 박 대통령으로부터 많은 초청과 여러 차 례의 부름을 받게 되었다. 물론 수도 없이 한국을 방문해 여러 행사에 참 석하기도 했지만 관직에의 부름에는 번번이 사양을 하거나 정중히 거절 을 했다. 기시 노부스케 장관은 동경대에서 최고 성적 우수자였고 별명 이 면도날이라고 했다. 그의 동생 이름은 '사토 에이사쿠'인데 동생이 면

저 수상을 역임했고 나중에 형인 기시 노브스케 장관이 수상을 역임한 일본의 유명한 정치가 집안이다.

젊은 시절부터 정말 나는 잊을 수 없는 귀중한 경험을 하면서 살기 시작한 것이다. 요즈음의 젊은이들이 그때의 내 나이라면 모두들 고등학교 학생들이거나 대학 초년생일 때 이미 나는 역사에 그 이름이 있는 유명한 사람들과 현장에서 어깨를 같이하며 막중한 역사의 한 페이지를 만들어 가고 있었다.

고한실의 삶

사회적 범죄 조사와 강연의 나날

유엔 고등검찰관 직을 수행하며 일본 사회 전반과 일본에 사는 한국인의 실상 등을 관찰하며 다양한 경험을 했다. 그 당시 일본인들은 한국인을 조센징이라고 깔보며 사람 이하로 짓밟는 분위기였다. 주로 위정자들이 그랬다.

어느 날 신문을 읽는데 '조센징 강도단 7명 검거'라는 이탤릭체의 굵은 제목이 눈에 들어 왔다. 언짢은 마음으로 내용을 자세히 읽어 보니 범인 일곱 명 중에 한국인 한 사람이 포함돼 있었다. 나머지 여섯 명은 모두 일본인이었다. 그렇다고 한국인이 그 조직의 우두머리 격도 아니었다. 그렇다면 제목을 잘못 뽑은 것이다. 공정하지 못하다는 생각이 들었다. 일본에 살면서 구태여 반일 감정을 품고 살고 싶지는 않았다. 일본의 위정자들의 행태에 반해 시민들은 대체로 선량한 사람들이었기 때문이다.

하지만 그 기사를 보자 반일 감정이 다시 고개를 들며 머리가 욱신거렸다. 사건의 전말을 조사해 그와 관련된 주제로 박사 학위 논문을 써야겠다는 결심을 굳혔다. 사법시험에 합격함으로써 법관이 됐으니 이제 공정치 못한 일은 하나씩 시정해 나가야겠다는 생각이 들었던 것이다. 우리 정부는 일본의 간섭을 받고 있었지만 학술 연계에 관해서는 정부에서 간섭을 하지 못했다. 지난 몇 년 동안 일본에서 일어난 각종 범죄들을 철저하게 조사하기 시작했다. 그러자 비슷한 부류의 사건이 부지기수로 드

러났다. 그중에는 1923년 9월 1일 발생한 관동 대지진을 조선인이 일으
킨 난동으로 허위 선전하는 내용 등도 포함돼 있었다.

사건 하나하나를 주도면밀하게 조사해서 일일이 논문에 게재했다. 그
리고 그것의 부당성을 밝히기 위해 법적인 실례를 첨가하기도 했다. 그중
에는 강도단 검거가 아닌 다른 종류의 사건도 있었다. 한번은 신문에 일
본에서 개인 사업을 하는 한인 교포들이 세금을 제대로 내지 않는다는
기사가 보도된 적이 있는데, 마치 몇몇 한인들의 행태가 한인 사회 전체
를 대표하는 것처럼 과장되게 실려 있었다. 세금 포탈은 한국 사람보다
일본인의 경우가 더 많은데 한국 사람을 세금 포탈의 대표적으로 싣는
것은 부당함을 지적했다.

그러면서 일본인들의 법적인 실례도 첨가했다. 그리하여 그런 편파 보
도를 올린 신문사에 경고를 주고 법원으로 하여금 시정 명령을 내달라
는 요구를 올렸다. 그런 잘못이 시정되지 않을 경우 국제 사회에 호소하
면 국제 사회 전체에 반일 감정이 팽배해질 것이라고 지적하며 결론을 맺
었다.

논문이 발표되고 얼마 지나지 않아 나의 요구가 받아들여졌다. 신문사
에서 시정 기사를 실었고, 그 이후 한국인에 대한 불공평한 기사를 함부
로 싣지 못하게 했다. 일본 각 지역과 한국 땅 곳곳에서 힘없는 한민족은
행패에 무작위로 당하고 있었다. 그런 억울한 일 중의 한 부분이라도 해
결하기 위해 논문을 준비했고, 그것이 받아들여져 여간 기쁜 것이 아니

었다. 그 논문은 일본 동경대에서 교과서로 쓰고 있다.(우수한 논문만)

한편, 미국의 미주리대학에서는 나의 박사 학위 논문을 읽고 미주리대학에 사회범죄학과를 신설하기 위해 나를 초청하기도 했다. 그곳에서 대학교수들을 가르치며 사회범죄학과 신설을 위해 고군분투했으나 사우스이스턴대학으로 옮겨가는 바람에 마무리를 짓지 못했다. 아쉬운 일이다.

그 즈음 일본 사람들만 그런 공정치 못한 일을 저지르는 것은 아니었다. 한인들 중에도 일본에서 낯부끄러운 일을 하는 사람들이 없지 않았다. 유엔 고등검찰관으로 동경에서 오사카로 기차를 타고 공무상 출장을 가는 중이었다. 공무로 움직일 때는 기차나 비행기 등을 자유롭게 이용할 수 있으나 나는 일반인들의 모습을 살피느라 기차를 주로 탔다. 해방 후 얼마 지나지 않은 어느 날이었다. 나는 유엔에 근무하고 있어 기차에서도 미군 전용 칸을 이용한다.

그런데 전용 칸으로 가기 위해 일반 칸을 지나가는데 볼썽사나운 장면이 연출되고 있었다. 일반 칸에는 설 자리가 없을 정도로 승객이 빼곡히 들어차 있었다. 아니 짐 놓는 선반 위에까지 사람들이 몸을 웅크리고 끼워 타고 있는 실정이었다. 사람들 틈새를 가까스로 비집고 지나가는데 다음 칸은 한 쪽이 텅텅 비어있는 것이 아닌가? 기차 한 칸 중 반을 한국 사람들이 차지하고 여기는 승전국 좌석이니 얼씬도 말라는 것이었다. 전쟁에서 졌으니 일본이 패전국인 것은 맞지만 그렇다고 한국이 승전국은 아니었다. 설사 승전국이라도 그런 행패를 부려서는 안 되는 것이었다. 그러면 행패를 부리던 일본 헌병과 다를 것이 무엇인가? 그런데 기차 반 칸을 몇몇 한인들이 차지하고 발을 뻗고 편안하게 드러누워 가는 것이 아닌가?

그래서 하는 수 없이 지적을 했다. 그랬더니 네가 뭔데 간섭이냐며 큰소리로 고함을 지른다. 이제 겨우 스무 살밖에 안됐으니 아무리 미군 전용 칸을 들락거려도 우습게 여길 뿐이었다. 이럴 줄 알았으면 사복 대신군복을 입고 올 것을… 하지만 군복을 입고 다녀도 믿지 않는 것은 매 한가지였다. 스무 살짜리 대령. 당연히 가짜로 여긴다. 하는 수 없이 맥아더 사령부에 보고를 하고 시정을 요청했다. 한인으로서 부끄러운 보고였지만 폐단이 심각한 데다, 일본인들의 행패와 다름없는 일을 저지르고 있는 한인들이 일본의 한인 사회 전반에 나쁜 이미지를 심어줄 것이 심히 우려됐기 때문이다.

1946년 8월 맥아더 사령부의 요청으로 강연을 하게 되었다. 내 강연 중 가장 많은 사람들 앞에 섰던 때가 이때인데, 장소는 일본 천황이 거주하는 궁성 앞 광장이었다. 경시청 통계로는 노동조합원 50만 명 정도가 모였다고 했다. 앉을 자리가 없어 모두 서서 들었다. 맥아더 총사령부에서는 열악한 환경에서 일하고 있는 일본인 노동자들에게 법적인 사고를 계몽시키기 위해 나에게 강연을 맡겼고, 나는 총사령부 도서관에서 영국법을 모체로 미국법을 참조하며 고시생처럼 열흘 정도 열심히 준비했다. 노

고한실의 삶

동 삼법(노동 기준법, 노동 조합법, 노동 조정법) 중에서 주로 노동 기준법에 대한 강의를 준비했다.

노동 기준법을 보면 제1조, 노동 조건은 노동자의 인격을 존중하고 생활해 나가는 데 필요한 모든 점을 충족시켜야 한다. 제2조, 노동자와 고용주는 대등한 조건에서 모든 것을 결정해야 한다. 등의 내용이 적혀 있다. 오전 9시부터 오후 5시까지 일한 다음의 오버타임에 대해서는 1.5배를 받아야 하며 휴일에 일하는 것에 대해서도 적절한 권리를 찾아야 한다는 내용이 골자였다. 고용주는 알아도 안 지키고 있는 상황이었다. 차별해도 안 되고, 공짜로 일해도 안 된다.

한편, 강연 전날 도서관에서 마무리 공부를 마치고 집으로 돌아가기 위해 전철을 탔다. 전철 선반 위에 강의 자료가 들어 있는 가방을 올려놓고 졸다가 내리려 보니 서류 가방이 없었다. 누가 가져간 것이다. 눈앞이 캄캄했다. 단 한 장의 준비한 자료도 손 안에 남아 있지 않아 염려가 되었지만 어쩐단 말인가? 하나님께 맡기자고 마음먹고 숙면을 취했다.

다음 날 한 시간 동안 진행될 강의를 위해 빈 손으로 단상에 올랐다. 그런데 그 당시 내 나이 20세, 기억력이 한창 왕성할 나이다. 단상에 오르니 활동사진처럼 준비한 내용이 훤히 기억나는 것이었다. 일사천리로 강연을 진행, 준비해 놓았던 내용을 빠뜨리지 않고 무사히 강연을 마쳤다. 노동자들의 편을 들어 준 강의 내용에 조합원들은 손뼉을 치며 함성을 지르며 좋아했다. 강의가 끝난 후 맥아더 사령부에 돌아가자 동료들이 샴페인을 터뜨리며 축하 파티를 열어 주었다.

다음 날 아사히신문 사회난에는 그 신문사 논설위원인 편집국장이 나에 대한 기사를 실었다. '모든 내용을 단 한 장의 원고도 없이 훌륭하게 치러낸 노동법 천재'라고… 한국인으로 수많은 일본 관중 앞에서 무사히 강연을 끝낸 것이 내심 뿌듯했다.

궁성 앞 광장 외에도 동경 도에서 운영하는 히비야 공회당(日比谷公会堂)이나 동경대학 등지에서도 여러 차례 강의를 했다. 유엔 고등검찰관 시절에는 맥아더 사령부의 요청으로 변호사 시절에는 사회단체 등의 부탁을 받고 강의했다. 강의는 "일본 군국주의는 나라를 부흥시킬 수 없다. 군국주의는 군인을 위한 것인데 정치는 군인을 위한 것이 아니라 국민을 위한 정치를 해야 한다."는 등의 내용이었다. 강의를 마치고 나면 일본 사람 열 명 중 일곱 여덟 명은 유익한 내용이었으며 고맙다고 인사를 하는 반면, 두세 명 정도는 시큰둥한 반응이었다.

히비야 공원은 3·1 운동 직전인 1919년 2월 8일 당시 일본 유학생들이 모여 독립 만세 시위를 벌였던 곳이며, 1945년 10월 16일에는 재일 조선인 연맹 결성대회가 열렸던 유서 깊은 곳이다. 조상들의 애국의 혼이 담긴 뜻 깊은 장소에서 한국 사람으로 일본인들을 상대로 그들을 선도하고 가르치는 강의를 할 수 있었던 것은 나의 계획 속에 있었던 일은 아니었다. 그것은 일본으로 보내 공부시키며 미래를 준비시켜 주신 하나님의

고한실의 삶

계획이라 여겨진다.

그뿐인가? 또한 그들에게, "선진 국가가 되려면 편협한 사고방식을 바꾸어야 한다."는 말도 자신 있게 했다. 섬나라인 일본 사람들은 관동 대지진을 한국 사람 탓으로 돌리는 등 기질상 통이 좁다고 볼 수 있다. 관동 대지진 이후 억울한 누명을 쓰고 일본에 사는 얼마나 많은 한인들이 처참하게 죽어 갔는가? 그 일을 지적하며 섬사람이란 말을 듣지 않으려면 좀 더 공정해야 할 것이라고 지적하기도 했다. 독도는 그 당시에도 일본 사람들이 거론하던 문제였다. 그래서 나는 강의 중 만약 독도가 일본 영토라면 대마도는 대한민국 것이라며 대마도가 대한민국의 영토가 될 만한 자료들을 조사해 보여 주기도 했다.

히비야 공원뿐 아니라 동경제국대학 등지에서 열린 나의 강의에는 대기업 총수나 국회의원, 대학교수 등이 참석하기도 했다. 그러면 세계정세 등에 대해 설명하며 군국주의의 폐단에 대해 다시 한 번 강조하고, 우익과 좌익으로 치우치면 안 되며, 정직하고 공평, 청렴, 실력을 갖춰야 일본은 발전할 수 있다는 것을 강조했다.

또 한 번은 일본 사법시험에 최연소로 합격하자 오쓰마여자대학(大妻女子大学) 여자 총장이 직접 찾아와 수석 합격의 비결을 강의해 달라고 했다. 오쓰마여자대학은 일본의 영부인이 많이 나오는 유명 대학이다. 그래서 난생 처음 여자대학을 방문 한 적이 있다. 중고등학교 때 뿐 아니라 대학 입학 후에도 헌 교복을 사 입었는데 낡아빠진 교복을 입고 학교에 가니 접수계에서 '여자를 만나러 왔느냐?'고 물었다. 그래서 '네' 했다. 어린 마음에 장난기가 발동한 것이다. 총장과의 약속으로 방문한 것이니 여자를 만나러 온 것이 맞았다. 그랬더니 못 들어갑니다. 하면서 손가락으로 교문 저 멀리를 가리키며, 교문 밖에 나가서 기다리라고 한다. 허름한 옷 때문인지 오래 상대하고 싶지 않은 귀찮은 표정이었다. 하는 수 없이 교문 밖에서 한참을 기다리고 있는데, 급기야는 기다리던 총장이 내가 하도 안 나타나니까 답답한 마음에 헐레벌떡 교문 밖까지 뛰어 나왔다. 나를 만나자 '왜 들어오지 않고 여기서 기다리냐?'며 미안해했다. 총장의 이끌림을 받으며, 접수계를 통과하는데, 총장님은 접수계 직원에게 "오늘 강사님이야." 하면서 나를 소개했다. 목소리 뒤에는 오늘의 강사님을 왜 문 밖에서 기다리게 했느냐고 힐난이 숨어 있었다. 이번에는 접수계 직원에게 내가 미안해졌다. 처음부터 제대로 설명을 할 것을 괜히 장난을 쳤나 싶었다. 다음부터는 강의를 하러 갈 때 옷을 잘 입고 가야겠다는 생각도 했다.

고한실의 삶

대마도와의 인연

1949년쯤인가 보다. 유엔 고등검찰관 시절에 아버지로부터 전보가 왔다. 대마도에 잡혀 있다는 것이다. 아버지는 선원수첩을 갖고 정식으로 일본에 들어왔는데, 마침 같은 배에 밀입국자들이 타고 있어 그들과 함께 일본 해안보안청에 발각된 것이었다. 그 당시에는 배를 타기 위해서 여권 대신 선원수첩이라는 것을 갖고 다녔다. 항공수첩이 있으면 비행기를 탈 수 있던 시절이었다. 무려 37명의 밀입국자들과 함께 대마도 근처에서 잡혀 대마도 형무소에 수용돼 있다고 했다.

함께 배에 탔다 발각된 사람들이 아버지의 아들인 내가 일본에서 유엔 고등검찰관을 하고 있다는 사실을 알고는 아버지를 통해 나에게 부탁을 하고자 했다고 한다. 그래서 나에게 전보를 치려 했으나 아버지가 선뜻 수락하지 않으셨다고 한다. 아버지는 누구에게 폐 끼치는 일을 무척 싫어하셨는데 그것이 설사 아들일지라도 마찬가지였다. 그러자 다급해진 그들이 아버지 몰래 아버지 이름으로 내게 전보를 쳤다. 일본 동경 유에스 하우스 7호(US House 7)로 전보가 도착했다. 전보를 받고 아버지를 만나기 위해 동경에서 후쿠오카까지 기차를 타고, 후쿠오카에서 연락선을 갈아 타고 대마도 형무소로 향했다. 우선 사건의 경위를 알아보기 위해 형무소 소장실로 갔다. 내가 소장보다 직책이 높았기 때문에 소장에게 아버지의 체포 영장을 보여 달라고 할 수 있었다. 그러나 일언지하에 없다고 한다. 한국인이라고 업신여기고 체포 영장도 없이 형무소에 수용한 것이 여간 괘씸한 것이 아니었다. 아버지가 선원수첩을 갖고 정식으로 일본행 배를 탄 것을 이미 알고 있기 때문이기도 했다. 검사를 만나 따져봐야겠다고 생각하고 나가사키 검찰청 쓰시마(대마도) 지청으로 갔다. 자동차로 10분 거리이다. 검찰청 서기관에게 검사를 만나러 왔다고 하니 검사님 바빠서 안 된다며 따돌린다. 책상에 구둣발 두 개를 포개어 올리고 신문을 들여다보고 있는 검사가 눈앞에 빤히 보이는데 말이다. 하는 수 없다. 손을 좀 봐 주는 밖에.

서기관에게 전화 한 통을 쓰겠다고 하고 나가사키 검찰청으로 전화를 걸어 차장검사를 바꿔 달라고 했다. 그곳은 대마도 지청이었고 나는 본청으로 전화를 건 것이다. 차장검사는 평소에 나와 친분이 두터운 사람이다. 형님이다. 나보다 나이는 많지만 평소에 농담으로 내게 형님이라고 부르던 사람이다. 나는 전화를 붙들고 쏘아붙였다.

"대마도는 어느 나라 영토요? 일본이면 법이 있을 텐데 이건 무법천지입니다. 죄 없는 사람을 영장도 없이 체포하질 않나, 검사는 억울한 심정을 들어 주지 않고 책상에 발 올리고 신문을 보고 있으니 어찌 된 일입니까?"

그러자 차장검사가 대마도 지청 검사를 당장 바꿔달라고 한다. 나는 천연덕스럽게 수화기를 넘겨주었다. '차장검사가 이야기하고 싶다고 하오.' 수화기를 바꾼 지 불과 몇 초가 지났나보다. 책상 위에 올려 진 구둣발이

고한실의 삶

번개처럼 바닥으로 내려지는가 싶더니 어느새 의자에서 사무실 마룻바닥으로 납작하게 몸을 내려앉는다. 그러더니 새처럼 무릎을 구부려 꿇어앉으며 고개를 바닥에 조아린다. 백배 사죄를 하며 용서를 해 달라는 것이었다. 나중에 차장검사에게 뭐라고 말했느냐고 물었다.

"그 사람 네 목 열 개라도 한꺼번에 처리할 수 있는 사람이다. 외국 사람으로 보면 큰 코 다친다!"라고 말했다는 것이다. 나는 목 열 개는 아니더라도 죄 없는 내 아버지를 영장도 없이 체포한 것에 대한 책임은 충분히 물을 수 있는 사람이었다.

그 당시 제주도는 1948년 발생한 제주 4·3 사건 등으로 먹고 살기가 무척 힘들었다. 그래서 제주에서 가까운 일본으로 불법 밀항을 시도하는 사람들이 적지 않았다. 대마도 형무소에 불법으로 수감됐던 가족을 구출하러 달려갔던 사람은 나 말고 또 한 사람이 있었다. 그들이 체포됐다는 소식을 듣고 제주도 출신 재일교포 친척이 그들을 구해 보기 위해 대마도를 찾았던 것이다. 그들이 마침 내가 대마도에 와 있다는 소식을 듣고 내가 묶고 있는 대마도 여관방으로 나를 찾아왔다. 제발 살려 달라, 형무소에서 나오게만 도와 달라고 간청을 하였다. 최선을 다해 볼 것을 약속하고 대마도 형무소로 갔고 그곳에서 말이 통하지 않아 다시 검사실을 찾아갔던 것이다. 죄 없는 아버지도 구하고 힘없는 우리 동포들도 내 힘이 닿는 대로 구해야 했기 때문이다.

대마도 지청 검사의 백배 사죄를 받아들여 우선 그날로 아버지를 빼주기로 하고 다시 형무소를 찾아 갔다. 다른 사람은 밀항을 해서 시간이 좀 걸리겠지만 아버지는 밀항을 하신 게 아니니 먼저 나가서 여관에서 주무시자고 설득했지만, 아버지는 혼자는 안 간다고 하셨다. 어쩔 수 없이 다시 법무부 출입국 관리사무소로 갔다. 대마도 출장소 다게시다 다게하루 소장이 나에게 와서 법무부 출입국 본청 청장에게서 직접 지시를 내렸다. 그동안 나는 법무부 장관과 전화로 얘기를 나누었다. 그러자 법무부 장관은 나와 상의를 해서 조치를 취하라고 했다. 그렇게 법무장관까지 나서서 전화를 하는 바람에 급기야는 37명의 밀입국자들이 모두 석방되는 극적인 결말이 만들어졌다. 더욱 감사한 것은 풀려난 그들을 한국으로 강제 송환하지 않고 일본의 가고 싶은 곳으로 보내 주기로 하고 다게시다 다게하루 소장이 한 사람씩 일일이 직접 상륙 허가서를 써 준 것이다.

또한 나의 간청으로 법무부 차관이 그들 모두에게 신원 보증서와, 이사를 할 경우 이전 허가서도 내줬다. 이제 그들은 각자 홀가분하게 떠날 일만 남은 것이다. 그들은 오사카, 고베, 동경으로 각각 흩어져 떠났다. 이후 거취에 대한 모든 책임은 내가 지기로 하는 조건이었다. 석방과 상륙 허가서, 보증서 등을 내 주려면 책임질 사람이 필요했다. 그렇기에 그들과는 떠난 이후에도 정기적으로 연락을 하며 지냈다. 모두 긴밀하게 연락을 주고 받았는데 그중 한 사람만이 어느 날부터 연락이 끊어졌다. 다

고한실의 삶

른 지역으로 이사를 가면서 내게 연락을 취하지 않은 것이다. 그들에 대한 모든 책임을 내가 지기로 했으니 그것은 전적으로 내 책임이었다. 나는 그가 어디에 거처하고 있는지 그의 거주지를 찾아내야만 했다. 한국의 미 8군에 연락해서 그 사람 가족에게 오는 편지를 찾아봐 주도록 부탁했다.

그러던 어느 날 마침내 그의 주소를 알아냈다. 그는 고베 시의 한 공장에서 일하고 있었다. 그곳에는 한국 사람들이 주로 일하고 있었는데 법을 몰라서 기본급에도 미치지 못하는 싼 임금으로 일하고 있었다. 그의 어깨를 툭 치니 깜짝 놀란다. 내 옆에는 이민국에서 나온 두 사람이 서 있었다. 그들은 그에게 수갑을 채워 오사카 이민국으로 호송했다. 그 당시 밀입국자들이 아무 조건 없이 일본에 정착하기란 쉬운 일이 아니었다. 그런 상황에서 일본 체류 허가를 받는다는 것은 무척 특수하고 힘든 케이스다. 그런데 한두 사람도 아닌 무려 37명의 밀입국자가 한꺼번에 허가를 받을 때는 그만큼 유의할 사항도 적지 않았다. 그 규정을 지키지 않았을 경우 모든 책임을 내가 지기로 했던 것이다. 그 규정 중에는 이사를 할 경우 반드시 거취를 알려주어야 하며 그렇지 않을 경우 즉시 체포돼 한국으로 송환된다는 규정이 포함돼 있었다. 37명 중 한국으로 송환된 유일한 그 사람은 대구에 사는 사람이었다. 다시 고향인 대구로 돌아가 그곳에서 정착해 잘 살고 있다는 소식을 들을 수 있었다. 그를 한국으로 돌려보낸 것이 내 책임인 것만 같아 내내 마음이 쓰였는데 잘 지내고 있다는 소식을 들으니 안심이 됐다. 그는 한국에 돌아와서도 나를 탓하지 하지 않고 일본 체류 시 주의 사항을 누누이 말해줬는데도 주의 깊게 듣지 않은 자신의 잘못이라고 말했다니 얼마나 고마웠는지 모른다. 물론 대마도 형무소에서 풀려난 후 아버지는 1950년 일본 영주권을 받았다. 그 이후 일본을 자유롭게 방문할 수 있었다.

대마도는 일본과 독도의 중간에 위치한 섬으로 약 2백 년 전 대마도를 발견할 당시, 일본이라는 나라가 탄생했다. 명치유신 이후이다. 그런데 그 대마도를 발견한 사람이 종씨 성을 가진 사람이며, 종씨가 한국계이며 대마도 총책임자가 한국 사람이라는 말이 지금도 비석에 적혀 있다. 지금이라도 대마도를 회수해 오면 어떨까? 엄연한 우리 땅인 독도를 계속 넘보는 일본인들을 상대로.

고한실의 삶

전쟁 후 한국과 일본

한국은 한국대로 해방이 되면서 정치적으로 질서와 문화가 혼란한 상태에서 군정치하에 들어갔다. 자유와 재건의 와중에 38선이 그어지고 소련과 미국에 의해 서로 다른 통치 이데올로기 아래 북한과 남한이 갈라졌다. 그 결과 적대적인 관계로 씻을 수 없는 단일 민족의 분단과 분쟁의 고통이 시작되었다. 해방 3년 후 1948년 남한은 헌법제정과 제헌 국회가 들어서고 8월 13일에는 대한민국이 성립되어 이승만 박사를 초대 대통령으로 선출, 대통령 중심 내각책임제 정부가 탄생했다. 그러나 남한은 민주와 자율의 선거로 지도자들이 뽑혔지만, 자유민주국가로서의 모습을 다져가는 과정인지 젊은이들부터 장년에 이르기까지 나라 안이 좌·우익 싸움에다 공산 프락치 사건까지 일어나면서 어수선해졌다.

반면 북한은 소련군의 진주와 김일성의 집권으로 지식층과 지주계급과 종교인들을 탄압하고 사유재산을 몰수하는 칼 막스와 레닌의 공산주의 유물사상의 지배체제로 들어갔다. 같은 해 9월 9일 조선민주주의인민공화국이 성립되었다. 큰 전쟁은 끝났으나 한반도 전체가 또 다른 전쟁의 씨앗이 뿌려지기 시작한 것이다.

한반도의 정세가 전 후 두 큰 세력의 대립구도의 한 희생물이 되어 한 민족, 한 혈통, 한 언어, 한 문화의 우리나라가 남과 북으로 두 동강이가 되어 완전히 극과 극을 달리고 있을 때, 일본은 같은 해인 1948년 2월 10

일 우리나라보다 먼저 사회당 아시다 내각이 성립되었고 그 비슷한 시기에 구주대학에서는 생체 해부를 한 것이 발각되는 사건이 발생했다. 내가 속한 GHQ의 조사 단원들이 그것을 수사했는데 나도 그 가운데 한 일원이 되어 함께 조사에 참여했다. 실로 경악할 만한 인간성 부재의 잔인한 사건이었다. 이를 계기로 맥아더 사령부 G2 내에 7인위원회라는 것이 구성되었는데 나는 그 요원의 한 사람으로 모든 일본 내의 사건을 수사할 수 있도록 히로히토 천황에게 인증 도장을 받았다. 그래서 일본 천황까지라도 수사할 수 있고 일본 국민 아무도 들어갈 수 없고 앉아 볼 수 없는 일본 천황의 숙소와 천황이 앉아 알현하는 용상에 앉아 보았다.

같은 해인 1948년 11월 12일에는 2년 전인 1946년 5월 3일 극동국제군사법원 동경법원에서 발부하여 체포했던 A급 전범 28명에 대한 약 2년여 동안의 조사와 심문과정을 끝내고 유죄 판결이 있었다. 25명에 대해서 유죄 판결이 내려졌다. 그중에 도조 등 7명에 대해서는 사형 판결이 내려졌고, 3명은 준 무죄 선고가 내려졌다. 이렇게 해서 2차 대전 종전 후 태평양 전쟁에서의 A급 전범에 대한 UN 극동군사법정의 판결은 끝이 났다.

1949년 1월 1일 부로 UN 군정청은 일본이 다시 일본기를 사용할 수 있도록 허용했다. 이와 때를 같이 한 유럽의 전후 상황은 역시 전범 재판이 끝나고 나치당의 비리와 그 잔인했던 전모들이 하나하나 밝혀지기 시작

고한실의 삶

했고 독일은 연합국의 군정 통치 속에서 프랑스, 영국, 미국의 감독 아래 5월 6일 서독 정부가 성립되었고 소련의 감독과 지도 아래 공산 국가 동독이 10월 10일에 성립되었다. 제2차 세계대전 후 소련의 확대 남진 정책에 의해 유럽과 동북아에서 중국과 뜻을 같이하며 거대한 유물 사상의 공산주의 블럭과 서유럽을 비롯한 미국과 일본 등 대부분의 나라들이 민주주의 블록으로 세계는 크게 양분되었다.

그 가운데 몇 나라가 중립 노선을 견지하며 양대 세력 사이를 오가면서 등거리 외교와 접촉 가교 역할을 하는 중립노선 또는 제3세계의 블록 형성의 기틀이 시작되었다. 동시에 세계 곳곳으로 공산주의 사상이 암암리에 퍼지면서 민주주의 국가 안에서도 공산 적화사상과 사회주의 이념이 도입되어 일부 지식층 좌경급진세력들과 일부 젊은 학생층의 좌경운동세력들이 유산자 지배 계급에 대한 저항 운동을 표방하여 급진 공산 적화사상을 유포 내지는 교양하면서 세계 여러 나라의 대도시에서는 심심치 않게 시위나 노동 운동의 형태로 온갖 시끄러움이 민주 진영을 괴롭히기 시작했고, 1980년 공산 종주국인 소련의 공산주의 정부가 무너지면서 소련 연방의 독립을 쟁취하게 될 때까지 약 50여 년의 인간의 자유와 민주가 박탈당하는 슬픔의 20세기 후반 역사가 이어졌다.

10월 1일에는 중화 인민공화국이 성립되어 모택동이 중국 본토를 지배하였고 국민당의 장개석 정부는 타이완 섬으로 유배되듯이 밀려서 중국 본토에서 쫓겨나게 되었다.

　독일과 중국 그리고 한국이 두 개 체제의 나라로 대전 후 각각 분리된 것과는 달리 일본은 그들이 청일 전쟁 후 지배했던 타이완 섬과 러일 전쟁 후 차지했던 사할린 섬 그리고 한반도에서 물러가는 것을 골자로 한 일본 본래의 본토 할당 UN 군정 통치로 인해 별 탈 없이 본래 본토로 국가를 시작했다. 일본인들에게 크나큰 행운이 아닐 수 없었다. 그리고 일본인으로서 처음으로 노벨상을 수상한 것도 2차 대전이 끝난 지 불과 4년밖에 안된 1949년 11월 3일이었는데 노벨 물리학상의 유가와 히데기 박사였다. 이 또한 일본인들에겐 큰 영광과 행운이 아닐 수 없었다.

　신속하게 일본은 전쟁의 폐허를 딛고 일어서고 있었다. 특히 한국 전쟁이 일어나게 되자 그들의 지원과 민주 진영 국가들에게 각종 전쟁 시 필요되는 군수품들을 제공하는 것을 통해 더욱 신속히 재건되어 경제도약의 발판이 되었다. 전쟁이 이골이 난 그들인지라 어떤 것이 필요하고 무엇이 전시에 가장 요긴한 것들인지를 너무도 잘 알고 있는 대전을 치렀던 나라답게 자국의 손실은 전혀 없이 한국이 피비린내 나는 동족상잔의 비극을 초래하고 있을 때 그들은 약삭빠르게 경제 재건의 밑거름과 도약의 계기로 삼았다. 경제 동물이라는 소리를 들어가면서까지 경제 개발에 박차를 가했다.

　그래서인지 일본인들은 1949년 9월 15일에 국가를 분열시킬 수 있고 국론을 혼란케 할 소지가 있는 공산주의 사상 곧 적화사상을 단호히 추

고한실의 삶

방하는 정책을 수립했다. 그 덕분에 일본은 오늘날까지 분열된 국가가 아닌 강력한 연합을 세계에 보이고 있는 선진 경제 대국이 되지 않았나 생각해 본다.

내 개인의 생각으로는 2차 세계대전 후, 만일 군정 통치의 영역이 한 국가로 단일화되어 미국이 한반도 전역을 감독했더라면 한국이 오늘과 같은 대치 상황이 아니기에 지금보다 훨씬 더 발전되고 앞선 선진 경제국가가 되었으리라 유추해본다.

일본이 한창 경제 재건에 눈부시도록 달려가고 있으면서 외화 관리를 위한 각종 제도적 장치를 마련하며 경제 대국의 기반을 구축하고 있을 때였다. 한국은 남북 대치 상황 속에서 북한은 남침을 위한 각종 군비 증강을 하고 있었고 남한은 이승만 대통령 통치 체제에서의 안일한 자유와 민주라는 양지에서 국론이 분열되고 부패의 온상이 마련되고 있었다.

결국 1950년 6월 25일 일요일 새벽, 북한 공산군은 소련의 지원과 중국의 지원 약속의 계획대로라면 그해 겨울이 되기 전에 남한 전역을 공산화하려고 했던 시나리오가 성공했을지도 모른다.

그러나 민주 진영의 UN 연합국은 이를 불법 남침으로 규정하고 서둘러 남한을 돕기 위해 파병하였다. 이로 보건대 한국 전쟁은 오늘날 학자들이 말하는 대로 강대국 사이에서 희생을 치루는 양대 진영 간의 대리전쟁 내지는 3차 대전의 대리전쟁이 아니었나 하는 판단이 서기도 한다. UN이 거론하고 연합하여 돕겠다고 파병을 한 것을 보면 강대국들의 위임통치에 의해 우리나라는 억울한 분단국이 되어버린 것이 아닌가? 잠시 전후 감독을 빙자한 소련의 북한 진주는 결국 위성국으로 전락되어버린 북한으로 하여금 소련의 공산 적화 남진 정책 야욕에 앞장선 대리 전쟁의 희생물이 된 것이다. 수백만의 죄 없는 국민들이 사상의 차이에 의한 슬픈 동족상잔으로 귀한 생명을 잃고 외세에 의한 오랜 세월 동안 고통을 당하고도 다시 한 번 같은 민족끼리 처참한 비극의 쓰라린 희생 제물이 된 것이다.

지금이라도 남북 지도자들이 뼈아픈 역사의 교훈 앞에 우리 민족이 좀 더 반성해야 된다고 생각한다. 또 민족 본연의 양심으로 돌아가 서로를 위해 주던 상부상조의 민족정신을 발휘하여 손을 잡고 통일을 위해 한 단계 해결을 모색하며 서로를 돌아보고 조금씩 양보하고 의견을 조율한다면 대망의 통일의 날이 앞당겨 지리라고 생각된다.

한국 전쟁의 여파로 일본에서는 1950년 7월 24일 좌익 기자 및 그에 해당되는 인사들을 추방하는 사건이 있었다. 이웃 나라이고 우리나라의 모든 것을 낱낱이 잘 알고 있는 일본이 자국의 국익과 국론 통일을 위하여 과감히 외교적 결단을 내린 것이다. 그 추방된 기자들과 인사들 중엔 대부분이 중국이나 소련 또는 북한과 공산주의 국가들과 관계가 있는 사람들이었다.

이어서 9월 1일에는 일본에서의 좌익분자들에 대한 해외 추방 또는 제

3국으로의 추방 명령이 내려져 좌익 세력 또는 그와 관련된 모든 인사들이 일본에 발을 붙이지를 못했다. 이렇게 해서 일본은 전후에 자유민주주의 국가로서의 개혁을 과감히 단행하였다.

한국 전선에서는 맥아더 UN군 총사령관의 개전 약 3개월 후인 1950년 9월 6일, 그 유명한 인천상륙작전으로 전세를 뒤집으며 북한 패잔병들을 오히려 뒤에 남겨둔 채 파죽지세로 공산군을 쳐서 올라가 백두산에 우리의 태극기를 꽂고 압록강과 두만강을 바라보며 거의 통일이 눈앞에 당도하는 것처럼 보였을 때, 10월 25일 수십만 명의 중공군이 인해전술로 압록강을 건너 내려오기 시작했다. 그로 인해 유엔군과 국군은 후퇴를 시작해서 결국 치열한 밀고 밀리는 공방전 끝에 오늘의 휴전선이 다시 남북을 분단한 채로 그어지고 말았다.

개인적인 생각으로는 중공군의 개입을 사전에 감지하고 압록강에서의 사수를 굳게 했더라면 통일이 되지 않았겠나 생각해 본다. 또 1951년 1·4 후퇴를 하면서 맥아더 사령관의 작전대로 만주 폭격을 했더라면 당시 압록강에서 재래식 무기로는 아마 미국이나 연합국을 당해내지 못했거나 엄청난 손실을 입어 압록강을 지키던 공산당이 무너지는 계기가 되지 않았을까 하는 생각도 해본다. 일본이 원자폭탄 두 방에 항복한 것을 보아도 그렇다. 아무리 인해전술로 밀어 붙인다고 해도 핵무기를 써서 만주 폭격을 했더라면 그때 3차 대전이 일어남과 동시에 중국이 아마 초토화되고 소련도 엄청난 손실을 보며 항복 내지는 세계지도가 바뀌는 놀라운 역사가 있었을 것이다.

　물론 우리나라는 통일이 되었을 것이고 또는 옛 고구려 영토의 일부를 확보하게 되었을 수도 있었을 것이다. 내가 생각한 망상일지도 모르지만 아마 당시 투르먼 미국 대통령이 맥아더 장군을 1951년 4월 11일 해임하지 아니하고 그의 주장을 따라 만주 폭격을 했더라면 그것은 망상이 아니라 현실이 되었을 것이 확실하고 실현되었을 것이다.

　트루먼 대통령의 맥아더 장군에 대한 사령관 해임은 우리나라로서는 크나큰 손실이 아닐 수 없었다. 그의 만주전선에 대한 확고한 승리 의지는 과감한 전술 계획을 주장하게 했고 승산이 있다는 계산 아래 그러한 만주 폭격을 주장했던 것으로 사학자들은 당시의 상황을 말하고 있는 것이다.

　어쨌거나 스탈린의 계획은 빗나갔고 한반도는 다시 분단된 채로 휴전되어 오늘에 이르기까지 숱한 사건과 적대감의 대결구도가 계속되어 왔다. 김일성 주석과 김정일이 사망한 이후 북한은 많은 변화를 거듭해 왔고 또 변화하지 않으면 고립될 수밖에 없는 상황이다. 역사는 하나님의 손에서 섭리되어 북한이 이제 문을 열고 세상과 손을 잡음과 동시에 체제 변화와 사상의 변화가 이루어지면서 북한 주민의 눈이 세계를 향해 열려지기를 기대해 본다.

　해방 후 5년 만에 일어난 동족끼리의 전쟁은 수백만 명의 전쟁 희생자를 내면서 3년에 걸쳐 한반도의 강토를 피로 물들였다. 휴전 반대를 외치

며 북진 통일을 주장하던 당시의 이승만 대통령은 여러 외교적인 루트를 통한 소모전의 전략적 중단 쪽으로 나중에는 의견이 기울어지게 되었다. 1952년 1월 18일 이승만 대통령에 의해 주창되었다고 해서 이승만 라인이라고 부른 휴전선 관계가 연합국 측과 국군 측의 수뇌부에 주지되어 한반도 허리를 두고 휴전협상을 하면서 전선에서는 뺏고 빼앗기는 소모 공방전이 밤낮으로 서부 전선과 동부 전선에서 계속 되었다. 결국 나는 그때 이승만 라인 주장에 관여를 했는데 타당하고 공평한 주장이라고 보았다. 38선을 중심으로 동부 전선은 간성, 속초, 양양, 철원, 홍천, 인제, 연천 등 강원도 중앙부 산악 지대를 대신 차지하며 6·25 전쟁은 1953년 7월 27일에서야 긴긴 공방 끝에 휴전이 성립되었다. 그때 우리나라를 위해 피 흘려 싸워준 UN군들의 그 고귀한 희생에 이 지면을 통해서도 삼가 경의를 표하는 바이다. 그들의 희생이 없었다면 이 아름다운 금수 강산은 공산적화가 되고 말았을 것이다.

6·25에 얽힌 온갖 비화들과 야전사와 눈시울을 적셔주는 이야기와 슬픔의 장면과 그 참담한 역사와 장렬하고 숭고하기까지 했던 숱한 사연들을 우리들은 알고 있다. 어찌 이 몇 줄 글로써 그런 모든 이야기를 내가 기록하는 이 회고록에 담으며 자세히 언급할 수 있겠는가? 아직도 살아 있는 증인들이 무수히 있고 그때의 슬픔이 지금까지도 상흔으로 남아 있는 분들이 이 강산에 아직도 많이 현존하고 있다.

맥아더 장군이 해임된 후 1년이 지난 1952년 4월 28일 GHQ-연합군 최고사령부는 해체를 선언했고, 그 자리는 이름을 변경하여 주일 미군연합사령부로 개칭하였다.

사실상 UN군의 할 일과 수뇌부의 역할은 끝이 난 것이다. 그 즈음 미국 본토에서의 GHQ를 보는 시각이(정계만이 그렇게 보고 있었는지는 모르겠지만) 미군 PX를 모두 범법자 취급을 하고 있었다. 연합군 최고 사령부 해체 이후에도 나는 계속해서 주일 미군사령부의 법무관으로 일을 하게 되었다. 주어진 일에 최선을 다하고 모든 것을 법에 따라 공평하고 정직하게 그리고 확실하게 처리를 해왔으므로 그들은 나를 한국과 일본, 그리고 미국 사이에서 언어와 정서 그리고 미국이 꼭 필요한 없어서는 안 될 인물이라고 평가했는지 어떤지 나는 잘 모르지만 사령부와 함께 내 직분이 끝나지를 않았다. 그러기에 UN 연합군 최고사령부의 해체 이후에도 계속 그들의 요구에 의하여 미국과 UN을 위한 일을 계속하게 된 것이다. 그뿐만 아니라 맥아더 장군이 해임되기 이전에 초청 미군 동경 법원 법무관 겸, 법무 사령관으로 일하도록, 법무관 계통에서 사령관급을 지명할 수 있도록 허용하는 관례를 만들어 나를 법무 사령관으로 임명했다. 나는 약 5년간 법무관 겸 법무사령관을 역임했다.

연합군 최고사령부 해체 약 2개월 전인 1952년 2월 20일 동경대학교에서 학생들의 특별한 학교 행사와 함께 공연이 있었다. 그 공연을 지켜보던 경찰이 공연장에 난입하였다. 그때 한 학생이 경찰의 수첩을 탈취하는 사건이 발생하며 일이 시끄럽게 되었다. 당시 항간에서는 이 일에

고한실의 삶

미국 CIA가 개입했다고 떠들었다. 경찰과 CIA가 결탁한 것인지 학생과 CIA가 결탁한 것인지 확실한 것은 나도 잘 모른다. 좌우간 동경대학 학생들의 그 행사는 한미적인 어떤 행사였던 것으로 기억한다. 이 사건을 '동대 포포로 사건'이라고 당시 언론들은 일컬었다.

그리고 2월 28일에는 미일 협정 조인을 맺고 미국이 오키나와를 관할하도록 하면서 일본 국회에서의 승인 없이 미군에게 기지를 제공할 수 있는 법안이 마련되었다.

추방되었던 공직자들에 대한 해체가 4월 16일에 있었고 4월 28일에는 미일 안보 조약을 체결하여 발효함과 동시에 독립국가로서 패전 후 새롭게 자국의 모든 통치 권한을 연합군과 미국으로부터 넘겨받게 되었다. 같은 날 UN 사령부 해체와 함께 철수를 시작했다. 독립된 상황이 잘 정리되면서 일본 천황은 그해 10월 16일 처음으로 야스쿠니 신사를 참배했다. 10월 30일에는 요시다 내각의 제4차 성립이 있었고 11월 1일 일본 전역에서 시군구 교육위원회가 설치되었다. 그리고 11월 2일에는 미국이 역사상 최초로 수소 폭탄 실험을 했다. 이어서 11월 4일 아이젠하워가 미국 대통령에 당선되었다. 그의 러닝메이트인 부통령에는 리처드 닉슨이 당선되었다.

1953년 일본으로서는 수치스러운 사건이 하나 일어났는데 바로 국회의원 간의 욕설사건이었다. 그로 인한 파장으로 결국 국회가 해산되는 결과를 낳았다. 이를 일컬어 역사는 '빠가야로 국회 해산 사건'이라고 불렀다. 그날이 바로 3월 14일이었다. 같은 달 18일에는 내가 전범 재판 때 6개월 형을 주장하여 구류 기간이 1년이 이미 넘어 언도와 함께 석방되면서 집과 가족보다 나를 먼저 찾아왔던 기시 노부스케가 자유당에 입당했다. 이렇게 해서 태평양 전쟁이 끝나고 한국 전쟁이 끝난 세월들이 흘러갔다.

한국이 동족끼리의 남북 전쟁으로 전 국토가 초토화되어 있을 때 일본은 대동아 전쟁에서의 패전 상흔을 딛고 일어나 경제 재건과 정치 안정으로의 길을 달리고 있었다. 이때 이미 일본은 11년 후인 1964년에 세계올림픽 경기를 동경에서 치룰 만큼 모든 기반이 튼튼히 다져지고 있었고 세계가 놀랄 만큼의 전후 고도 경제성장과 세계인의 축제를 열 수 있도록 눈부신 발전 가도를 달리고 있었다. 그리고 우리나라는 동경올림픽 이후 24년이 지나고, 6·25 이후로는 35년이 지나서야 88올림픽을 치룰 수 있었던데 비해 일본은 패전 후 불과 19년 만에 올림픽 세계 대제전을 치루고 종합 3위에 오를 수 있을 만큼의 강하고 눈부신 나라가 되어 가고 있었다. 실로 세계인이 놀라는 것은 당연했다.

그 당시 우리나라는 일본의 그늘에서 정치, 문화, 사회, 경제, 과학, 교육 등 전반에 걸쳐 중국과 함께 양국 사이를 이리저리 쫓아가는 모습임

고한실의 삶

을 어찌할 수가 없었다. 중국은 중국대로 그들의 거대한 문화적·정치적·경제적인 잠재력을 가지고 있고 세계를 향한 무언가를 강하게 던지는 무서운 힘을 과시하고 있으니 우리나라는 양대 산맥의 틈에서 용케도 잘 버텨나가는 옹골찬 작은 언덕이라고 할까? 좌우지간 우리나라도 어지간히 끈질긴 근성이 있고 물고 늘어지는 당참이 있다고 해도 과언이 아니잖은가?

한민족이여! 마음을 강하게 먹고 우리의 갈 길을 세계인의 틈바구니에서 부지런히 모색하고 연구하면서 정직한 나라, 순박한 나라, 동방예의지국다운 소리를 다시 들을 수 있도록 떨쳐나가지 않으려는가? 모든 것을 하늘의 뜻에만 맡기는 체념의 한을 안고만 살려 하지 말고 스스로 개척하는 창의의 정신으로 힘 있게 전진하지 않으려는가?

제주도 4·3사건

유엔 고등검찰관으로 일하는 내 책상 위로 제주도 고향 땅에서 자행되고 있는 참혹한 만행에 대한 보고서가 생생한 사진과 함께 날아들고 있었다. 1948년 4월 3일 제주도에서는 제주민란이 발생했다. 이승만 대통령의 오른팔이라고 하는 서북청년단들이 이북 공비를 토벌한다는 명목으로 죄 없는 제주도민을 무차별로 살해하고 있었던 것이다. 공비를 토벌하면 국가에서 보상금을 지급했다.

그 당시 나의 형 고한수는 법원에 근무하고 있었다. 제주 서문통(우리 동네에서 가까운)의 다리 위에 사람들을 일렬로 세워 놓고 총을 쏴 죽이거나 배에 태워 손을 뒤로 묶고 발에 돌을 묶어 바다에 빠뜨려 죽이거나 마을 사람을 함덕 해수욕장으로 데려가 앞의 사람이 자기가 들어갈 땅을 파면 뒷사람이 죽창으로 찔러 밀어 넣어 죽이는 일 등 차마 믿기지 않는 상황에 대한 보고였다.

현해탄을 건너 아침저녁으로 기름진 고기반찬에 푹신한 침대에서 잠자고 있는 혜택받은 나의 하루하루가 오히려 비현실적으로 여겨졌다. 좌불안석, 아무 일도 손에 잡히지 않았다. 마음 같아서는 당장 제주도로 달려가 진상을 조사하고 싶은 마음 굴뚝같았지만 마음 내키는 대로 움직일 수 있는 처지는 아니었다. 그러던 중 마침내 올 것이 오고야 말았다. 나의 4형제에 대한 비극적인 소식이었다. 1948년 10월, 자료에는 11월부

고한실의 삶

터 중산간 마을에 대한 강경 진압으로 마을의 95퍼센트 이상이 불에 타 없어지고 좌익과 무관한 많은 인명이 희생되었다고 나와 있다. 형제들이 모두 희생된 것이다. 서북청년단의 무자비한 총칼 앞에. 그 당시 우리 오 남매 중에 형만 결혼을 했는데 형의 3살 된 아들마저 죽었다는 소식이 고향 친구를 통해 들려왔다. 형네 집이 불태워졌는데, 지나가던 사람이 어린 아이를 구해 용케 살아남았다고 한다. 그런데 아무 죄 없는 그 어린 것을 다시 초가집 지붕으로 짚신 짝처럼 던져 기어이 죽여 버렸다는 소식을 듣자 나의 시간들은 그 자리에서 그대로 정지해 버리는 듯 했다. 얼마 후 정신이 드니 헛구역질이 나며 끓어오르는 분노와 원망을 어딘가에 쏟아 붓지 않고는 견딜 수 없는 나날이 되었다. 아버지는 우익과 좌익 모두에게 밥을 해 먹였다는 방조죄 명목으로 목포형무소에 수감 중이었고, 어머니는 절에 계셔서 화를 면했다.

리지에로 유엔 총사령관의 허락을 얻어 군용기를 타고 곧장 서울로 향했다. 경무대(청와대 이전, 옛 명칭. 2대 윤보선 대통령부터 청화대로 개칭)로 이승만 대통령을 찾아간 것이다. 제주민란이 발생한 지 6년만인 1954년이었다 (사망자만 1만 4천여 명). 내 허리춤에는 충분한 실탄이 장전된 권총이 있었다. 만약의 경우, '너 죽고 나 죽자'의 격앙된 마음이었다. 차라리 후련하게 죽고 싶은 심정이었다. 대통령을 알현하러 가는 사람이 총을 차고 가는 일이 가당한가? 아무도 대통령 면담에 무기 휴대가 불가했지만 나는 휴대했다. 하지만 그 당시 유엔 고등검찰관은 누구도 제어할 수 없는 권력을 갖고 있었다. 그것이 설사 일국의 대통령이라 할지라도. 일본의 천황마저 체포할 수 있는 권한을 갖고 있지 않은가? 당시 내 나이 28세였고 아직 미혼일 때였다. 무슨 사정이 생기면 나는 그 권총을 사용할 각오로 그렇게 행동한 것이다.

"제주도에서 무슨 일이 일어나고 있는지 아십니까? 4·3 사건을 기억하십니까? 억울한 도민이 무차별하게 죽어가고 있습니다."

이 대통령에게 다짜고짜 진상을 물었다. 그랬더니 이 대통령은 제주도에 공산당을 진압하기 위해 서북청년단을 보냈다고 설명했다. 답답한 마음에 "도민이 모두 공산당입니까? 3살, 4살짜리 어린아이들도 죽었습니다." 설명했다. 현장을 본 사람들의 증언을 상세히 덧붙였다.

"조카가 3살인데 그들이 죽었습니다."

그러자 이 대통령은 내 손을 잡으며 미안하다. 책임자를 처벌하겠다. 그런 사실을 알지 못했다고 했다. 대통령과 얘기하다 보니 진상을 모르고 있었던 것이 사실인 듯 했다. 하나님을 믿는 사람이니 알고는 무고한 백성을 그렇게 방치하지 않았으리라는 생각이 들었다. '지당한 말씀입니다.'만 되풀이하는 아랫사람들에게 속아 사건을 까맣게 모르고 있었다는 생각이 들었다.

제주도가 뿌리 채 흔들릴 만큼 가혹한 전쟁 아닌 정쟁을 치르는 동안 대통령이 모르고 있었다니, 기가 막힌 노릇이었지만 어쩌겠는가? 그 당

고한실의 삶

시 우리나라의 정세가 그렇게 뒤죽박죽 불안정했던 것을. 제주도에서 당장 서북청년단을 거둬들이겠다는 대통령의 확약을 듣고 걸음을 돌려 경무대를 빠져나올 수밖에 없었다. 제주민란은 대통령의 약속대로 얼마 후 진압되었다. 어려서 고향을 일찍 떠나 형제들과 살가운 정을 주고받지 못했다. 그러던 차에 한 형제도 남김없이 불현듯 모두 떠나보내고 나니 좌절감이 진하게 밀려 왔다. 질병과 사고로 떠난 것이 아니었다. 생명의 존귀함과 허무함이 동시에 밀려 왔다. 정신이 좀 들자 형제들 몫까지 열심히 살아야겠다는 생각이 들었다. 어떻게 사는 것이 가치 있는 삶인가? 영원히 가시지 않을 것 같은 슬픔 가운데 하나님을 의지하며 그 해답을 찾고자 했다.

1948년 4·3 사건을 가슴 깊이 기억하며 나의 형님과 누님과 동생들을 생각할 때, 조국에 돌아오게 될 때마다 억울하게 죽어간 형제자매에 대한 사무치는 그리움과 그런 일에 희생되도록 내버려둔 당시의 지도자들이나 책임자들에 대한 분노가 그때까지만 해도 가실 줄을 몰랐다. 자칫하면 나는 이성을 잃어 어떤 사건을 유발할 것 같은 그런 마음이었다. 이승만 박사를 만나 여러 가지 이야기를 듣고 나서야 나의 마음속에 어떤 의문들도 조금씩 사라지면서 응어리져 있었던 어떤 부분의 생각은 씻어지게 되었다. 이승만 박사를 만났을 때의 모습이나 인품은 아주 고상하고 상당히 온화하면서도 좋은 인상의 지도자라는 것이 내 마음에 각인되었다.

고등검찰관 시절 어머니와 함께

　지금 생각하면 그때의 나의 행동은 하나님께서 자제하게 해 주신 것
같다. 그러나 여전히 부모님의 가슴에는 응어리가 맺혀 풀리지 않는 한
이 남아 있었다. 세월이 흐른 후, 제주도에 가서 나는 그 사실을 다시금
확인해야 했다. 1954년의 일이다.

　1938년 부산과 시모노세키를 잇는 관부 연락선에 몸을 싣고 고향을
등졌다. 1941년부터 관부 연락선은 그 운항 횟수가 줄기 시작했다. 제2차
세계대전이 치열해지며 폭격 때문에 배가 다니지 못했기 때문이다. 그 이
후 1965년 한·일 수교가 이루어지기 전까지 한국과 일본을 오가는 정식

교통수단은 두절된 상태였다. 나는 미 육군 법무관으로 일하고 있어 다행히 미 군용기나 미 해군 군함을 타고 제주도에 갈 수 있었다.

1954년, 미 육군 법무관으로 일본에서 16년 만에 고향을 찾을 때, 나는 일본에서 서울까지 미 군용기를 타고, 다시 서울에서 다른 군용기로 갈아타고 제주도로 향했다. 그 당시 서울에는 미 군용기가 착륙할 수 있는 두 개의 공항이 있었다. 하나는 K19로 김포에 있었고 다른 하나는 국회의사당 비행장에 있는 K14였다. K19는 일반 군인이, 국회의사당 비행장인 K14는 장교들이 출입하는 공항이었다. 나는 미군기로 K14에 내렸다.

하지만 공항은 장교급 공항을 이용했지만 군용기라는 것이 일반 비행기와는 사뭇 달라 여간 불편한 것이 아니었다. 우선 비행기 의자가 서울의 지하철 의자처럼 양쪽으로 길게 늘어서 있는 딱딱한 벤치 형이다. 게다가 군인 신분인지라 3시간의 비행시간 내내 무거운 비상 색을 메고 앉아 있어야만 했다. 딱딱한 의자에 잠시도 내려놓을 수 없는 무거운 색을 메고 3시간을 앉아 있으니 다리가 얼어붙은 듯, 비행기에서 내리려는데 다리가 움직여지질 않았다.

각기병, 비타민B 부족으로 너무 잘 먹어서 생긴 병이었다. 하는 수 없이 미 8군 병원으로 후송돼 각기병을 치료한 연후에야 제주도에 갈 수 있었다. 그런데 그날따라 제주도 공항에 바람이 세차게 불어 착륙할 수가 없었다. 하는 수 없이 제주 서쪽의 모슬포 군용 비행장에 비상 착륙을 했다. 집으로 가기 위해 길에서 차를 기다리는 중, 마침 지나가던 미군 지프

고등검찰관 시절 제주도 집 방문

차를 얻어 탈 수 있었다. 미 육군 소위가 운전하는 지프차였다. 그는 나를 모슬포 미군 부대로 데려갔다. 부대장인 브라운 중령과 함께 점심 식사를 했다. 부대장은 새파란 나이에 대령 군복을 입은 나를 영 못미더워하는 눈치더니 오후 2시쯤부터는 태도가 180도 달라졌다. 일본 맥아더 사령부로 신원조사를 의뢰했었던 것이었다. 물론 여행 시 나는 맥아더 사령관이 사인한 여행증명서를 늘 지참하고 다녔다. 여행증명서는 쿠폰북처럼 여러 장이 한데 붙어 있어 신분을 증명해야 하는 경우 한 장씩 떼어준다. 부대장은 운전병이 딸린 지프차까지 내주며 제주도에 머무는 동안 마음대로 사용하시라며 공손하게 작별 인사를 했다.

고한실의 삶

부모님이 사시는 제주시 칠성동의 새 집을 찾아갔다. 내가 태어난 산천단 초가집은 제주 4·3 사건 때 서북청년단이 불을 질러 빈터만 남아 있었다. 문 밖에서 두 번쯤 "계십니까?" 하고 어머니를 불러 보았다. "어디서 오셨어요?" 안에서 나지막한 목소리가 문 틈새로 새어 나왔다. "일본에서 왔어요. 고한실입니다."

고향을 떠난 지 16년 만에 재회한 어머니와 나는 서로 멀뚱거릴 뿐이었다. 어머니는 그동안 윤기 나던 검은 머리카락이 눈처럼 새하얀 백발로 변해 있었고, 단정한 이마에는 구겨진 옷처럼 잔주름이 덮여있었다. 온화하던 미소는 두려움에 떨리는 눈빛으로 그늘져 있었다. 군복을 입은 내 모습이 생소하기는 어머니도 마찬가지였나 보다. 건장한 청년이 되어 나타난 내게서 12살 빡빡머리 어린 아들의 모습을 찾기는 쉽지 않았으리라. 어렵사리 아들을 알아 본 어머니는 집 처마 밑으로 나를 끌고 가더니 대뜸 나지막한 목소리로 물으셨다.

"너 죄지었냐?"

"아니오, 어머니."

"그럼 웬 헌병이 널 따라 다니냐?"

"내 운전수입니다."

믿지 않으셨다. 아버지는 마침 외출중이셨다. 운전수에게 PX 레이션 북을 떼 주며 담배와 과자를 사오라고 시켰다. 담배를 피우고 계신 어머니께 드리고 싶었기 때문이다. 제주 4·3 사건으로 금쪽같은 자식 4남매를 모두 잃으신 어머니는 상심으로 몰라보게 늙으셨고 충격으로 담배를 피우고 계셨다. 조금만 목소리가 커져도 "한실아, 조용히 해라. 큰일 난다." 며칠 동안 이 말만을 되풀이 하셨다. "이곳에서 저 잡아갈 사람은 아무도 없습니다." 그래도 믿지 않으신다. 마침 운전병이 사온 담배를 드리자 양담배를 피면 잡혀간다며 걱정이 더 커지셨다. 그 당시 한국에서는 양담배를 정상적으로 구입할 수 없는 것이라 들키면 잡아가는 수가 있었다. 그렇게 3~4일 지나며 나를 만나기 위해 도지사나 법원장 등이 찾아오니 그제야 비로소 인정을 하시며 안도의 숨을 내쉬시는 듯 했다.

젊은 시절 목숨을 내놓고 만세 운동을 다니던 의연한 어머니가 자식들의 떼죽음 앞에 한없이 연약한 여인으로 변모한 모습을 보며 나는 다시 가슴이 무너져 내렸다. 그리운 형제들이 모두 희생됐다는 소식을 일본 맥아더 사령부에서 접하고 망연자실한 나날들이었다. 하지만 나의 상심은 어머니의 허물어져 내린 초췌한 모습에 비교되지 않는 것이었다. 나에게 잃어버린 것이 가족이었다면 어머니에게서는 우주를 앗아간 것이었다.

이 과정 중에서도 가족들을 만나 소소한 기쁨을 누릴 수 있었다. 아버지의 변신 아닌 변신이 그랬다. 아버지는 농부이기 이전에 한학자이셨다. 그런 아버지를 어머니는 평생 생원님으로 불렀다. 생원이란 선비에 대한 존칭이다. 아버지는 향교 반수를 지냈는데 향교는 유교 학자들이 모여 유학에 관한 연구 등을 하는 기관이었다. 향교는 제주시에 위치해 있어 걸어서 40~50분 정도가 걸렸는데 아버지는 향교에 2~3일에 한 차례씩

고한실의 삶

高漢賓 博士 滂加鄉校參拜記念 1968. 4. 12

출타하시곤 했다. 아버지는 향교의 선생인 도강사를 하면서 책임자인 반수를 겸하고 있었다.

생원이신 아버지는 나의 어머니를 어머니라는 존대어로 불렀다. 그렇게 어머니께 깍듯이 예의와 격식을 차려 주셨다. 하지만 우리 일곱 식구의 생계를 책임지는 아버지의 본업은 농부였다. 한학자를 해서는 쌀도 고기도 나오지 않는 시절이었다. 아니 돈이 들어오기는커녕 제자들을 먹이고 공부시키느라 늘 살림이 축이 나는 쪽이었다.

새벽부터 저녁 해가 기울 때까지 근면하게 농사를 지으셨던 아버지는 그래서 집에서는 늘 한복이 아닌 작업복 차림이었다. 활동하기 편리한 누추한 서양식 바지였다.

어머니는 늘 한복을 입고 계셨는데 어머니가 생전에 화내는 모습을 본 기억이 나질 않는다. 성격이 온순하셨다. 일본에서의 유엔 고등검찰관 시절, 잠시 고향에 돌아오면 아버지를 거들어 호미를 들고 밭으로 나가곤 했다. 그러면 제주도의 법원장 등이 나를 만나러 찾아 왔다가 밭고랑을 일구는 나의 옷소매를 끌어 잡으며 흙 만지는 것을 극구 만류했다. 한국은 노동을 귀히 여기지 아니하는구나 하는 생각이 들었다. 하지만 나에게 흙은 늘 친밀한 것이었다. 대지는 신성한 것이라는 것을 아버지의 땀 흘리는 모습을 통해 배울 수 있었다. 쟁기로 밭을 갈고, 계절에 맞춰 씨를 뿌리고, 비료를 주고, 억센 잡초를 뽑아내고 수확물을 거두는 가장의 일련의 중노동은 가족과 이웃을 위한 헌신의 표정이었기 때문이다.

색이 바래고 무릎이 튀어나온 작업복 차림에 땡볕에 얼굴이 새카맣게 그을린 아버지가 외출할 때는 도포로 갈아입고 머리에는 갓을 쓰셨다. 순식간에 향교로 향하는 한학자가 되는 것이었다. 아버지의 그런 변신이 내겐 경탄의 대상이었다. 기발한 장난 거리를 헤매는 것이 하루 일과였던 나는 감쪽같은 아버지의 변신을, 지루한 하루해를 때울 만한 흥미 있는 사건으로 만들어 보기 위해 몇 날 며칠을 골머리를 짜냈다. 하지만 집에서는 너무도 근면한 농부요, 외출 시에는 위엄을 갖춘 둘도 없는 한학자인 아버지께 그럴만한 틈은 보이지 않았다. 천년송 기둥에 기대어 멀찌감치 시야에서 좁쌀처럼 멀어져 가는 아버지를 바라보며 아버지를 상대로 감히 장난칠 수 없는 힘없는 내 처지가 아쉽기만 했다.

고한실의 삶

뜻하지 않던 재물

1946년 유엔 고등검찰관으로 월급을 받으며 아버지께 매달 송금을 했다. 그 당시 나의 월급은 950달러였다. 거기에 교제비 50달러까지 추가됐으니 실제로는 천 달러였던 셈이다. 그중에 매달 1백 달러씩 송금했다. 그 당시 은행은 서울 소재, 미 8군 안에 있었다. 맥아더 사령부 안에 있는 뱅크 오브 아메리카에서 서울의 뱅크 오브 아메리카로 돈을 보내면 매달 미 8군의 법무관이 제주도에 가서 아버지께 1백 달러를 직접 전달해 주었다. 아버지께 송금할 방법을 찾던 중에 그 법무관이 자진해서 도와주겠다고 나서서 하는 수 없이 신세를 지게 됐다. 제주도까지 가는 교통수단은 미 군용기를 이용했다. 군인들은 미 군용기나 군인전용 배가 있었으며 요금이 공짜였다. 그런데 아버지에게 직접 보낸 돈 1백 달러가 처음 3~4개월 동안 은행으로 들어가지 않았다.

미 법무관이 도와주기 위해 은행에 몇 번 찾아갔으나 행방불명이 된 돈의 행방은 찾을 수 없었다. 하지만 잊어버리기로 했다. 그만큼 모든 행정이 불안하던 시절이었다.

그 돈으로 아버지는 집 근처 아라리 산천단에 땅을 샀다. 박종실 아저씨가 돈이 생기면 땅을 사는 것을 곁에서 지켜보며 땅이 가장 정직하다고 배우신 거다. 그렇게 해서 이십여 년 동안 아버지는 5만여 평의 땅을 가지게 됐다. 1976년 아버지가 돌아가시기 얼마 전 아버지는 이 땅을 하나밖에 남지 않은 아들인 나에게 물려주시겠다고 하셨다.

하지만 나는 그것이 달갑지 않았다. 땅을 갖고 싶지 않았던 것이다. 부자가 되면 마음이 이상해진다. 내 뜻대로 살기 어려워진다. 불필요한 욕심에 끌려 다니는 인생이 되기 십상이다.

고인물이 조금씩 썩어 가듯이 물질도 쓰지 않으면 소용이 없고 언젠가는 악취를 풍기는 죄로 변할 수 있다. '돈이란 꼭 필요한 사람에게 적절하게 흘러가도록 하는 것이 이치에 맞다.'는 생각이다. 아버지께 땅을 갖고 싶지 않다고 말씀 드렸다.

왜 갖고 싶지 않은 지는 아버지가 더 잘 알고 계셨다. 아버지는 돈은 죽을 때 가져가는 것이 아니니 사회에 환원하라는 말씀을 늘 하셨다.

그러자 아버지도 나와 그 문제를 상의해 보고 싶으셨단다. 내가 그 땅을 덥석 받으리라고는 예상치 않으신 모양이다. 하지만 우선은 내게 의향을 타진해온 것이다.

그렇게 해서 아버지와 나는 오랜 상의 끝에 그 땅을 아버지의 뜻에 따라 제주도 사회복지재단과 제주 교육 기관에 기증하기로 했다. 사회복지재단은 장애자들을 돌보는 곳이다. 5만 평의 땅 중에서 4만 5천 평 정도를 기증하고 나머지 5천 평은 팔아서 산음장학회에 기증했다. 20세의 나이부터 1백 달러씩 보낸 돈으로 산 땅이 기증할 당시에는 5백억에 이르렀다. 아내와도 상의를 했는데 쾌히 동의를 해 주었다. 아내도 자신이 일해서 버는 돈의 얼마를 따로 기부하고 있다. 한국에 나와 있는 현재도 미국

고한실의 삶

의 어느 단체로 얼마를 보내주라고 하면 심부름을 잘 이행해 주고 있다. 아이들도 기부를 하고 있는데 어릴 때 기부를 하면 배지를 주는 곳이 있어 그걸 달고 다니며 좋아하기도 했다.

하지만 이렇게 큰 재산이 되어버린 땅이 정리하기 전에는 심심찮게 문제를 일으키곤 했다. 아무 근거도 없이 홍길동처럼 누군가 나타나서는 돌아가신 나의 아버지가 자신의 할아버지나 아버지에게 아버지 땅의 일부를 팔았다는 것이다. 이미 죽은 사람이라 등기 이전이 되어있지 않다고 우기는 것이다. 아버지가 돌아가시기 1년 전 땅은 모두 내 명의로 변경됐다. 그리고 기증은 아버지가 돌아가신 후 시작됐다.

말로는 간단하게 들리지만 실제로는 골치 아픈 건수가 120건 정도나 됐다(120여 명의 땅 명의 변경이 안 돼, 일괄적으로 법원에 가서 명의 변경). 법원에 소유권이전소송이 1년이나 걸린 것도 부지기수이다. 그중 10건 정도는 제주도 경찰국장도 이길 수 없다고 하는 복잡하고 힘든 케이스도 있었다. 이번에도 아버지 생전에 아버지에게 땅을 샀으니 등기이전을 해 달라는 것이었다. 큰소리치며 서류를 가져와 살펴보니 가짜 서류였다. '법적으로 할까 협상을 하겠느냐'고 물었더니 법적으로 하겠단다. 하는 수 없이 서류 위조로 법정에서 그를 처벌할 수밖에 없었다. 그것이 1976년경인데 그로부터 24년이 지난 2000년 다시 재판을 걸어왔다. 나는 그 당시 판결문을 보존하고 있어 이길 수 있었다.

땅만 있어도 이렇게 골치 아픈 일이 끊이질 않는데 부자가 아닌 것이 얼마나 다행인지 모른다. 그런데 사회복지재단 등에 기증하며 그런 골칫덩어리를 다 해결한 줄 알았다.

그런데 올해 다시 또 한 사람의 소송자가 나타났다. 내 이름으로 되어 있는 나도 모르는 땅이 아직도 남아 있었던 모양이다. 그 앞으로 길이 나며 그 땅이 길로 흡수해 들어가 정부에서 보상금을 받게 되어 있는데 그것을 자기가 받도록 해 달라는 것이었다. 말도 안 되는 이야기를 하는 그 사람들은 나를 피고로 제주지방법원에 민사소송을 제기했다. 하지만 얼마 전 나에게 승소판결이 났다. 사필귀정이다.

한편, 아버지께 다달이 백 달러를 보내 드리며 어머니께는 따로 용돈을 드렸다. 어머니가 그 돈을 모아 아버지와 따로 밭을 샀다. 복덕방 중개인이 기름진 땅을 보여주자 어머니가 얼른 구입을 해서는 거름을 주며 지극정성으로 가꾸고 있던 중 땅의 주인이 홀연히 나타났다. 그 땅을 판 적이 없다는 것이었다. 그러면서 어머니에게 판 땅은 따로 있다는 것이었다. 어머니가 가꾸고 있는 그 땅의 훨씬 위쪽의 땅을 팔았다고 한다. 그 땅은 현재 산 땅의 5분의 1 가격 밖에 안 되는 척박한 땅이었다.

그런데 어머니의 이름으로 사드린 그 땅이 나중에 알게 된 일이지만 다른 사람의 명의로 등기되어 있었고 좋지 않은 산지대에 위치한 고지대에 아주 험한 땅이었다. 사기를 당한 것이었다. 파는 사람이 고위층 인사의 압력에 못 이겨 그 사람에게 내가 계약하여 어머니의 이름으로 사기로 한 땅을 판 것이다. 그리고 안 좋은 다른 산지대에 딸린 같은 평수의

고한실의 삶

고등검찰관 시절 아버지와 함께

험한 땅을 어머니 이름으로 등기를 해버린 것이다.

화가 난 어머니가 그 사람을 상대로 고소를 했다. 1954년 일본에 들어
간 검찰관 아들이 왔으니 그 땅을 판 사람은 큰일이 났다며 야단법석이
었다.

그런데 아버지가 소송을 반대했다. 어머니께 '소송을 취하하도록 하라.
이익이 될지, 손해가 될지 모른다.'는 말씀이셨다. 이익이 무슨 뜻인지 손
해가 무슨 뜻인지도 알지 못한 채 아버지 말씀이라 어머니를 설득시켜
소송을 취하했다. 못마땅해 하는 어머니께 '손해가 나면 제가 책임지겠습
니다.'라고 말씀드렸다.

그리고 10년의 세월이 흐른 후에 어머니의 이름으로 등기된 그 땅이 도시 계획에 들어가면서 땅값이 폭등하며 치솟았다. 어머니는 갑자기 큰 부자가 되었다. 전에 좋았던 본래 사려 한 그 땅은 별로 값이 오르지 않은 평범한 땅이 되었고 어머니 산지의 땅은 도시가 들어선 요지가 된 땅이 되었다. 전화위복이라 하던가! 하나님은 그때에도 나로 하여금 어떤 일을 벌이려던 마음을 극복하게 해 주시고 억울함이 오히려 큰 기쁨과 위로와 힘이 되게 해주셨다. 어머니께 여쭤봤다. '그때 아버지 말씀 듣기 잘했지요?' 어머니의 부드러운 미소 띤 대답. '내 그럴 줄 알았냐?'

고한실의 삶

사람, 사람들

기억에 남는 몇 사람을 소개하고자 한다. 한국 파견 근무 시 만난 허세선 중령이 그 첫 번째이다. 1954년 5월경이라고 생각된다. 일본에서 유엔 고등검찰관을 하던 시절 내가 소속되어 있는 주일 미군 연합총사령부에서는 나를 한국에 주둔하고 있는 미 8군에 3개월간 파견 근무를 하도록 특별한 명령이 내려졌다. 그 체류기간 동안에 서울에 있으면서 자주 중앙청을 드나들었다.

그때 부산과 제주를 출장 방문할 기회가 있었는데 미군 전용기를 타고 제주도 모슬포 비행장에 내렸다. 그 해는 내가 28세 되던 해이다. 비가 오고 있어서 공항에 계속 서 있는데 미군이 와서 나를 안내했다. 미군 부대에 들어가자 그들은 내 신분을 물어왔다. 나는 그들의 질문에 대답하지 않고 본부에 연락을 취하도록 가만히 내버려 두었다. 여기저기 연락을 취해 보더니 그제서야 경례를 하며 지프차와 경호원 겸 운전사를 제공했다. 참으로 오랜만에 고향에 돌아와 부모님을 뵈었다.

부모님을 뵙기 위해 제주도를 방문했을 그 당시는 형과 누이, 여동생들을 잃은 지 얼마 지나지 않을 때였다. 하루는 세무서 총무 과장 겸 서장 대리로 일하고 있는 최 선생이 아버지와 나를 칠성동에 있는 중국 음식점에 초대를 했다. 평복을 입고 식당 문을 들어서려는데 입구에서 누군가 내 어깨를 기분 나쁘게 툭 쳤다. 신분증을 보여 달라는 것이었다. 태도가 불손해 대꾸도 하지 않고 식당 안으로 모른 채 들어갔다. 식사를 마치고 나오는데 어깨를 건드렸던 기분 나쁜 그 사내가 식당 문짝에 비스듬히 기댄 채 여전히 기다리고 있었다. 입가에는 부자연스런 미소를 띠며 수사기관에 있는 사람이라고 한다.

참고 있던 뭉근한 아픔이 다시 고개를 들었다. 상실한 형제들 생각이었다. 기분이 상한 터라 나도 당당한 목소리로 대장 이름이 뭐냐고 물었다. 식당 앞에 구경꾼들이 모여 들기 시작했다. 아버지가 신분증을 보여 주라고 하신다. 하지만 내가 무슨 잘못을 저질렀는가? 대장을 데려 오라고 했다. 얼마 지나지 않아 대장이 음식점 문 앞까지 당도했다. 대장이 다시 신분증을 보여 달라고 한다. 하지만 나는 못 보여 준다며 버텼다. 형제들이 죄 없이 희생된 것도 억울한데 나까지 이런 대접을 받을 수 없다는 생각이었다. 식당 앞에서 해결점을 찾지 못하자 나는 마침내 그들의 군용 지프차에 태워졌다. 동문통을 지나 내가 도착한 곳은 CIC(한국군 방첩)부대였다. CIC는 전국의 사상범을 수사하는 군 수사기관이었다.

공무상 신분증을 보여 달라면 내가 공무상 보여줄 하등의 이유가 없다. 맥아더 사령부를 떠나 다른 나라에서는 장군 대우를 받는 것이 상례였기 때문이다. 부대에 도착해서도 대장과 나는 한참을 옥신각신 실랑이를 벌였다. CIC부대 내부는 극장처럼 무대와 관람석이 있었는데 대장과 나는 그 단상 위에서 영화의 한 장면처럼 종이 반 토막도 안 되는 신분증을 놓

고한실의 삶

고등검찰관 시절(군복 차림)

고 팽팽한 기 싸움을 벌이고 있었다. 단상 아래 칸에서는 50여 명쯤 되는 부대원들이 지루한 우리의 싸움을 관람하고 있었다.

지루한 싸움을 끝내기 위해 하는 수 없이 나는 한 가지 제안을 했다. 공무상 보여 줄 이유는 없지만 개인적으로 신분증이 어떻게 생겼는가

보자면 보여주겠다고 양보를 한 것이다. 그렇게 해서 나에 대한 신원 조사를 마친 대장은 부하를 시켜 집까지 정중히 모셔다 드리라고 명령을 내렸고, 나는 마침내 무사히 귀가할 수 있었다.

이튿날 동문통 다리 위에 있는 이발관에 이발을 하러 갔다. 이발관에서는 식당 앞에서 CIC 지프차에 태워졌던 나를 기억하고 있었다. 그러면서 지금껏 그 지프차에 들어간 사람치고 걸어서 나온 사람을 보지 못했다고 했다.

휴가를 마치고 동경으로 돌아가 맥아더 사령부에 보고서를 써서 올렸다. 제주도에 있었던 일들을 있는 그대로 써서 올렸는데 예기치 않은 일이 발생했다. 나를 지프차에 태워 호송해갔던 CIC의 대장 허세선 중령이 좌천된 것이었다. 솔직한 보고서일 뿐이었는데 CIC에서 나를 의심해 조사했다는 것이 좌천 사유가 되었던 모양이다. 아니 아무나 붙잡아 취조

를 한 것이 문제가 된 것인지 정확한 이유는 알 수 없었다.

하지만 내가 감정이 올랐던 것은 CIC의 대장 한 개인에 대한 것은 아니었다. 일제의 식민지와 6·25 전쟁을 겪으면서 한반도는 정치적으로 대혼란을 겪었다. 엉킨 실타래처럼 뒤죽박죽된 정치 체제, 누가 옳고 그른지 무엇이 옳고 그른지도 분간할 수 없는 대혼란의 상황에서 죄몫이 무엇인지도 알지 못하고 희생된 억울한 목숨들에 대한 불만이었다. 그런데 본의 아니게 한 개인에게 피해를 끼쳐 미안한 생각이 들었다. 허세선 중령은 그 당시 1급 부대에서 2급으로 강등되며 속초 부대장으로 좌천되었다.

얼마 후 그 사실을 알게 된 나는 그에게 곧 사과 편지를 띄웠다. 본의 아니게 피해를 끼쳐 미안하다고 용서를 빌고 그런 실정을 잘 몰랐다고 마음을 전했다. 가능하면 원상복귀 시킬 수 있도록 노력해 보겠다고 적었다. 그 후, 나는 그를 복귀시키기 위해 백방으로 노력했다. 복귀가 된다면 다시 제주도로 돌아가고 싶은가를 허 대장에게 물어보니 대구가 고향이라 대구에 배치되고 싶다고 했다. 그러던 중 나는 한국에 나갔을 때 관계자들을 직접 만나 그를 대구로 보내 줄 것을 간청했고, 그것이 받아들여져 그는 원하던 대구로 이전하게 됐다. 물론 강등됐던 계급도 복귀됐다. 오랜 빚을 갚은 듯 비로소 홀가분해졌다. 우리는 그렇게 우여곡절을 겪으며 가끔씩 연락을 취하는 친구 사이로 지내게 됐다.

고한실의 삶

이 외에도 일본 경도제국대학 출신이며 일본 사법 고시에 합격한 한환진이란 법관 친구가 있다. 대구 지방법원장을 하다가 대법관을 지냈다. 그가 대구 지방법원장을 할 당시 미 군용기를 타고 그를 찾아간 적이 있다. 옛 친구를 만나러 간 것이다.

'대구역 근처 파출소에 가 법원장을 만나러 왔다고 하면 안내해 줄 것이다.'라고 했는데, 도착하니 사이렌을 불며 친구가 보내준 지프차가 당도했다. 우리는 법원장 관사에서 반가운 해후를 나누던 중, 또 한 사람의 반가운 친구가 찾아 왔다. 허세선 중령이었다. 내가 대구에 왔다는 소식을 듣고 한 걸음에 달려 온 것이다. 대구에서 씩씩하게 지내고 있는 그의 얼굴을 마주하니 어찌나 반갑던지, 잘못이 없는 사람에게 피해를 끼쳐 용서를 비는 마음으로 살다 보니, 형제에 대한 분노의 알갱이들도 차츰 사그라지고 있었다. 그것은 오래 간직하지 않는 것이 좋았다. 흘려보내는 것이 나았다. 아니 그것이 어찌 그리 쉽사리 흘려보낼 수 있는 일인가? 스스로 감당하기 벅찬 아픔을 하나님께 맡겼더니 하나님께서 치유해 주시고 새로운 미래를 향한 눈을 열어 주신 것이다. 그렇게 세상과 화해를 시켜 주셨다.

그런 일이 있은 후 1955년 나는 다시 또 한번 한국을 방문할 기회가 있었다. 내가 젊고 패기가 있어 보이는데다 나를 보는 사람들의 눈에 아직 젊어 보이니 상당히 그들의 눈에는 내가 미군 대령의 신분에다가 UN 고등검찰관으로 보이기가 어려웠던 것일까? 내가 어떤 장소에 가서 임무를 수행하려고 하면 예의 보안에 관계된 한국군 관계자들이 나타나서 적지 않게 시비가 되거나 나를 알아보지 못해 오해로 인한 어려운 문제들이 발생하곤 했었다.

한 가지 예로 점심시간이 되어 식사 후 잠시 쉬고 차 한 잔 마시려고 다방에 가면 가끔 그런 사람들이 내게 말을 걸며 신분증을 제시하라고 요구도 하고 어떤 때는 조금은 언짢게 나를 대하며 상당히 고압적일 때도 있었다. 그때마다 나는 조용히 미소 지으면서 잠자코 있은 적이 대부분이었으나 신분증 제시를 요구할 때는 언제나 나는 정중하게 먼저 신분을 알려 달라고 요구하곤 했었다. 그리고는 끝까지 그들이 먼저 신분을 밝히기 전에는 그들에게 내 신분을 알려 주지 않았다. 후에 그들이 어떻게 알게 되면 조용히 찾아와 사과하곤 했다. 몇 차례 그런 일이 있었다. 대부분 잘 지나갔으나 제주에서 그리고 서울에서 또 한 차례 비슷한 일이 있었다.

사람이란 어쩌면 간사하기도 하고 우습기도 하고 영악하기도 하고 은근히 자신을 과시하기도 하는 존재이기에, 우리들의 사는 세상에서의 온갖 얽힌 사연들은 대부분 이러한 연유에서 문제가 가끔 내지는 자주 또는 크게 발생하는 것이 아닌가 생각해 본다.

잊혀지지 않는 또 한 사람이 있다. 일본에 사는 한국인 깡패 마찌이다.

수하에 한국인과 일본인 똘마니들을 다수 거느리고 있는 깡패 두목이다. 그가 어느 날, 내 관사를 무단 침입했다. 내가 없는 사이에 내가 누구인지, 직책이 뭔지도 모르고 한국 사람인 것만 알고 우리 관사를 침입한 것이다. 간판이 없으니 유엔 관사인 것도 모른 것이다. 돌아가면서는 호기 좋게 연락을 하라며 이름과 전화

관사(고등검찰관 시절)

번호까지 남기고 갔다. 두둑한 배짱이 당돌하면서도 어떻게 생긴 녀석인지 한 번 만나 보고 싶은 생각이 들 정도였다. 경시청에 연락을 해서 이 사람에 대해 좀 알아봐 달라고 부탁을 했다.

다음날 다나카 경시 총감이 점심 식사를 함께 하자길래 약속 장소로 나갔다. 그 자리에는 노다 건설부 차관도 동석을 했다.

그런데 어깨가 떡 벌어진 한 건장한 청년이 방으로 들어오더니 내 앞에 넙죽 절을 하는 것이 아닌가? 그러더니 바닥에 얼굴을 대고 "죽을 죄를 지었으니 용서해 주십시오."라고 한다. 다름 아닌 어제 나의 관사를 무단 침입했던 깡패 두목 마찌이였다. "뭘 잘못했습니까?" "어제, 모르고 들어

갔습니다." 옆에 앉아 있던 경시 총감이 "용서해 주십시오." 하길래 영문
도 모르고 용서해 주고 말았다. 남의 집에 허가를 받지 않고 들어가면 그
건 분명 불법 가택 침입 죄인데, 경시 총감은 어찌하여 그렇게 쉽게 그를
용서해 주라고 했을까? 궁금했다.

경시청에서는 깡패를 진압하기 위해 또 다른 깡패를 쓰고 있다고 했다.
깡패들의 아지트나 행로, 깡패들만의 세계를 그들이 가장 잘 알고 있기
때문이다. 마찌이가 바로 그런 사람 중의 하나였다. 깡패이면서 또 한편
으로는 다른 깡패들을 진압하는 데 공헌하고 있는 경시청에 꼭 필요한
인물이었다.

맥아더 사령부 유엔 고등검찰관 시절, 다나카 경시 총감이 "내부 행사
가 있으니 구경 오시오"하며 나를 초대한 적이 있었다. "무슨 행사입니까
물으니 범죄에 관한 행사요"라고 대답했다.

조명이 환하게 켜진 방에 열 명의 남자가 일렬로 줄지어 서 있었다. 그
중에 백만 엔 가진 한 사람이 있으니 소매치기한테 찾아서 훔쳐 보라는
임무가 떨어졌다. 그는 담배 두 대에 불을 붙이더니 서 있는 남자들에게
한 모금씩 피우게 했다. 그러는 사이 어느 새 백만 엔이 들어 있는 봉투
가 감쪽같이 없어졌다. 그곳에 구경하고 있던 누구도 눈치 채지 못할 눈
깜짝할 순간이었다. 경시 총감은 내게 우리가 저런 기술자를 쓰고 있습
니다며 넌지시 자랑을 했다. 상대방의 비문서 등을 빼올 때 그런 사람을

쓰는 것이었다. 소매치기 기술자나 깡패를 범죄 퇴치나 방지에 이용하는 것이다. 미국 FBI에서도 그런 기술자들을 쓰고 있다.

맥아더 사령부 안에도 FBI 간부들이 들어와 있었다. 사령부 안의 군인이나 미국과 관계된 사람이나 범죄 수사 및 방범을 위해서였다. 마찌이. 건장한 체격, 날카로워 보이는 부리부리한 눈매. 좀 더 유익한 일을 하면서 살면 좋으련만, 경시청에서 꼭 필요한 인물이라니…

그리고 마지막으로 리처드 닉슨 부통령이 기억에 남는다. 아이젠하워 대통령 때 부통령을 지낸 리처드 닉슨이 1956년 7월경 유엔 고등검찰관 실로 나를 찾아 왔다. 점심 식사를 함께 하자고 해서 부통령이 이끄는 식당으로 따라 갔다. 검찰관 실에서 10분 정도 걸어가는 거리에 있는 제국 호텔 내 블란서 식당이었다. 닉슨 부통령은 "당신의 이름을 많이 들었다. 만나고 싶었다."라고 크게 웃으며 악수를 청했다. 그리고 내게 "고 검사, 잘했다."며 나의 업무에 치하를 아끼지 않았다. '나는 감사합니다. 하지만 검찰관으로 할 일을 맡겨 주셔서 열심히 일하고 있습니다.'라고 인사했다. 그 당시 내 나이 30세, 닉슨 부통령은 나보다 13살 위인 마흔 세 살이었다.

유엔 고등검찰관으로서의 나의 일과 중 하나가 검찰관 실에서 일어나는 사건의 보고서를 작성하는 일이었다. 그러면 그 보고서가 미국방부를 거쳐 백악관으로 올라갔다. 유엔에 근무하는 미군들에 관한 실태보고들도 소상하고 정직하게 말씀드렸다.

닉슨 부통령은 기시 노브스케에 대해서도 '그의 성격은 어떠냐? 일본의 지도자 될 자격이 있느냐?'고 묻는 등 큰 관심을 나타냈다. 나는 그가 책임감이 강해 성실하게 일하고 온화한 성품이라는 등의 소견을 피력했다. 닉슨 부통령과는 그때 외에도 두 번 더 만났다. 한번은 장교 클럽에서, 또 한번은 동경에서 맛있기로 소문난 동경 비프스테이크 하우스였다. 수프부터 메인 요리, 디저트, 커피까지 디너 세트로 나오는 그 식당의 고기와 커피 맛은 가히 일품이었다. 내가 이곳이 동경에서 가장 맛있는 비프스테이크 식당이라고 설명하니 닉슨 부통령은 동경뿐 아니라 세계 최고의 비프스테이크 맛이라고 응수했다.

닉슨은 부통령이기 이전에 변호사였다. 우리는 변호사로서 허심탄회한 대화를 나누며 실무 경험이 많은 선배 변호사로부터 변호사로서의 노하우를 배우기도 했다. 그는 미국도 좋은 나라이니 미국에 꼭 한번 와봐라, 백악관에서 만나자며 우리는 일본에서 헤어졌다.

그 당시 미국에 있는 법대들로부터 초빙 교수로 초청을 받았다. 그중 미주리 대학교 법대에 가서 사회범죄학 강의를 하고 있었다. 1968년 11월 미국 제37대 대통령에 닉슨이 대통령으로 당선되었을 때 축하 전문을 보냈더니 취임식 초청장이 날아왔고 백악관에서 그를 만나게 되었다. 그리고 그의 요청에 의해 미국 헌법을 연구하게 되었고 3년 후인 1972년 5월

고한실의 삶

에 "How American Laws are Made?"(미국 법은 어떻게 만들어지는가?)라는 논문을 발표, 처음으로 출판하였다. 현직 대통령과 상원 법사위원장, 대학총장 등이 추천서를 써주었다. 그 후 닉슨 대통령 요청에 따라 대통령 법률고문 겸 법률자문위원이 되어 그 후 미국에서 미국 대통령들을 위하여 일하게 된 계기가 된 것이다.

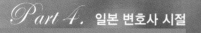

Part 4. 일본 변호사 시절

변호사 자신도 정직한 사람이어야 한다.
그래야 변호할 때에도 법안에서 공정하
게 일할 수 있다. 법관은 공정하고 정직
하게 일해야 오래 가고 신임을 받는다.

이기는 변호사,
살리는 변호사

이기는 변호사, 살리는 변호사

한국 방문과 결혼

1957년 2월 27일, 기시 노부스케가 총리에 선출되면서 자유당 내각
이 성립되었다. 그해에 나는 한국을 다시 방문했다. 당시 나는 미국
사령부의 법무관 대령으로서 전관 대우를 받고 있을 때였다. 보통 3년간
은 전관 대우를 받는 것이 상례로 되어 있었다. 친구를 만나 다방에 들어
가게 되었는데 미행하고 있었는지 곧바로 헌병 한 사람이 다가오더니 역
시나 신분증을 보여 달라고 요구했다. 물론 나는 보여 주지도 않았고 겁
내거나 화내지도 않았다(그럴 필요도 없었다). 헌병은 내 태도에 자존심이 상
했는지 얼굴이 굳어졌다. 가만 있으면 안 되겠다고 생각했는지 그는 시비
조로 엄포를 놓았다.

고한실의 삶

도대체 한국에만 오면 왜 이런 일이 벌어지는가? 신분증을 내 놓으라고 하지를 않나 시비를 걸지를 않나. 고민 끝에 나는 결론을 내렸다. 재외동포로 외국에서 크게 일하고 있으니 일말의 감시가 있었을 것이고, 4·3 사건으로 형제자매들이 불행하게 세상을 뜬 것에 내가 앙심을 품고 뭔가 하려는 게 아닌가 견제하는 것 같다고. 이럴 때마다 나는 당사

결혼사진

자에게 신분을 먼저 밝히라고 질문 겸 요구를 했다.

"무엇 때문에 신분증 제시를 요구하는 거며 당신은 누구기에 내게 신분증 제시를 요구하는가? 먼저 당신의 신분을 밝히고 요구하라!"

상대방은 늘 욱하는 자세로 대응했고, 나는 미 대사관이나 미 8군에 알아보라는 답변을 남겼다. 나중에는 늘 굽실대며 백배 사죄를 하곤 했는데, 그 후 좌천된 사람도 많았을 것이다. 이 헌병도 후에 어찌 됐다는

이야기를 들었다. 이듬해 1958년 6월 10일, 기시 노부스케가 다시 2차 내각이 성립되면서 총리에 재신임되었다. 당시의 한국은 역사가가 아닐지라도 말하기를 자유당 말기라고 말하고 있다. 솔선수범해야 할 정치인들과 지도자들의 부정과 부패는 이루 말할 수가 없었고, 그에 편승한 고위 공직들로부터 말단 공직에 이르기까지 국민의 지도자들이라는 그들의 생활과 행실은 전혀 국민들에게 어떤 희망이나 꿈이나 모범이 되지 못한 것이 사실이다. 물론 그중에는 정직하고 성실하고 양심적인 사람들이 있었던 것도 사실이다. 소수의 사람들이지만 일부 종교 지도자들이나 양심적인 공직자와 미래를 염려하는 지식층의 교육 관계자들과 피끓는 젊은 학생들이었다. 나라 전체 곧 국민 모두가 부패하고 부정직한 것은 아니었다. 국가를 놓고 볼 때는 5퍼센트 내지 6퍼센트의 사람들이라고 생각할 수 있다.

이런 시기에 대통령 이승만 박사는 내게 "귀국해서 나를 도와줄 수 없느냐?"고 요청했다. 제주에 계신 아버지께 이 사실을 말씀드리니 아버지는 완강하게 반대하셨다. 법관 관계자로의 요청과 학교 측인 경북대학교에서의 교수 요청도 있었으나 모두 부모님의 소원이 귀국하지 말라는 것이었으므로 귀국하지 않았다. 대통령 이승만 박사의 간곡한 요청은 거절할 수 없어서 이승만 박사를 경무대에서 만났다. 부모님의 뜻이 마음에 더 크게 남아 나는 대통령의 요구를 정중히 거절했다. 이승만 대통령은

고한실의 삶

사군자 그림이 힘 있게 그려진 부채를 선물하며 그 부채에 '대통령 이승만'이라고 즉석 자필 서명을 해 주었다. 귀국한 김에 고향 제주에 들러 부모님을 찾아뵙고 여러 가지 말씀을 듣고 고향에 계속 살고 계실 부모님을 위하여 각각 부모님의 이름으로 땅을 사 드렸다. 그렇게 20대의 풋풋한 시절을 흘려보내고 나는 어느덧 30대로 접어들었다. 더 늦기 전에 결혼을 해야 할 것 같아 한국에 나가서 아내 될 사람을 찾아보기로 했다. 일본 여자는 절대 사절이라는 아버지의 말씀에 순종하려면 고향에서 찾아보는 것이 지름길이기 때문이다.

신붓감 조건을 듣고 사람들은 좀 의아해 했다. 돈 없고 권력 없는 집안, 순진하고 마음이 곧은 사람이 나의 아내가 되었으면 하는 바람이었다. 돈을 벌거나 명예를 얻어도 내 힘으로 하고 싶었지, 처갓집 덕을 봤다는 말은 듣고 싶지 않았기 때문이다. 사실 무슨 일이든지 내 힘으로 해내고 싶고 또한 어느 정도 자신도 있었다. 그 자신 안에는 아내에 대한 자신감도 포함돼 있었다. 하지만 돈을 벌고 명예를 얻는 것보다 아내를 마음대로 하기가 훨씬 어렵다는 것을 결혼 후 오래지 않아 알아차리게 됐다. 내 마음대로 할 수 있으리라는 생각은 어디까지 나의 생각일 뿐이었다.

마침내 여기에 꼭 맞는 여성이 나타났다. 제주도에서 일곱 식구가 단칸방에 살며 큰 딸의 수입으로 어렵게 살고 있다는 것이었다. 그녀는 한일은행 제주지점에 다니고 있었다.

친구들이 축하해주기 위한 모임

미국 장교 클럽에서 손님 초청

고한실의 삶

그해에 나는 내 평생
의 반려가 되는 지금의
아내를 선을 보고 만나
게 되었다. 결혼하기 위
해 아내가 은행에 사표
를 내니 친구들이 모두
결혼 사기를 당했다며
우려를 했다고 한다. 당

일본 법무부 장관, 주일한국대사 소개하는 장면

시 재일교포들의 결혼 사기 행각이 상당히 많았기 때문에 처가 쪽 가족
과 일가 친척들은 상당히 염려를 많이 했다는 것을 나중에 알게 되었다.

소개 2주 만에 일사천리로 1958년 3월 8일 나는 제주 삼성사 삼성회
관에서 부모님과 가까운 친척들과 친구들의 축하 속에서 결혼식을 올렸
다. 주례는 제주 교육감이, 사회는 오현고등학교 교장선생님이 해 주셨
다.

당시 우리나라에서는 일본에 거주하는 교포의 초청을 받아 일본에 간
사람을 찾기 어려운 시절이었다. 한일 수교전이라 밀항한 사람을 제외하
고는 일본가는 길이 하늘의 별 따기였다. 자유당 말기인 당시 이승만 박
사의 특명으로 아무도 일본을 못 간다는 지시가 내려져 있었고, 일반적
으로는 일본가는 여권을 만들 수 없었다. 유엔 고등검찰관을 지냈으며

현재 일본에서 변호사를 하고 있는 확실한 신분이 있었기 때문에 나는 아내의 여권을 만들어 단 두시간 만에 신원조사와 일본 입국 심사를 마치고 아내의 비자를 받을 수 있었다. 일본에 들어간 나의 아내는 일본 영주권을 받음으로서 한인 일본 영주권 제1호가 됐다.

국가적으로 배일사상이 온 국민에게 팽배해 있어서 일본을 상당히 싫어했던 때라 이해가 가는 일이지만, 그때 일본비자를 받는다든가 일본 영주권을 받는다는 것은 정말 하늘의 별 따기였다. 그래서 그런지 처가 쪽 식구들이나 처의 친척 친구들이 하는 말이 "네 신랑은 상당히 괜찮은 사람인가 보구나!" 하며 안식구를 만나는 사람마다 인사를 했다고 한다.

그리고 1959년, 한국에서 결혼식을 올리고 일본에 들어 온 후 일본에 사는 지인들을 불러 미군 장교클럽에서 간단한 축하 파티를 열었다. 일본의 정·재계 고위 인사들이 함께 있었는데, 법무부 장관, 경시청장, 동경대학 총장도 참여하여 뷔페로 즐거운 시간을 보냈다. 음식을 남기는 일이 없이 그릇을 깨끗이 비우는 일본사람들을 보며 알뜰하다는 생각이 들었다. 당시 근검절약을 제일 잘하는 국민은 독일이고, 그 다음이 일본이 아니었는가 하는 생각이 들었다. 그러한 근검절약 정신이 패전 후 일본이 다시 일어설 수 있는 밑받침이 되었다고 여겨졌다. 전쟁 패전국임에도 독일과 일본이 경제 발전을 이룩한 데는 나름대로 이유가 있었다는 생각이 들었다.

아내는 결혼 후 커피 한잔이라도 절대로 공짜로 얻어 마셔서는 안 된다는 나와의 약속을 오늘날까지 잘 지켜 주고 있다. 감사할 뿐이다. 아내는 일본 공립여자대학에서 영문학을, 미국 오하이오주립대학에서 컴퓨터를 전공하고 미국의 의료 보험회사인 Blue cross blue shield에서 23년간 일하고 은퇴했다. 하지만 현재도 의사들에게 보험 관련 컨설턴트 특강을 해주며 분주하게 하루를 보내고 있다. 지난 봄에 한국에 나오려 했는데 일 때문에 나오지 못했다. 의사들과의 약속을 중요시하며 책임감 있게 일하고 있다.

보람 있는 변호사 생활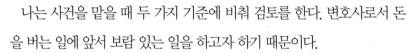

나는 사건을 맡을 때 두 가지 기준에 비춰 검토를 한다. 변호사로서 돈을 버는 일에 앞서 보람 있는 일을 하고자 하기 때문이다.

그래서 첫째는 정당한 사건인가, 그리고 부탁하는 사람이 정직한가를 살펴본다. 정당한 사건이 아니면 아예 맡지 않는다. 돈이 목적이 아니기 때문이다. 정당하고 정직한지는 의뢰인이 모든 문제를 정직하게 설명하는가를 검토하면서 확인한다. 의뢰인의 설명을 다 듣고 나면 뒷조사 등을 통해 얼마나 사실대로 말했는지 찾아 낼 수 있다. 아무리 잘못한 일이라도 정직하게만 이야기하면 문제를 철저히 조사해 답변을 준비할 수 있고 그리하여 이기는 방법을 찾아 낼 수 있다. 적절한 법적 조치를 찾아내는 것이다. 의뢰인이 정직하게 얘기해 주지 않으면 상대방이 찔러 올 때 대답을 할 수 없다. 또한 거짓말한 것은 커버하기 힘들다.

변호사 자신도 정직한 사람이어야 한다. 그래야 변호할 때에도 법안에서 공정하게 일할 수 있다. 법관은 공정하고 정직하게 일해야 오래 가고 신임을 받는다. 또한 재판에서도 이길 수 있다. 정직의 대명사인 에이브라함 링컨도 변호사로 재직 시, 정직을 무기로 삼아 모든 재판에서 이길 수 있었다고 한다.

둘째는 단순한 사건이냐, 복잡한 사건이냐를 검토한다. 복잡하다는 것은 여러 사람이 얽혀 있는 케이스로 그런 경우는 힘들여 이겨도 좋은 소

고한실의 삶

리를 듣기 어려울뿐더러 여기저기서 두들겨 맞기 일쑤다. 복잡한 사건이란 또 여러 명의 변호사가 이미 손을 댔으나 이기지 못한 경우이다. 예를 들어 병원에서 쉽게 찾아내기 어려운 위병 환자가 찾아 왔는데 의사가 정확한 병명을 찾지 못해 다른 부위를 다 건드려 본 경우와 마찬가지다. 그런 경우는 용케 치료가 된다 해도 다른 부위의 상처가 여전히 남게 된다. 변호도 마찬가지이다. 이기고도 쉽게 치유되지 않는 많은 상처를 남기게 되는 것이다. 그래서 나는 가능하면 단순한 사건을 맡는 것을 원칙으로 한다. 큰 사건이라도 단순한 경우는 맡는다. 하지만 복잡한 사건이라도 돈이 없고 꼭 도움이 필요한 사건은 맡았다. 일을 하는 과정에서 욕을 좀 먹더라도, 결과적으로는 보람 있는 일이기 때문이다. 이런 기준으로 일을 시작하기 전 3~4일에서 일주일 정도 서류 검토를 한다.

그 외에도 변호사 생활을 하면서 최대한 의뢰인의 사건에 집중하고자 애썼다. 일본에서는 7년 동안 변호사 생활을 했는데, 한 달에 한 건 정도의 사건을 맡았고 한 사건을 맡고 있을 때는 다른 사건을 맡지 않았다. 그러다보니 아무래도 성의껏 사건에 임할 수 있지 않았나 싶다. 정당하고 비교적 단순한 사건을 맡고, 무리하게 욕심을 부려 많은 사건을 맡지 않고, 또한 도와주는 인력을 많이 갖고 있는 그런 일련의 이유들이 내가 많은 사건에서 이길 수 있는 원동력이 되어 주었다.

이 외에도 법조항을 철저히 조사하는 것을 이기는 비결 중 하나로 삼았다. 법적으로 연구를 충분히 하면 반박을 해 오지 못하기 때문이다. 예를 들어 A가 피고인데 1심, 2심에서 졌다. 그러면 그 사람의 신상 조사에서부터 일상생활에 이르기까지 철저하게 조사를 다시 시작한다. 그렇게 많은 시간과 비용을 투자한다. 사법연수원생들이 재판에 이기는 방법을 가르쳐 달라고 하면 판례를 많이 읽으라고 얘기해 준다. 세계 제4대 판례로는 미국과 영국, 독일, 일본을 들 수 있다. 어려운 사건에 이기면 그것이 신 판례로 들어가게 된다. 그렇게 법조항을 철저한 조사를 하고 각종 판례를 검토하는 것도 변호에 이기는 비결 중의 하나이다.

또한 나는 변호사로서 변호를 할 때 법에 위반되거나 사회에 마이너스가 되는 일이면 변호하지 않는다는 원칙을 갖고 있다.

가장 힘든 변호는 국가를 상대로 하는 재판이었다. 그러나 나는 최선을 다한 결과 그 모든 어려운 변호와 재판을 승리로 이끌었다. 내가 변호한 국가를 상대로 한 모든 재판도 어김없이 100퍼센트 승리를 했다. 동경에서의 변호사 시절은 그야말로 황금과 같은 귀중한 경험의 기간이었다.

이런 변호사 생활 동안 있었던 자잘한 에피소드를 이야기하고 싶다.

변호사들 대부분 자신이 맡은 첫 사건을 기억할 것이다. 내 변호는 '외설물 공연죄'라는 판결을 유도한 것으로 시작했다. 변호사를 개업한 후 나보다는 나이가 훨씬 많았으나 사법고시로는 후배인 검사시보 과정으로 일하는 야마시라는 사람의 사건이었다. 그가 술김에 길을 지나다 이웃집 담을 넘어 부부가 잠자고 있는 그 집 방으로 들어가 그 집 부인에게

고한실의 삶

드러눕다가 들켜서 도망 나온 일이 있었다. 이야기는 이렇다. 술에 취해 이 점잖은 법조인이 집으로 돌아오고 있는 여름날의 저녁때인데 웬 여자가 아직 깊은 밤도 아니건만 벗은 몸으로 자고 있는 모습이 담 너머로 희끗하게 보이는 것이 아닌가? 술김에 혼자 있는 줄 알고 담을 넘어 들어가 그 여자의 몸 위에 누우려고 하자 바로 옆에서 자고 있던 남편이 깨고 그 여자도 소리를 질러 그대로 뛰쳐나온 수치스런 사건이었다.

3만 엔에 화해를 요청했으나 상대방은 상대가 법조인인 것을 알고 명예에 관계된 수치스런 일을 빙자로 당시로는 적지 않은 돈인 50만 엔을 요구했다. 결국 그 검사시보의 부인이 나를 찾아온 것이다. 3일 만에 재판을 하고 상대방에게 외설물 공연 진열죄를 적용, 무죄로 풀려나도록 재판을 승리로 이끌었다.

당시로서는 상당한 합의금을 요구했으나 도리어 당시 아사히신문에 크게 보도가 되면서 법조인을 유혹하여 돈을 요구하는 외설물 공연 진열죄를 적용, 원고가 패소하게 된 고소사건이었다. 이 사람은 나중에 고등검찰청장까지 지낸, 변호사 세계에서는 유명한 인물이었다. 첫 사건을 이기고 난 후 나는 모든 사건을 다 이기는 변호의 명장이 되었다. 깊은 통찰력과 사고력, 그리고 추리력이 필요한 심리적인 전쟁을 방불케 한다. 웬만한 사건은 다 이기니까 사람들은 아주 힘든 사건이 생기면 모두 나에게 가져왔다. 그뿐만 아니라 고 변호사에게 가져가면 어떤 사건도 승산이 있고 모든 힘들고 어려운 사건을 잘 해결한다고 소문이 나 있었다. 심지어 어떤 때는 미국으로부터 재미 일본인 기업가가 나를 찾아와 변호를 부탁한 적이 있었다. 나는 그 모든 어려운 변호를 모두 승리로 이끌었다. 다시 큰 사건의 착수금은 어떤 경우에는 500만 엔, 그리고 의뢰금을 1,700만 엔 할 때도 있었다.

　다음으로 잘 알려진 두 스포츠 선수들과 얽힌 이야기를 소개하고 싶다. 역도산과 손기정이 그들이다. 레슬링 선수 역도산은 멀지 않은 곳에 살았다. 식당에서 식사를 할 때면 소고기를 좋아해서 보통 열사람이 먹을 분량을 한 번에 주문하곤 했다. 역도산이 직접 한국 식당을 차려 외국에서 손님이 오면 식사를 대접했는데 나도 몇 번 그곳에서 식사대접을 받았다. 역도산 선수가 개인 법률고문을 해달라고 해서 도움이 필요하면 힘껏 도와주겠다고 얘기했다. 한번은 식사를 하면서 체류 문제에 처한 손기정 선수를 도와달라고 해서 도움을 주었던 적이 있다.

　베를린 올림픽 마라톤에서 1등을 한 손기정 선수가 일본 정부에서 허가를 내주지 않아 3개월밖에 일본에 거주할 수 밖에 없는 어려운 상황에 처했다. 그 사실을 알게 된 나는 일본 법무부장관을 만나서 '이럴 수가 있는가, 손기정 씨가 일본이란 나라를 위해서 일장기를 달고 베를린 올림픽에서 1위를 했는데 그에 보답하지는 못할망정, 3개월밖에 못 주는 것은 말이 되느냐? 손기정 선수에게 영주할 수 있는 허가를 내주라.'고 얘기했다. 그래서 3년 허가뿐 아니라 그 후에도 계속 연장 가능한 허가

손기정 선수로부터 받은
감사장
(일본에서 변호사 시절
손기정 선수를 도와줌)

를 받아서 손기정 선수가 일본에 거주하는 동안 문제없게 해 주었다. 그 이후 손기정 씨가 한국육상연맹회장직을 맡고 있을 때 내게 감사장을 주었다. 일본에서 돈도 벌고 큰 소리 치는 사람들은 대부분 법적문제로 나에게 신세를 진 사람들이 많았다.

한편 역도산은 깡패들과 많이 접촉했는데 화장실을 다녀오다 깡패가 쏜 총에 맞아 죽임을 당했다. 그의 부인이 내게 찾아와 도움을 요청했다. 내가 알기로도 아는 사람들이 역도산에게 10만 원, 100만 원, 500만 원씩 돈을 차용증 없이 꾸어 갔는데, 역도산이 죽은 이후 그들은 본인이 빌린 돈을 반대로 역도산에게 빌려 주었다고 하면서 오히려 돈을 받아가려고 했다. 역도산 부인은 '다나카 게이코'라는 경찰서장 딸이었는데 그녀는 아버지와 이 문제에 대해 의논했더니 이 문제는 고한실 변호사와 상의하라고 해서 나를 찾아왔다. 나는 돈을 꾸어 주었다고 주장하는 약 50여 명 정도 되는 사람들을 모두 소집하여 그들에게 '내가 역도산 개인 변호사이니 서로 간의 돈 거래가 있었으면 갚아야 하니 그에 따른 차용증서를 보여 달라'고 얘기했다. 이후 50명 정도의 사람들이 증서를 가지고 다시 모였는데 모두 위조된 증서였고 글씨체도 달랐으며 사인도 달랐다. 심지어는 가짜 도장을 만들어 직인을 찍은 사람도 있었다. "이것은 법원에서 판결을 받아야만 당신들이 돈을 받을 수 있으니 법원에서 돈 거래에 대한 정황이 사실이면 판결을 받을 수 있지만 사실이 아닐 시 반대로 갈 수도 있다."고 얘기했다.

나는 법원에 실제로 제소하고 재판을 하게 되었고, 이렇게 변호했다.

"죽은 역도산은 남에게 돈을 빌릴 만큼 어려운 형편이 아니며 오히려 해외에 나가서 시합하고 오면 벤츠나 캐딜락 등 유명 명차를 선물 받고 오는 여유로운 사람인데 남에게 10만 원, 50만 원 빌리는 사람이 아니다."

"역도산은 한 사람인데, 여기에 가져온 증서는 모두 다르고 역도산이 50여 명 있는 것으로 돼 있는데, 법원에서 이것을 결정해 주었으면 좋겠다."

법원에서는 나보고 어떻게 했으면 좋겠냐고 해서 나는 사회범죄학을 연구한 사람으로서 그들이 내놓은 역도산의 사인과 도장 직인이 거짓임을 증명했고 법원은 올바른 판결을 내려 승소했다. 나는 역도산 가족에게 한 푼도 받지 않고 대신에 위증죄로 판결받은 그들을 용서해 주라고

고한실의 삶

했다. 재판 전 그들의 말대로 역도산 부인은 50여 명에게 주어야 할 천만 원을 주지 않고 오히려 돈을 돌려받고 사과까지 받았으며 위증죄로 형무소에 가야 할 사람들을 가지 않도록 도와주었다.

이 외에도 근사하게 이긴 기억을 소개한다. 미국에서 변호사를 할 때 일본 오사카에 있는 어느 대기업의 변호를 맡은 적이 있다. 한국계 일본인이 사장으로 있는 회사였다. 회사가 이기면 3억 엔(45억, 100엔이 1,500원)을 벌고 지면 3억 엔을 손해 보는 큰돈이 걸려 있는 사건이었다. 회사가 피고였고, 나는 피고 측 변호사를 맡았다. 정부 관계의 세금 관련 문제였다. 오사카 변호사협회 변호사들이 가망 없는 사건이라고 고개를 흔들었다. 그런데 그 회사의 고문 변호사가 오사카 변호사협회 회장을 맡고 있었는데 회사 사장의 미국 방문 길에 나를 한번 찾아가 보라고 해서 워싱턴의 나를 찾아 왔다. 오사카 변호사협회장과는 평소 친분이 두터운 사이였다.

그런데 마침 내가 출장 중이라 사장을 만나지 못했다. 연락을 하지 않고 찾아왔기 때문이다. 얼마 후 나는 사우스이스턴 대학의 아시아 문제 연구소 소장으로 일본 동경을 방문하게 됐고, 내가 투숙하던 동경 제국 호텔에서 우연히 그 사장을 만나게 되었다. 인연이 되려는 모양이었다. 제국 호텔은 동경에서 가장 오래된 유서 깊은 호텔 중의 하나이다. 함께 출장을 갔던 우리 학교의 자스카리안 교수와 닥터 쉐 등 우리 일행은 그 회사 사장으로부터 동경의 고급 식당에서 극진한 대접을 받았다.

식사를 하며 자연스럽게 회사의 소송 건이 언급됐고 마침내 오사카를 방문, 그 사건을 검토해 보기로 했다. 오사카 대기업의 경우는 일주일 정도를 검토했는데 승산이 없지 않았다. 어려운 사건이긴 했지만 복잡한 케이스는 아니었다. 국가가 차압한 세금을 조사해보니 안 내도 될 돈이었다. 변호에서 이기면 보통 찾아 준 금액의 10~30퍼센트를 받는 것이 규정이다. 하지만 나는 이 사건에 돈을 요구하지 않았다. 별다른 이유는 없었고 내가 잘 아는 오사카 변호사협회장의 부탁이었기 때문이다. 6개월 정도 공을 들여 사건을 준비한 결과 나의 예상대로 이길 수 있었다. 회사 측에서 거의 포기하다시피 한 사건이라 축제 무드가 된 것은 물론이고 이 회사의 고문 변호사인 오사카 변호사협회 회장 역시 기쁨의 흥분을 감추지 못했다. 나에게는 승리의 보람이 되었고 신 판례의 사례로 기록되게 되었다.

사례비는 기대를 하지 않는데 7천만 엔이라는 거금을 갖고 왔다. 한국 돈으로 10억이 넘는 거액이다. 거절했지만 강권하는 바람에 받기는 받았다. 하지만 나의 주머니에는 수입의 10분의 1 정도가 들어온다. 나의 손과 발이 되어 밤낮으로 동분서주 뛰어준 사람들에게 나머지를 돌려주기 때문이다.

그들의 도움 없이 혼자서는 그 많은 일들을 해 낼 수가 없었다. 어떤 사건에서도 이길 수 있었던 세 번째 이유는 즉, 움직이는 손과 발이 많았기

고한실의 삶

때문이다. 적재적소에 사람을 충분히 쓰기 때문이다. 수입의 10분의 1 이상은 가져가지 않았다.

1심에서 이기면 검사가 2심, 3심까지 상고하는 경우가 많은데 나의 변호의 경우 상고를 잘 하지 않는다. 상고를 해도 지는 경우가 허다하기 때문이다.

나는 1심에서 열 가지 증거 자료가 있으면 그중 서너 가지 만을 쓴다. 그리고 고등법원에서 둘, 다시 대법원에서 둘을 쓴다. 그리고도 여전히 두어 개는 남겨 둔다. 이렇게 충분한 증거를 확보 한 후 여유 있게 재판에 임하는 것도 이기는 비결 중의 하나가 될 수 있겠다.

통쾌하게 승리를 거둔 적이 많았지만, 찝찝한 일도 있기 마련이다. 그리고 진 일도 있었다. 먼저 이겨도 이긴 게 아닌 것 같은 일을 소개한다.

일본 변호사 시절, 유엔 총사령부의 부탁으로 전쟁 현장을 파악하기 위해 베트남을 간 적이 있다. 유엔 고등검찰관을 그만 둔 후에도 그들은 이따금 나에게 전화를 했고 그때마다 "이 일은 고 변호사가 꼭 도와주시면 좋겠습니다."라고 했다. 나는 그럴 때마다 마다하지 않고 맡긴 일을 충실히 해 주었다. 화장실에서 식사를 할 만큼 나의 평생이 다람쥐처럼 분주한 하루였지만 난 일을 할 때 그리고 나로 인해 무언가 나아지고 좋은 일이 생겨질 때 보람이 있고 기뻤다.

1961년의 일이다. 사이공에서 자동차를 타고 가는데 교통경찰이 자동차를 세웠다. 교통 위반을 한 모양이었다. 그런데 운전을 해주던 한국 사람이 '따이한(한국인)'이라 외치니까 그냥 가라며 봐줬다. 현장 조사를 하기 위해서 한국인과 일본인 미군이 운전하는 차를 모두 다 타봤는데 한국 사람이 운전하는 자동차만 유독 베트남 경찰을 무시하는 것 같았다. 워싱턴에 살았을 때 주변에 베트남 사람들이 있었다. 그들은 한국인을 별로 좋아하지 않았다. 베트남에 다녀 온 적이 있는 터라 그들을 함부로 대한 한국인에게 감정이 남아 있구나 하는 생각이 들었다. 한국 사람이라고 다 그런 것이 아닌데 하는 마음으로 그들을 만날 때면 더 환하게 웃고 더욱 친절하게 대했다. 그러다 보니 차츰 관계가 개선되어 갔다.

사이공에서 만난 사람들 중 월남 신혼부부가 있었는데 너무 빈곤해 아내를 미군과 동침하게 한 후 돈을 받아 생활하는 경우도 있었다. 그런 일도 보고 사항 중의 하나였다.

또 한번은 미국 군인과 식당 2층에서 저녁 식사를 하고 있는데 주인이 불을 끄더니 고개를 숙이라고 고함을 치는 것이었다. 베트콩들이 총을 쏘고 있어 불을 껐다는 것이었다.

이런 경우도 있었다. 미군이 월남 여자를 하우스 키퍼로 쓰고 있었는데 하루는 월남 하우스 키퍼가 미군에게 저 산 쪽을 구경시켜 달라 해서 자동차로 한 바퀴 돌고 왔더니 집이 모두 불타 버렸다. 미군이 일자리가 없어 고생하는 월남 여자를 데려다 일을 시켜 주고 그 부모까지 돌봐줘 고마운 마음에 미군을 구해 준 것이었다. 그 당시 사이공 사람들과 베트

콩들은 친인척 간이 많아 서로 정보를 주고 받는 경우가 많았다고 한다.

2층 식당에서 식사를 하고 있을 때도 언제쯤 베트콩이 총을 쏠 것이라는 정보를 알려줘 미리 불을 끄고 피해를 막은 것이었고, 월남 여자 하우스 키퍼도 베트콩이 미군 집을 언제 불태울 것이라는 정보를 미리 알아 미군을 안전하게 피신시켜 주었던 것이다.

우리나라 군인들도 월남에서 참으로 용감하게 잘 싸웠지만 그것은 질 수 밖에 없는 전쟁이었다. 낮엔 적군으로 싸우다가 밤에 식사하며 모든 정보를 나누어 가지는 실정이다 보니 밑 빠진 독에 물 붓기가 되는 것이었다. 고한실이 민정 시찰 나왔다는 것도 하루 아침에 소문이 다 나버리는 실정이었다. 월남과 월맹이 손을 잡고 베트남 사람이 베트콩에게 정보를 빼돌리니 100퍼센트 질 수 밖에 없는 전쟁이었다. 회사나 어느 기관에서도 적이 가장 무섭기 때문이다. 유엔 사령부에 보고 들은 대로 보고서를 써서 올렸다.

변호사로서 단 한 번 진 사건 또한 기억에 남는다. Mrs 문 이라는 한 한국 여성을 변호하며 생긴 일이다. 불법 체류자로 일본에서 추방될 위기에 처한 그녀의 동생이 먼저 전화를 걸어와 부탁을 했고, 당사자와 그 여성의 어머니와 동생 등 세 모녀가 내 사무실을 찾아왔다. 어머니는 동경에서 큰 사업체를 경영하고 있는 믿을 만한 사람이었다. 나의 변호 조건 첫 번째 조항인 정직한 사람이었다. 그래서 그 사건을 맡기로 했다.

착수금으로 100만 엔을 받았다. 그런데 쉽지 않은 이 사건이 어느덧 승소판결 쪽으로 결말이 나고 있었다. 그래서 중도금 100만 엔을 더 받았다. 그런데 예기치 않은 일이 발생했다. 이 사건을 맡은 담당 검사가 선물을 갖고 그 여성을 찾아가 이젠 이겼으니 고 변호사와 지금까지 주고받은 말을 솔직히 다 말해 달라. 그러면 중도금을 찾을 수 있을 것이라고 꾀인 것이다. 갑자기 이 여성이 이 사건을 중도에 철회하겠다고 마음을 바꿨다. 나는 그때까지 영문을 모르는 상황이었다. 그러면서 2백만 엔 중 100만 엔을 돌려주면 좋겠다고 했다. 이유는 알 수 없었지만 그렇게 하기로 하고 2백만 엔을 모두 돌려 줬다. 대신 이 시간 이후에 일어나는 모든 문제에 대해서는 당사자가 책임을 진다는 각서를 주고 사인을 하게 했다. 물론 나 역시 이 시간 이후 이 사건에서 고한실 변호사를 해임한다는 조항에 사인했다.

그리고는 내가 맡았던 사건이기 때문에 법원에 변호를 그만두게 된 사연을 제출했다. 판결이 이기는 쪽으로 곧 날 예정이었는데 변호사가 해임되는 바람에 판결이 일주일 연기됐다. 다음 재판 날, 검사 측에서는 당사자가 불법 체류자이기 때문에 당사자를 법정 구속 처리했다. 그런 상황에서 이 사건이 종료되기 전에 법원에서 내게로 연락이 왔다. '고 변호사 정말 그만 두는 거냐? 그렇지 않으면 이기는 사건이었는데'라며 아쉬워했다.

고한실의 삶

나중에서야 사연을 알게 됐다. 이 여성이 나름대로 승소할 자신이 있었던 것이다. 사건을 맡았던 검사가 과일과 케이크를 사들고 가서는, '이 사건에서 이겼으니 염려 말아라, 그런데 고 변호사와 무슨 이야기를 나누었느냐'며 꼬치꼬치 캐물었다고 한다. 검사 측에서는 내가 맡은 사건이 항상 이기니까 고객과 무슨 이야기를 나누는지 이기는 비결이 궁금해 찾아갔던 것이다. 그런데 이 여성은 그것도 모르고 검사의 이 사건은 이겼다는 말만 듣고 내가 하지 말라는 이야기까지 검사에게 모두 털어 논 것이었다. 검사의 꼬임에 넘어 간 것이다. 그 결과 결국 그녀는 이 사건에서 지게 됐다. 결국 오므라 수용소에 잠시 머물렀다가 한국으로 강제 송환됐다.

다급해진 그녀의 어머니가 그녀의 동생과 500만 엔을 가지고 찾아왔다. 그것이 통하지 않자 친척인 오사카 민단 단장까지 동원해 700만 엔을 갖고 다시 찾아왔다. 돈이 문제가 아니었다. 그 사건은 이미 나의 손을 떠난 사건이었다. 어찌 손을 써 볼 도리조차 없었다. 나를 믿고 일을 맡겼으면 끝까지 믿어 주었어야 하는데 검사의 감언이설에 속아 내가 하지 말라는 말까지 했으니 수습할 길이 없어져 버린 것이었다.

그렇게 서로 믿는 마음이 구축되지 않은 상태에서는 한 마음이 되어 사건을 유리하게 끌어가기가 쉽지 않았다. 변호를 할 때도 변호사와 피고인이 한 마음이 되어 서로 신뢰를 쌓아 가는 가운데 어려운 난관을 함께 헤쳐 나가는 것이다. 그렇게 해서 일본에서 가족과 함께 살기를 간절히

원했던 한 여성이 가족 곁을 떠나 한국으로 강제 송환돼 가족과 생이별하게 되었다. 지금 생각해도 안타깝고 가슴 아픈 일이 아닐 수 없다.

불법 체류와 관련해 한 가지 더 기억에 남는 일이 있다.

오사카에서 큰 인쇄소를 운영하고 있는 윤 씨 성을 가진 한국 사람이 있었다. 그 역시 불법 체류자였다. 대마도 이외에도 한인 불법 체류자들은 일본 각지에서 불안한 생활을 영위하고 있었다. 그만큼 체류 문제를 해결할 수 있을 때, 일하는 보람은 더욱 컸다.

윤 씨는 한국에서 결혼했는데 부인은 죽고, 아들은 한국에 두고 혼자 일본에 와서 성공한 사람이었다. 그런데 어느 날 그의 신분이 발각이 나며 오므라 수용소에 갇히게 됐다. 오므라 수용소는 밀항한 한국 사람들이 주로 수용되는 곳이다. 일본에 들어와 30~40년을 별 탈 없이 살던 사람도 어느 날 불법 체류로 잡혀가 오므라 수용소에서 지내다가 일주일에 한 번 배가 오면 그 배에 실려 본국으로 강제 송환되는 경우가 부지기수로 많았다. 오므라 수용소는 가족 생이별의 눈물의 장소였다.

알고 보니 윤 씨는 아버지와 잘 아는 사람이었다. 그는 48시간 이내에 한국으로 쫓겨날 위기에 처해 있었다. 나는 법무장관에게 믿을 만한 사람이니 선처를 부탁했고 법무장관은 오므라 수용소로 전화와 긴급 전보를 쳐서 오므라에서 한 사람을 빼내게 했다. 전보는 증거로 보관하기 위함이었다. 그는 다음날 오사카 출입국 관리소로 송환됐다. 아버지가 출

  고한실의 삶

입국 관리소 소장을 저녁 식사에 초청하자고 제의했다. 식당보다는 아무래도 집이 더 나을 것 같아 집으로 초대를 했다. 당사자인 윤 사장도 합석했다.

이튿날 인쇄소 윤 사장이 집으로 찾아왔다. 출입국 관리소 소장에게 인사를 하러 가자는 것이었다. 소장에게 인사를 하고 나오는데 윤 사장이 나지막한 목소리로 "진짜 소장님이었군요."라고 한다. 그동안 많은 한국 사람들이 가짜 출입국 관리소장에게 속아 낭패를 봤었다는 것이다. 자신도 몇 차례나 속았다고 한다. 그래서 오늘은 진짜 소장인지 확인하고 싶어 다시 인사하러 가자고 했다는 것이다.

그리하여 오므라 수용소 소장이 피의자인 윤 사장을 만나기 전에 출입국 관리소 소장이 뛰어와 말해줌으로써 그의 불법 체류 문제는 무사히 해결이 났다.

출입국 관리소에서 심사해서 법무성에 올려 허가가 떨어지면 오케이가 되는 것이기 때문이다. 그렇게 해서 그는 특별 체류 허가, 즉 정식으로는 허가를 받지 못할 입장이지만 특별하다는 뜻의 특별 체류 허가를 받았다. 하지만 특별이라는 단어가 붙었을 뿐이지, 그날 이후 일본에 거주하는 데는 아무 문제가 없었다. 오늘날의 영주권이나 다름없었다.

또 한번은 인쇄소 윤 사장 친구의 경우이다. 이 역시 한국 사람이고 부인이 일본 사람이면서, 남편의 전 부인인 한국 여인과의 사이에 낳은 아들의 강제 송환을 막기 위해 나를 찾아 왔다. 사장의 일본인 친구에게 이 일본 부인이 부탁을 해, 오사카에서 동경까지 나를 찾아온 것이다. 내일이면 한국으로 송환될 형편인 위급한 상황이었다. 하는 수 없이 법무부 장관에게 전화를 걸었다. 한국 사람이 도움을 요청해올 때 수수료를 받지 않고 사건을 해결해 주는 경우가 대부분이었다. 하지만 이번에는 전혀 모르는 사람이라 저쪽에서 얼마냐 묻길래 쉽게 답을 하지 못하고 머뭇거렸더니 저쪽에서 300만 엔을 갖고 오겠다고 했다. 그러면서 착수금으로 100만 엔, 중도금 100만 엔은 현금으로, 영주권을 받아 준 후 100만 엔은 약속어음으로 받았는데, 약속어음은 부도가 나고 연락해도 연락이 두절됐던 케이스도 있었다.

또 한번은 아버지가 잘 아는 제주도의 한학자로 김 선생이라는 사람이 있었다. 일본으로 밀입국하기 전에 사진을 바꿔치기 했다가 발각이 난 케이스였다. 이런 경우는 정부를 상대하는 행정 재판이라 가장 까다로운 케이스 중의 하나이다. 외국인 등록증이 있으면 만사형통인데 그것이 없었다. 외국인 등록증을 무시해 개표로 부르기도 했다.

하는 수 없이 사람을 있는 대로 동원해 일에 착수했다. 나는 다른 변호사에 비해서 변호사 비용이 비싼 편인데 그것은 내가 일을 할 때 나를 도와주는 손과 발이 많기 때문이다. 그 수많은 손과 발이 이번에는 이 사람을 살리기 위해 힘을 합친 결과 정부 상대의 행정 재판에서 이길 수 있었다. 이 사건은 무료 봉사하기로 합의했다. 물론 정식으로 영주권을 받

고한실의 삶

아줌으로써 일의 마무리를 확실하게 지었다.

그는 협정 영주권을 받았는데 그것은 한국과 일본과의 협정에 의해서 지급되는 영주권을 말한다.

수백 명의 한인 불법 체류자들이 강제 송환을 막고 합법적으로 일본에 정착할 수 있게 하기 위해 최선을 다해 일했다. 하지만 나의 열정을 쏟아 부은 노력뿐 아니라 일본 사회에서의 나의 지명도를 활용한 것을 인정하지 않을 수 없다. 왜냐하면 불법 체류 문제는 애를 쓴다고 해결이 나는 성질의 일이 아니었기 때문이다. 일본 사회에 영향력을 끼치며 살 수 있도록 준비시켜 준 하나님께 감사할 따름이다.

변호사 생활 중 소문 하나가 귀에 들어왔다. 나에 대한 근거 없는 소문 중에 일본 형무소를 출입했다는 이야기들도 포함되었다. 무려 스물다섯 차례나 형무소를 오갔다는 것이다. 하지만 정확한 숫자는 스물다섯 차례가 아닌 서른다섯 차례이다.

변호사를 하고 있을 때, 일본 법무부 장관(일본 법무성의 장, 법무 대신) 기무라 도쿠타로(木村篤太郎 : 취임일 1952년 8월 1일, 다음은 이누카이 다케루(犬養健), 취임 1952년 10월 30일, 1953년 5월 32일)의 요청이었다. 그러니까 죄를 지어 형무소를 들어간 것이 아니고 말하자면 죄인들을 만나러, 아니 그들에게 강의를 하러 갔던 것이다. 강의를 통해 그들을 선도하기 위한 목적이었다. 수감자들을 감동 감화시켜 재범 방지에 노력하는 것이 좀 더 구체적인 목적이었다. 목사님과 스님을 보냈으나 별다른 효과가 없자 법률가인 나를 보낸 것이다.

　기무라 법무 장관의 공식적인 요청으로 처음 교도소를 다녀왔는데 성과가 좋아 계속 다니게 된 것이 서른다섯 차례를 넘어서게 됐다. 내가 교도소를 다녀가고 나면 해당 교도소에서 상부 기관으로 보고서를 올리는데 그 보고서에 성과들이 보고되었던 것이다. 그러면 법무 장관으로부터 감사장이 날아들곤 했다. 보람을 갖고 임하는 일에 감사장까지 받으니 과분하지 않을 수 없었다.

　강의 내용은 이런 것이었다. 죄를 지었을 경우 죄는 미워하지만 사람을 미워해서는 안되는 것과 교도소를 한번 다녀오면 재범이 되는 경우가 있는데, 재범은 초범보다 형량이 무겁고 사회에서의 인식이 좋지 않으니 가능하면 재범이 되지 않도록 조심할 것에 대해 강조했다.

　그러기 위해 어떻게 하면 올바르게 사는가에 대한 이야기도 나눴다. 죄를 지으면 여기서 이렇게 갑갑하고 힘겹게 사는데 우리는 몇 백 년을 사는 것이 아니니 짧은 인생에 올바른 사고방식으로 올바른 일을 하면서 사는 것이 보람이 있고 또 사회에 나가면 교회에 출석해 하나님 말씀대로 살면 무병장수하고 존경 받을 수 있다고 설명했다. 죄를 짓는 것은 명을 단축하는 것이니 재범, 삼범을 조심해라. 여기가 좋으면 그렇게 하고 사회가 좋으면 사회에 나가 살아야 하지 않겠는가? 등의 이야기도 했었다. 출소 후 취직해서 자리 잡은 사람들의 얘기를 들려주면 희망을 가졌다. 동경 근교의 서른다섯 군데 교도소를 방문했는데 한 번 간 곳에서 연

고한실의 삶

락이 다시와도 시간이 없어 한 번 이상은 가지 못했다.

돈이 없으면 사회보장 받는 방법이나, 일하는 방법 등 구체적인 사항도 가르치고 출소 후 찾아오면 회사에 취직을 시켜 주기도 했다. 하지만 취직을 할 경우 일반인들에 비해 갑절은 노력해야 죄를 보상 받을 수 있다는 당부도 잊지 않았다. 보통 교도소 강당에서 강의를 했는데 몇십 명이 한꺼번에 모이는 자리라 경비원들이 바짝 긴장을 하던 모습이 눈에 선하다. 하지만 죄인이라고 별로 다른 사람들이 아니다. 한 사람씩 대해 보면 모두 순진하고 착한 사람들이었다. 그들은 어느 날 죄인이 되어 있었던 것이다. 과거는 잊어버리고 건강한 사회인으로 거듭날 수 있도록 기도하며 함께 나누었던 시간이 어느 곳에서의 강의보다 잊히지 않는다. 우리는 모두 죄인으로 태어났는데 누구를 특별히 죄인이라고 구분할 수 있겠는가? 그곳에 다녀오는 날은 나를 더욱 돌아보는 시간이 되었다.

대부분 남자 교도소를 방문했는데 꼭 한번 여자들만 가는 도치기 교도소를 방문 한 적이 있다. 여자들이 모인 곳이라 무척 긴장을 했는데 남자 교도소와 별반 다르지 않아 한 숨 돌렸다. 도치기 교도소에는 여자 교감 선생님도 있었는데 뇌물수수 혐의 등 경제범으로 수감된 상태였다. 개인 면담에는 여자 수감자들이 더 진지한 듯 했다.

서른다섯 군데의 교도소 방문 중 최고 전과 기록자는 7범까지 만나 봤다. 교통딱지도 법정에서는 1범으로 친다. 그러니 7범이라고 해서 모두 어마어마한 죄인들은 아니다. 내 변호인 중에는 주차 위반으로 100원 벌금

낼 것을 1만 원을 내고 변호를 부탁한 사람도 있었다.

남자 교도소에서는 살인죄를 저지른 한 중년의 남자와 개인 면담을 가질 기회가 있었는데 말씨가 진실했고 나의 조언을 누구보다도 진지하게 받아들였다. 우리 같은 사람도 사회에 나가면 살 수 있을까요? 물론이요. 죄는 미워하지만 사람은 안 미워합니다. 나는 그를 내가 법률고문을 맡고 있는 삼신회관에 취직시켜 주었다. 그의 과거를 본인만 알고 회사에는 말하지 않았는데 전과 기록을 조사하기 전에는 알 수 없었기 때문이다. 그에 대한 신원 보증은 물론 내가 해줬다. 신원 보증이 무색할 정도로 그 사람은 그 이후 성실하게 회사 생활을 했다.

고한실의 삶

지킬 만한 것보다 마음을 지킨다

일본의 총리나 장관을 비롯해 고관들이 일주일에 몇 차례씩 찾아오곤 했다. 유엔 고등검찰관 시절, 일본의 정치인들은 맥아더 사령부의 지시를 받는 처지였다. 맥아더 총사령관의 허락 없이는 정치가들이 함부로 운신할 수 없는 때이기도 했다. 그리하여 정치가들은 유엔군 사령부를 자주 드나들었고 그러다 보니 나와도 자연히 친분을 쌓게 됐다. 유엔 고등검찰관 중에서 일본에서 공부하고 사법시험을 합격한 일본말에 익숙한 사람은 나 한 사람뿐이었으니 더욱 그럴 법도 하다.

나는 한국인이면서도 일본 정치가를 비롯해 사회 요직에 가장 많은 인맥을 갖고 있었다고 볼 수 있다. 그들이 찾아오면 식사는 주로 근처 식당에서 스시를 시켜 먹곤 했다. 손님이 잦다 보니 근처 과일 가게에서 좋은 과일이 들어오면 우리 집에 먼저 연락을 해 주곤 했다. 찾아오는 사람이 많다 보니 인근 경찰서에서 우리 집을 알고 있었는데 한번은 북해도에 일하는 아줌마 구하는 광고를 냈는데 신문을 보고 찾아온 북해도 사람을 경찰서에서 직접 데려다준 적도 있었다. 그 당시 동경에서는 일하는 사람을 구하기가 쉽지 않아 북해도 신문에 광고를 내었기 때문이다.

우리 집에는 세 대의 전화가 있었는데, 0001부터 0010번까지는 왕실이나 황족이 쓰는 전화번호였다. 나는 0002 전화번호를 갖고 있었는데 제주도 출신으로 탐라 왕족 78대손 증명서를 제출하자 2번이 내 차지가 되었다. 그 이후 0001번이 나왔다고 그 번호를 주어, 1번까지 갖게 되었다. 또 다른 번호는 6111번 이렇게 세 대의 전화가 있었다. 고등검찰관을 그 만둔 후에도 많은 사람과 일을 상대해내느라 세 대의 전화를 갖고 있었으니 일복이 많은 사람이기도 하다.

주요 일본인 인맥 중에는 상공부장관도 있어, 일본에서 한국인이 운영하는 회사나 한국의 학교 등에 긴요한 도움을 줄 수 있기도 했다. 일본에서 한국인이 운영하는 가장 큰 무역회사로 삼신무역주식회사가 있었다. 한국에서 취급하는 일제 물건을 거의 모두 취급하는 곳이었다. 요즘이야 한국 제품이 세계 어느 곳에 내 놓아도 손색없지만, 그 당시만 해도 일본 상품은 품질이나 디자인 면에서 월등해 한국에서 최고 인기 품목이었다. 삼신무역의 사장은 한국 제일모직의 사위였는데 나는 그 회사의 법률고문을 맡고 있었다. 삼신무역에서 한국으로 일본 제품을 수출하기 위해서는 수출 허가서를 받아야 하는데, 그것이 무려 한 달 이상 걸리곤 했다. 장사는 시간이 문제인데 그러는 사이 경쟁 회사인 일본의 스미모도 상사가 선수를 치는 것이었다. 그리하여 삼신무역은 곤경에 봉착하고 있었다.

일본 상공부장관이었던 다카하시 장관에게 도움을 요청하지 않을 수 없었다. 다카하시 장관은 맥아더 사령부 시절 집으로 찾아와 함께 밥값 내기 마작을 하던 친구이다. 다카하시 장관에게 삼신무역에 대한 수출 허가를 빨리 내줄 것을 부탁했고 다카하시 장관은 내 부탁이라면 언제

고한실의 삶

든지 만사 제쳐 놓고 들어 주는 사람이다 보니 회사는 점점 회생하게 됐
다.

　그러다 보니 삼신무역 측에서는 실제 회사 간부 명단의 사장 자리에 아
예 내 이름을 올려 놓았다. 내 이름으로 하면 만사형통이라는 것이 그들
의 설명이었다. 하지만 그것은 형식상의 이름일 뿐이었다. 한편, 한국의
상명 사대와 제주도의 오현고등학교에서 교육용으로 피아노 등 악기를
구입해야 하는데 일본 제품을 구입하고자 했다. 물건을 한국으로 가져가
기 위한 수출 허가서가 상공부의 허가를 받아야 하는데 그것이 용이하
지 않을뿐더러 세금도 만만치 않았다. 다카하시 상공부장관에 요청, 교
육용이라는 증명을 제출해 세금을 물지 않고 하루 만에 수출 허가서를
받을 수 있었다. 수출에 관련된 모든 절차가 상공부장관의 사인 하나로
해결이 됐으니 말이다. 어려움에 봉착한 삼신무역과 학교를 살려 냈다는
보람을 얻었다.

　몸은 비록 고국을 떠나 살고 있었지만 나의 일하는 보람은 고국을 위
해서 일 할 때 가장 기쁘고 컸다.

　어느 날은 법무부 장관이 찾아왔다. 외국인의 채류허가나 일본에 귀하
하려고 할 때 허가해 주는 책임자이기도 하다. 나에게 일본으로 귀화하
면 장관을 시켜주겠다는 것이었다. 거절을 하자 두세 번 다시 찾아 왔다.

　하는 수 없이 나는 천황을 시켜주면 하겠다며 싫은 소리를 하고 말았
다. 유엔 고등검찰관을 지낸 나는 일본 정계에 모르는 사람이 없다고 해

도 과언이 아니었다. 또한 일본의 이모저모에 대해 속속들이 잘 알고 있어 정치나 행정 등 궁금한 것은 모두 나를 찾아와 물어 보는 실정이었다. 유엔 고등검찰관을 그만 둔 다음에도 정계나, 법조계, 시장 등이 찾아와 여러 문제를 상의하곤 했다. 그런 처지이다 보니 일본 정계로부터의 유혹의 손길이 끊이지 않은 것이다. 일본의 총리실에서까지 찾아와 나를 설득하려 했다. 나는 그런 유혹에 선뜻 끌리지 않았다. 아버지의 가르침대로 살고자 한 것이다.

아버지가 적어 준 한시가 있다.

求名求利如朝露(구명구리여조로) 명리를 구함은 아침 이슬 같고,

或若或榮似夕烟(혹약혹영사석연) 괴롭다 영화롭다 저녁 안개와 같다.

고려 후기의 승려 야운이 수행자가 스스로 견책하는 데 도움을 주기 위하여 쓴 책 자경문에 나오는 한 구절이다. 아버지가 돌아가시기 6년 전인 1970년 유서처럼 적어 주신 한시이다. 하지만 나는 그 말씀을 서너 살 때부터 뜻도 모르고 귀에 못이 박히도록 듣고 자랐다.

한국에서도 마찬가지였다. 유엔 고등검찰관 시절 일본에서만 힘이 있을 뿐인데도 고향을 찾아오면 국회의원이나 검찰 간부 등이 찾아오곤 했다.

1973년 박정희 대통령 당시 제주도 새집으로 그 당시 이효상 국회의장, 고원증 법무장관(육군 준장) 등 정치가들이 찾아와 아버지께 아들을 설득해 달라고 부탁하곤 했다. 아버지야말로 내가 정치에 참여하는 것을 누구보다 반대하는 사람이란 것을 그들은 몰랐던 것이다. 외국에서 열심히 공부하고 배운 경험으로 고국에서 일해보고 싶은 생각이 들곤 했다. 하지만 아버지는 사람들이 찾아오는 것을 꺼려 휴가 날 수도 다 채우지 못하고 나를 미국으로 쫓아내기에 바쁘셨다. 그때 내가 귀국했다면 고국을 위해 좀 더 많은 일을 할 수 있지 않았을까 하는 생각이 들기도 한다. 하지만 나의 길을 예비하시고 이끄시는 분은 하나님이시다. 나의 오랜 외국 생활은 하나님 계획 안에 있었던 것이고 나의 자리에서 최선을 다해 일하고자 했다.

사실 나는 어려서부터 검소한 생활이 몸에 밴 탓인지 나는 물질 욕심이 없는 편이다. 아니 아예 없다고 보는 것이 더 낫겠다. 돈이나 물질은 필요한 만큼 있으면 족하고 그 이상 있으면 욕심이 생기고 걱정이 많아진다는 것이 나의 신념이다. 그래서 그런지 나는 대궐 같은 집이나 화려한 자동차, 겉치레 이런 것에 관심이 없다. 단순한 식탁에 의복도 추위와 더위를 가릴 수 있는 소박한 차림이면 족하다. 많은 사람이 욕심으로 인해 시간 낭비를 하기도 하고 만족하지 못하는 인생을 사는 것에 비하면 그저 감사할 따름이다. 나에게 과분한 물질은 가능하면 나누어 가지는 것이 이롭다는 생각이다. 이런 나에게 동경에서 변호사를 할 당시 세 차례나 부자가 될 기회가 찾아 왔다.

소를 잡아 고기를 팔고 나면 내장이 남는다. 그 당시 동경에서는 소 내장이 고기 못지않게 비쌌다. 동경 내 한국 식당에서도 소 내장을 내장구이라고 해서 등심보다 비싸게 팔았다. 그런데 그 당시 동경의 경시 총감이자 맥아더 사령부 시절 내게 전 후 일본을 잘 봐달라고 부탁을 하러 오는 가까이 지내던 친구 다나카 에이치(田中榮一)가 소를 잡고 난 내장을 날더러 가져가 처리하라고 하는 것이 아닌가? 그것도 무려 5백여 마리나 되는 소의 내장을! 소 내장 장사를 했다면 하루에 몇 백만 엔은 벌었을 것이다.

그러나 제안에 대한 나의 대답은 생각할 여지도 없이 'No'였다. 그 일이 아니어도 나는 밥 먹고 살만하다고 했다. 그러자 그는 나를 '바보 중의 바보'라고 했다. 바보가 되도 하는 수 없었다. 아버지 말씀에 세상에 공짜 돈이 가장 비싸다고 했는데 그래서 나는 일하지 않고 거저 생기는 돈은 탐이 나지도 반기지도 않았다. 이렇게 해서 첫 번째 부자의 기회는 나에게서 홀연히 떠나갔다.

요시다 시게루(吉田 茂 : 일본의 45대 총리)라는 일본 총리의 수석비서관이 있었다. 내 나이 서른 한 살쯤 때의 일이다. 시게루 역시 유엔 고등검찰관 시절 맥아더 사령부에 자주 찾아오던 인물 중의 한 사람이다. 일본의 정치인으로 그 역시 맥아더 총사령관에게 일본의 앞날을 부탁하기 위

고한실의 삶

해 찾아오곤 했다. 맥아더 사령관과는 일주일에 한 번은 만나곤 했는데 맥아더 사령관은 행정 명령으로 일본 사람들이 고어를 쓰지 말 것 등을 그에게 지시하곤 했다. 살아있는 신으로 여기던 천황에게도 고어를 쓰지 말 것 등을 명했다. 그는 영어를 능숙하게 잘 구사해 맥아더 사령관이 감탄하곤 했다. 내게는 끊임없이 일본으로의 귀화를 종용하곤 했다. 그는 유락쪼(有楽町 ; 최첨단 디자인의 도쿄 국제 포럼. 유락쪼 바로 옆에는 일본을 대표하는 쇼핑 거리인 긴자와 관청 거리인 히비야가 있다. 도쿄 역에서 걸어서 갈 수 있는 관광과 쇼핑 명소로 히비야, 유락쪼, 마루노우치 지역에는 아름다운 건축물, 역사적 장소나 새로운 관광 명소, 예술의 명소 등이 있다.)에 하천이 있었는데 평당 1엔에 사서 그 하천을 메우고 위로 고속도로를 만들면 고속도로 밑으로 상점들을 들여 놓을 수 있게 된다고 했다. 그렇게 상점을 만들어 빌려주라는 것이었다. 하천을 메우고 고속도로를 놓는 비용은 동경 도에서 나오니 그 일을 나더러 맡아서 해 보라는 것이었다. 그러면서 그곳에 상점이 들어서면 자기에게도 하나 달라는 농담을 건넸다. 하천의 길이가 무려 3천 미터 정도 됐다. 현재는 그곳에 지하부터 1, 2층에 이르기까지 수천 개의 가게가 들어와 있다. 3층은 고속도로이다. 내가 사업가였다면 당연히 구미가 당기는 한번 해 봄 직한 큰 사업이었다. 하지만 그것 역시 내게는 욕심에 지나지 않는다. 그래서 못들은 척 지나쳐 버렸다. 그것이 큰 부자가 될 수 있는 두 번째 기회였다. 지금은 한 달 수입이 1,500만 엔에 이른다고 하니 가히 그 규모가 짐작된다.

마지막 기회 역시 갑부가 될 수 있는 굵직한 기회였다. 고종 황제의 손자이나 영친왕과 이방자 여사의 아들인 이구가 동경에 살 때의 이야기다. 다나카 에이치 경시 총감의 제의였다. 이구 궁은 토지가 대단히 넓었다. 뿐만 아니라 천황이 사는 일본 궁성과 가깝고 경시청에서 걸어 다닐 수 있는 거리에 있는 동경 시내의 노른자위 땅이었다. 해방이 되자 이구는 그곳에서 나오게 되는데 왕족에서 물러나야 했기 때문이다. 대한민국은 일본의 식민지로 이구 역시 왕족 대우를 받다가 1945년 일본의 패망으로 왕위를 박탈당하게 된 것이다(왕족이었던 아버지 영친왕이 1947년 신정강하라는 제도에 의해 평민으로 신분이 격하되면서 이구 역시 영친왕, 공작 직위의 상속자라는 신분 역시 박탈). 왕족일 때는 세금이 없지만, 그만두면 그곳에 세금을 물리게 된다. 그리하여 그가 궁에서 나오며 필요 없게 된 궁을 세금 8천만 엔을(그만한 돈을 빌려 쓸 수 있는 상대가 나라고 생각) 내고 가져가라는 것이다. 국무총리실에서는 스미토모 은행을 통해 돈을 빌려주겠다고 했다. 그리고는 그곳에 관광지를 만들어 사업을 해보라는 것이었다. 이것도 물론 거절했다.

그것을 그 후 미쓰비시 은행에서 사서 그 자리에 프린스 호텔을 지었다(그랜드 프린스 호텔 아카사카, 동경도 지요다 구에 위치. 1955년 9월 1일 개장한 동경의 대표적인 호텔 중 하나. 2001년 개축해 761실로 1,454명 수용가능. 구관의 서양요리 트리아농 건물은 1930년에 세워진 구 이왕 저택을 개축한 것이다. 1955년에 호텔이 되었지만 지금은 객실 없이 1층과 2층이 각 결혼식장 등과 레스토랑으로 이용. 신관은 지상 40층의 건물로 단게 겐조가 설계해 1982년 11월 준공. 단게 겐조는 일본 건축의 아버지라고

고한실의 삶

불리운다. 이 호텔은 원래 영친왕의 사택으로 영친왕의 차남인 이구의 출생지이기도 하며 2005년 7월 16일 그가 숨을 거둔 곳이기도 하다). 동경을 방문했을 때 프린스 호텔에서 투숙해 본 적이 있다. 내가 이 호텔 주인이 됐다면 어땠을까? 생각을 하며 혼자 웃음 지었다. 호텔의 책임자를 만나 "나 이거 사려던 사람이다."며 세금이 얼마나 되는지 물어보았다. 1년에 세금만 1억 5천만 엔에 달하는 거액을 내는 거대 기업이 되었으니 1년 수입은 얼마나 될 지 짐작하기 어렵다. 현재도 물론 번성하고 있다. 마지막 기회는 나를 더 큰 갑부로 만들어 주었을 지도 모르는 일이다. 하지만 거기에 부수적으로 따라오는 많은 사무를 처리하느라 아마 지금까지 살아 있지 못했을 것 같은 생각도 든다. 사업은 사업가가 해야지 나 같은 법관에게는 어울리지 않는 일이라는 것이 그때나 지금이나 변함없는 생각이다. 한 눈 팔지 않고 한 길만 걸어 온 것에 감사한다.

나에게 주어진 지금을 감사한다. 그리고 세상의 물질적인 많은 유혹을 물리칠 수 있었던 것은 빈곤하게 살아오신 부모님의 모습이 가시처럼 눈에 늘 밟혀서이기도 했다. 그때나 지금이나 호의호식은 불효라는 생각을 떨쳐 버릴 수 없다. 검소한 생활을 유산으로 물려준 부모님께 감사할 따름이다.

내 이야기는 아니지만 돈과 관련된 재미난 에피소드 하나를 소개한다. 동경에 살 때 함경도 출신의 택시회사 사장이 있었다. 사업이 번창해 큰 돈을 벌자 은행에 저축하는 대신 자기 집 방 다다미를 뜯어내고 드럼통에 묻었다. 법률 상담을 하는 동안 그런 사실을 말해줘 알게 됐다. 친구에게 돈을 빌려줬는데 돈을 갚지 않는다고 상담을 왔던 것이다. 차용 증명서도 써주지 않은 상태였다.

돈이 많으면 은행에 예금하는 것이 정상적인 방법이다. 하지만 그보다 더 좋은 것은 어려운 사람을 도와 돈이 바로바로 유용하게 쓰이게 하는 것이 더 바람직하다고 생각한다. 하지만 일본이나 미국에서 개인 사업을 하는 사람들 중에 택시 회사 사장처럼 현찰을 묻어 두고 세금 보고를 줄여서 하는 사람들이 적지 않았다. 그것이 당장은 이익을 보는 것 같아도 엄밀히 보면 속이는 것이고, 속이면 결국 손해를 보게 되는 경우가 많다.

처남이 제주 농과대학을 나와 서울에서 무역업을 하다가 미국으로 건너왔다. 미국에서 세탁소를 했는데 부지런해서 돈을 잘 벌었다. 그런데 나의 조언을 따라 세금 보고를 그대로 했다. 당장은 손해를 보는 것 같아도 세금 보고를 잘하니 가게를 팔 때도 유리하고 IRS(미국 국세청, Internal Revenue Service)에서도 봐주는 일이 생기기도 했다. 은행에서 돈 빌릴 때 IRS에 신용 조회하는 경우가 있는데 그럴 경우 '그 사람 세금 잘 낸다. 믿을 만하다' 이렇게 유리한 평가를 해 주는 것이었다. 그렇게 해서 처남은 어느새 7개 사업체를 가진 성공한 사업가가 됐다.

돈을 많이 벌면 세금을 많이 내는 것이 당연하다. 땅에 묻어 두는 것보다 세금을 통해 나라 경제가 발전하고 어려운 사람들이 좀 더 혜택을 받을 수 있는 것이다.

고한실의 삶

인간관계에서 중요한 것

내가 생각하는 인간관계에서 중요한 첫째로는 감사를 표현하는 것이고, 둘째로는 약속을 잘 지키는 것이다.

일본 사람들의 풍습 중에 서중 문안이라는 것이 있다. 여름철 더위에 건강하게 잘 지내기를 기원하는 뜻에서 보내는 여름 안부 편지이다. 일본 고객들은 변호사와 고객으로 만나도 연말에는 연하장을, 여름에는 서중문안이라는 감사 편지를 보내는 고객들이 적지 않았다. 그렇게 작은 일에도 감사하는 마음을 표현하곤 한다. 그것은 미국에서 만난 미국 사람들과도 마찬가지였다. 미국 사람들도 사소한 일에도 'Thank You'를 연발한다. 감사 카드 쓰기도 매우 일상적이다. 거절의 표시조차 'No Thank you'가 아닌가? 한국 사람들은 속정은 깊은데 표현하는 것에는 조금 서툰 듯하다. 하지만 표현하지 않으면 상대방이 알기가 쉽지 않다. 감사한 마음을 자주 표현하다보면 인간관계가 훨씬 부드러워 진다고 생각한다.

둘째로 약속을 잘 지키는 것이다. 특히 시간 약속을 지키는 것은 아주 중요하다. 일본 은행에서 돈을 빌리기 위해 그 은행 지점장과 약속을 한 적이 있다. 그런데 지점장이 무려 30분이나 늦게 약속 장소에 도착했다. 돈을 빌려줄 입장이니 늦어도 괜찮다는 생각을 가졌는지 모른다. 하지만 그 사람과는 더 이상 거래를 하고 싶지 않은 생각이 들어 은행을 바꾸게 된 경우가 있었다.

미국에서도 비슷한 일이 있었다. 미국인 교수 친구와 약속을 했는데 그의 집에 불이 났는데도 불구하고 약속 장소에 시간에 맞춰 나온 믿어지지 않는 경우가 있었다. 전화를 하면 됐을 텐데 했더니 다른 가족들에게 맡기고 나왔노라고 대답했다. 어찌나 감탄했는지 그 이후 약속에 대해 더 많은 생각을 갖게 됐다. 워싱턴 한인회에서 이사를 맡고 있을 때였다. 회의를 할 때마다 5분, 10분도 아니고 20분 정도씩 늦게 시작하는 것이 힘들었다. 그래서 하는 수 없이 시간 약속을 3번 안지키는 이사는 이사직을 내려놓기로 해서 한인회에 시간지키는 습관이 정착되기도 하였다.

미 국무성의 김동현 통역관이 한인회 대변인을 하고 있을 때도 마찬가지였다. 회칙 개정위원, 인권위원 등, 시간에 맞춰 시작했고 정시에 아무도 없으면 취소하는 등 강경책을 썼다. 처음에는 불평이 많았지만 그 다음부터는 시간을 잘 지켜나가게 됐다. 내가 한인회에 있는 동안 내가 관련된 모임은 그렇게 해서 모두 시간 엄수 습관을 들이게 됐다. 시간 약속은 그만큼 중요하다는 생각을 갖고 있었기 때문이다.

대학에서도 지각한 학생이 찾아와 못들은 부분을 가르쳐 달라고 하면 지각 습관을 고쳐주기 위해 다른 학생 노트를 빌려 보라고 말하곤 했다. 어쩌다 부득불 지각하는 학생이 있었지만 대부분 습관에서 비롯된 것이 많았기 때문이다. 그러면 나를 미워하면서도 차츰 시간을 잘 지켜나갔다. 얼마 지나니 수업 시작 5분, 10분 전에 와서 기다리는 학생들이 늘어나기 시작했다.

고한실의 삶

시간 약속은 사회 생활의 기본 중의 기본이다. 시간 약속을 지키지 못하는 사람 중에 사회적으로 성공한 사람을 찾아보기 힘들다. 그러므로 시간 약속을 해 놓고 안 지키는 것을 당연하게 생각하는 것은 큰 잘못이라고 여겨진다. 그래서 나는 만나는 사람마다 말을 해주고 계몽을 하기 위해 노력해 왔다. 시간 약속은 가정교육에서부터 출발해야 한다. 부모가 약속을 지키지 않으면 아이들도 지키기 힘들다. 시간 약속뿐 아니라 작은 일부터 힘든 일을 아이들이 극복해 나갈 수 있도록 부모들이 몸소 모범을 보여 주는 것이 바람직하다고 생각한다.

약속에는 시간 약속뿐 아니라 돈과 관련된 약속도 있다. 나도 한국인이지만 일본 사람, 미국 사람과 비교해 볼 때, 금전 약속을 지키는 면에 있어서 한국 사람들이 좀 부족하다는 생각이 들 때가 있었다. 물론 다 그런 것은 아니다.

1957년부터 60년대 중반까지 일본의 한국 사람들은 살기가 그다지 넉넉지 않았다. 그래서 돈에 관련된 약속을 잘 지키지 못하지 않았나 싶기도 하다. 나는 한국인 변호사이다 보니 한국 사람을 상대할 일이 많았다. 일본인 의뢰인들은 대부분 일본 변호사협회의 소개로 오는 사람들이었는데 나에 대해 좋은 평가를 듣고 오기 때문에 일의 시작 단계부터 순조로웠다. 서로의 믿음 가운데 변호에서 이길 수 있었고, 일이 모두 끝난 다음에도 인간적인 관계를 계속 유지해 나가게 되었다.

한국 사람의 변호를 맡을 경우, 돈을 받지 않고 해 준 경우가 많지만, 경제적으로 여유가 있을 경우, 변호비를 책정한다. 착수금 1/3, 중도금 1/3, 사례금 1/3 이렇게 세 차례에 걸쳐 나눠 받는다. 그런데 일본 사람들의 경우 약속한 금액을 모두 지불하는 반면, 한국 고객의 경우, 착수금과 중도금은 내되, 나머지 사례금 1/3은 내지 않는 경우가 허다했다. 돈을 받지 못해 손해를 입었다는 느낌에 앞서 그런 태도에 기분이 상하곤 했다. 그런 일이 자꾸 반복되자 나중에는 한국 고객의 일은 시작하고 싶지 않은 생각이 들곤 했다. 열심히 일을 해 주고도 결국은 신의를 저버리는 태도에 보람 없는 일이 되곤 하기 때문이었다. 그래서 일본에서도 변호사 시절 후반 1~2년은 한국 손님들을 상대하지 않기 시작했다. 한국 사람이라고 다 그런 것은 아니지만, 그 당시 그렇지 않은 사람들이 많았기 때문이다.

그렇게 사례비를 떼이는 경우가 생기다 보니 나도 나름대로 머리를 썼다. 예를 들어 한 사건의 변호 비용으로 엔을 받아야 하는 경우, 세 번으로 나눠 착수금 1/3로 70만 엔, 중도금 1/3 70만 엔, 사례금 1/3 70만 엔 이렇게 높게 책정해 버린 것이다. 그러면 중도금까지만 받아도 140만 엔을 받게 되니 나는 손해 보는 것이 없었다. 아니 오히려 이익이었다. 그러니 당사자는 사례금 70만 엔을 안줘 횡재를 한 기분이었을지 모르나 실상은 40만 엔을 손해 본 셈이다. 그러니 작은 돈이라도 떼어 먹고 다니다 보면 신용을 잃어버릴 뿐 아니라 이처럼 실질적으로도 손해를 보는 경우가 없지 않은 것이다.

소중한 인연들, 아쉬운 이별

제2차 세계대전의 소용돌이 와중에 1941년 일본은 미국의 하와이 진주만을 기습 공격했다. 마침내 미일전쟁이 시작됐다. 진주만 공격에 대한 보복으로 미국은 동경에 대공습을 퍼부었고 일본 최남단에 위치한 오키나와를 점령했다. 1945년 6월 23일이었다.

그때부터 1972년 5월 15일 오키나와를 일본에 반환. 미국의 간섭에서 벗어나기까지 오키나와는 27년간 미국의 통치 하에 있었다.

1963년경이다. 나는 유엔의 고등검찰관직을 그만두고 동경에서 변호사를 하고 있었다. 어느 날 유엔군 총사령부에서 전화가 걸려왔다. 오키나와에 사는 일본인들의 민심을 파악해 달라는 것이었다. 오키나와 주민들이 미국의 통치로부터 벗어나고 싶은지를 조사하는 내용이었다. 그 당시 나는 유엔군 사령부의 일을 하고 있진 않았지만 그들의 부탁이라 쾌히 승낙 오키나와를 방문했다.

우리 일행은 오키나와의 한 호텔에 투숙하며 식당이나 술집 등을 돌며 민원 파악을 시작했다. 조사를 시작해보니 일본으로 돌아가고 싶은 일본파와 미국의 통치를 그대로 받기를 원하는 미국파, 예상 밖으로 그 숫자가 비슷했다. 일본파 대 미국파가 55:45 정도였다. 그것을 정확히 확인하는 것이 나의 업무였다. 오키나와뿐 아니라 그 이후 후쿠오카 등 일본의 다른 지역도 방문해 민정 조사를 실시했는데 다른 지역에서는 이구

동성으로 오키나와가 일본으로 돌아가길 원하고 있었다. 그런데 정작 오키나와에서의 민정 파악은 예상 밖의 결과였다.

오키나와는 일본에서 분리된 미 군정지역이라 일본 사람이 오키나와에 가기 위해서는 일본 총리 관저에서 허가증을 받아야 했다. 또한 오키나와 주민들이 동경이나 외국에 나가기 위해서도 미 군정청에서 허가서를, 오키나와의 일본인 고위직들이 취직을 하기 위해서도 모두 미국의 허가를 받아야만 했다.

이렇듯 불편함이 있는 반면에 초등학교부터 영어를 사용하는 미국식 교육이 행해지고 미국 여권을 가질 수 있는 등 이점도 없지 않았다. 미국 여권을 갖고 있으면 어느 나라나 자유자재로 드나들 수 있었기 때문이다. 한편 오키나와의 미국파는 미국계 직장에서 일하는 사람이거나 그와 관련된 일을 하는 사람들로 그곳의 일본 사람 10명 중 9명이 미국파였다.

나는 유엔 총사령부에 오키나와를 일본으로 반환하기를 원하는 쪽이 약간 우세하다는 내용의 보고서를 올렸다. 오키나와는 1972년 마침내 일본에 반환하게 됐다.

2000년경 강원도 둔내 요양원에 잠시 머물 때였다. 요양원의 이정열 원장님이 일본 손님들이 왔으니 일본 말로 인사를 좀 해 달라고 해서 나가 보았다. 와타나베라는 이름의 목사님을 비롯해 무려 스무 명이나 되는 일본인 일행이었다. 요양원 시찰차 방문했다는 것이었다. 그런데 그중 한

고한실의 삶

사람이 내게 질문을 던졌다. 유엔에서 고등검찰관을 지낸 한국 사람을 아느냐는 것이었다. 나는 어리둥절한 채 그들을 바라보기만 하고 있었다. 그 사람이 오키나와를 돌려 준 사람인데 아느냐는 것이었다. 그들 일행은 다름 아닌 일본 오키나와에서 온 사람들이었던 것이었다. 갑작스레 닥친 일에 어쩔 줄 모르고 서 있는 내 곁에서 원장님이 나를 지목하며 영어와 한국말을 섞어 이 사람이 바로 그 사람이라고 설명을 했다. 스무 명의 일행이 일제히 소리를 지르며 달려드는 바람에 나는 몸 둘 바를 몰랐다.

실로 오래 전 유엔 총사령부의 부탁을 받고 오키나와 일본인들의 민심을 있는 그대로 보고 했을 뿐이었다. 그런데 오키나와 사람들에게는 '한 한국인 고등검찰관이 자기네 영토를 돌려 주었다'고 30여 년 전의 일을 기억하고 있다니 한국인으로서 뿌듯한 기분이 들었다.

1964년 한국 국민에게는 잊을 수 없는 은인 같은 맥아더 장군이 84세를 일기로 서거했다. 그의 미 의회에서의 연설한 유명한 '노병은 죽지 않고 다만 사라져 갈 뿐이다.'라는 말은 지금도 세인의 가슴에 영원히 남아 있다. 그의 말대로 그가 가고 없는 지금 노병은 죽지 않고 단지 보이는 이 세상에서만 사라져 간 마음에 남아 있는 노병인 것이다.

맥아더 장군과 나와의 인연은 한국 사람 가운데서는 각별한 사이였다고 생각할 수 있다. 내가 20세에 66세인 그를 처음으로 만나 그를 도와 힘들고 어려운 패전국 통치와 전범들을 조사·재판하고 패전국 국민들을 위한 그에 맞는 지도를 펴나가는 일을 앞서 가까운 데서 또는 멀리에서 보았던 장군의 모습은 장군이기에 앞서 멋있는 신사요, 아버지요, 스승이었다. 그러면서도 약소국에 대한 자유민주주의를 수호하기에 큰 별과 같은 약속을 실천하는 지도자였다. 한마디로 정말 멋있고 훌륭한 존경할 만한 사람이었다. 그의 서거는 내겐 더욱 가슴을 아프게 하는 무어라 표현할 수 없는 그 무엇이 있었다. 집과 부모와 형제를 떠나 이국땅에서 지내는 내게 그의 존재는 그와 함께 일하던 5년간의 GHQ생활에서 보여주고 베풀어준 은혜, 그것만이 다가 아니었다. 내게 남다른 면이 내 나름대로 있었다면 그의 내게 대한 남다른 면 또한 언제나 내 가슴에 남아 있었다. 지금도 변함없이 내 마음의 한 구석에 그의 아름다운 장군으로의 여러 면모들이 그림자 같이 멋있게 자리하고 있다. 맥아더 장군은 진정한 장군이었다.

한국과의 관계

열두 살에 조국을 떠나 홀로 고투하며 공부를 하기 시작해, 여러 관문을 다 겪고 거쳐서 소기의 목표를 이루어 열심히 살고 있던 내게 20년이라는 세월은 어떻게 지나갔는지 엊그제 같은 생각이 들었다. 20년 만에 나는 홀로 사는 생활을 청산하고 아내의 조력을 따라 신혼의 단꿈을 꾸며 옛날의 모든 기억을 잠시 접었다. 아내가 해주는 따뜻한 밥과 반찬, 그리고 내 모든 자잘한 것들의 정리와 내조는 가정의 아늑함을 더욱 소중히 생각하게 하는 그런 나날들이었다.

변호사로서 내가 동경에서 모든 것을 확실하게 처리하며 한창 재미있게 살고 있을 때인 1960년, 한국에서는 3·15 부정선거로 인한 그에 따른 각 도시에서의 학생들의 시위가 맹렬해지고 있었다. 마산과 부산, 대구에서 시작된 시위가 전국으로 확산되었다. 그 계기는 마산 시위에서 중학생인 김주열 군의 시체가 돌에 묶인 채 바다에서 발견된 사건에서 비롯되어 사실을 은폐하려던 경찰에 대한 국민들과 학생들의 분노가 도화선이 되었던 것이다.

예나 지금이나 언제라도 사실을 은폐하려는 행위는 또 다른 비극을 초래한다는 역사의 드라마를 나는 그때 확실히 보았다. 시위가 그치질 않자 이에 뒤질세라 경찰의 진압 또한 어떤 인내의 한계를 넘어 거세어지게 되었고, 양방 사태가 지나치게 격렬해지면서 결국 누구를 통해서인지 경찰에게 발포 명령이 내려지고 그로 인한 사상자가 속출하자 급기야 전국의 교육자들까지 시위에 가담하고 대부분 대도시 학교가 휴교 상태에까지 이르러온 국민이 가담하게 되는 4·19 혁명으로까지 진행되고 말았다.

경찰의 발포로 190여 명의 꽃다운 나이의 젊은이들이 현장에서 사살당하고 수많은 부상자를 낸 씻을 수 없는 민주 역사의 한 페이지를 비극으로 장식했다. 이런 역사의 사실을 곁에서 바라보며 나는 마음속 깊이 생각한 것이 하나 있다. 정치는 결코 부정직하게 해서는 안 되며 모든 성공과 평화를 위한 온갖 승리의 기초에는 정직이라는 단어가 깔려있어야 진정한 성공이요 승리라는 것을…

대통령 이승만 박사가 하야하여 하와이로 망명가고 이기붕 부통령 일가족이 자살을 함으로써 4·19혁명의 불은 꺼졌다.

4·19 이후에 허정 정권이 들어서면서 그들이 이 모든 전말에 대한 조사와 판결을 미군에게 어떻게 해야 할지 도움을 요청하게 되었다. 그때 미군 고위 관계자의 대답은 "일본에 있는 고한실 변호사를 초청하라."고 추천했다.

나는 지금도 이기붕 씨 일가 동반자살 사건은 절대로 그의 아들이면서 이승만 대통령의 양아들이었던 이강석 소위가 쏜 것이 아니라는 의견을 같이 한다. 허정 정권의 도움 요청으로 귀국해서 담당 검사의 인도로

시신을 해부한 것을 참고로 살펴보면서 독일 법의학자와 토론 연구를 할 겸 계속 조사를 해 보았을 때 사회범죄학 상 연구할 문제점이 상당히 많이 도출되었다. 죽어 있는 현장의 의자에는 맨 오른쪽에 이기붕 씨가 앉아 있었고 그 다음 왼쪽으로 가면서 이기붕 씨의 부인 박마리아 여사, 옆으로 이강석 소위의 동생이 앉아 있었고 끝으로 세 사람을 바라볼 수 있게 이강석 소위가 앉아 있었다. 마치 가족사진을 다정히 찍으려는 듯이, 그런데 모두 앉은 채로 총에 맞아 쓰러져 있었는데 총을 쏘아 부모와 동생을 죽이고 마지막으로 이강석 소위 자신을 쏘았다고 했다. 당시의 결론적 조사와 판결은 이렇게 끝이 났다.

내가 조사한 바로는 이강석 씨는 군인으로 소위였고 총을 잘 다룰 줄 아는 사람인 것은 누구나 알 수 있는 사실이다. 그런데 부모와 동생의 급소를 쏘아 죽였다면 군인인 이강석 자신은 왜 급소가 아닌 곳에 두발이나 더 총알을 맞고 있었을까? 하는 의문점을 낳는다. 자신이 자신에게 두 번씩이나 총을 쏘았다는 말인데 가능한 일일까? 그리고 또 한 가지, 사회범죄학 상 자살을 하려는 사람은 어딘가 모든 것을 포기하는 증거들이 분명히 있어야 하건만 죽은 이기붕 씨의 안주머니에서 수천 만 원의 수표가 들어있었다는 것은 살려고 하는 의지의 강한 표시밖에 없고 결코 죽으려 했던 것이 아님을 알 수가 있다는 것이다. 이로 미루어 보건데 나는 지금까지도 이 사건을 절대로 이강석이 쏜 것이 아니라고 단정하고 있는 심정이다. 제3의 인물이 개입했을 가능성을 결코 배제할 수 없다고 보고 있다. 그 사건 후 이기붕 씨의 경호원은 이승만 박사가 하와이로 망명할 때 수행해서 가버렸다고 하니 또한 뭔가 석연치 않은 의문점이 떠오르는 것은 사실 아니겠는가?

좌우지간 나는 아직도 그 사건에 대한 수수께끼를 자살이라는 것으로 결론 내린 역사의 답을 나의 답으로 양심이 허락하지 않고 있다. 나는 이 사건을 사회범죄학을 연구한 사람으로서 평가하건데, 자살을 위장한 제3자에 의한 타살로 보고 있다. 그때의 정황을 목격자들로부터 들을 수 있다면 좋으련만 목격자들도 없으니 경무대에서 일어난 그 일을 누가 알겠는가?

4·19 때의 희생된 많은 젊은 사람들이 어디에서 날아왔는지 모르는 실탄에 맞아 많이 희생되었고 수많은 사람들이 부상했고, 또 그 부상으로 인하여 현재까지도 어렵게 지내는 살아있는 현존 인물들이 있기에 전시를 방불케 했던 당시의 수라장을 어떻게 누가 직접보고 듣지 않았다면 증언할 수 있겠는가?

역사는 알고 있고 본인은 알고 있을 것이다. 그리고 하나님께서는 소상히 모든 내면을 아시고 계실 것이다. 우리가 모르는 모든 것을… 우리들이 생각하고 있는 것까지도…

고한실의 삶

회오리 같던 1960년의 4월과 5월이 지나가고 혹자가 말하는 대로 잔인한 계절이 지나가고 수습의 계절이 왔을 때 그래도 사람들은 어딘가 석연찮은 뒷수습의 양상들을 바라보면서 찜찜한 나날들을 보내고 있었다. 미온적인 대처나 온건적인 정리가 그리 쉽게 상처와 아픔을 치료할 수 없었던 것을 그 후의 역사가 진실하고도 극명하게 드러내 주었다. 말하자면 여전히 그 사람이 그 사람이고 그 정치가 그 정치이고 그 지도자가 그 지도자라는 것이다. 마음을 열고 눈을 열고 귀를 열고 모든 것을 다 열고 우리가 느낄 수 있는 것의 모든 것을 오관을 통하여 느껴보자. 아무리 사람들이 무엇을 이루어 놓았다고 남기고자 할지라도 역사를 왜곡하지 않는 이상 모든 것은 역사의 눈앞에 그 진실의 실상이 적나라하게 드러나게 되어 있지 않은가? 모든 일에 하나부터 열까지 정직하자! 그것이 우리가 살 길이요 민족이 살 길이요 나라가 살 길이다. 진실 앞에 모든 것은 굴복하게 되어 있는 것이다. 사필귀정이라 하지 않았는가? 현실은 누구나 정확하게 그 모든 일의 전말을 자세히 그리고 본래의 내막을 사실 그대로 알 수가 없게 되어 있다. 세월이 흐른 후에야 그 진실의 모습이 누군가에 의해 자연스럽게 그 껍질이 벗겨지게 되어있다.

일본의 학자들에 의해 주장되어 믿고 배워왔던 고대 일본 유물의 진가 판명이 2001년에 모든 유물 자체가 가짜임이 그들 스스로에 의하여 학자 양심으로 발표되고 있지 않은가!

이렇듯 한국의 상황이 혼란스러울 때인 1960년 7월 19일 일본은 '이케다 내각'이 성립되었고 11월 8일에는 케네디가 미국 대통령으로 당선되어 취임하였다.

1961년 5월 16일 그날 나는 무역회사의 법률고문 자격으로 한국을 방문하기로 되어 있어서 동경 하네다 공항에 왔을 때 '한국의 상황이 여행할 수 있는 상황이 아니니 귀국을 자제하는 것이 어떻겠느냐?' 고 여러 사람이 말했다. 하지만 나는 비행기를 탔고 김포 공항에 도착했다. 공항에 내리는 순간 군인들의 경계가 삼엄한 가운데 출입국자들에 대한 감시와 검색이 전에 없이 강화되어 있었고 전시 상황 같은 모습이었다.

입국자들에 대한 별도 검문과 검색이 있은 후 통제 이유에 대한 설명을 하면서 지정 된 호텔로 입국자들을 인도했다. 나는 그곳에서 입국한 이유를 말했으나 5·16 주최 세력인 계엄군들의 설명은 현재 모든 것이 불가하다고 딱 자르듯이 대답하는 것이었다. 나는 내가 일하고자 하는 것을 해야만 한다고 말하자 그들은 여러모로 생각한 끝에 최고 책임자를 만나 보라고 하면서 박정희 소장을 소개했다. 나는 만날 의향을 타진하고 나섰다. 몇 사람의 인도로 5월 18일 군부 지도자들이 모여 있는 혁명군사위원회의 의장단실로 안내되어 들어가 선글라스를 낀 채 군복을 입고 있는 박정희 소장을 만났다. 나라의 혼란한 상황을 보고만 있을 수 없어서 일어났다는 그들의 공약에 따라서인지 일단 재외 교포들의 일에 대해서는 우선적 처리 의지를 보이면서 선뜻 나의 요구 사항을 들어주라고

고한실의 삶

박정희 소장은 지시를 하며 의거 이틀 뒤 인지라 몹시 바쁘고 쉴 겨를이 없는 모습을 보였다.

내가 처음으로 만나 본 박정희 장군의 인상은 강인하고 의지가 뚜렷한 약자의 편 같은 정의의 사자같이 느껴졌다. 이때 이후로 여러 차례 그를 만나게 된 경험을 가지게 되었다. LG 회사의 자금 해결을 위한 나의 중재 노력으로 당시 월 10만 환도 찾기 힘든 시절인데도 3,000만 환을 해결해 주도록 했다.

그 이후 김종필 씨가 만나자는 요청이 있어 만난 적이 있고 5·16 군사 정권에 협조해 달라는 요청이 수차례 있었으나 그때마다 조용히 그리고 정중히 사양했다. 박정희 장군이 대통령이 된 후에도 수차례 종용이 있었고 심지어 박 대통령이 제주 순시에 부모님이 계신 집에 들른 적이 있었다.

당시 국회의장 이효상 씨가 경북대학교 총장과 동행해서 제주 집까지 수차례 들러 부모님을 설득했다. 국가를 위해 일해 달라는 요청을 하면서 그리고 경북대학교는 대학대로 교수로 와 달라는 요청을 해왔었다. 그래서 경북대학교는 귀국했을 때 그들의 요청에 따라 방문을 한 번 한 적이 있다. 방문 시에 대구에서 그곳 학교 당국자들과 대화를 하며 여러 가지 의견을 나누어 보았는데 결국 내가 생각한 의지와 그리고 그들이 요구하는 방향의 뜻과는 거리가 있어서 그들의 요청에 응할 수가 없었다.

그리고 언제나 부모님의 강력한 말씀은 귀국하지 않는 것이 좋겠다는 것이었다. 부모님은 절대적으로 반대였다.

　정치 및 교육계의 여러 요청에도 불구하고 나의 대답은 정중한 거절이었다. 이러한 나의 의사에 대한 한 조치로써 한때는 출국 금지령까지 내린 적이 있었다. 하지만 나는 8군 사령부를 통하여 출국할 수 있도록 모든 대비를 다하고 군용기를 탈 수 있는 조건을 만들자 김종필(중앙정보부장)은 나에게 식사를 함께하자고 제의했다. 식사 중에 그가 내게 말하기를 "왜 그렇게 서두르십니까?" 다른 뜻이 있어서 그런 것이 아닌데, 내 대답은 "아! 그렇습니까? 저도 나가야 할 때 나가야 하는데 못나갈 조치가 내려지니 나갈 방법을 찾은 것이지요." 이렇게 해서 나는 조국으로부터의 모든 직위 요청을 거부하고 조용히 동경에서 변호사로서의 생활에 만족하며 지내고 있었다.

　그 이후 박정희 대통령으로부터 국내 각종 행사에 참석해달라는 초청장을 수없이 받았고 그런 일시적인 행사 초청에는 여건이 되는대로 여러 차례 귀국하여 참석하곤 했다. 박 대통령이 국가경제개발계획을 시작하며 잘 살기운동을 하고 있는 때인 1963년 11월 22일은 미국 역사에서 잊을 수 없는 한 사건이 텍사스 주 달라스에서 있었는데 케네디 대통령의 저격 사건이다. 오픈카로 거리를 지나며 연도의 환호하는 국민들이 지켜

보는 현장에서 케네디 대통령은 범인이 쏜 흉탄에 차안으로 쓰러지며 곧바로 숨을 거두었다. 뉴 프론티어의 기수였던 젊은 패기의 미남 대통령 케네디는 46세를 일기로 젊은 나이에 세상을 떠났다. 미국뿐 아니라 자유민주주의 국가의 모든 사람들에게 오래오래 남는 슬픈 사건이면서 케네디를 더욱 오래도록 기억할 수밖에 없는 역사의 한 사건이 되었다. 근대사에서 미국 국민이 겪은 가장 쓰라린 국가적 아픔일 것이다. 불과 3년간만 대통령으로써 세계 민주 국가의 지도자로 지냈지만 자유를 사랑하는 대다수 세계인의 마음속에 영원히 남아 있는 훌륭한 정치가요, 지도자요, 대통령이었다.

내 나이는 그때 37세였다. 케네디와 같은 그러한 젊은 지도자는 미국 역사상 전무후무한 일이었다. 약관 43세에 대통령에 당선된 그런 사람이 없었다. 물론 세계 역사에는 어린 나이에도 왕이 되거나 지도자가 된 예는 많이 있었지만…. 🍃

Part 5. 미국 교수 시절

미국에 머물면서 배운 몇 가지를 소개하고 싶다. 첫째는 나라를 위해 노력한 것을 돌려받을 수 있는 토대였고, 둘째는 사람들의 자립심이었다.

새로운 세계, 새로운 삶

새로운 세계, 새로운 삶

미국 교수 초청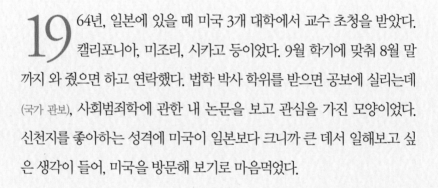

1964년, 일본에 있을 때 미국 3개 대학에서 교수 초청을 받았다. 캘리포니아, 미조리, 시카고 등이었다. 9월 학기에 맞춰 8월 말까지 와 줬으면 하고 연락했다. 법학 박사 학위를 받으면 공보에 실리는데 (국가 관보), 사회범죄학에 관한 내 논문을 보고 관심을 가진 모양이었다. 신천지를 좋아하는 성격에 미국이 일본보다 크니까 큰 데서 일해보고 싶은 생각이 들어, 미국을 방문해 보기로 마음먹었다.

일본에서 변호사 폐업 신고는 내지 않고 미국으로 갔으나 변호사로서 처리하던 일이 남아 있어 1964년 11월에야 떠날 수 있었다. 미주리 대학에서 교환 교수 자리를 수락했다. 캘리포니아는 늦게 왔다고 퇴짜를 놓았고, 시카고는 서면으로 못 가겠다 답변했다. 1968년부터 미주리 대학

에서 교환 교수로 일하기 시작했다.

콜롬비아에 있는 미주리 대학 캠퍼스는 여름이면 아스팔트에 계란을 던지면 익을 정도로 뜨거웠다. 겨울은 눈이 많이 오고 몹시 추워, 채식을 좋아하는 데 채소 값이 비싸 아쉬웠다.

숙소를 구하기 전 임시로 정치학과 학장 해럴드 박사의 숙소에서 방을 하나 내줘 그 가족들과 함께 지냈다. 얼마 동안이나 총장이 임시로 그곳에 지내면 숙소를 마련해주겠다고 했는데 그리로 돌아가지 못했다. 1968년 11월 닉슨이 미국의 37대 대통령으로 당선되었고, 축전을 보냈더니 감사 카드와 함께 대통령 취임식 초청장을 보내왔다. 대학 총장이 대통령 취임식 초청을 받았다고 나보다 더 좋아했다. 총장이 자동차를 내주며 타고 가라 했는데 비행기를 타고 갔다. 워싱턴으로 향하는 내게 총장은 학교로 꼭 돌아오라고 당부했는데 그 약속을 지키지 못했다. 총장이 꼭 돌아오라 몇 번을 강조하니, 못 돌아갈 수도 있겠다는 생각이 문득 들었다(그래서 자동차 대신 비행기를 택했다. 해럴드 교수 집에 짐을 맡기고 혹시 돌아오지 못하면 부쳐 달라는 당부를 해 놓았다).

독서의 힘, 글쓰기의 힘

우리말에 '밥심(밥 힘)으로 산다.'는 말이 있다. 끼니를 거르지 말고 잘 챙겨 먹어야 무슨 일이든 힘을 받아 잘 해나갈 수 있다는 뜻이다. 그렇게 밥이 육체를 건강하게 유지 할 수 있는 힘을 가져 준다면 독서는 정신을 지켜준다.

뜻있는 일을 이루고자 한다면 더 깊은 생각과 지식이 필요하다. 그리고 그것을 채우는 데는 책이 필수적이다. 최고의 대통령으로 추앙받는 에이브라함 링컨도 말했다. 한권의 책을 읽은 사람은 두권의 책을 읽은 사람의 지도를 받게 돼 있다고. 소학교도 졸업하지 못한 링컨이 변호사를 거쳐 미국의 제16대 대통령에 오르기까지의 비결은 성경책과 수많은 독서의 힘이었다.

미국에서 대학교수가 되려면 방대한 독서량이 요구된다. 그렇다고 1년에 몇 권을 읽었는지 일일이 숫자를 헤아리는 것은 아니지만 장르를 불문하고 일류 대학의 교수가 되려면 대체로 1만 5천 권 정도의 독서가 뒷받침 돼주어야 한다. 40여 년 동안 하루에 한 권씩 읽어야 하니 실로 엄청난 양이다.

버지니아의 나의 집 서고에는 4만 5천여 권의 장서가 꽂혀 있다. 그것을 다 읽지는 못했지만 어느 정도는 소화를 했다. 나름대로 성실한 교수 생활을 유지해 온 것은 내게 꼭 필요한 책들은 챙겨 읽었기 때문인

고한실의 삶

듯하다.

중학교 시절 읽었던 베니스의 상인, 중학교 방학 때 그림을 보면서 읽었던 레오나르도 다빈치가 생생히 기억난다. 그중의 5백여 권은 워싱턴 한인회에 기증했다. 누구든지 읽고 이 세상에 보탬이 되는 일에 써야 하기 때문이다.

시간의 여유가 있었다면 좀 더 읽고 싶었는데 세계 각국을 돌아다니느라 백악관과 학교를 왔다 갔다 하느라 엉덩이를 지긋이 붙이고 앉아 책을 읽을 시간이 많지 않았음을 고백하지 않을 수 없다. 아니 바쁘다는 것은 늘 핑계거리일 뿐이다. 나머지 책들도 필요한 곳에 나누고 싶다.

읽기 외에도 중요한 것이 바로 쓰기이다. 가장 기초적인 쓰기는 바로 일기쓰기인데, 내 일기 습관은 아버지께서 기르신 것이다. 아버지는 내가 어려서부터 우리 5남매에게 매일 일기를 쓰게 하셨다. 일기를 통해 정직함을 가르쳐 주셨다. 일기 쓰기는 아버지의 명령이었다. 명령이니 어쩔 수 없이 쓰기는 썼는데 있는 그대로 다 쓸 수는 없었다. 왜냐하면 아버지께 들통이 나서는 안 되는 말썽꾸러기 짓이 나의 일과에는 종종 등장하곤 했기 때문이다.

하지만 아버지는 일기에 잘한 일, 잘못한 일 모두를 있는 그대로 쓰게 하셨다. 나쁜 짓을 하고도 감추고 이실직고하지 않았다가는 다시 혼이 났다. 그러나보니 점점 나쁜 일을 조심하게 됐다. 거짓말을 쓰면 그것은 회초리 중에서도 초특급 회초리가 날아들었다. 그러다보니 나도 모르게 정직하게 이야기하는 습관이 생겼다. 한라산 중턱의 변덕스런 날씨에 대해서도 적었다. 그렇게 9살부터 일기를 쓰기 시작했다(9살부터 12살까지 적어놓은 일기장이 제주 4·3 사건 때 우리 집이 불에 타는 바람에 모두 함께 재로 화해 버렸다. 일본으로 떠난 후 12살부터 쓴 일기장은 모두 갖고 있다).

일기 쓰기를 통해 정직함을 배웠을 뿐 아니라 나의 앞날을 계획하고 반성하는 시간도 가졌으니 일기 쓰기는 나의 충실한 삶의 안내자 노릇을 해 준 셈이다. 요즘도 과거의 일기장을 뒤적거리면 이젠 돌이킬 수 없는 지난 나날들이 선명하게 때로는 아련히 떠오른다.

일기 외에도 메모하는 습관을 기를 필요가 있다. 일기 쓰기 습관 때문인지 나는 일기 외에도 생각나는 것을 그때그때 메모해 놓는 습관이 들었다. 자다가도 변호할 좋은 아이디어 등이 떠오르면 방을 뛰쳐나가 적어놓곤 해서 신혼 초에 아내의 단잠을 깨우기 일쑤였다. 아내의 불평으로 그 이후에는 워싱턴 집의 어느 방에나 달력과 노트, 필기 도구, 시계를 준비해 놓았다. 화장실에까지. 나의 친지들이 우리 집에 놀러왔다가 그것을 보고 좋은 아이디어라며 자신도 집에 돌아가면 그렇게 해 보겠노라고 말하기도 했다.

고한실의 삶

미국에서 배운 것

미국에 머물면서 배운 몇 가지를 소개하고 싶다. 첫째는 나라를 위해 노력한 것을 돌려받을 수 있는 토대였고, 둘째는 사람들의 자립심이었다.

워싱턴에 살 때였다. 잘 아는 지인의 형님이 아들을 데려와 내가 가르치고 있는 대학에 입학할 수 있는지 의논을 했다. 성적이 좋지 않아 학교 입학이 어려울 것 같아 무엇을 잘 하는지 물어봤다. 트럭 운전을 할 수 있다고 했다. 그래서 미국 군대에 들어가 4년만 있으라고 조언했다. 지금 그는 군대에서 4년을 근무하고 나와 우리 대학을 졸업한 후 현재 국무성에서 성실하게 일하고 있다. 군대 갔다 온 것으로 특례 입학이 허용됐으며 국무성까지 들어갈 수 있었던 것이다. 미국은 나라를 위해 일하는 사람을 최대한으로 우대해 준다. 3년 이상 군대에서 복무를 하면 대학 등록금을 전액 지원해 준다. 그뿐 아니라 직장이나 학교에 지원할 경우에도 제일 먼저 특혜를 준다.

또한 영주권 없이 군대 간 친구의 아들인 미스터 박이 4년 만에 미국 시민권을 받아 온 경우도 있었다. 보통 영주권을 받고 5년 후 시민권을 신청하여 합격하면 시민권이 나오는데 군대만의 혜택이라고 볼 수 있다. 여군도 마찬가지다. 물론 요즘은 영주권이 없는 경우 군대에서 거절하는 경우가 있다. 2, 3년 전 아는 치과의사가 영주권 없이 군대에 가려다가 거절당했다. 그래서 다른 주를 알아 봤더니 다행히 받아 주는 주가 있어 무사히 원하던 군대 생활을 할 수 있었다. 나의 경우에도 우연찮게 미국 맥아더 총사령부에서 군인 생활을 시작했지만 그것이 공로가 되어 백악관에도 들어가고 교수도 할 수 있었다.

각 주의 군인 코스트 가드보다 연방 군인이 더 많은 혜택을 누릴 수 있다. 주 군인은 그 주에서만 혜택을 입지만 연방 군인은 어떤 주에서도 장학금이나 취직 등의 경우 특별대우를 받을 수 있다. 미국에서 출세하고 싶으면 군대에 가라는 말이 아직도 옛말은 아닌 듯싶다. 출세를 위해 군대를 이용하는 것은 바람직하지 않지만, 군대 생활이 적성에 맞고 그로 인해 수많은 혜택을 누릴 수 있다면 마다할 것이 무엇이겠는가? 나에게 군대는 일하는 보람을 느끼고 인생의 희로애락을 가르쳐준 훌륭한 직장이었다.

자립심에 대해 배우게 된 계기도 가슴에 남는다. 1961년 샌프란시스코 주립대학 초청으로 법률 강연을 하러 갔다. 그곳 전화국 국장의 비서가 강연이 끝난 강의실로 나를 찾아왔다. 샌프란시스코 주립대학 법학과 교수의 소개로 졸업한 제자였는데 법률문제로 의논을 하고 싶다고 해서 나를 소개시켜준 것이다.

내용인즉, 변심한 애인이 다른 여자와 결혼했는데 골탕 먹일 방법이 없냐는 것이었다. 미국의 가정법 중에서 애정 배반죄라는 것이 있기는 하

고한실의 삶

다. 결혼할 작정으로 만나다 한쪽의 일방적인 통보로 헤어지는 경우가 여기에 해당한다.

이미 결혼한 남자에게 그 죄를 적용할 경우, 새 가정이 깨질 수 있다. 그래서 여비서에게 앞으로 인생을 편안하게 살길 원하는지, 아니면 불안하게 살길 원하는지 물었다. 당연히 편안하게 살길 원한다고 대답했다. 그래서 깨끗이 잊고 새 사람 찾는 것이 가장 현명한 방법이라고 처방을 내려주었다. 다른 사람의 가정을 깨뜨리고 마음 편안한 사람은 없을 것이기 때문이다. 조언이 고마웠는지 식사 대접을 하고 싶다고 한다. 일요일에 초대한 식당에 갔더니 어머니도 대동한 채였다. 그녀의 어머니를 대동하고 나왔다. 그런데 재밌는 일이 벌어졌다. 식사 청구서를 어머니 것 따로, 자기 것과 내 것을 묶어 두 장으로 달라고 부탁한 것이다.

내심 의아했지만 경제 사정이 어려운가보다 정도로 이해했다. 그런데 비서와 이야기를 하던 중 아버지 이야기가 나왔다. 아버지는 오늘 뭐 하시냐 등 가벼운 이야기를 하다 보니 아버지가 자가용 비행기 세스나를 타고 골프를 치러 갔다는 대답이 나왔다. 알고 보니 아버지가 제너럴 전기회사(GE)의 부사장이었다. 미국에서도 손꼽히는 갑부에 속했다.

경제 사정이 아니라면 어찌하여 많지도 않은 식사비에 두 장의 청구서를 끊었는지 묻지 않을 수 없었다. 설명은 간단했다. 자기 월급이 한 달에 세금 떼고 5백 달러를 받는데 그중 1백 달러는 집에 갚아 나간다고 한다. 그 가정에서는 18세 이상부터는 경제적으로 독립하는 것을 원칙으로 세

왔기 때문에, 18세 이후에 집에서 받은 학비는 모두 빌려 쓴 것으로 계산이 된다고 한다. 그러므로 돈을 매달 1백 달러씩 갚아 나가고 있는데 3년 몇 개월이 지나면 그 빚을 다 갚을 터이니 그때는 내게 더 근사한 식당에서 식사를 대접하겠노라고 했다. 부모에게 빚을 갚는 처지에 어머니 식사까지 사줄 처지는 안 되었던 모양이다. 우리 식으로 하면 차라리 어머니가 식사비를 모두 지불할 수 있었을 터인데 그것은 또 아닌 모양이었다. 딸이 신세를 진 사람이니 딸이 식사를 대접하는 것이 옳다는 생각을 가졌던 모양이다. 형식적으로 느껴질 수도 있지만, 세 아들을 둔 아버지로 나는 그날 이후 생각이 많아졌다. 자녀들에게 자립심을 키워주는데 적지 않은 도움이 되었고, 법관으로 모든 일들을 좀 더 신중하게 정직하게 처리하는 마음가짐에 도움이 됐다.

이 외에도 자립심을 가르쳐 준 고마운 사람이 있다. 아치슨이라는 사람이 그 주인공이다. 일 년에 두 차례 맥아더 사령부의 전직 고등검찰관들이 만나는 모임이 있었다. 미국에 온 1968년부터 참석했는데 그 모임에는 하버드나 예일 법대 교수, 대법관 등이 있어 이름을 legal friendship association으로 붙였다. 처음에는 30명 정도 모였는데 모두들 나이가 많은 사람들이라 한두 사람씩 줄어들더니 1985년경 두세 사람만이 남아 모임이 없어졌다. 1946년 고등검찰관을 시작할 당시 그들은 거의 중년이었으니 하나 둘 세상을 떠난 것이다.

고한실의 삶

모임에서는 주제 발표를 했는데 한 번에 두 사람씩 발표, 다음 차례까지는 일 년을 기다려야 했다. 나는 링컨, 케네디에 관한 발표를 해 특별상을 받았다. 우리 멤버 중 한 사람이 미 국무장관을 역임한 아치슨의 친구가 있어 그를 통해 아치슨을 알게 됐다.

1965년경, 아치슨의 집에 저녁 식사 초대를 받아 간 적이 있다. 스테이크와 랍스터로 맛있는 식사를 마치자 자기 그릇을 들고 부엌으로 가더니 바로 설거지를 하는 것이 아닌가? 앞치마까지 두르고 그릇을 닦는 폼이 여간 익숙하지가 않다. 한두 번 해본 솜씨가 아닌 듯했다. 감탄사가 나왔다. 나는 옆에 작대기처럼 서서 멀뚱멀뚱 쳐다보고만 있었다. 그랬더니 '너는 그릇 안 씻냐?'고 묻는다. 일본에서는 남자들이 부엌에 들어가지 않아 부엌이 어떻게 생겼는지 모른다고 대답했다. 그는 그 당시 대기업의 임원으로 있었는데 법적 문제에 대해 내게 물어보곤 했다. 그럴 때면 운전수를 보내 나를 데려 오게 하고 집에서 맛있는 식사를 대접해 주곤 했다. 그런데 식사를 마치고 나면 그렇게 빈번히 손수 설거지를 하는 것이다.

그때부터 나도 내 먹은 그릇은 직접 치우는 습관을 들이기 시작했다. 3살, 5살이던 어린 아들에게도 먹은 것은 제자리에 갖다 놓는 습관을 들이게 했다. 초등학교에 들어갈 무렵부터는 직접 설거지도 하게 했다. 어지른 물건도 직접 치우게 했다. 그 전에도 두 살이 되면 음식을 흘려도 떠먹이지 않고 직접 숟가락질하는 것을 가르쳤다. 아이들이 가엽다며 아내는 도와주려 했다. 그때마다 나는 물었다. "아이들이 잘 되기를 원하오? 불행하기를 원하오?" 아내는 당연히 잘 되기를 바란다고 했고, 나는 그러려면 자립할 수 있게 도와주어야 한다고 대답했다. 어려서부터 습관을 들이는 것이 바람직하다고 생각하기 때문이다.

고한실의 삶

롤렉스시계

권력이나 명예뿐 아니라 물질의 유혹도 심심찮게 찾아오는 손님이었다. 일본 맥아더 사령부(GHQ, General Headquarters) 안에 RNR Division(약자, 휴가국) 국장은 3개월을 채우지 못하고 불명예 퇴직을 하는 자리였다. 밀물처럼 쏟아져 들어오는 뇌물 때문이었다. 내 나이 25세 때쯤인가 보다. 맥아더 장군이 내게 그 일을 겸임해 달라고 부탁했다. 발령을 받고 첫 출근하는 날, 축하한다며 어느 호텔 사장이 케이크 상자를 가져왔다. 직원들과 케이크를 나눠 먹는데, 케이크 밑바닥에 무언가 딱딱한 것이 깔려 있어 살펴보니 MPC(Military Payment certificate, 군표, 점령지에 주둔하는 군대에 필요한 물품을 구입하기 위해 정부나 교전 단체가 임시로 발행하는 긴급 화폐)이었다. 케이크 먹던 것을 모두 중단시켰다.

호텔 사장을 불러 법대로 할 것인지 사과하고 시말서를 쓸 것인지 물었더니 머리를 조아리며 시말서를 쓰겠다고 대답했다. 그래서 다시는 그런 일을 하지 않겠다는 사과와 시말서를 쓰게 하고 돌려 보냈다.

유럽에 근무하는 군인들은 일년에 두 차례 일주일씩 정기 휴가를 나간다. 그러면 군인들은 그동안 모아놓은 돈을 갖고 근처 호텔 등에 가서 쓰고 돌아온다. 그럴 경우 호텔을 유엔 휴가국에서 지정해 준다. 휴가 시 위생 검사 진단서가 있는 여자와 지내지 않을 경우에는 처벌을 받게 된다. 그리하여 동경의 유명 호텔에서는 서로 자기 호텔에 군인을 보내 달라고 휴가국으로 뇌물을 가져오는 것이었다. 유엔 휴가국은 뇌물의 온상지였다.

그곳에서 일하는 3년 동안 갖고 오는 뇌물마다 다 돌려보내는데도 지치지도 않고 다시 또 뇌물이 들어오곤 했다. 마치 나를 시험한다는 생각이 들 정도였다. 그중에는 다이아몬드 반지나 롤렉스시계, 고급 드레스 등 고가의 물건도 상당수 포함돼 있었다. 그렇게 비싼 물건을 가져오면 나는 그런 것 쓸 처지가 아니다. '뇌물 가져오면 오히려 손해다.'며 엄포를 놓아도 소용없었다. 청렴하다는 말 대신 무정한 사람이란 말을 들을 때가 더 많았다. 하지만 나는 아무리 호사스런 물건을 봐도 탐심이 생기질 않았는데 양심에 가책되는 일은 하지 않는 것이 좋았다.

그러던 중 나도 어쩔 수 없이 롤렉스시계를 손에 넣은 적이 있다. 동경 삼신무역 주식회사의 법률고문을 하다가(1957~1964) 1964년쯤 일을 그만두게 됐다. 그러자 사장 이하 전 직원 일동 이름으로 롤렉스시계를 선물했다. 금장에 날짜가 나오는 꽤 고가의 시계였다. 일을 그만 둘 때 정표로 주는 것이니 분명 뇌물은 아닌 것이다. 아무리 거절해도 막무가내라 어쩔 수 없이 받아 잠시 차고 다녔다. 하지만 주변에 그런 것을 차고 다니는 사람이 없어 창피하기만 했다.

1971년 워싱턴 DC에서 대학교수를 하며 1972년 백악관에서 일을 시작하기 직전이다. 롤렉스시계를 차고 다니면 동료 교수들이 나를 사치스럽거나 뇌물 받은 사람으로 여겨 정직하게 보지 않을 것 같다는 생각이

들었다. 집에 두자니 무용지물이고 자식에게 주고 싶지도 않았다. 자녀에게 주는 거나 내가 가진 것이나 마찬가지이다. 과분한 물건을 가지게 되면 오히려 물건에 대한 탐심만 생겨 해가 되기 때문이다.

　백악관에 정식으로 들어가서 일을 시작하기 전, 백악관 운전수가 나를 데리러 와서 몇 차례 그가 운전하는 차를 탄 적이 있다. 오며 가며 대화를 나눠 보니 경제 형편이 썩 좋아 보이지 않았다. 백악관 직원도 아닌 나를 몇 번씩이나 데리러 오는 것이 미안하기도 하던 차에 골칫덩어리 롤렉스시계를 하루 빨리 처분해야겠다는 마음이 들었다. 운전수에게 내가 쓰지 않는 롤렉스시계를 주고 싶은데 갖겠느냐고 물었더니 처음에는 잘못 알아듣는 눈치다. 다시 설명을 하니 원더풀을 외치며 미친 듯 좋아한다. 그래서 얼른 시계를 줘버렸다. 2~3일 후에 그 운전수를 또 만났다. 나를 다시 데리러 온 것이다. 나에게 다시 묻는다. 그 시계를 정말 자기에게 준 것이냐고? 나의 대답은 나에게 더 이상 그런 얘기 말아라 였다. 이 사람아, 나는 얼마나 마음이 후련한지 모른다. 이 말은 속으로만 했다. 🟢

Part 6. 미국 백악관 시절

어딘가에 요구되는 긴요한 사람이 된다
는 것은 시간과 공간을 쉽게 넘나들 수
있는 사람이 된다는 것을 알게 되었다.
그때 내 나이는 42세였다.

백악관에서

백악관에서

백악관 입성과 워터게이트 사건

일본에서 사회범죄학을 연구하고 있을 무렵 닉슨이 부통령으로 있으면서 일본에 왔을 때 '미국에서 좀 더 연구해 보는 게 어떤가?'라고 제의했다. 사회범죄학을 연구하는 학자가 상당히 적었기 때문에 미국 대학에서 사회범죄학을 연구해줬으면 좋겠다는 닉슨의 제의로 미국 대학에서 사회범죄학을 연구하던 1968년 11월 6일, 닉슨이 미국 제37대 대통령에 당선되었다. 즉시 당선 축하 전문을 보냈다. 얼마 후 답신이 왔는데 백악관으로 와서 직접 만나자는 내용이었다. 만나고 나서 필요한 대화를 나누자는 의미 있고 중요하게 생각되는 뜻이 내포된 짧은 감사의 대통령 취임식 초청장이었다.

닉슨 대통령은 나를 보더니 반갑게 12년 전처럼 평소 잘 아는 사람처럼 대하면서 활짝 웃었다. 악수하며 내미는 손도 다정해서 친구 손을 잡는 것처럼 굴었다.

고한실의 삶

"백악관에 와서 나를 위해 일을 해 줄 수 있나?"

물론 나는 '좋다.'고 말하면서 '영광'이라고 대답했다. 그 이후로 닉슨 대통령과의 인연이 곧바로 미국 대통령 법률고문과 법률자문위원으로 이어져 오래토록 7명의 대통령을 거치며 역임하는 계기가 되었다.

맥아더 장군이 요청했을 때도 나의 필요보다는 그들의 필요에 의해 발탁되었던 것처

백악관 출입증

럼 그리고 모든 사건 처리를 하는 과정도 요구하는 상대방의 필요에 의해 일을 하게 되었고, 그러다가 결국 미국 대통령이 필요로 하는 인물로 발탁되어 백악관에 있는 워싱턴에서 살게 된 것이다.

어딘가에 요구되는 긴요한 사람이 된다는 것은 시간과 공간을 쉽게 넘나들 수 있는 사람이 된다는 것을 알게 되었다. 그때 내 나이는 42세였다.

그리고 1969년 1월 20일, 대통령 취임식장에서 만난 닉슨 대통령은 내게 다시 3일 후에 백악관에서 만나자고 했다.

약속한 날 백악관에서 만난 닉슨 대통령은 내게 미국 헌법에 관한 연구를 부탁했다. 외국인으로서 미국 헌법을 연구한 사람이 없으니 미국 헌법을 연구해 보면 어떻겠냐는 것이었다. 대통령은 필요한 후원을 해 줄 터이니 미국 국회의사당에 가서 법률 제정 과정을 직접 지켜보면 도움이 되지 않겠느냐고 말했다. 또한 대통령은 연구를 하더라도 소속이 없으면 개인 연구가 될 테니 백악관 소속으로 하면 어떻겠느냐고 제의했다.

그렇게 해서 나는 백악관 소속으로 그로부터 3년간 미국 헌법을 성실하게 연구, 1972년 5월 '미국 법률은 어떻게 만들어지는가?'라는 논문과 함께 책을 출간하게 됐다. 책의 서문은 닉슨 대통령이 직접 써주셨다. 미국 국회도서관에는 총 8권의 나의 논문이 있는데 그중 5권이 책으로 만들어졌다. 헌법 책도 논문이 책으로 만들어진 것이다.

책이 출간된 후 닉슨 대통령은 내게 그의 법률자문위원(Special legal adviser)직을 맡겼다. 어찌 보면 미국에 더 좋은 미국 헌법 책이 있지만 나에게 법률 책을 쓰게 한 것은 대통령이 나에게 일을 맡기기 전 하나의 시험 관문이었는지 모르겠다. 책이 완성되자, 닉슨 대통령은 나를 바로 그의 법률자문위원으로 임용했기 때문이다.

매번 헌법에 맞는지 아닌지 등의 정책 법률에 답변하는 것이 나의 주요 일과였다. 그리고 나는 닉슨 대통령의 특별 배려로 국회도서관을 드나들며 국회의사당에서 상·하원 의원들과 자유로운 대화를 나누며 살아있는 미국의 법을 연구할 수 있었다. 국회도서관은 주차가 힘들어 주차장

고한실의 삶

까지 지정해 주는 등 대통령은 논문을 쓰는 데 전념할 수 있도록 세심한 배려를 아끼지 않았다. 나는 3년간 미국 헌법을 연구하며 상·하원 의원과 대화를 나누는 방법 외에 미국은 어떻게 조직되고 운영되는가에 관한 미국 전반에 대해 이해를 하게 됐고 또한 역대 미국의 대통령들은 얼마나 법을 잘 지켰는지를 법률학자의 시각에서 관찰해 볼 수 있었다. 행정학자나 경제학자는 그들 각각의 시각에서 대통령을 관찰한 것이다. 이 일은 3년 후 내게 〈미국 대통령의 생애〉라는 또 다른 책을 출간하는 계기가 됐다.

1969년 그 당시 사우스이스턴 대학 법대에 빈자리가 없었는데 대학 총장 특별 보좌관으로 1969년 임명되었고 1970년 1월부터 법대 교수가 됐다. 거주지도 워싱턴 근교의 버지니아로 이사하게 됐다. 그때부터 현재까지 워싱턴 지역에서 살고 있다.

나는 1972년 그의 법률자문위원으로 위촉되며 37년간의 백악관 생활을 시작하게 됐다. 하지만 그로부터 몇 년 후 우리는 백악관에서 워터게이트 사건이라는 골치 아픈 복병을 만나게 된다.

워터게이트 사건은 1972년 6월, 공화당 정책 위원 중의 한 사람이 민주당 선거운동 지휘본부가 있었던 워싱턴 DC의 워터게이트 호텔에 도청장치를 하면서 국내외적으로 크나큰 파장을 일으켰던 사건이다. 이 일에 대한 대통령의 질문에 나는 닉슨 대통령에게 직접 책임을 지셔야 한다고 솔직하게 말했다. 헌법의 대통령 권한에 관한 규칙에 보면 국정에 대해서 대외적으로 일어난 일에 대해서는 대통령이 책임을 진다고 명시돼 있기 때문이다. 워터게이트 사건은 민주당에서 일어난 일이므로 대외적인 사건이 되는 것이다. 헌법상 대통령이 책임을 져야 하는 사건이었다.

물론 그렇게 이야기해야 하는 나의 입장이 송구스럽기는 했지만 대통령이 솔선해서 법을 준수하는 모범을 보여 주어야 한다고 생각했다. 닉슨은 1974년 8월 9일 사임했다.

그 즈음 같은 대학의 법대 교수인 브라운 박사가 닉슨 대통령의 탄핵 건에 관해 대화를 나누던 중 닉슨은 탄핵을 당할 것이라고 자신 있게 예견을 했다. 하지만 나는 닉슨이 탄핵을 당하지 않을 것이라고 맞섰다. 모시고 있던 대통령이 탄핵이라는 불명예 퇴진은 하지 않도록 막아야 하는 것이 아니겠는가? 하지만 그도 물러설 기세가 아니었다. 그렇게 한참 동안 옥신각신 하다가 마침내는 내기를 하자기에 그러자고 했다. 각각 천 달러를 걸기로 하고 수표를 적어 법대 대학원장인 자스카리안 박사에게 맡겼다. 하지만 대통령은 예상대로 미 하원 사법위원회에서 탄핵안이 가결된 후 상원에 상정된 상태에서 국회에 사표를 제출했다. 사표가 제출된 상태에서는 대통령이 공석이므로 탄핵 심판 대상이 되지 않았다. 다음 날 학교에서 만난 브라운 박사는 '축하합니다.'며 내기에 졌음을 인정했다. 백악관에서 처음 모신 대통령, 일본에서부터 나를 신임하고 책을 쓰게 했으며 백악관에서 많은 것을 보고 들으며 배우게 해준 대통령을 임기 끝까지 보좌하지 못해 나의 부덕을 절감했지만 닉슨 대통령과는 그

고한실의 삶

의 대통령직 퇴임 후에도 그의 뉴욕 변호사 사무실에서 만나는 등 친분 관계를 유지해 나갔다.

워터게이트 사건은 닉슨 대통령에게 상처를 안겨주었지만 탄핵을 면한 것은 불행 중 다행이었다. 사표는 그가 사건의 책임을 지고 스스로 물러나는 것을 의미하지만 탄핵은 쫓겨나는 것이다. 사표를 낼 경우 다음 대통령 선거에 다시 출마할 수 있지만 탄핵을 받은 대통령은 대통령 선거에 다시 나올 수 없을 정도로 큰 차이가 있다. 선거권과 피선거권이 모두 없어지는 것이다. 경제적으로도 대단한 손실인데 대통령 연금이나 펜션을 받지 못하게 된다. 연금이나 펜션 외에도 전직 대통령에게는 연봉이 지급된다. 현직 대통령 연봉인 40만 달러의 30퍼센트인 12만 달러 정도이다. 하지만 탄핵을 받으면 이 모든 것이 없어지고 소셜 시큐리티만 받게 되니 명예뿐 아니라 노후의 안정적인 생활을 위해서도 탄핵은 가급적 피해야만 할 악재인 것이다.

그뿐인가, 대통령 임기가 끝난 다음에도 전직 대통령에게는 개인 운전수와 비서, 경호관 등이, 부인에게도 비서 등이 제공된다. 하지만 실상은 전직 대통령 중에 경호관을 거절하는 대통령이 많다. 일거수일투족이 백악관에 보고되기 때문이다.

역대 미국의 대통령 중에서 탄핵의 위험에 처했던 대통령이 두 사람더 있었는데 한 사람은 링컨 대통령이 암살된 후 제17대 대통령에 취임한 앤드류 존슨, 또 한 사람은 제42대 빌 클린턴 대통령이다. 앤드류 존슨의 경우 한 표차로 이겨, 겨우 탄핵을 면했다. 말이 한 표 차이이지, 그것은 대단한 모험이었다. 무능했다는 뜻이다. 그는 미국의 역대 대통령 중 가장 인기 없는 대통령에 꼽힌다.

　무거운 이야기를 했으니 워터게이트 후의 웃지 못할 해프닝 하나를 소개한다. 워싱턴 DC 죠지 타운 유니버시티 근처 매사추세츠 애비뉴 선상에 유명한 중국 식당이 있다. 1972년 그곳에서 존 미셜 법무(John Mitchell)장관과 그의 부인과 함께 저녁 식사를 했다. 그런데 두 사람의 분위기가 예사롭지 않았다. 부부싸움을 한 모양이었다. 사연을 들어보니 워터게이트 사건이 터져 온 세상이 시끄러운데 닉슨을 보필하고 있는 미셜 장관이 부인에게 그 사건에 대해 한 마디 언급도 하지 않았다는 것이다. 부인은 그처럼 중요한 일을 어떻게 신문을 보고 알게 했냐며 잔뜩 화가 나 있었다. 하는 수 없이 내가 중재에 나서야만 했는데, 그 자리에 나 말고는 그들을 화해시킬 사람이 아무도 없었기 때문이었다.

　"부인, 백악관에서 일어나는 중대사는 아무에게도 말해서는 안 되지요. 저도 아내에게 말을 하지 않았어요. 부인을 못 믿어서가 아니라 그러면 백악관 일을 제대로 수행할 수 없게 돼서 그렇지요." 그것은 사실이었고 그렇게 해서 부인의 화는 가라앉았다.

　존 미셜 법무장관은 얼마 후 워터게이트 사건의 책임을 지고 사직을 했는데, 그가 그 사건과 관련하여 제일 먼저 옷을 벗은 사람이었다.

고한실의 삶

법학자, 교수, 저술가로서의 삶

나는 미국 대통령 법률자문위원과 법조계와 교육계에서 나름대로 열심히 노력하며 보냈다. 그렇게 미국의 일상사와 정치계를 법학자로서 살펴보면서 '이런 내용을 책으로 쓰면 어떨까?' 하는 아이디어가 자주 떠올랐다. 이 다섯 권의 책은 그런 관심에서 출발한 책들이다. 그 결과 미국 교육계에서 1970년대 초부터 5년 동안 대학교수들이 집필한 모든 저서와 역량을 검토, 미국 대학교수협의회가 선정하는 과정에서 뜻밖에 좋은 평가를 받았는데, 저술한 책 다섯 권이 모두 미 국회도서관 우량 도서, 미국회법사위원장 추천 도서로 선정되기까지 했다. 그 덕에 이후 런던의 DIB(Dictionary of International Biography) 세계 저명 인명록에 1972년부터 내 이름이 등재돼 자서전을 쓰게 되었다. 1975년 미국 최우수 교수로 선정되는 영광을 얻었고 미 국회 법사위원회에서는 절대 필요한 책으로 선정되는 영광을 얻었다. 책 목록은 다음과 같다.

1. 1972년 〈미국 법률은 어떻게 만들어지는가?〉 (How American Laws are made) —12개국 언어로 번역 (미국 입법 과정)
2. 1973년 〈미국 헌법 해설〉 (American constitution)
3. 1974년 〈미국 대통령의 생애〉 (U.S. President)

4. 1975년 〈미국 정부의 기구〉 (U.S. Government)

5. 〈알아 두어야 할 미국 법률 상식〉

　다른 책은 주석이나 설명이 많아 좀 복잡하지만 내 책은 간단 명료한 것이 특징이어서 미국 학생들이 내 책을 좋아하는 편이었다.

　나는 미국 법의 탄생과 성숙을 '3무 시대'로 설명하곤 했다. The articles of confederation, continental, congress(대륙법)은 첫째, 무법 시대, 둘째, 무권 시대, 셋째, 무주 시대가 그것이다. 미국 법역사에 관심이 있는 분들은 가볍게 읽어 보면 좋겠다.

1. 무법 시대 – 1776. 7. 4~1777. 11. 17.

　16개월간 완전 무법 시대. 그 이후 1789년 9월 25일 헌법 공포까지 대륙법이라는 임시법이 있어 보호를 했으나 유명무실했다. 무질서한 점이 많았다. 완전 무법 시대에는 마음에 안 드는 사람은 인민재판이라는 명목으로 그냥 죽여도 처벌 할 수 없었다. 미국 헌법에 누구를 막론하고 재판 받을 권리가 있다. 수정헌법 제6조.

2. 무권 시대 (여성 참정권) 1789. 9. 25.~1920. 8. 20.

　제28대 윌슨 대통령까지 수정 헌법 제19조가 채택됨으로 비로소 여성 참정권이 인정됐다. 무려 131년 동안이나 여성들은 참정권을 행사할 수

고한실의 삶

없었던 것이다. 남성과 동등한 지위를 확보하기 위한 여성들의 노력은 지난하고 힘겨웠다. 양성 평등의 첫 걸음이라 할 수 있는 참정권조차 1920년에 와서야 주어지기 시작했다. 스위스 같은 선진국도 1971년에 여성에게 투표권을 인정했다. 1870년 흑인 노예들에게 참정권을 줬던 미국은 여성들의 백악관 앞 쇠사슬 시위와 40만 명이 넘는 서명 운동 끝에 1920년 참정권을 인정했다. 여성에 대한 뿌리 깊은 사회적 편견과 경제적 배경이 작용했다고 볼 수 있다. 참정권 인정 이후 여성들의 정치 참여의 길이 활짝 열렸는데 그 당시 낸시 펠로시 하원의장과 힐러리 클린턴 국무장관이 그 주인공들이다. 현재 대법관 9명 중 3명이 여성이다. 1960년 이후 대통령 선거에서 여성 유권자들의 투표율은 60퍼센트를 모두 넘은 반면, 남성 유권자들은 단 한 번만 60퍼센트를 넘었다. 2010년에는 미국 여성 참정권 90주년을 맞았다.

3. 무주 시대 - 미국의 금주법 - 1919. 1. 16.

미국 의회에서 헌법 제18차 수정안을 비준하여 제정한 법이다. 주류의 양조. 판매. 운반. 수출입을 하지 못하게 하는 것이 주요 내용이었다. 알코올 중독이나 범죄를 줄이기 위한다는 것이 법의 제정 명분 및 목적이었으나 실제로는 양조업에 종사하는 독일 이민에 대한 견제를 위한 것이었다. 이는 독일 잠수함의 미국 여객선 격침 사건인 루시타니아 호 사건과 제1차 대전 참전으로 미국의 독일에 대한 감정이 좋지 않았기 때문에 금주법을 통해 독일 이민이 양조업을 함으로써 부를 쌓는 일을 견제했다. 금주법은 밤의 대통령이라 불리던 알카포네가 대표적인 조직 폭력배의 주류 밀거래, 무허가 술집 개업, 주류 사업 이익을 노린 폭력 조직 간의 살인 사건 등의 부작용을 낳았다. 결국 1933년 미국 시민의 환영 속에 금주법은 수정헌법 21조로 폐지됐다. 금주령은 효과를 거두지 못했는데 관리와 치안당국의 부패가 오히려 밀주와 암거래를 묵인했기 때문이다. 제28대 윌슨 대통령 때부터 1933년 2월 5일 제32대 프랭클린 루스벨트 대통령까지 14년 11개월 동안 금주법이 시행됐다가 21조 법안에 의해 금주법이 폐지됐다,

사실 3무시대는 다른 말로 바꾸면 '평등을 위한 움직임'으로 설명할 수 있다. 한국인이나 미국 사람이나 한 나라의 국민으로 우리는 권리와 의무를 동시에 가진다. 하지만 미국 사람이면서 권리인 선거권과 피선거권이 없고, 의무인 납세의 의무도 없는 사람들이 있다. 아메리칸 인디언이다. 이들은 선거권과 피선거권이 없는 것은 물론이고 취직을 해도 세금 보고를 하지 않는다. 대신 정부에서 보조금을 지급한다. 책임과 의무를 다하겠다는 서약서에 사인을 하고 법무장관의 허락을 받으면 회복이 되기도 한다. 하지만 그런 인디언들은 극소수에 불과하다. 미국 헌법 1조 1항에 모든 국민은 평등하다고 기록돼 있는데 인디언들에게는 평등하지 않다고 볼 수 있다. 인디언들도 엄연한 미국 시민인데 말이다.

또한 모든 국민이 평등하다는 법에 위배되는 것으로 지난 131년 동안

고한실의 삶

참정권이 없었던 미국의 여성들이 있다. 미국 헌법이 제정된 것이 1789년 9월 25일이고 여성들에게 참정권이 허락된 것이 1920년 8월 20일 미 수정헌법 제19조이니 참으로 오랜 세월 미국 여성들은 억울한 대접을 받아 왔다. 그래서 어느 날 우리 대학 여자 교수들한테 내가 여자라면 정부를 상대로 보상 신청을 하겠다. 131년 동안 참정권을 인정하지 않은 사실을 어떻게 보상받을 수 있을까? 물어 보았다. 나라면 앞으로 131년 동안 세금을 받지 말아 달라고 하겠다고 말해 여성들로부터 열렬한 박수갈채와 환호를 받았다.

그런가 하면 1970년 3월 17일 자 〈워싱턴 포스트〉지 가정란에 아내는 남편에게 보상금을 받아야 한다는 기사가 실린 적이 있다. 육아와 음식 만들기, 쇼핑, 청소, 빨래 등 1주일에 715달러를 남편들은 아내에게 지불해야 한다고 미 전국 주부 모임에서 결정. 통보한 것이다. 가정에서의 여성의 노동력에 정당한 가치를 매겨주는 흥미 있는 기사였지만 이렇게 되면 또 다른 문제가 생길 수 있지 않을까 하는 생각이 들었다. 남편과 아내의 관계가 고용과 피고용의 관계로 전락할 수 있기 때문이다. 부부는 기쁠 때나 슬플 때나 평생 동고동락하는 사이인데 고용 관계는 마음에 들지 않으면 언제든지 그만두거나 바꿀 수 있는 것이기 때문이다.

평등치 않은 것으로 치면 미국의 흑인들을 빼놓을 수 없다. 그들에게는 1870년 수정 헌법 제15조에 의해 선거권을 부여했지만 법과 현실의 거리는 멀고도 험했다. 투표 의지를 보이는 흑인에 대한 무차별 폭력과 위협이 계속됐다. 1965년 8월 6일 린든 존슨 대통령이 미국 역사상 가장 중요한 민권법 가운데 하나로 여겨지는 흑인 투표권법에 서명함으로써 참정권이 주어졌다. 공공장소에서 흑인과 백인의 분리와 차별을 규정한 짐 크로버법이 1876년부터 1965년까지 존재하여 공립학교, 공공장소, 대중교통, 화장실과 식당에서까지 흑인과 백인의 자리는 명확히 법으로 정해져 있었다. 헌법 1조 1항에 모든 국민은 평등하다고 명시되어 있는 미국법에도 평등과 공정에 어긋나는 실례들이 없지 않은 것이었다.

일본에서 미국으로 거주지를 옮긴 지 얼마 지나지 않아 미주리 대학에서 법대 학생들을 가르칠 때다. 1988년경이다. 40여 명의 학생 중에, 나보다 덩치가 두 배는 됨직한 흑인 학생 7~8명이 첫 강의 시간에 자신들은 아메리칸이라며 노골적으로 우월감을 표시하며 우루루 모여 떠들어 강의시간 30여 분을 그렇게 소비했다. 자그마한 체구의 노란 동양인 교수를 얕본 것이다. 하지만 다음 시간부터는 언제 그랬냐는 듯 조용해졌다. '진짜 아메리칸은 아메리칸 인디언이다. 그렇다면 너희들이 인디언이냐'고 물었다. 그랬더니 아니란다. 그러면 '아프리카에서 노예로 온 조상이 너희들의 조상이냐?' 물었더니 대답이 없었다. '공부할 때는 민족성을 따지기 보다는 열심히 공부하는 것이 좋다. 재미있게 열중하면 공부가 좋아지고 실력이 더 붙는다. 지금은 내가 영주권이 없지만 영주권과, 시민권을 받으면 너희들과 내가 똑같아진다. 법적으로 선거권 피선거권을 가지면 우리는 무슨 일이든 공평하게 다 할 수 있는 똑같은 사람이 되는 것

고한실의 삶

이다.' 나는 법률학자라 법으로 정당하게 반박할 수 있었다. 그렇게 해서 두 번째 강의 시간부터는 말썽꾸러기들을 잠잠하게 만든 후 신명나게 강의할 수 있었다.

그런가 하면 미주리 대학에서 강의를 하는 동안 미주리 센추럴 메소디스트 칼리지 신학대학 총장의 부탁으로 그 학교 박사 과정에서 국제법을 가르치기도 했다. 일주일에 한 번 나가서 강의했는데 다행히 그 학교는 첫 강의 시간부터 아무 문제없이 순조로웠다.

지금도 여전히 가깝게 지내고 있는 아들 부시나 나의 집에 신문을 배달해 주는 청년이나 청소부나 나는 누구나 똑같은 마음으로 만난다. 우리는 모두 똑같은 자격과 가치를 가진 사람들이기 때문이다.

이 외에 〈미국 대통령의 생애〉는 대통령에 관한 책만 15종류 정도 읽으면서 쓴 책이다. 대통령은 얼마나 법률을 잘 지켰나 조사하다 보니 미국 대통령에 관한 책을 쓰게 됐다. 1976년 당시 런던의 DIB와 1백만 달러에 계약했다.

이렇다 보니 내 이름이 미국과 일본은 물론 국제사회에도 많이 알려지게 되었다. 책들이 12개 언어로 번역됐고, 지금도 많은 법학도들이 내 저서로 공부하는 것으로 안다. 특히 〈미국 대통령들의 생애〉는 닉슨, 포드 전 대통령들이 서문을 써 주었다. 이 모든 책들은 사우스이스턴 대학 재직 당시 1972년에서 1975년까지 4년 동안에 저술한 것이다. 직접 경험한 이야기들을 저술하다 보니, 출판관계자들이나 언론인들에게도 내 이름이 알려져, 인명록에 속속들이 내 이름이 들어갔다. 가장 먼저 인명록에 내 이름이 등재된 것은 1960년경 '일본 인사 흥신록'이고 그 후에 제주도 한라일보 '제주 인명록'에 등재되었다. 대영제국 런던에서 발행하는 세계적 권위의 국제 인명사전인 DIB(Dictionary of International Biography)에는 1972년도에 한국인 최초로 내 이름이 등재 되었다(두 번째 한국인으로서 1975년도에 등재된 사람은 고 박정희 대통령이다). 지금은 내가 미국 시민권자로서 미국인이 되었지만 미국의 인명사전에는 내 이름이 네 종류의 인명사전에 등재되어 있다.

학생들을 가르치며 교수직을 하고 있을 때의 재미있는 에피소드가 많이 있다. 여러 나라에서 온 학생들이 다국적 클래스를 이루어 공부에 여념이 없을 때 전액 국비 장학생으로 온 학생들은 가족이 함께 올 수 있

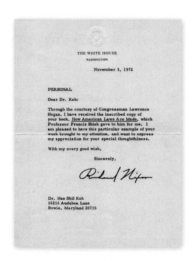

닉스 대통령 추천서

포드 대통령 추천서

고한실의 삶

다. 토플 성적이 아주 우수한 학생들이었다. 그런데도 의외로 제때에 숙제들을 기간 안에 완료하여 제출하지 못하고 성적도 나빠 결국 F학점을 받고 재이수를 하게 되는 경우가 있는 반면, 보통으로 생각한 학생들이 성적과 수업 모든 면에 뛰어난 학생들도 있었다. 참으로 신기한 일이다. 입학 시험에서 두각을 나타내던 학생들이 수업 과정에서는 뒤떨어지는 모습을 보면서 한국에서의 교육현장과 비슷한 상황이 아닌가 하는 생각이 들었다. 이상하리만치 한국 학생들의 모습은 다 그런 것은 아니지만 서로 연합하지 않고 말을 잘 듣지 않는 모습으로 비쳐지고 있으니 서글픈 노릇이다. 그들 중에 뚜렷하고 월등하게 다른 학생들보다 뛰어난 학생도 더러는 있다.

1974년경부터 워싱턴 라디오 코리아에서 '알아두어야 할 미국 법률 상식'을 매주 방송했다. 어느 날 오전 대학으로 전화가 걸려 왔다. '미국에 이런 법이 있습니까?' 한국인 페인터가 어느 미국 사람 집에 페인트를 하러 갔다가 마당에 7살 난 딸 머리를 쓰다듬어 주는데 엄마가 보고 곧바로 신고, 경찰이 와서 체포했다는 것이다. 지금 경찰서에 잡혀있다며 내게 전화가 걸려온 것이다. 조사하는 경찰을 바꿔 달라고 해서 생활풍습의 차이이니 범죄가 아니다. 책임자를 다시 바꿔달라고 해서 문제를 해결해 주었다. 미국에서 여자의 경우는 나이에 관계없이 본인 허가 없이 신체 어디에나 손을 대면 위법이다. 악수는 괜찮지만 그것도 여성이 먼저 손을 내밀지 않으면 안 해야 한다. 페인터는 초범이라 돌려보냈으니 다행이었던 셈이다. 페인트를 하다가 돈도 못 받고 체포돼 큰 곤경에 처할 뻔했다.

라디오 방송을 듣고 만나고 싶다는 사람들에게 '일요일 오전 9시 어느 교회로 오십시오. 그러면 저를 만나실 수 있습니다.'라고 하면 많은 한인들이 교회에 찾아왔다. 친교 시간에 만나 이야기하다 방송 3~4년 동안 1년 동안 60여 명 정도의 교포를 전도했다. 역시 출간된 〈미국 정부는 어떻게 구성되어 있나?〉, 〈미국 대통령의 생애〉 등도 방송했다. 워싱턴 라디오 코리아는 그 당시 미국 방송을 빌려 쓰고 있는데 여간 잔소리가 많은 것이 아니었다. 한국 사람이 채널을 빌려 방송하면 영어로 번역해서 올리라고 명령이 떨어졌다. 그런데 9시 뉴스를 하는데 1시간 전에 번역을 해서 올리라는 억지를 부렸다. 9시에 나갈 뉴스를 어떻게 1시간 전에 번역한단 말인가, 드라마도 아니고 그래서 내가 그것은 엄연히 위법이라고 설명을 해 주었다. 변호사가 위법이라고 하니 할 말이 없는지 그 다음부터 조용해졌다. 라디오 방송은 방송 팀이 나의 대학 교수실로 찾아와 녹음을 해 가는 바람에 시간을 절약할 수 있었다.

대통령, 대통령들

닉슨: 1972~1974, 포드: 1974~1977, 카터: 1977~1981,
레이건: 1981~1989, 아버지 조지 H W 부시: 1989~1993,
클린턴: 1993~2001, 아들 조지 W 부시: 2001~2009

1976년 7월 4일 미국 독립 200주년을 맞아 워싱턴에서 미국 법대 종신
교수 모임이 개최됐다. 미국 법대 종신교수 모임은 일 년에 두 번씩 장소
는 돌아가면서 개최되는데 독립 200주년을 맞아 워싱턴에서 개최된 것
이다. 한 대학에서 두세 명 정도 법대 종신교수들이 참석하는데 은퇴 후
에는 지원해서 참석하고 있다.

주제는 세계정세나 그동안 발표되지 않은 진기한 이야기 등인데 나는
링컨과 케네디 대통령을 비교해 특상을 받았다.

대통령으로부터 온 편지와 연하장들

링컨은 1860년에 미국 제 16대 대통령으로 당선됐다.

케네디는 1960년에 미국 제 35대 대통령으로 당선됐다.

그들의 성은 각각 7개의 철자로 이루어졌다(Lincoln, Kennedy).

그들은 모두 금요일에 암살됐다.

두 사람 모두 아내가 곁에 있을 때 암살됐다.

그들은 모두 시민의 권리에 대한 관심이 높았다.

두 대통령은 모두 공정한 선거를 통해 선출됐다.

링컨의 경호 비서관 케네디는 링컨 대통령에게 극장으로 가지 말라고 충고했고 케네디 경호 비서관 링컨은 케네디 대통령에게 달라스로 가지 말라고 충고했다.

링컨 대통령과 케네디 대통령은 둘 다 같은 종류의 관으로 운반됐다.

링컨 대통령의 부통령은 앤드류 존슨이고 케네디 대통령의 부통령은 린든 존슨이다.

두 부통령의 성과 이름은 13개의 철자로 이루어졌다(Andrew Johnson, Lyndon Johnson).

앤드류 존슨은 1808년 태생이며 린든 존슨은 1908년 태생이다.

두 부통령 모두 남부 민주당 출신이며 연방 상원의원을 지냈다.

링컨과 케네디의 저격범인 부스와 오스왈드는 모두 남부 출신으로 빈민굴에서 자랐다. John Wilkes Booth와 Lee Harvey oswald의 이름은 알파벳 15개 철자로 이루어졌다.

부스와 오스왈드는 100년 된 아파트에서 살았다. 부스는 링컨 대통령을 극장 안에서 저격 한 후 창고에 숨었고, 오스왈드는 케네디 대통령을 창고에서 저격한 후 극장에 숨었다. 부스와 오스왈드는 모두 재판이 있기 전에 사형됐다.

고한실의 삶

이외에도 그곳에서 흥미 있는 발표를 한 적이 있다. 세계 지도자들에 대한 평가를 한 것이다. 거기에는 우리나라 역대 대통령에 대한 평가도 포함돼 있었다.

기준은 국가와 민족의 발전을 위해 얼마나 공헌했으며 어떤 영향력을 끼쳤나에 중점을 두었다. 한국의 역대 대통령 중 가장 위대한 대통령으로는 만장일치로 박정희 대통령이 뽑혔다. 새마을운동 등으로 경제적인 발전을 가져온 것에 큰 점수가 주어진 것이다. 낮은 평가의 대통령으로는 김영삼, 김대중, 노무현 대통령의 이름이 올랐다. 노태우 대통령은 88올림픽을 성공적으로 치러 나라의 발전에 기여한 공로를 인정받았다. 세계적으로 가장 위대한 대통령으로는 미국의 에이브라함 링컨 대통령이 뽑혔다.

한편 백악관과 청와대 사이의 1급 비밀이 단 몇 분 만에 북한으로 전해져 백악관을 당황하게 만들었다는 이야기가 있다. 김영삼 대통령 때는 12시간 후, 김대중 대통령 때는 1시간 후, 노무현 대통령 때는 3분 후. 백악관과 청와대 사이의 1급 비밀까지 북한으로 고스란히 보고되는 실정이다 보니 그 이후부터는 백악관에서 청와대로 중요 사안을 전달하지 못하게 됐다.

포드 대통령 : 닉슨 대통령이 물러나며 나 역시 백악관에서 짐을 챙기려 했다. 백악관을 떠나기 위해서였다. 한데 닉슨 대통령 당시 부통령이

었던 포드가 대통령으로 취임하며 나를 다시 그 자리에 머물게 했다. 우리는 그의 부통령 시절 백악관 귀빈 식당에서 매주 함께 식사를 하며 많은 이야기들을 나누었다.

포드는 부통령에서 선거를 통하지 않고 대통령직을 승계했다. 법적으로는 상원의장이 승계하는데 부통령이 상원의장을 겸임함으로 실제로는 부통령이 승계를 하게 되는 것이다. 상원의장이 부통령보다 위치가 약간 높은데 대통령, 상원의장, 대법원장은 행정부와 입법부, 사법부의 장으로 삼권분립에서 법적으로 모두 동격이기 때문이다.

To Han Shil Koh
With best wishes,

Gerald R. Ford

포드는 대통령뿐 아니라 부통령직도 선거를 통하지 않고 1973년 닉슨 대통령 시절 스피로 애그뉴가 부통령을 사임함에 닉슨에 의해 지명되었다. 그는 미국 역사상 선거에 의해 대통령이나 부통령에 선출된 적이 없는 유일한 대통령이다. 또한 93세 120일을 일기로 세상을 떠난 레이건 대통령의 나이 기록을 갱신하고 최장수한 대통령이 되었다. 2006년 93세 165일을 일기로 세상을 떠났다.

포드가 정치를 시작하기 전 변호사 시절 이혼사건을 맡은 적이 있었다

고한실의 삶

고 한다. 사건이 다 마무리 된 후에 이혼한 여성과 가끔 연락을 하며 지내다가 그 여성이 좋은 남성이 있으면 소개시켜달라고 해서 그러마고 대답하고 어느 날 자기 사무실로 찾아오라고 했다. 그런데 사무실을 찾아가 보니 방에 포드 말고는 아무도 없었다. 그 여성이 소개 시켜 줄 사람이 누구냐고 물으니 '바로 앞에 있는 사람이다.'고 대답했다고 한다. 그 여성은 얼마 후 포드와 결혼해 베티 포드가 되었고 미국의 퍼스트 레이디가 되었다. 정직하고 언뜻 고지식해 보이는 포드에게 그런 로맨틱한 에피소드가 있었다. 포드 때 미국 경제가 안 좋아지기 시작해 카터 때는 더 나빠졌다.

지미 카터 대통령 : 조지아 출신의 땅콩 재배 농부 지미 카터는 대통령에 취임한 후에도 매주 빠지지 않고 하는 일이 있었다. 청년시절부터 평생을 해온 주일학교 교사였다. 주일 아침이면 일찌감치 정장 채비를 하고 백악관을 나와 워싱턴 DC의 매사츠 애비뉴에 있는 한 침례교회로 향했다. 주일학교에서 학생들을 가르친 후 예배에 참석하기 위해서였다. 경호원들이 제발 가지 말라고 만류를 해도 끄떡도 하지 않았다. 대통령 선거일 하루 전에도 모든 유세 계획을 취소하고 주일학교 교사직을 수행한 사실은 뉴스로도 나왔을 만큼 유명한 일화이다. 선거 참모들이 소매를 부여잡고 말렸지만 그의 발걸음을 돌릴 수는 없었다.
　하루는 카터가 성경을 어떻게 가르치는지 궁금해서 따라가 본 적이 있

다. 제일 뒷자리에 앉아 그의 주일학교 클래스를 열심히 경청했다. 성경적으로 조리 있고 재미나게 잘 가르쳤다. 한번은 기도의 효과에 대해 서로 대화를 나누던 중 카터 대통령에게 하루에 몇 번 쯤 기도를 하는가 물어보았다. 스무 번쯤 한다고 대답했다. 그래서 나는 스물 한 번 한다고 했다. 그랬더니 '나보다 낫군요.' 하면서 큰 입을 활짝 벌려 온화한 미소를 지어 주었다. 그는 무척 신실하고 성실한 사람이었다. 대통령에 당선된 후 직원들이 백악관에 땅콩을 심자고 제의하기도 했다. 카터가 대통령 출마를 선언했을 때는 미 국민들이 월남전과 2차 대전 등 전쟁에 질려있는 상태였다. 그래서 그는 대통령 유세 중 세계 평화를 위해 주한 미군을 철수한다는 내용의 슬로건을 내 걸었었다.

카터 대통령은 대통령에 당선 된 후 그 약속을 이행하고자 했다. 하지만 나는 국가와 민족을 위해 한반도가 공산화되지 않기 위해서는 미군이 있어야 한다고 조심스럽게 피력했다. '미군 철수는 한민족뿐 아니라 미국 전체에도 마이너스가 될 것입니다. 미국 국가와 민족도 비참한 상황에 처하여 미소 양 진영이 대립하는 가운데 일주일 안에 소련이 한반도에 쳐들어가게 될 것입니다.'

다행히 카터 대통령은 나의 의견을 반영해 주었고 주한 미군의 완전 철수 대신 6천여 명의 미군 감축에 그쳤다. 장관들은 내가 대통령을 움직인다며 노골적으로 질투를 드러내기도 했다.

카터 대통령 당시 미국의 경제는 곤경에 처해있었는데 그는 경제 회복

고한실의 삶

을 위해 백악관부터 솔선해야 한다며 백악관 내 실내 수영장을 폐쇄하는
가 하면 포토맥 강의 요트를 팔았다. 요트는 백악관의 고위 관료들이 중
요 회의를 할 때 쓰는 장소였다. 우리끼리는 요트에서의 회의를 비밀회의
라 불렀으나 실제 사용하는 단어는 중요 회의였다. 외국 귀빈이 찾아와
도 그곳에서 회의를 하곤 했는데 30~40명이 들어가는 회의장과 식사하
는 방이 따로 있었다. 하지만 그것은 새발의 피였다. 카터 대통령이 나라
의 적자를 메꾸기 위해 요트를 파는 등 노력을 했으나 그것은 역부족이
었다. 본격적인 경제 회복은 레이건 대통령 때부터 시작됐다. 재임 시에
는 경제 문제를 해결하지 못해 무능한 대통령으로 평가받았으나 퇴임 후
세계 인권 문제나 사랑의 집짓기 운동 등으로 대통령 임기 때보다 더 눈
부신 활약을 하며 점점 더 존경을 받으며 인기를 더해 가고 있었다. 이후
그는 전직 대통령으로는 처음으로 북한을 방문하는 등 인권 신장에 기
여한 공로로 2002년 노벨 평화상을 수상했다.

공화당 소속의 닉슨 대통령과 포드 대통령에 이어 민주당 소속의 카터
가 대통령에 당선되며 이제야 말로 백악관을 떠나야 할 시기라고 생각했
었다. 장관급에서 대폭적인 인사 개편이 있었던 것은 물론이다. 하지만
카터 대통령의 취임식 전에 나는 다시 자문위원의 부탁을 받고 백악관에
머물게 됐다.

레이건 대통령 : 레이건은 역대 미국 대통령 중에서 국내외적으로 큰 성과를 이뤄낸 대통령 중의 한 사람이다. 링컨 대통령이 남북 전쟁과 노예문제 등 국내 문제를 해결했다면 레이건 대통령은 대내적으로는 적자에서 흑자로 미국의 경제를 살리고, 대외적으로는 소련의 공산 정권을 무너뜨리는 등 국내외 문제 모두에서

Thank you for all you've done to help support Alzheimer's disease research.

September 27, 1996

큰 업적을 남긴 대통령이다. 그런 연유로 미국의 역대 대통령 중 가장 훌륭한 대통령에 링컨 대신 레이건이 명명되기도 했다. 그런 훌륭한 대통령을 가까이에서 8년이나 보필 할 수 있었던 것은 여간 행운이 아닐 수 없었다. 대통령이 하는 일이 법에 저촉되는지 아닌지를 물으면 나는 성실하게 답변했는데 특히 외국의 원수 등 중요 인물을 만나기 전에는 많은 질문을 준비해 물어 보곤 했다. 대부분이 법률에 관한 문제였지만 때로는 나의 지혜를 시험하는 까다로운 문제도 없지 않았다.

그는 대통령이 되기 전 캘리포니아 주지사를 지냈는데 캘리포니아 주의 재정도 적자에서 흑자로 바꾸어 놓는 등 주지사 일을 능숙하게 잘 해냈다. 주지사 출신들이 대통령 행정도 잘하는 경향이 있는데 아칸소 주

고한실의 삶

지사를 훌륭하게 해낸 클린턴이 대통령이 되어서도 미국 경제를 지속적인 호황기로 만들어 놓았다.

레이건은 클린턴과 함께 연설을 잘 하기로 유명하다. 내가 느낀 바로는 레이건 대통령은 유머와 재치로 연설을 매끄럽게 잘해 순수하게 끌려 들어가게 하는 반면 클린턴은 조리가 있어 그의 연설을 듣고 있노라면 어느새 고개를 끄덕거리고 있곤 했다. 또한 레이건이 온화하고 유머러스하다면 클린턴은 현란하고 수려한 말솜씨를 자랑한다.

국내적으로는 취임 후 한달 만에 극빈자를 빙자한 생활 보조금을 대폭 줄임으로써 나라 살림을 적자에서 흑자로 바꾸기 시작했다. 극빈자나 장애인들을 위한 보조금이 필요하기는 하나 그 당시 미국에는 불필요한 사람들에게 나라의 귀한 예산이 흘러들어가는 일이 없지 않아 있었다. 요즘도 그런 예가 있지 않나 싶다. 사회보장이라는 명목으로 필요 없는 사람들이 혜택을 보는 것이었다. 국가나 사회나 가정 모두마찬가지다. 돈은 쓸 데 써야 하는데 잘 못 쓰면 빈곤을 짊어지고 살게 된다.

한 예로, 그 당시 워싱턴에 25살 된 건강한 흑인 청년이 방 한 칸에 무려 3명의 아내를 데리고 사는 파렴치한이 있었다. 데이타임 아내, 나이트타임 아내, 스페어 아내 이렇게 이름까지 붙여 놓았으니 할 말이 없었다. 청년은 물론 3명의 부인 역시 모두 직업이 없었다. 그들 모두 건강했다. 직업이 없다는 이유로 그런 사람들에게조차 정부에서 보조금이 지급되고 있었다. 직업이 없는 건강한 미혼모라든지 아이를 많이 낳은 건강한 흑인이 웰페어를 악용하는 등, 그런 예는 열거를 다 할 수 없을 정도로 무궁무진했다.

미국의 사회복지제도에는 홈리스들도 웰페어를 신청하면 받을 수 있게 되어 있다. 물론 그들을 위한 수용소도 마련돼 있다. 하지만 거지 3년하면 집에 가서 못 산다는 말이 있다. 그 생활을 못 버린다는 뜻이다. 백악관 근처 은행 앞에서 구걸하는 거지가 있었다. 추운데 고생한다며 10달러를 주고 '몇 시까지 있냐?' 물은 후 미행하니 우정국 뒤에 주차하고 옷 갈아입고 캐딜락 타고 간 기사가 사진과 함께 신문에 실린 적도 있었다.

레이건은 그렇게 놀고먹는 사람들을 위한 사회 보장금을 없애 버렸다. 건강한 사람은 안 준다는 원칙을 세워 장애인과 정부의 보조가 꼭 필요한 사람과 여자 61세 이상, 남자 66세 이상으로 사회보장금의 한계를 정했다.

그렇게 해서 메꾸어진 나라 살림으로 백악관의 요트를 다시 사들였다.

다시 포토맥 강에서의 운치 있는 회의가 부활한 것이다. 하지만 그것은 그런 사치스런 분위기를 위해 사들인 것은 아니었다. 중요 회의가 필요할 때, 그곳은 백악관 보다 더욱 비밀이 유지되는 안전한 장소였기 때문이다. 또한 레이건은 대통령 자신의 건강 유지를 위해 수영장 또한 부활시켰다. 레이건은 수영을 몹시 즐겼다. 클린턴이 건강과 취미로 골프를 즐겼던 것처럼 말이다.

국제적인 업적으로는 뭐니 뭐니 해도 소비에트 유니언의 고르바초프 대통령과의 역사적인 면담이라고 할 수 있다. 레이건은 상대방의 마음을 움직이는 데 능했다. 설득력 있는 언변으로 소련의 공산당이 무너지는 계기를 만들었다. 1985년이었다. 나는 그 역사적인 순간에 함께 할 수 있었다.

레이건은 고르바초프에게 당신의 국가와 민족이 잘 살고 행복하길 원하느냐고 물었다. 그렇다고 고르바초프는 대답했다. 그러면 공산주의를 버려야 한다고 제의했다. 제일 먼저 반긴 사람은 고르바초프의 부인이었다. 그 다음은 모두 찬성을 했다. 레이건의 설득력 있는 언변이 마침내는 'Good Idea'라며 고르바초프의 승낙을 얻어 낸 것이다.

그리고는 그 나라로 돌아가 곧바로 공산주의를 철폐하는 움직임을 단행했다. 나라의 이름을 소비에트 유니언에서 러시아로 바꾸고, 공산당 관계자를 모두 파면시키거나 체포했다. 소련의 위성국가인 유고슬라비아와 체코슬로바키아 등에도 공산 정권이 무너졌다.

레이건의 이런 국내외적인 업적을 인정받아 국민들은 그에게 경의를 표시하고 있다. 국회의원들이 주로 이용하는 워싱턴 내셔널 공항을 레이건 공항으로 명명했는가 하면 워싱턴 시내의 인디펜던트 애비뉴 선상의 교통부 건물을 레이건 빌딩으로 이름 지었다.

아버지 조지 H. W 부시 대통령 : 레이건 대통령 때 아버지 부시가 부통령직을 수행하고 있었다. 부시가 대통령이 되며 레이건 시절의 생활 보조금을 줄여가는 문제로 흑자 운영이 계속됐다. 하지만 클린턴이 대통령이 되며 민주당 정책상 흑인들이 목소리를 내기 시작하여 생활 보조금을 약간 부활시키기 시작했다. 그리하여 클린턴 대통령 말기에 다시 적자 운영이 시작됐다. 그러던 것이 아들 부시 대통령 때 적자가 계속되다가 두 번째인 임기 8년 말에 약간 나아지기 시작했다. 하지만 오바마 대통령이 당선되며 다시 생활 보조금을 부활, 적자 운영이 계속되고 있다. 오바마의 자유는 좋지만 국가와 민족을 위한 계산을 못하고 있다는 생각이 든다. 미국과 한국의 경제 불황 등의 원인과 앞으로의 전망과 해결책은 불필요한 지출을 억제하고 적재적소에 지출하는 것이다.

클린턴 대통령 : 클린턴 대통령은 대통령 취임식이 끝난 후 자신의 출신지인 아칸소에서 28명 정도의 인재를 백악관으로 데려왔다. 하지만 그들은 정치 경력으로 보나 많은 일에 필요한 경력이 없는 사람이 대부분

고한실의 삶

이었다.

　나는 '적재적소에 소신껏 일하는
사람을 쓰는 것이 좋습니다. 친구나
선거를 도와준 사람을 쓰면 대통령
으로서 성공적인 행정을 펼쳐 나갈
수 없을 것입니다.'라고 말했다. 대통
령은 그들을 한 달을 채우지 않고 거
의 다 해임했다. 잘못 뽑았을 때 빨리
교체를 단행한 것이다. 그렇게 당리당략에 물들지 않고 문제를 최소화했
다. 그런 연유로 클린턴은 재선에까지 성공하며 8년 동안 성공적으로 대
통령직을 수행했다. 클린턴 대통령은 사생활의 실수 등에도 불구하고 자
신의 잘못을 순순히 인정하는 큰 장점을 가진 사람이었다.

　그런가 하면 민주당인 클린턴 대통령 때 장관 중에 공화당 사람을 쓰
는가 하면 민주당 출신인 오바마 대통령도 공화당 출신의 장관을 썼다.
여당이나 야당에 관계없이 실력 위주로 사람을 기용하는 것이다. 여당이
나 야당이나 실력 있는 사람을 쓰면 혹평을 받지 않는다. 또한 당리당략
에 관계없이 국가와 민족을 위해 충성하는 사람을 쓰면 훗날 역사의 긍
정적인 평가를 받게 된다. 닉슨 대통령 때도 법무장관을, 레이건 대통령
때는 주택장관 등을 타 당에서 기용했다.

　링컨 대통령은 대통령에 출마했을 때 링컨을 향해 학교도 못 나왔다고

욕하던 사람을 장관으로 기용했다. 존 C 브러킨 리지와 스티븐 A 더글라스가 그들이다. 미국의 공화당, 민주당은 국가와 민족을 위한다는 하나의 목표를 갖고 있다. 그 목표를 위해서는 서로 다른 당을 쓰는 것을 주저하지 않는다.

우리나라 정치·경제도 뚜렷한 목적을 갖고 특히 경제에서 개인적인 욕심을 부리지 말고 국가와 민족을 위해 일해야 한다. 하루를 정치해도 국가와 민족을 위해… 우리나라 정치가들도 당리당략을 위해 일하지 않기를 당부하고 싶다.

나도 아는 사람 중에 제주도에서 고등학교 교사를 하다가 공화당으로 서울 중앙당에서 일한 사람이 있다. 정치를 그만 둔 후에 일자리가 없어 은행 취직을 부탁하기에 은행에 취직을 추천해주었다. 하지만 실력이 없어 은행에서 실력이 딸리자 자살을 하고 만 사건이 있었다. 그 이후에 다시는 실력 없는 사람은 추천을 안 해주고 있다.

클린턴은 변호사로도 두뇌가 매우 명석하고 유능한 사람이다. 하지만 더 똑똑한 부인을 두어 그의 명석함이 부인에 가려질 때가 있었다. 클린턴은 행정력이 뛰어난 반면 힐러리를 법률가로 더 유능하다고 여겨진다.

클린턴은 1997년 백악관에서 인턴으로 일하던 모니카 르윈스키와의 스캔들이 터졌을 때 하원에서 탄핵 움직임이 있었으나 액션을 취하진 않았다. 클린턴은 스캔들에 관해 변명하지 않고 솔직하게 사실을 인정하고 사과했다. 스캔들이 터짐에 따라 부인 힐러리 클린턴과의 사이도 악화일

로였다. 그 당시 나는 두 사람의 측근에서 모든 과정을 지켜보며 두 사람이 화해할 수 있도록 다리를 놓아 주었다. 나는 힐러리 클린턴에게 이혼은 모두에게 좋은 일이 아니니 신중하게 생각할 것을 권유했다. 그리고 클린턴 대통령에게 아내가 진심어린 사과를 원한다는 뜻을 전해 주었고, 클린턴은 아내에게 변명하지 않고 성의를 다해 용서를 구함으로써 얼어붙은 힐러리의 마음을 감싸줄 수 있게 되었다. 힐러리 클린턴은 훗날 감사의 표시로 내게 갈색 가죽 지갑을 선물했는데 나는 그것을 워싱턴의 집 서재 책상 서랍에 고이 간직하고 있다. 클린턴은 국제 정세나 미국 정세 등에 관한 강의로 대통령 퇴임 후 여전히 활발하게 잘 지내고 있다.

나는 클린턴 대통령의 퇴임 6개월 전에 백악관에 사표를 제출했다. 2000년 8월경이다. 2001년 1월 퇴임 때까지 있어달라고 했으나 나이가 이제 75세를 바라보니 건강 상 무리라는 생각이 들어서 사의를 표했다. 모든 걸 정리하려고 학교도 그만뒀다.

하지만 그것도 내 마음대로 되는 것은 아닌 모양이다. 아버지 부시 대통령과의 인연으로 그의 부탁을 받아 다시 아들 부시 대통령을 모시게 되었으니 몸은 힘들었지만 일흔 살이 넘은 나를 아직도 필요로 한다니 감사한 마음으로 다시 백악관으로 들어가지 않을 수 없었다.

아들 조지 W 부시 대통령 : 강직한 성격의 아버지 부시에 비해 융통성이 있는 성격인 아들 부시가 대통령 선거에 출마를 선언했다. 아버지 부시는 부통령과 대통령을 하기 전 미국 CIA의 최고 책임자를 지낸 바 있다. 그의 강직함은 CIA라는 직업과 무관하지 않은 듯하다. 그에 비해 아들은 대통령이 되기 전에 갱스터 기질이 있었다고 하질 않나, 학생 시대에 별명이 깡패였다고 하는데 내가 보기에 뜬소문일 뿐, 깡패 기질은 없어 보였다.

아들 부시의 동생이 플로리다에서 주지사를 할 때다. 2000년 11월 대통령 선거 때, 조지 부시가 상대 후보인 엘 고어 후보와 플로리다 주에서의 개표 과정 부정 고소 사건으로 한참 싸우고 있을 때의 일이다. 아들인 조지 W 부시(아버지는 H 부시)가 대통령에 출마했는데 표가 모자랐다. 플로리다에서 엘 고어에게 200표 정도 차로 지고 있었던 것이다. 조지 부시의 아버지, 전 대통령 조지 H W 부시가 내게 전화를 걸어 왔다.

"닥터 고, 현재의 상황을 어떻게 해결해 가는 것이 승리를 할 수 있는가?"

매스컴을 통해 이미 그런 저런 상황을 알고 있는 터라 나는 즉시 대답했다.

"그것은 전혀 걱정할 것이 없다. 미국이니까 승산이 있다. 주법으로만 하려 하지 말고 연방대법원에 상고하여 연방법으로 싸우면 된다."

내용을 체크해 본 후 양쪽의 변호사 중 부시 측 변호사 500명을 모두 그만두게 해 달라고 부탁하고 그 사건을 혼자 맡기로 했다. 우여곡절 끝에 연방대법원에서 최종 판결이 나왔고 부시가 대통령에 당선 될 수 있었

고한실의 삶

To: Dr. Andrew H. Koh
Thank you for your steadfast support for the Republican National Committee.
Your friendship and commitment to our cause mean a lot to Laura and me.

Best Wishes,

다. 개표 과정에서 잘못된 부분을 찾아 낼 수 있었던 것이다. 엘고어 측의 말대로 그들은 '선거에서는 이기고 개표에서는 졌다.'는 말이 맞았다.

그 당시 '뉴욕타임즈'지에 나를 일컬어 미국 대통령을 만든 사람, 2000년 2월 US President Maker. 이라고(내 이름 A.K로 실려) 실리기도 했다. 하지만 나는 대통령을 만든 사람은 아니다. '나는 오직 최선을 다 했을 뿐이다.'라고 대통령께 답변했다. 그때의 인연으로 부시 대통령과는 현재까지 연락을 취하며 가깝게 지내고 있다.

아들 부시는 그때의 고마움을 치하하기 위해 나를 백악관 저녁 식사에 초대했다. 하지만 나는 거절했다. 대통령을 만나 식사를 하는 것이 신문 등에 실리면 같은 학교에

To: Dr. Andrew H. Koh,
Laura and I are grateful for your loyal support and stalwart commitment to the Republican National
Committee. Your continuing leadership is vital to Republican victories in the 2007-2008 presidential election cycle.

Warmest regards,

근무하는 미국 교수들 사이에 시기가 많아지곤 했다. 실제로 백악관 음식은 맛이 그저 그렇다. 배탈이나 식중독 걱정 없이 안전하긴 하지만 기름을 덜 쓰고 맵지 않고 짜지 않은 매우 단백한 건강 식단인 것이다.

그러자 부시 대통령은 워싱턴 시내에 있는 유명 스테이크 식당 등 다른 곳을 추천했다. 나는 대통령과 함께 식사할 마음이 처음부터 없어 모두 마음에 안 든다고 대답했다. 그랬더니 이번에는 나에게 식당을 선택하라는 것이었다. 하는 수 없이 우리 집에서 가까운 3류 중국 식당을 골랐다. 설마 그곳에까지 오지 않겠지 하는 마음이었다. 그런데 부시 대통령은 경호원을 대동하고 내가 고른 3류 식당 베이징 고 맷(패킹 덕)에 나타나는 것이 아닌가? 2001년 1월 하순경이었다. 하늘에서는 하얀 눈이 내리는 그리 춥지 않은 겨울 날씨였다. 나는 아내와 함께 나갔는데 부시 대통령과 우리 내외가 한 방에서 식사를 하고 경호원들은 다른 방에서 따로 식사를 했다. 그래서 내가 좋아하는 중국 음식점에서 부시에게 식사 대접을 받았다.

그렇게 중국집에서의 식사를 마친 후 한 달쯤 지나자 다시 부시 대통령이 지난 번 그 중국집에 식사를 하러 가자고 청했다. 아마 내가 그 식당을 특별히 좋아하는 줄 알았던 모양이다. 두 번째는 부인 로라 여사까지 대동하고 나왔다. 두 번째 식사를 마친 후 우리가 함께 식사를 한 것이 '워싱턴 포스트'지에 기사가 나 버렸다. 식당 정문에는 워싱턴포스트지가 붙여지고… 소문이 다 나버린 것이다. 그 이후 내가 그 식당을 가면 주인

고한실의 삶

이 돈을 안 받겠다고 해서 실랑이를 벌이다 돈은 받고 대신 맛있게 해주는 것으로 결론을 봤다. 그뿐인가? 부시 대통령이 어느 날은 또 누구를 데려가도 되겠냐고 물어 좋다고 하니 법무부장관도 데려오고 아버지 부시도 데려오고 그렇게 몇 년 동안 1년에 두 어 차례 정도는 그곳에서 함께 식사를 했다.

그곳에 가면 부시 대통령은 늘 시키는 음식이 있는데 '패킹 덕'과 '시푸드 팬 누들'이다. 시푸드 팬 누들은 팬 밑이 탈 정도에 각종 시푸드와 볶은 누들이 들어가 있는데 스캘롭이 싱싱하고 맛있었다. 패킹 덕은 웨이터가 시범을 보여 주는 가운데 패킹 덕을 눈앞에서 잘라 주면 10센티 정도의 밀가루 전에 장을 먼저 바르고 양파 깔고 양상치 넣고, 덕을 넣고, 소스를 쳐서 싸먹는데 먹을 때마다 처음 먹어 보는 듯 질리지 않고 맛있었다. 두부와 야채 섞은 요리, 빨간 도미 기름에 튀긴 것을 회전용 식탁 위에 놓고 돌려가며 먹었다.

식사 값은 부시 대통령이 나보다 몇 차례 더 계산했다. 한 사람당 20불 정도가 나왔던 것 같다. 부시 대통령의 방문으로 워싱턴의 배이징 고 맷은 유명해졌다. 워싱턴 노던 버지니아 루트 7, Falls Church 페어 팩스 카운티에 있다. 식당 옆에는 우체국이 있다. 백악관에서 자동차로 25분, 우리 집에서는 5분 거리이다.

그곳 중국 식당 주인은 음식을 먹는 나와 부시 대통령의 사진을 찍어 확대해서 그 식당 입구에 붙여 놓고 자랑함으로 그 식당이 날로 인기가 높아지고 있다고 한다. 세상은 참 재미있는 일들이 많고 재미있게 살 수 있는 일들이 널려 있다는 생각이 든다.

2002년 부시 대통령의 재임 시절 그와 함께 그의 텍사스 농장에 가 본 적이 있다. 일하는 사람이 70명 정도는 되는 큰 농장이었다. 감자, 오이, 브로콜리, 사과, 블루베리 등을 키우는데 나는 밭에서 바로 딴 싱싱한 브로콜리가 어찌나 맛있는지 몇 개를 집어 먹었다. 부시는 너무 먹어 질렸는지 브로콜리를 안 먹는다고 했다.

그런데 광장처럼 넓은 농장 중 한쪽 귀퉁이를 분리해 놓았다. 그곳은 농장에서 손을 대지 않고 길가는 사람 중 아무나 와서 사가게 구분해 놓는 것이었다. 가격은 보통 가격의 2분의 1 가격이었다. 주인이 없는 상태로 빈 박스에 돈을 집어넣고 과일이나 야채를 직접 따가게 하는 것이다. 손해 안보느냐고 물으니 어차피 그 가격에 나간다는 것이다. 얼마 전 한국 텔레비전 프로그램을 본 적이 있다. 농작물 농사를 지어 손해를 본 농가에서 땅을 모두 갈아엎고 다른 용도로 쓰려 하는 것이었다. 그러지 말고 헐값이라도 직접 따가게 하면 손해를 줄일 수 있지 않을까 하는 생각이 들었다.

얼마 전에도 아들 부시는 내가 머물고 있는 경기도 수동으로 전화를 걸어왔다. 자신의 텍사스 농장으로 와서 그곳에서 함께 지내자는 것이었다. 그래서 나는 공짜는 싫다고 했다. 그랬더니 방 2개를 내 줄 터이니 한 달에 10불만 내라는 것이었다. 부시는 텍사스에 자신의 대통령 기념

고한실의 삶

관을 만들려 하는데 그곳의 창립 멤버가 되 달라고 내게 전화로 부탁을 했고 나는 그것을 수락해 차터 멤버가 되었다. 부시는 요즘도 가끔 법적 문제를 상의하는데 그러면 나는 언제나 성의껏 답변을 해준다.

1년 전 부시의 자서전 관련 일로 그가 한국을 방문했을 때 신라 호텔에서 세 차례 만났다. 나보다 꼭 20살 아래인 부시는 나를 '엉클 고'라고 부르기도 한다. 한국에 나온 김에 엉클 고에게 양복을 사 주고 싶다며 돈을 주는데 아무리 싫다고 해도 막무가내다. 하는 수 없이 양복 값을 받아 롯데 백화점에서 79만 원을 주고 오랜만에 새 양복을 사 입었다. 그런데 그 이후 옷장에 고이 걸어놓았을 뿐 아직 한 번도 입어 보지 못했다. 평소에 입던 옷이 아니라 그런지 어쩐지 좀 불편해서다. 다음 외출 시에는 한번 시도를 해 봐야겠다. 나이 많은 골동품을 지금도 사랑해주니 고마울 뿐이다.

오바마 대통령 : 2010년 1월 20일 힐러리 클린턴의 초대로 오바마 대통령의 취임식에 참석할 수 있었다. 대통령 취임식에 초대 받을 경우 초청장에는 등급이 있다. 1등급은 취임식이 거행되는 단상에 앉을 수 있고, 약 20~30명 정도이다. 끝난 후에는 국회의사당 상원 VIP 룸에서 식사를 할 수 있다. 평소에는 의원의 초청이 있어야 들어갈 수 있다. 한국의 대법원 VIP 식당도 그 대법관과 함께하면 들어갈 수 있다.

취임식 후 그 VIP 룸에는 상원 100명, 하원 435명 중 70명만 들어갈 수 있다. 힐러리 클린턴이 나에게 보내준 초청장은 마침 1등급이라 나는 취임식이 끝난 후 국회의사당 상원 의원 VIP 룸에서 오바마 대통령 내외와 함께 식사할 수 있었다. 그곳에는 테이블 10개 정도 놓여 있는데 나는 오바마 대통령 내외와 클린턴 내외, 상원의장, 하원의장, 경호책임자 등과 한 테이블에 앉아 식사를 할 수 있었다. 식사를 하고 있는 총명하고 젊은 대통령 오바마에게 나는 노파심에서 한 마디 당부를 했다. 국가와 민족을 위해 일해 달라고. 그러자 오바마는 시원스런 목소리로 'of course, I will do it.' 이렇게 대답했다. 또한 미국 대통령 취임식에 참석할 수 있는 초청장으로 가장 낮은 등급은 취임식이 거행되는 광장에 들어가 관람만할 수 있는 것이 있다. 거기에 입장할 수 있는 티켓은 기차표처럼 생긴 자그마한 표 딱지이다.

그렇게 해서 나는 무려 37년간 7명의 미국 대통령 법률고문 및 법률자문위원을 하며 내 인생 희노애락의 많은 나날을 백악관에서 보내게 됐다. 레이건으로부터는 '책임감이 강하며 만족스럽게 일한다.'는 평을, 아들 부시로부터는 '가장 믿을 만한 사람이다.'라는 과분한 칭찬을 들으며 백악관에 나의 반평생을 묻었다.

고한실의 삶

미국 한인 사회에서 겪은 일

1968년 말에서 1970년 초까지 미국 동부지역의 한인 사회는 아직 그렇게 비중 있는 미국이 필요로 하는 소수 민족이 되지 못했다. 그뿐만 아니라 한국인 또한 그리 많지 않았다

미국에 온 이래 나는 거의 워싱턴에서 살았다. 40년 이상 살다 보니 한인 사회에서는 나를 모르는 사람이 없었다. 그에 따른 각종 직위가 내게 부여되었다.

1976년 4월 18일, 부활절을 맞아 워싱턴에 사는 한인 교회가 모여 연합 예배를 보고자 하는데 2~3천 명이 들어갈 만한 마땅한 장소가 없었다. 토마스 제퍼슨 대통령 기념관을 빌리고 싶은데 워싱턴교회 협의회 이름으로 올리니 허가가 나오지 않았다. 하는 수 없이 교회협의회 교육위원장이며 대학교수인 고한실 박사 이름으로 내무부 장관에게 직접 가서 신청하니 허가가 나와 그곳에서 연합 예배를 볼 수 있었다.

그러다가 교육 위원장인 내가 그만 두고 나니 다시 빌려 주질 않았다. 하는 수 없이 내 이름으로 재신청을 해서 다시 빌려 쓸 수 있었다. 예배가 끝난 다음에는 기념관 본관은 물론 화장실 청소까지, 흠 잡을 데 없을 정도로 깨끗이 청소하고 돌아갔다.

대학교수라는 직업이 대단한 것이 아니며 직업에 귀천이 없다는 것이

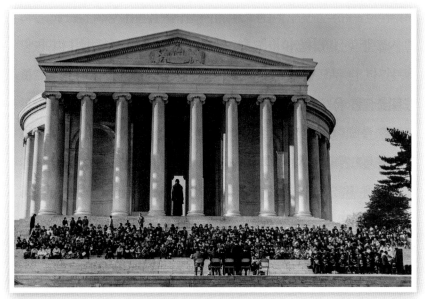

토마스 제퍼슨 대통령 기념관

나의 소견이다. 그런데 교회협의회 이름으로 신청할 때 빌려주지 않던 기념관을 대학교수의 이름으로 올리니 빌릴 수 있었나 의문이 들었다. 대학교수에게는 어느 경우 특혜를 주는구나 하는 생각이 들며 어느 곳에 있든지 실력을 늘 연마해야겠다는 생각이 들었다. 그래야 목소리를 찾을 수 있겠다는 생각이 들었다. 1978년에는 처음으로 재미한국문화협회를 발족하였고 내가 그때 초대회장을 역임했다. 그리고 워싱턴 교회협의회가 만들어지면서 나를 교육분과 위원장으로 위촉했다.

매년 4월이 되면 워싱턴의 한인 기독교단체에서 부활절을 기념하기 위한 연합 예배를 개최했는데 장소를 빌릴 때 공공시설을 공적 업무의 행

고한실의 삶

사가 아닌 어떤 행사에 절대로 빌려주지 않는 것이 전례요 규칙이어서 빌리려면 사적으로 빌려야만 했다. 그래서 몇 년 동안은 내 개인 이름으로 좋은 장소를 빌릴 수 있었다. 그 후 내가 그 직임을 물러났을 때 사람들은 그런 적당한 장소를 빌리기가 쉽지 않음을 알게 되었다.

1976년 7월 4일, 기억에 남는 일이 있다. 워싱턴 시 콘스티튜션 애비뉴에서 벌어진 미국 독립 200주년 기념 퍼레이드에 한국 교포들이 참가해 1등을 차지했다. 200개 나라의 축하 퍼레이드 중 한국은 101번째로 참가했는데 재미 한인 문화협회 회장인 내가 황제 의상을 하고, 한국에서 영화배우를 했던 최지애 씨가 황후복장을 입고 앞에서 두 번째 열에서 행진했다. 그냥 걸어가기만 해도 땀이 비 오듯 흐르는데 바람도 잘 통하지 않는 황제 복에 모자에 신발까지 신고 무려 2시간 행렬을 했으니 행진하는 동안 눈을 제대로 뜰 수 없을 정도로 이마 위로 더운 땀이 흘러 내렸다.

우리 팀은 서른 세 명이 참가 했는데 선두에는 Korean Cultural Association of America라는 기를 든 한인회장인 이도영과 염인택, 다음은 황제, 황후, 그 다음 행렬은 춘향전의 등장인물들인 춘향이와 이도령, 방자와 향단이 등 그리고 제일 마지막 열에는 농악기 깃발, 꽹과리, 징, 장고, 북 등이 뒤따르며 신명나는 한국 음악을 연주했다.

미국 국회의사당에서 노스웨스트 20까지의 콘스티튜션 애비뉴 선상
에 늘어선 5만여 인파의 열렬한 박수갈채를 받았다. 선두에 기를 들고
걸어가던 염인택 씨의 수염이 바람에 날아갔는데 마침 지나가던 행인이
주워 주었다. 염인택 씨가 입었던 도포와 갓은 선친이 향교 반수를 하셨
을 때 입었던 유품이다.

흰 도포 자락이 하얀 햇살을 받아 공중에 깃발처럼 펄럭이자 몇 달 전
에 돌아가신 아버지의 생전의 모습이 손에 잡힐 듯 가슴 어린 추억으로
떠올랐다. 그런데 문제가 생겼다. 퍼레이드가 끝난 후 국무성으로부터 편
지를 받았다. 한국 퍼레이드 팀이 법률 위반을 했으니 다음 출전을 금지

고한실의 삶

한다는 내용이었다. 백악관 앞에 마련된 특별좌석에 록펠러 부통령이 앉아서 각 퍼레이드의 인사를 받았는데 전면을 향해 곧 바른 자세로 행진하느라 문화협회 팀이 인사를 깜빡 잊고 지나간 것이다. 미국대통령에게 경례를 안올렸다는 것이 금지 이유였다. 하는 수 없이 회장으로서 상세한 답장을 썼다. '동양 풍습에는 왕이 대통령보다 한참 위다. 그러니까 왕이 대통령한테 구태여 경례를 올릴 필요는 없다고 본다. 주신 편지는 원천 무효로서 안 본 것으로 하겠다.' 편지를 보낸 지 10일 만에 답장이 왔다. '네 말이 그럴듯하다. 원천 무효하겠으니 내년에도 정상적으로 출전해 달라.'

외국에 나와 산다고 의기소침해 할 필요가 없다. 할 말이 있으면 솔직하게 해 보는 것도 나쁘지 않다. 미국이라는 나라는 엄밀히 말해서 인디언 빼고는 모두가 이방인들인데 외국인이라고 주눅이 들어 침묵할 필요가 있는가? 우리도 정당하게 일하며 세금을 내며 사는데 미국인들이 모르는 것 있으면 가르쳐 주고 또 내가 모르는 것은 배우고 그렇게 상부상조하며 살면 되는 것이다. 미국이 강대국이 된 것은 세계 각국에서 우수한 인재들이 몰려 들어와 만들어진 나라이기 때문이다.

앞서 말한 대로, 알려진 덕에 위원장 역할을 맡을 때가 많았다. 1977년에는 워싱턴 한인 YMCA를 창설했다. 총 본부로부터 정식 승인을 받고 정관을 만들어 임기 1년의 초대 이사장을 역임했다. 그러나 4년 동안이나 나를 연임하도록 임원진들이 계속 추대했다. 이사장 직에 있는 동안에 많은 일을 했다.

워싱턴 경찰국과 직통전화도 개설하고 한인 교포들을 위한 여러 가지 문제들을 해결하고 자녀 지도와 교육에 관한 세미나를 개최하여 상담을 했다.

"이 미국 땅에서 우리가 해야 할 일 중 가장 중요한 일이 있다. 무엇보다도 자녀들을 잘 관찰하고 지도하여 장래에 부모로서 수고와 보람과 기쁨의 열매를 얻어야 하지 않겠느냐? 자녀들을 잘 지도하지 못하면 부모들이 나중에 많은 어려움을 당할 것이다."고 했다.

어떤 유력한 한인 부모 한 사람이 호언장담을 했다.

고한실의 삶

"나는 우리 애들이 얼마나 착실하게 모든 일을 잘 처리하고 모범적인지 걱정할 것이 하나도 없다."

얼마 후 한밤중에 경찰서로부터 내게 전화가 왔다. 한국 학생 한 사람이 마약을 복용하고 사고를 냈다는 내용이었다. 나는 그 학생의 이름을 듣자 즉시 그 부모가 누구인지 알 것 같아 곧바로 그 부모에게 전화를 걸었다. 이러이러한 학생이 경찰에 붙잡혀 있는데 혹시 귀댁의 아들이 지금 방에 있는지 확인해 보라고 했다. 조금 후 확인하고는 없다는 것이었다. 그럼 지금 즉시 경찰서에 연락해 보라면서 전화번호와 장소를 알려주었다. 때는 자정이 훨씬 넘은 새벽이 다가오는 시간이었다.

결국 그 부모는 경찰서에서 자기 아들을 확인했다. 자식 때문에 부모가 잠을 설치고 창피를 당하고 경찰로부터 훈계를 들어야 했고 쓰지 않아야 할 돈을 지불하고 나서야 자식을 데려올 수 있었던 게 아닌가?

그 자식은 바로 다름 아닌 호언장담하던 한인 유력 인사의 귀한 아들이었다. 나는 그때 경찰에게 내가 잘 아는 분인데 그 아들을 잘 타일러 다시는 그런 일이 없도록 각서를 쓰게 하고 잘 처리해 달라고 부탁했다.

우리가 어디서도 어떤 경우에도 큰소리 칠 것이 못 된다는 뼈저린 교훈을 그 부모는 경험했으리라고 믿는다. 나 역시 같은 한인으로서 책임을 통감하며 평소 잘 알고 있었던 경찰로부터 전화로 사건 내용을 들었을 때 얼굴이 붉어졌던 것을 시인하지 않을 수 없다.

1978년 YMCA 이사장을 할 때도 비슷한 일이 있었다. 30명 정도가 탈 수 있는 밴을 구입해 YMCA 직원이 학교 수업이 끝나면 한국 학생들을 데려오고 다시 집에다 데려다 주곤 했다. 한국말과 한국 문화를 알고 싶은 청소년들은 오라고 광고를 했다. 그 당시 청소년들 사이에 마약이 횡행했다. 부모 모두 두세 개의 직업을 갖고 자녀들을 돌보지 못하는 가정들이 적지 않게 있었다. 교회나 가정을 찾아다니며 집에 아이들만 있게 하지 말고 YMCA로 보내라고 따로 당부하기도 했다.

몇몇 경찰 국장에게는 한인 학생이 오면 사법처리하기 전에 우선 내게 연락을 해 달라고 요청을 해 놓았다. 어느 날 경찰국에서 밤 1시쯤 전화가 왔다. 한국 청년이 대마초를 흡연하다 잡혀 왔다는 것이다. 전화를 받자마자 그 아이의 집으로 전화를 걸었다. 늦은 시간이었지만 급한 용무라 어쩔 수가 없었다. 그런데 전화를 하다 보니 마침 며칠 전, 홍보차 방문했던 그 집이다. 밤중에 홍두깨같이 전화를 한다고 욕설을 퍼 붓는다. '방에 아이를 확인해 보라. 이름 주소가 같다. 없으면 있는 곳을 알려 주겠다. 지금 경찰서에 붙들려 있다.' 하도 거칠게 나오는 바람에 나도 모르게 목소리가 커졌다. 경찰서에 전화를 걸어 확인한 후 내게 다시 전화가 걸려 왔다. 홍두깨가 선생님으로 바뀌고 말씨도 공손하게 바뀌었다. 어떻게 하면 애를 데려 올 수 있겠냐고 묻길래 경찰서에 내 소개로 왔다고 하고 면회 가라고 조치를 취해 놓겠다고 설명했다. 변호사가 보증을 하면 내보내는 수가 있었다. 경찰국마다 치안 판사가 한 사람씩 파견돼 사건을 그 자리에서 결정할 수도 있었다. 전화로 판사와 대화를 나누던 중 보석금을

고한실의 삶

내고 내보내 주기로 했다. 판사가 보석금이 얼마면 괜찮겠냐고 물어 제일 낮은 금액인 100달러로 합의했다. 다음 날 오전 9시 30분까지 100달러를 갖고 와서 아이를 데려 갈 수 있다고 그 집에 다시 결과를 알려 주었다. 돈을 안 가져가면 내가 가져갈 생각을 하고 있었는데 다음 날 오전 9시 30분 정확한 시간에 돈 100달러를 가져와 아이를 데려갔다고 한다.

판사에게 '부모가 좀 늦을지 몰라 9시 30분부터 10시까지는 가져 갈 것이다.'라고 말을 해 놓았었다. 이 경우도 초범이라 빼낼 수가 있었다. 재범, 3범의 경우에는 그렇게 쉽지가 않았다. 예를 들어 10년 형을 받으면 감형을 받을 수 있도록 애를 써 볼 수는 있어도 그냥 풀려 나오기는 쉽지 않았다. 그런 일련의 일들을 변호사로서 내가 할 수 있는 봉사로 여기고 무료로 일을 했는데 돈을 안 받으니 가짜 변호사라고 말하는 사람들도 있었다. 그 당시 마약 문제가 상당히 심각해 청소년 마약 세미나를 개최하기도 했다.

내가 알기로는 청년 중에는 20세에 20년 형을 선고받은 경우도 있었다. 그런데 특별 사면 신청을 하면 7년 만에 풀려나는 수도 있었다. 그러니까 그 7년을 어떻게 사는가가 무척 중요하다. 초범 10명 중 7명은 재범을 하지 않고 잘 살았다. 마음을 잡고 성실하게 살아가도록 상담도 해주고 취직, 복학을 시켜주기도 했다. 나와서 다시 같은 잘못을 저지르면 새로운 형량에 과거의 형량까지 플러스해서 무거운 죄를 받았다. 재범 10명 중 7명은 또 재범 아니 3범, 4범이 돼 어떻게 해서든지 재범을 하지 않도록 막는 것이 중요했다. 부모와 아침, 점심, 저녁 식사를 모두 함께 하지 못하는 가정이 많았으니 아이들 잘못이라고 할 수는 없었다.

이 외에도 한인 사회에 있으며 경험한 것 중 하나는 중상모략이다.

1974년, 내가 교수로 재직하고 있는 대학과 백악관으로 나를 중상모략하는 편지와 전화가 가을 낙엽처럼 날아들었다. 고한실은 소학교와 중학교도 안 나온 가짜이며 일본에서 감옥을 25차례나 드나든 자라는 것이다. 백악관에서 일을 하고 있는데다가 교도소 전과까지 있는 것으로 되어 있어 미국의 FBI와 CIA, 백악관 등 무려 다섯 군데의 기관에서 1년 동안 나에 대한 상세한 신원 조사가 실시됐다.

하지만 모든 조사가 끝난 1년 후, 나는 학교와 백악관에서 파면되는 대신 오히려 특진이 되고 동시에 월급도 오르게 됐다. 전화위복이 된 것이다. 중상모략은 모두 허위 사실로 밝혀졌으며 유엔 고등검찰관 시절의 공정한 재판관, 정직한 군인, 일본 법무장관 등 수 많은 일본 주요 공직자들로부터 받은 공로장과 감사장 등 세세한 이력이 모두 밝혀진 것이었다. 또한 감옥에 간 것이 25번이 아니라 35차례이며 죄인들을 교화한 공로로 일본 법무장관의 표창장과 교도소에서 감사장까지 받은 경력 등이 상세하게 밝혀졌다.

그 당시 워싱턴 한인회에서 이사를 하고 있었는데 그곳으로 찾아와 학교 입학이나 취직, 보증을 부탁하는 사람들이 적지 않았다. 그런데 미국법에 대학 입학이나 직장 등 누군가를 추천하려면 5년을 지켜보아야 한

고한실의 삶

다고 나와 있다. 그래서 거절하면 뒤돌아서 욕을 하며 중상모략을 하는 것이었다. 물론 자격이 되고 믿을 만한 사람들은 힘이 닿는 대로 추천을 했다. 하지만 아무나 추천 입학을 해줄 수는 없어 거절해야 하는 경우도 있었다. 결국 중상모략의 발상지를 알았다. 우리 대학교 인사위원회 위원장인 부총장이 한인회 일을 더 이상 하지 말라고 조언했다. 그래서 한인회에 전화를 걸어 임원진 명단에서 내 이름을 빼달라고 부탁했는데 곧 처리하지 않아 출판사를 찾아가서 내 이름을 삭제하게 되었다.

1년간에 걸친 나에 대한 상세한 신원 조사가 끝난 후 대학의 인사위원회에서는 나를 정교수에서 46세에 종신교수로 특진을 시켜 주었다. 그것만으로도 과분한데 총장은 다시 아시아 문제 연구소를 신설하며 나를 소장으로 임명했다. 얼마 후 존스 홉킨스 대학에서 교수와 아시아 문제 연구소 소장 임용을 제의해 왔다.

1975년경, 며칠을 생각한 후에 시간이 없어 갈 수 없다고 거절했다. 존스 홉킨스가 얼마나 좋은 대학인데 거절을 하느냐며 친구들은 나를 어리석은 사람이라고 놀려 댔다. 보위(Bowie) 집에서 한 시간, 백악관까지 거기서 한 시간 더 걸리는 거리였다. 존스 홉킨스가 교수로서 좀 더 만족한 생활이 되었을지는 모르지만 백악관 생활을 오래 지속하지는 못했으리라는 생각이 든다. 하지만 그 당시에는 그런 생각까지 할 겨를은 없었다. 단지 거리가 좀 멀다는 생각으로 거절을 했는데 그로 인해 백악관에서 좀 더 알차고 보람 있는 시간들을 보낼 수 있었다.

얼마 후 중상모략 편지를 학교로 유포한 두 사람이 나의 연구실을 찾아왔다. 재미있는 것은 중상모략을 해서 찾아온 두 사람이 전해 준 말이다. 그들의 말에 따르면, 대학원장인 자스카리안 교수에게도 전화를 걸었다고 한다. 그런데 자스카리안은 "나는 고 닥터가 사람을 죽였다고 해도 믿지 않는다. 당신들이 단지 몇 차례 그를 만났다면 나는 훨씬 오랫동안 그를 알아 왔다. 그러니 그런 말 하지 말고 잘 지내라."라고 설득했다는 것이다. 집을 살 때도 확실한 신원 보증을 해 주더니 이래저래 의리 있고 고마운 친구이다. FBI에서는 그 두 사람을 체포하고자 했으나 나는 나로 인해 처벌하는 것을 원하지 않는다고 간략하게 말해 주었다.

찾아온 그들이 백배 사죄를 하기에 그 자리에서 용서해 주었다. 나는 두 사람이 사죄하러 찾아왔고, 결과적으로 나는 대학에서 2계급 특진이 됐으니 다음에 두 번 점심을 사겠다고 했다. 그런데 더 이상 나타나지 않아 식사를 함께 할 기회를 마련하지 못했다.

중상모략이라는 억울한 고난이 찾아왔을 때 잘못한 일이 있었으면 마음이 괴로웠을 텐데 그런 일이 없어 담담했다. 하나님을 믿는 사람으로 나쁜 일을 하지 않았으면 무슨 말을 들어도 마음이 편안하다. 다른 고난이 닥칠 때도 하나님 뜻에 맡기고 고난도 하나님 뜻이라 여기면 이겨 나갈 수 있었다. 없는 죄를 덮어씌운 사람들이 미워지려 할 때는 미워하는 대신 그들을 위해 기도하면 마음이 편해졌다. 사람을 미워하는 것이 얼마나 가슴 저리게 괴로운 일인가? 마음에 용광로 같은 지옥을 품고 사

고한실의 삶

는 것이다. 미운 사람이 없어 나는 마음 편하게 지낸다.

이 외에도 사람들은 숱한 문제를 만들어 나를 어렵게도 하고 모함하기도 했다. 한인 사회의 여러 행사를 주관해 보면서 지나오던 나의 경험의 결론은 중상과 모략을 아무리 받을지라도 하고 있는 일이 양심에 아무 거리낄 것이 없고 정확하고 정직하고 떳떳한 것이라면, 그로 인한 결과가 당장에는 힘들지라도 시간이 흐르면 사필귀정이요 오히려 그 일로 인해 더욱 크고 위대하게 될 수 있다는 것이다.

사람들 가운데 혹시 오해나 중상이나 참소를 당하는 분들이 있는가? 시간은 흐를 것이고 진실은 빛이 날 것이므로 기다리면 기쁨과 승리의 날이 이를 것이니 과도히 염려할 것이 아니라고 권하고 싶다. 나는 여러 차례 그런 경험을 했다.

주위로부터의 모함과 중상과 고발 때문에 나는 한 때 고뇌는 했지만 그로 인한 미 CIA나 FBI의 정확한 조사에 의하여 나는 더욱 정확하고 진실함이 알려지게 되었고 미국 대통령에게 꼭 필요한 인물로서 확고하게 서게 된 계기가 되었다. 그뿐 아니라 나는 가만히 앉아서 부학장급인 아시아 문제 연구소장에다 동양인에게 그리 흔하게 주어지지 않는 국가적 공적이 있는 자에게만 주어지는 종신교수의 직분을 가지게 된 것이다. 바람이 거세게 몰아칠수록 그 까닭에 돛단배는 더 빨리 목적지에 갈 수 있고 매서운 추위가 맹렬할수록 그만큼 봄은 더욱 흐트러지고 빛나고 아름답게 올 것이 아닌가?

북한과 중국, 두 국가의 다른 걸음

젊은이들이여, 공산주의나 사회주의가 궁금하면 철저히 공부를 해 보라. 행복한 생활을 원하느냐 불행한 삶을 원하느냐 물으면 모두가 행복하게 살고 싶다고 대답한다. 그리고 그렇게 살기 위해 노력한다.

그런데 내가 읽은 막스, 레닌주의에는 부자도, 가난한 사람도 없었다. 1817년 소련에서 공산혁명을 일으키며 그 이후 소련이 얼마나 행복한 생활을 영위했는가를 보면 막스, 레닌주의가 행복을 보장해 주는지 아닌지를 알 수 있다. 공평하다는 것은 저기서 불고기를 먹으면 우리도 불고기를 먹어야 하는데 공산당 간부는 불고기를 먹고 인민은 굶어 죽어 가면 그것은 공평한 것이라고 볼 수 없다. 공산당이 공평하다지만 절대 불공평하다.

북한에 대해 무조건 우호적인 사람들에게 정 그렇다면 이북으로 보내 주겠다고 하면 그 사람들 대부분이 가지 않는다. 입으로만 말하지 말고 실제로 행동으로 책임질 수 있을 때 신중하게 말로 옮겨야 할 것이다.

열 가지 중 하나만 아는 사람이 열 가지 중 아홉 가지 아는 사람 나무라고 가르친다는 말이 있다. 우리나라에서 학생들을 가르치는 선생님들 중에서 은근히 공산주의를 선전하는 사람들이 있다. 그것은 교육 제도를 탓할 것이 아니라 그 선생 개인을 탓해야 한다.

북한 공산주의는 정권이 아버지에서 아들로, 다시 아들에서 손자로 바

고한실의 삶

꿘 것 밖에는 없다. 공산주의는 잘 먹고 못 먹는 사람이 있어서도 굶어 죽는 사람이 있어도 안 되는데 아사 하는 사람이 일 년 만에도 헤아릴 수도 없을 정도이니 그런 의미에서 북한은 이미 공산주의라고 볼 수 없는 것이다.

공산주의가 왜 나쁜지 모르는 것은 실제로 경험을 해보지 않아서라고 볼 수 있다. 북한의 공식적인 명칭은 '조선민주주의인민공화국'이다. 하지만 민주주의도 아니고 국민을 먹여 살리지 못하니 공화국이라는 말을 붙일 수도 없다. 1964년경 처음 동독에 갔을 때 사우스 코리아냐, 노스 코리아냐 묻길래 나는 '리퍼블릭 오브 코리아'라고 대답했었다. 북한을 일컫는 조선민주주의인민공화국은 영어로 '피플즈 리퍼블릭 오브 코리아'다. 유엔에 가면 이렇게 이름이 붙여져 있다.

돈이 없어서 그렇다면 어느 정도 이해가 가지만 그렇지가 않으니 더 문제가 심각하다. 일본 식당에서 요리사로 일할 때 김정일에게 발탁이 돼 북한에서 김정일의 최측근에 살았던 일본인 요리사가 있다. 이름은 후지모토 겐지. 그가 쓴 책 〈김정일의 요리인 부제 : 측근에서 본 권력자의 얼굴〉에 보면 김정일은 음식을 먹고 난 후 팁으로 100달러짜리 지폐를 종잇장처럼 뿌렸다고 한다. 그런가 하면 별식을 먹기 위해 다른 나라에서 식재료를 구해오게 했는데 중국의 우름치를 비롯해서 태국, 말레이시아, 덴마크, 이란, 우즈베키스탄, 일본, 싱가폴, 카카오, 스위스, 오스트리아, 이탈리아, 독일 등이 후지모토 겐지가 김정일이 먹을 음식 재료를 사기 위해 돌아다니던 나라들이라고 한다. 그 이후 또 다른 나라에 요리 재료를 사러 갔다고 하고 북한을 빠져 나온 후 일본으로 탈출해 책을 통해 김정일의 일거수일투족을 고발하기에 이르렀다.

조선일보 기자로 있는 강철환의 〈평양의 수족관–북한 강제 수용소에서 보낸 10년〉이라는 책에도 북한의 실상이 낱낱이 소개돼 있다. 일본 조총련이었던 재일 한국인 할아버지와 그의 가족들이 북한의 꼬임에 빠져 1961년 평양으로 건너갔다가 1977년 일가족 모두 함경남도의 요덕 정치범 수용소로 보내졌다. 10년간 수감 후 석방. 1992년 탈북. 강철환은 서울로 망명했다. 그는 2005년 부시 대통령 초청으로 백악관 집무실에서 40분 간 대통령과 면담하기도 했다.

제주도 화북소학교 친구 중 일본의 명치 대학을 다니던 나보다 몇 살 위인 친구가 있었다. 이 친구 역시 대학 재학 중 북한의 감언이설에 속아 북한으로 갔다. 내게 편지를 보냈는데 처음에는 지상낙원이라며 빨리 오시라고 무던히도 설득을 했다. 고등검찰관 시절이었다.

그러더니 한번은 편지가 왔는데, '딸 영자도 결혼시켜 사위까지 데려 오십시오.'라고 쓰여진 것이 아닌가? 아직 결혼 전인 내가 언제 결혼을 해서 딸을 낳아 사위까지 보라는 건지? 편지를 한참 동안 읽다가 아, 오지 말라는 뜻이구나 하는 생각이 들었다. 그 친구는 몇 년 후 결국 자살로 짧은 생을 마감하고 말았다.

북한 공산당을 좋아하지 않는 또 다른 이유는 그들이 거짓말을 일삼

고한실의 삶

고 약속을 잘 안 지키기 때문이다. 거짓말하는 나라는 발전하기 힘들다. 지난 3월 이북에서 미국에 가서 조미 회담을 해서 결정, 이북에서 미사일을 쏘지 않고 중단하겠다고 약속하고 다시 4월 12일~16일 사이에 미사일을 쏘겠다는 발표를 했다. 4월 14일 김일성 생일 100주년 기념에 맞추겠다는 것이었다. 약속 16일 만에 약속을 번복한 것이다. 하지만 그것은 국제법 위반이므로 유엔에서 반대할 것이다. 중국이 거부권을 행사하면 안 되지만 이번은 찬성할 듯하다.

약 20여 년 전 북한에서 대량의 아사 사건이 일어난 후 미국이 쌀을 원조했는데 북한에서는 그 쌀을 이 그릇에 담으라고 해서 주민들이 그 그릇에 담아 놓았더니 군량미로 모두 거둬갔다는 기사를 본 적이 있다. 국민들을 굶어 죽이면서 원조 쌀을 군량미로 쓰고 있으니 북한에 대한 원조는 그다지 의미가 없다. 북한 주민 대신 북한군을 원조하는 격이 되기 때문이다. 고 김대중 대통령 당시에 우리가 준 돈으로 주민들에게 식량을 나누어 주는 것이 아니라 미사일을 만들었으니 우리가 준 돈으로 만든 총으로 우리가 맞는 격이 되었다. 북한에 대한 원조는 식량을 주민에게 직접 나눠 주는 것이나 의사들이 병들고 배고파 죽어가는 북한 주민을 살려 내는 것만 의미가 있으며 그들을 직접적으로 도울 수 있다는 것은 잘못된 생각이다.

국민을 먹여 살릴 능력이 없는 위정자들은 어느 나라를 막론하고 바뀌어야 한다.

우리나라 군대에도 이북을 동조하는 사람이 있다. 미군 철수 문제도 공산당이 원하는 것이지 자유진영은 미군 철수를 원하지 않는다. 일본 의 1/3 정도의 미군이 우리나라에 주둔하고 있다. 설사 미군이 철수된다 할지라도 한국을 지키기 위해서는 더 강한 것을 심어 줘야 한다. 북한이 미사일을 쏘면 미국에서 받아쳐 이북으로 다시 돌려보낼 수 있다거나 등 등. 이북이 아니라도 러시아, 중국, 일본이…

또한 우리나라 해군 기지를 미군이 쓴다는 데 반대하는 것도 이북의 짓으로 볼 수 있다.

이북의 거짓말을 인정하지 말고 정직할 수 있도록 지도해 나가야 한다. 그러기 위해서는 우리가 먼저 정직해야 한다. 북핵문제는 국제 사회의 도 움을 받아야 한다.

역시 공산국가였으나 이제는 바뀐 중국에 대해서도 생각해 보아야 한 다. 1970년 즈음인가 보다. 아버지가 중국말을 배워 두라 하셨다. 50년 후 면 중국은 미국과 동등하거나 미국을 능가할지도 모른다는 말씀을 불쑥 하셨다. 경제학자도 아니고 신문도 열심히 읽지 않으시는 분이 어떻게 그 런 말씀을 하셨는지 알 수 없었다. 1988년 6월 북경대학 초청으로 중국 에 가 보니 도시 전체가 지저분하기 짝이 없었고 교통순경이 자동차를 세워 트집을 잡길래 미국 담배를 줬더니 바로 보내주는 등 사회 부패도 심각한 수준이었다. 북경의 고급 호텔인 북경 반점에 묵었는데 호텔 사장

고한실의 삶

과 대화를 나누다 보니 국가에서 한 달에 40달러 정도를 월급으로 받는다고 했다. 사장도 국가 공무원이었다. 나의 그 당시 월급이 9천 달러 정도였으니 언제 중국이 미국 정도로 발전할지 감이 잡히지 않았을 뿐더러, 아버지가 왜 그런 말씀을 하셨을까 의아스럽기만 했다.

그 후 30년이 지나도록 아버지 말씀을 믿지 못했다. 하지만 90년대 들어 중국은 놀랄만한 속도로 성장하고 있다. 아버지의 선견지명을 인정하지 않을 수 없게 됐다. 이제 그로부터 41년이 지난 2011년 3월 말 기준으로 중국의 외환 보유고는 3조 달러를 돌파했다. 1996년 처음 1000억 달러를 넘어선 뒤, 10년 만인 지난 2006년 9월에 1조 달러를 달성, 4년 반만에 3조 달러를 돌파한 것이다.

3조 달러에 달하는 외환 보유액을 실감하고 싶다면 3조 달러의 3분의 1인, 1인 1조 달러일 때 어떤 일이 벌어지는지를 알아 보면 된다. 이것만으로도 애플, 마이크로소프트, 구글, IBM 등 미국의 4대 IT기업을 모두 인수할 수 있다. 또한 6분의 1만으로도 미국 맨하튼과 워싱턴 DC의 부동산을 모두 사들일 수 있다. 미국 최대의 부동산 재벌이 될 수 있는 것이다. 중국은 이러한 외환 보유액으로 미국 국채를 사들였다. 이제 세계 최대 미 채권 보유국이기도 하다. 미국 재무부에 따르면 2011년 1월 중국의 미국 국채 보유량은 1조 1,550억 달러에 달했다.

중국이 미국 국채를 회수하면 미국 경제는 휘청거리고 중국에서 달러를 팔면 달러 가치는 한없이 추락할 수밖에 없게 되었다.

여기에는 중국인들 특유의 상술도 힘을 더한다. 해방 전 중국에서는 여러 나라에서 팥을 사 들인 다음, 품절되면 그 나라에 좀 더 비싼 값으로 되팔아 이익을 남기는 상술을 썼다. 쌀도 마찬가지였다. 쌀가게에서 20킬로 쌀을 10불에 팔면 다른 곳에서는 8불에 팔고 또 다른 곳에서 가격을 더 낮춰 7불에 팔면 급기야는 7불에 쌀을 다 사버린 다음 품절이 되면 다시 비싸게 되파는 방법으로 이득을 취했다.

유대인이 미국에서 이런 방법으로 돈을 긁어모으기 시작했는데 중국 사람이 이것을 배워 큰돈을 벌었다. 유대인과 중국인의 공통점으로는 단체 생활을 잘 해 나간다는 것이다. 중국인들은 사업을 시작할 때 돈을 빌려 줘 자립을 도와주는데 실패하면 원인을 찾아내 더 이상 돈을 안 빌려준다. 예를 들어 가게를 너무 늦게 오픈한다거나 등이 그것이다. 유대인들도 단체 생활이 잘 돼 있어 쥬이시 센터를 찾아 가면 경력에 따라 일할 장소까지 찾아 준다. 유대인 가게 등에서 일하는 사람은 절대적으로 유대인 우선이다. 그들은 한사람이 식당을 오픈해서 잘되면 다른 유대인은 근처에 주유소를 오픈하고 또 다른 유대인은 리커 스토어를 열어 상부상조하며 그곳을 번화한 곳으로 만드는 데 반해 워싱턴에서 한국 가발 가게가 잘 되니까 점원 중 한 사람이 싸우고 나와 3미터도 떨어지지 않은 곳에 다른 가게를 오픈해 다 함께 망하는 것을 본 적이 있다.

서울의 남대문 시장이나 동대문 시장 혹은 이태원에 가면 예전에 비해 대폭 줄기는 했지만 지금도 의류나 핸드백 등 고급 브랜드의 짝퉁을 찾

고한실의 삶

을 수 있다. 하지만 짝퉁 가짜의 원조는 중국이라고 할 수 있다. 유럽 등지에서 구찌 등의 백을 가져다 짝퉁을 만들어 팔았다. 북경의 한 가게에 가서 우황청심환을 샀는데 당연히 가짜였다. 북경 대학교수에게 부탁해 회사에 가서 직접 사 오는 것만 진짜였다. 그뿐인가? 서화도 유명인 모방의 가짜가 판을 치는 등 중국은 가짜 천국이라고 할 수 있다. 돈도 외국인이 쓰는 것과 중국인이 쓰는 2종류가 있었는데 외국인 돈을 쓸 경우 물건 값이 3분의 1은 비쌌다. 중국 사람들은 사람 속이는 것을 나쁘게 생각하지 않는 것이 일반적이었다. 싸구려 짝퉁 덕분에 중국은 어마어마한 돈을 벌었지만 믿을 수 없는 중국인이라는 이미지는 중국에 대한 인상을 깎아 내리기에 충분하다.

나는 북경대학교 초청으로 중국을 방문했을 때 북경대학교에서 중국법과 미국법에 대한 비교 강의를 발표하면서, 거짓이나 속임수를 우선시하는 마음과 살고 보자는 심리를 지양하고 중국에 정직하고 청렴하고 공정한 지도자가 나와야 발전 할 수 있다는 내용을 덧붙였다.

속임수를 일삼는 상인들 이면에는 정직한 사람들이 많았다. 내가 만난 중국인 교수나 학자들은 매우 정직한 사람들이었다. 그러니까 중국 사람이라고 다 마찬가지는 아닌 것이다. 중국 정부도 거짓말을 밥 먹듯이 하는 북한과는 달랐다. 비교적 정직하였다.

나와 같은 대학에서 알고 지낸 40년 된 친구 중국계 프란시스 쉬 박사가 있다. 그는 경제학 박사로 중국의 등소평이 쉬 박사를 초청, 북경대학에서 3년 동안 미국 경제에 관한 강의를 한 바 있다. 또한 등소평이 쉐 박사의 경제학 이론을 중국 경제에 적용, 중국은 1970년대부터 공산주의에서 사유 재산을 인정하는 등 자유주의 시장 경제로 전환하며 무섭게 발전하기 시작했다. 등소평의 장남이 문화 혁명 때 홍위병에게 쫓기다 추락 사고로 장애인이 됐는데 닥터 쉐가 그 아들을 미국 MIT로 초대해 공부시키기도 했다.

중국의 경제 부흥을 일으킨 인물로 또 한 사람 아는 사람이 있는데 미국 경제학의 대가 프레드릭 프랭크 박사이다. 그 역시 등소평 때 중국에 초청돼 중국에 미국을 비롯한 자유주의 경제를 소개한 사람이다. 중국의 인민일보 정부 기관지에도 미국 경제를 소개하는 내용의 글을 계속 기고했으며 그의 글이 반응이 좋아 나중에는 중국 정부로부터 청탁을 받아 원고를 계속 기재했다. 그는 미국 사람으로 내가 미국에서 처음 집을 살 때 보증을 서 주는 등 나와 각별하게 알고 지내는 사이였다. 그러니까 나의 가장 가까운 친구 중의 두 사람이 오늘날의 세계적인 부자 중국을 만들어 주는데 일익을 담당한 사람이라 아니 할 수 없다. 선친은 내게 40년 전부터 중국말을 배워 두라고 했지만 나는 중국말을 배우는 대신 중국 경제를 부흥시킨 경제학자 두 사람을 가까이에 둔 셈이었다.

한편 미국은 중국의 모택동 밑에서 총리를 하던 주은래 시절부터 중국에 자유 경제를 소개하려 했으나 중국은 '너희들이나 잘 살아라.'라며 말을 듣지 않았다. 등소평 시대부터 미국의 정책에 귀를 기울이기 시작, 오

늘날 중국의 발전을 가져왔다. 등소평은 세계에서 유래가 없는 중국식 사회주의를 탄생시킨 장본인이다.

미국에서는 중국과 외교를 시작한 사람이 아버지 부시이다. 대통령이 되기 훨씬 전인 1973년부터 1975년까지 국무성 북경 연락 사무소 소장으로서 대 중국과의 국교 정상화에 힘써서 외교의 달인이란 평을 받았다. 중국과 민간 외교로 핑퐁 외교를 시작했는데 중국 사람으로 처음 미국에 온 사람들이 다름 아닌 그들이었다. 탁구 선수들의 게임하는 모습을 보며 사람이 아닌 신이라며 신기해 했었다.

나는 이 복잡다단한 중국에 실제 가서 강의를 했다. 중국의 북경대학교는 중국은 물론이거니와 세계적인 석학들이 몰려와서 중국의 역사와 전통을 연구하는 유서 깊고 세계인의 관심이 집중돼 있는 명문 대학의 하나이다. 각 국의 영재들은 대국의 면모를 연구하려고 오랜 옛날부터 북경으로 몰려들었었다.

북경대학교에서 초청을 받는다는 것은 굉장한 영광이다. 왜냐하면 북경대학교 강의는 아무나 하는 게 아니요 중국 공산당 중앙당 인민대회의 결의 통과를 얻어야 한다. 즉 국회통과를 해야만 강사 초청이 이루어지고 중앙당무위원의 안내로 관광도 하게 되는 것이다. 북경대학의 강사로 초빙되는 사람은 누구든지 국빈 대우를 하여 출국까지 최고의 대우를 한다. 1987년 6월 27일 내가 북경 공항에 도착 했을 때 역시 국빈 대우를 받으며 최고급 호텔로 숙소를 마련해 주는 등 최고 대우를 받게 되었다. 북경

대학교에서 그때 내가 했던 강의는 미국과 중국의 헌법을 비교하는 강의였다. 내가 만났던 당시 북경대학생들 대부분이 그 다음 해에 있었던 천안문 사건의 주동자들이었다. 북경 대학에서의 강의를 끝내고 상해와 서안의 대학생들과는 좌담회 형식으로 강의했다.

북경대 학생 중에 굵은 바리톤 목소리로 질문을 유난히 많이 하던 중국 남학생이 있었다. 미국 헌법과 중국 헌법을 비교하며 가르치던 중 미국 헌법 1조 1항에 '모든 국민은 평등하다.'라는 조항과 중국 헌법에 나와 있는 모든 인민은 총서기의 명령을 따라야 한다는 대목을 가르친 적이 있다.

내가 중국에서 돌아오고 난 다음 해에 천안문 사태가 일어나자 중국 공안 당국은 나에게 3년 동안 입국 금지령을 내렸었다. 1989년 어느 봄날 워싱턴의 중국 대사가 나를 찾아오더니 '오늘부터 3년간 중국 입국이 금지되었으니 죄송하다.'고 말했다. 이유를 물어 보았더니 내게 끊임없이 질문을 했었던 그 중국 학생이 북경에서 일어난 천안문 사건의 주동자 중의 한 사람으로 지목되어 감옥에 갇혔다는 것이었다. 그를 가르쳤다는 이유만으로 그 후 3년 동안 중국 입국이 금지된 것이다. 이 학생은 북경 형무소에서 일 년여를 복역했다. 그런데 그 후 어느 날 홍콩에서 내게로 편지가 한 통 날아 왔다. 홍콩에서 편지를 할 만한 사람이 없는데… 하면서 이름을 살펴보니 그 중국 학생이었다.

그는 편지에서 '교수님, 천안문 사건에 관련됐던 것이 잘못한 일입니

고한실의 삶

까?'라고 묻고 있었다. 나는 곧 답장을 적어 보냈다. '국가와 인민을 위한 것이면 언젠가 역사가 밝혀 줄 것이다. 그 일에 대해 부끄러워하지 마라.' 잠시 나로부터 강의를 들었던 똑똑한 중국 대학생들이 자유 민주주의의 원조격인 미국 헌법에 대하여 강의를 듣고 중국의 헌법을 비교하며 살펴보았을 때 그들의 가슴에 끓는 인간이라면 누구나 생각할 수 있는 자유 민주주의 사상이 암암리에 생겨나서 중국의 불평등한 다른 색깔의 헌법을 비평 내지는 그에 대한 항거를 하게끔 만든 것이다.

한 번의 경청이 그 청순한 젊은이들로 하여금 무엇인가를 깨닫게 하는 계기가 된 것은 말할 것도 없다. 인간의 마음속에는 누구에게나 어떤 통제사회라 할지라도 표현의 자유 속에서 배우고 익히며 개인의 자유가 보장되면서 무한히 발전할 수 있도록 되어 있는 것을 갈망하기 마련이 아니겠는가?

중국은 천안문 사건 이후 사유재산을 인정하기 시작했다. 백악관에도 건의하고 중국 대사관의 문화담당 공사를 불러 미 백악관에서 이야기해서 중국은 공산주의에서 사유재산을 인정하는 독특한 사회주의로 바꾸어 가고 있으며 언젠가는 자본주의로 전환될 가능성도 없지 않다고 여겨진다.

바리톤의 목소리를 갖고 있던 그 학생도 중국이 부자 나라가 되는데 기여를 한 것이다.

격동의 대한민국

　내가 미국에 있을 때의 조국 한국은 날로 경제 개발에 박차를 가하고 있었고 눈부시게 발전하였다. 성인이라면 누구나 잘 알고 있을 '새마을운동'은 세계적인 각광을 받았다. 한강의 기적, 한국의 구르튼비히 박 대통령 등 세계가 격찬을 아끼지 않았다. 1960년대 중반부터 1970년대 말까지의 발전 속도는 온 세계가 인정하고 놀랄만한 성과를 이룩한 기적이라고 말하기에 손색이 없는 대역사였다. 그러한 초석 위에 오늘을 이룩한 것이 아니겠는가? 올림픽을 치를 수 있었고 온갖 종류의 국제박람회와 세계인의 축제와 각종 국제회의를 주최할 수 있는 시설은 물론 그러한 역량을 겸비한 실로 선진 대열을 향한 힘과 자질을 갖추어 가고 있는 게 아닌가?

　나는 곰곰이 생각해본다. 만일 박정희 대통령 같은 인물이 없었다면 우리의 조국 한국이 지금 어찌 되었을까를… 아마도 옛날보다는 좋겠지만 현재와 같은 기적이나 발전이나 개발을 할 수 있는 기틀이 과연 그렇게 빨리 10여년 만에 변화 되도록 놓아졌겠는가? 과연 그렇게 어느 누군가가 지도자가 되어도 당시는 그렇게 될 수밖에 없는 역사의 현실이었다고 말할 수 있겠는가? 평가는 쉬어도 실천은 실로 어려운 것이 아닌가?

　슬기로운 독자들은 이 모든 전말을 평가할 것은 평가하고 인정할 것은 인정할 줄 아는 양심의 현명한 소리에 귀 기울일 줄 알고 있으리라고 나

고한실의 삶

는 생각한다.

박 대통령 시절 나는 수없이 조국을 드나들며 대통령의 초청에 따라 각종 행사에 내빈으로 참석하곤 했다. 미국 대통령의 법률고문과 법률자문위원으로서 직임을 충실히 수행하며 조국의 발전을 옆에서 바라보고 격려의 박수를 보내는 심정으로 그러한 행사에 참관하게 되었다. 가끔은 미 대통령 특사를 수행하는 수행원 자격으로도 참관했고 닉슨으로부터 역대 미 대통령이 방문할 시에는 수행원의 한사람으로도 함께 조국을 찾은 적이 있었다.

내가 미국에 있는 동안 1973년도부터 1975년도까지 가끔 북한으로부터 달력, 담배, 인삼, 책자 등이 선물로 포장되어 나의 사무실로 배달된 적이 있었다. 그에 대한 응신은 물론 한 번도 한 적이 없었으나 그들이 보내 준 그런 선물을 마음으로까지 무심하게 지나치진 않고 잠시 북한 동포들에 대한 생각을 떠올려 보곤 했다.

외신이 한강의 기적이라고 부르는 시절, 미국에서 세계 최고의 스미소니안 박물관의 한국관에 진열된 한국 우표가 다른 나라에 비해 숫자도 극히 적고 우표 모양이나 우표의 질이 너무도 시대에 뒤떨어진 옛날 모습으로 방치되어 있어서 대사관에 연락을 했다. 그렇지만 직원은 자기들의 소관이 아니기에 어떻게 할 수 없다는 것이었다. 나중에 체신부장관을 만났을 때 물어보았더니 그곳에 진열할 우표를 제 때에 모두 세트로 보냈다는 것이다. 그렇다면 그때까지 보내 준 우표는 어디로 갔단 말인가! 두말할 것도 없이 중간에서 사라진 것이 분명한데 누군가 우표 수집을 위하여 중간 착복을 한 것이다. 대사관 측에 있는 어떤 인물일 것이다. 국가를 위한 대표자로 남의 나라에 와 있는 공인들의 자질이 이 정도라면 그런 국가의 지도자나 공직 세계를 볼 때에 그런 사람으로 인한 전체를 보는 눈과 평가는 부정적으로 또는 낮게 평가할 것이 아니겠는가? 다시 우표세트가 왔고 진열되어 있어야 할 그곳에 우표가 진열되었기 때문에, 그 후에 누구의 소행인지는 더 따져보지 않았다. 정말 한심스럽고 마음 아픈 일이 아닐 수 없었다.

국제회의나 큰 행사를 위한 공공기관인 케네디 센터에 다른 나라 국기들은 모두 게양돼 있는데 우리나라 국기가 게양되어 있지 않아서 대사관에 전화를 걸었다. 대답인 즉은 준비 중이라든가 낡아서 교체하려고 한다든가 였다. 얼마 후에 대사를 만나 이야기했더니 그 후에야 우리의 국기가 케네디 센터에 게양되었다. 세계화와 국제화를 부르짖는 오늘날 각국이 참여할 수 있는 세계 어디이든 우리나라를 홍보할 수 있는 형편이 될 만한 곳이라면 지체 없이 홍보해야 한다. 한국민은 즉시 조치를 취하고 개인보다는 국익을 위하는 차원에서 세계화와 국제화된 한국의 모습을 알려야 한다. 선진 조국의 위상을 세계인에게 알려 개인과 재외 교민 사회와 국가에 기여하는 양심 있는 국민이 되는 것이 지혜로운 삶이 아니겠는가?

고한실의 삶

그러나 비극적인 일도 끊이지 않았다. 퍼스트 레이디로 사랑받던 육영수 여사의 사망이 그것이다. 1974년 8월 15일 박정희 대통령 내외분 초청을 받고 29주년 광복절 행사와 경회루에서의 저녁 만찬에 참석했다. 일본의 56대, 57대 총리를 지낸 기시 노부스케가 박정희 대통령께 나를 소개, 대통령께서 미국에 살고 있던 나를 초대한 것이다. 낮에 국립극장 2층 VIP석에 앉아 박 대통령의 연설을 듣던 중 어떤 남자가 1층에서 정정당당하게 무대 쪽으로 걸어 나오더니 연설 중인 대통령을 향해 단상으로 총을 난사했다. 총소리는 픽픽 제 소리를 내지 못하고 현악기의 약음기를 쓴 듯한 작은 총소리였다. 양일권 국회의장이 단상의 대통령 발을 잡아당겨 다행히 몇 발의 총탄은 대통령을 비껴갔다. 하지만 단상의 의자에 조용히 앉아 계시던 육영수 여사가 총을 맞았는지 귀 옆으로 피가 흘러내리는 것이 2층에서 선명하게 내려다 보였다. 박종규 경호실장이 쏜 총에 경축행사에 참석했던 앞줄의 여학생이 맞아 사망하는 불상사가 발생하기도 했다. 육 여사는 귀에서 피가 흘러내리는데도 흐트러짐 없이 단상에 앉아 계셨다. 그날 저녁, 경회루 경축 파티에는 김종필 총리가 대통령의 불참에 대해 참석자 모두에게 양해를 구했다. 육영수 여사가 서거하셨기 때문이다. 대통령 저격범은 일본 조총련 계통에서 남파시킨 문세광이라는 사람으로 확인됐다. 경회루 축하연을 마치고 미국으로 돌아가기 위해 워싱턴 달라스 국제공항에 내리자마자 어떻게 알았는지 한국계 기자들이 몰려와 국립극장에서의 총격 사건에 대한 질문을 던졌다.

육영수 여사는 어린이들을 위한 공헌 등으로 국모라는 용어를 쓸 정도였다. 밤에 호텔에서 잠이 오지 않아 대통령께 조의 전보를 치니 워싱턴으로 답장이 왔다. 그 후 1977년 5월 19일자 동아일보에 평양 비밀지령 공작수기 제38호에 김용국 전 거물 간첩의 수기가 실린 적이 있다. 그는 내가 참석했던 1974년 광복절 경회루 파티에서 대통령을 비롯한 8·15 경축식에 참석한 정부 고위직 요인 암살령을 받고 경회루 다리 밑에 폭탄 장치를 하려던 암살 팀의 조장이었다. 그는 그 이후 한국으로 자수했다. 그의 수기에 의하면 경회루 다리 밑에 폭탄 장치를 설치 한 후 원격 조정으로 폭파를 하는 이른바 라디오 폭탄으로 수많은 거물급 인사를 한꺼번에 날려 보낼 계획이었다고 밝히고 있다. 육영수 여사가 별세함으로 폭파음모는 중단됐다고 한다. 경회루 파티에 대통령이 불참하는 등 축하연이 대폭 수정됐기 때문이다. 국립 극장에서의 사건이 일어나지 않았다면 경회루 축하연에 참석했던 200여 명은 함께 죽을 운명이 아니었을까.

그로부터 3년 후에야 알게 된 사실이지만 그날 오전의 이런 사건이 없었다면 내게는 이 글을 쓰는 이런 날도 아마 없을지도 모른다. 그날 저녁 경회루에서의 경축연에서 모든 국내와 국외를 비롯해 재외 국가 요인들과 주한외교 사절들이 함께 폭사를 당했을 것이기 때문이다. 각계각층의 많은 유명 인사들과 귀빈들과 요인들이 대통령의 초청으로 이날 이 식장에 와 있었을 뿐만 아니라 나도 물론 그곳에 대통령의 초청으로 참석하고 있었고 이어서 그날 저녁 6시에는 경회루에서 베풀어지는 특별 경

고한실의 삶

축연에 참석하기로 되어 있었다. 문세광의 사건이 아니었다면 나도 벌써 그날 저녁 경회루에서 죽었을 것이다.

1977년 5월 19일 자 동아일보에 게재된 자수 거물 간첩 김용국의 공작 수기 제38호 '평양의 비밀 지령'에 의하면 그날 1974년 8월 15일 경회루 경축연에 참석한 모든 국가 요인들과 주한 외교 사절들을 특별히 제작한 원격 조정 라디오 폭탄으로 경회루 건물과 함께 완전히 날려 버릴 계획이 었다는 것이다. 그 일을 위해 오래도록 계획하고 엄청난 위력의 폭탄을 2 킬로미터 밖에서 원격으로 조정할 수 있도록 송수신 싸이클을 맞추는 라디오 형태로 제작하여, 실제 경회루 크기의 바위를 대상으로 폭파 훈 련까지 했다는 것이다. 폭로 수기를 읽으며 생각만 해도 정말 소름이 끼 치는 끔찍한 일이라 어깨가 움츠려 들 정도였다.

3년 후에 그런 사실을 알았을 때 결국 하나님의 손길이 섭리하신 것이 라고 지금 믿는다. 육영수 여사의 희생이 많은 사람의 생명을 건진 것으 로 알게 되었다. 당시 많은 국민들이 육영수 여사의 서거를 애도하며 특 히 시골과 양로원의 노인들과 고아들과 일반 아녀자들이 눈물을 흘리면 서 국장을 지켜보았다.

애도와 추모의 발길과 행사가 온통 그 해를 가득 채웠다. 육영수 여사 의 죽음은 일어나야 했던 더 많은 죽음과 사건을 잠재우는 계기가 되었 다. 그로 인한 더 철저한 반공 감시와 구비와 경계가 이루어졌기 때문이 다. 한 사람의 희생으로 엄청난 재난을 미리 막고 경계에 대한 유비무환의 교훈을 단단히 받게 된 것이다. 그것 말고도 북한은 그 이후에도 계속 또 다른 방법의 크고 작은 도발을 감행한 것을 보면 저들의 적화 야욕은 끝이 없음을 알려주었다. 지금이야 그들이 어떤 속셈으로 대화를 하려고 하는지는 모르겠지만 사람의 생명을 경시하는 그들의 사상은 왠지 섬짓할 때가 많다. 세월이 흐르면 역사가 모든 것을 바로 인식하게 해줄 테니까 기다리는 수밖에 없다고 생각한다.

그때를 기억하려고 당시 대통령 내외분의 이름으로 된 초대장과 국장이 치러진 뒤의 대통령의 친필 싸인이 있는 감사의 글과 스크랩한 동아일보 기사를 나는 지금도 보관하고 있다. 내 생애에서 이때 또 한 번의 죽음의 그늘을 벗어난 경험을 한 것을 생각하며 하나님께 감사하기 위해서다. 삶과 죽음과의 거리나 그 차이는 사실 여반장이라 했던가, 그림자처럼 실체와 붙어 다니는 것이 아닌가? 언제 어떻게 우리의 생명이 경각간에 갈는지 내일 일을 알지 못하는 것이 우리네 가련한 인생이 아닌가? 그날 육영수 여사가 그렇게 갑작스럽게 단 몇 분 사이에 유명을 달리 할 줄누가 어떻게 알았겠는가?

독자들이여! 우리의 삶이 혹시 가끔 우울한 일이 있게 될지라도 매일 감사하며 기쁘게 살자! 기왕에 살 바에야 기분 좋게 즐겁게 웃으며 사는 것이 좋고 지혜로운 방법이 아니겠는가?

경제 발전이 가속도가 붙어 세계가 놀라는 가운데 한강의 기적을 이루었다고 격찬을 받으며 해마다 그 성장의 변화를 급속하게 보이고 있을

고한실의 삶

때 장기 집권 치고 국민의 불만이 팽배해지지 않은 나라는 없었던 것을 누구나 알고 있듯이 한국의 정치 구도는 1974년 유신 헌법이 만들어지고 통일주체국민회의가 설립되면서 박 대통령의 장기 집권이 가시화 되어 온갖 학생 운동을 비롯하여 재야인사들의 반대 투쟁이 그칠 날이 없게 되었다. 경제적 기반이 어느 정도 그 길을 갈 수 있도록 닦여지고 선진 대열이 눈에 보이는 시점에 이르러 지듯이 자만심에 차 있을 때 그 말기적 징후를 너무도 쉽게 손에 감지 될 수 있도록 하루하루가 다르게 정치적 상황은 회오리의 씨를 잉태하고 있었다.

어느 누구나 함께 손발을 맞추는 동료들과의 신의가 삐걱 소리를 내기 시작하면서 그 모든 조직이나 단체나 사회나 국가는 결국 불을 보듯 뻔한 말세의 조짐을 나타낼 수밖에 없었던 사실을 역사가 증명하고 있다.

1979년에 접어들면서 미국 대통령 카터와의 관계가 어느 정도 소원한 시절에 미군을 일부 철수시키며 한반도를 미국 안전 감독라인에서 일본으로 옮기려는 움직임이 나타나자 박 대통령은 독자적으로 핵 개발을 서둘렀고 이를 눈치 챈 미국의 압력 또한 높아갔다. 그런 와중에 국가의 기강은 흔들리고 계속되는 시위는 결국 부마사태를 몰고 왔다.

그 시절에 20대 이상이면 누구나 당시 상황을 잘 알 것이라고 생각한다. 중정부와 대통령 경호실 및 비서실과의 마찰은 서서히 검은 구름을 가져오고 있었다.

박 대통령의 심기도 당시는 그리 편안치 못했을 것이다. 그런 와중에서 쉴 사이 없는 산업현장의 일과 이어지는 시위, 부하동료 직원들끼리의 마찰, 부서별 마찰 등 이것저것 다 같이 복잡한 상황과 격동을 일으킬 소지들로 쌓여만 갔다.

그날도 박 대통령은 몹시 바쁘게 하루를 보냈다. 오후 늦게까지 아산만 방조제 삽교호 준공식을 끝내고 대통령 전용 헬기로 저녁 무렵 서울로 돌아와 궁정동에서 저녁 식사자리를 마련한 것이었다. 그 자리가 운명의 자리가 될 줄을 몰랐을 것이다. 평소 사이가 좋지 않던 경호실장 차지철과 중정부장 김재규와의 갈등의 불이 폭발하며 김재규에 의해 대통령까지 시해되는 역사의 비극이 일어난 것이었다.

그날이 바로 1979년 10월 26일이었다. 때는 저녁 식사시간인 7시 30분경이었다. 그때 수발의 총성은 다시 한 번 한국의 역사를 바꾸어 써야 하는 계기가 되었다. 5·16은 무혈의 의거였지만 그 이후 일어난 사태들은 당분간 유혈의 역사로 이어졌다. 대통령이 시해되고 차지철 경호실장이 현장에서 쓰러졌다. 이 비극으로 인해 온 국민이 경악하며 오래도록 국민의 가슴에 놀라움으로 남아 있었다.

그 사건이 있던 당일 나는 사우스이스턴 대학교 총장과 함께 서울에 있었다. 그 소식은 그 다음날 새벽에 알게 되었다. 국가 비상계엄이 선포되고 군 최고 통수권자가 시해되었으니 그 사건의 수사를 위한 모든 수사 권한은 군 최고 수사를 담당하는 계엄보안사령부로 넘어갔다. 보안사령부를 중심으로 국가보위비상대책위원회가 조직되었다. 상임위원장에

고한실의 삶

당시 보안사령관이었던 전두환 소장이 이 사건의 수사 총책을 맡고 있었다. 자연히 그 힘이 막강하여 모든 정황을 수사하고 조사하기 위해 체포 또는 연행, 압류, 현장 봉쇄 등 사건의 해결이 끝날 때까지 그에게 모든 권한이 위임되어 있었다. 그의 명령에 의하여 모든 일이 이루어졌다. 국가 원수 시해 사건이 일어난 만큼, 비상계엄하의 모든 공직 체계와 정치·경제 체계는 모두 계엄군 보안사령부가 수사 실무 권한을 갖게 되었다.

　이렇게 해서 국보위의 막강한 지도 아래 비상시국이 그해의 연말을 맞이하게 되었다. 그 무렵 또 다른 총격전이 서울 한복판에서 일어나게 되었다. 박 대통령 시해 사건이 일어나던 시간에 계엄사령관인 육군참모총장 정승화 대장이 궁정동 현장에서 불과 수백 미터 밖에 안 떨어진 곳에 몇 사람의 부하와 함께 있었다는 것이다. 이것을 조사하고자 연행을 하려던 보안사령부 쪽의 군인들과 상대편 총장공관 군인들과의 실랑이로 인한 총격전이었다. 계엄사합동수사본부장을 맡고 있던 전두환 소장을 중심으로 한 신군부세력(육사 11기 세력)과 기존의 육군지도부였던 정승화 총장 세력이 사건수사와 군의 인사문제의 갈등으로 서로 대립되었다. 전두환이 이끄는 신군부세력은 군부 내 주도권을 장악하기 위하여 정승화 총장을 연행했는데 이는 김재규의 내란에 방조한 혐의가 있다고 주장하여, 국가 원수 시해사건 방조죄로 반대편 세력을 구속 수감하는데 성공했던 것이다. 이러한 12·12 사태는 정승화 총장 쪽의 세력과 보안사 그리고 그에 동조하는 육사 11기 세력 사이에 일어난 총격전 및 우위 확보를 위한 내분인 동시에 싸움이었다.

그 이후 전두환 보안사령관 겸 국가보위비상대책상임위원장의 실세가 국가 전체의 권한을 통제하고 관할하는데 이르게 되었다.

국가보위비상대책위원회(국보위)의 실제적 일이 국가 전체 모든 시국의 정치, 경제, 사회, 언론, 방송을 통제·지도하고 관할하게 되면서 하나의 지도 체제가 형성되었다. 전두환 장군을 중심으로 하는 육사 11기 중심의 통치 구상이었다.

1980년대로 접어들면서 여러 가지 시국에 대한 상황과 지도자를 뽑는 과정의 드라마 같은 세월들이 지난 후 유신 헌법이 통과되면서 전두환 민주정의당 후보가 당선되었고 취임 초기부터 삼청교육대가 설치되면서 3가지 사회 부조리를 척결한다는 가치 아래 강력한 민주 정의 구현을 위한 통치를 시작했다.

그 시절 전두환 대통령은 내게 평화통일자문위원을 해달라고 요청했으나 나는 정중히 거절했다. 이어서 새마을 연수원의 전경환 총장이 세 번이나 특별 강연 요청을 해왔으나 세 번 모두 거절을 하다가 네 번째는 거절하기가 어려워 응하고 새마을 복장을 입고 연수생들과 함께 규칙적인 생활을 하면서 시간을 지키고 강의하는 일주일을 보낸 적이 있었다. 그때의 연수생들은 주로 법조계 인사들과 정계, 재계 인사들이었다. 그 일주일 기간 동안 한번은 기념으로 사진을 찍고 있는데 관계자가 못 찍게 하는 것이었다. 그때 나를 아는 한 분이 "이곳에 강의하기 위해 미국

고한실의 삶

에서 온 미 대통령 법률고문 박사이니 괜찮다."고 소개를 하고 설명해서 사진을 여러 장 더 찍을 수 있었던 적도 있었다.

박 대통령 때부터 계속하여 역대 대통령의 요청과 초대가 끊이지 않았으나 나는 상황에 따라 거절하거나 응하기도 했다. 왜냐하면 나도 미국에서 계속 미 대통령의 법률고문과 자문위원을 역임하고 있었기 때문이다.

그렇게 나는 내 나름대로 바쁘게 살아가고 있었기에 조국의 부름에는 그저 초대에 참석하는 정도의 시간을 보내면서 격려하는 수준이었다. 어떤 계기가 있을 때마다 이승만 대통령 때부터 한국의 역대 대통령들이 초대장과 선물을 보내오곤 했다. 그리고 개인적으로 만나자는 요청으로 만나서 담화를 나누기도 하고 공적인 석상에서 만난 적도 있다. 그러나 고국을 위한 일은 직접적으로 한번도 못했지만 간접적으로 미국 대통령 법률자문위원으로서 자주 한국에 대한 조언과 형편을 국익이 되는 차원으로 언제나 제시하거나 의견을 개진했다. 미 대통령들의 법률고문과 자문위원을 역임하면서 한국인으로서 한국에 대하여 팔을 안으로 굽히지 않았겠는가? 그리고 한국의 역대 대통령들이 미국을 국빈 방문을 하게 되면 자연히 백악관에서 만나게 되었다. 한국인으로서 한국 대통령이 미국 대통령의 초청으로 백악관에 오게 되었는데 대통령 자문위원인 내가 그 자리에 있게 되는 것은 당연한 것이 아니겠는가?

나를 경호하는 경호원이 언제나 그림자처럼 나를 보호하며 함께 수행

했다. 1985년 4월 9일 나카소네 일본 총리는 TV연설을 통해 경제 활로를 위하여 일본인 1인당 미화 100달러씩을 써달라고 호소한 적이 있었다. 그 정도로 일본은 이미 그 당시 경제 대국이 되어있었고 달러 보유고가 세계 최고치를 기록하고 있었다. 역시 일본은 대단한 나라임에는 틀림없다.

물론 이 시기에 한국에 대해 나 역시 열심히 알리고자 애썼다고 자부한다. 1976년, 미국의 사립대학 총장회의에 아시아 문제 연구소장 자격으로 참석했다. 우리 대학 총장이 이 모임의 회장을 맡고 있었다.

워싱턴 DC 헌법홀에 대학 총장 100여 명과 따라온 사람들 200명까지 약 300명 정도가 참가했고 총장만 발원권이 있어 질문에 답변을 했다. 한국과 일본의 정치제도 차이, 일본과 한국의 민주주의 헌법, 백악관 대통령에 관한 질문, 공적인 이야기와 사적인 이야기 등에 관한 것이었다. 7시간 동안 강의를 했는데 최장 기록이었다. 사람들은 도시락을 먹으면서 계속하여 강의를 들었는데 질의응답에 답변하다 보니 7시간이 걸렸다.

1980년 초 한국의 롯데호텔에서 국제 형법회의에 참석했는데 미국에서 30명 정도, 전체 150명 정도 모였다.

아시아 지역 7나라를 한 바퀴 돌아 대만, 일본, 한국, 싱가폴, 홍콩, 필라델피아, 말레이시아의 대학과 기관을 방문했다. 한국에서는 서울대와 국회 등을 방문했으며 아시아 정세를 알려주었다. 인도 뉴델리에서 국제 교수회의를 할 때도 마찬가지였다. 회의 사회를 맡은 사람들과 주최측 교

고한실의 삶

하버드 대학 총장들 모임. 아시아 문제에 대하여 원고 없이 설명

육계 고위 공직 인사 한사람이 각국 교수들을 환영한답시고 인사 겸 말하는 태도가 상당히 각국 교수들을 언짢게 하는 그런 질문들과 자세를 보이고 있어서 다들 찜찜하고 어중간하게 앉아 있었는데 그 교육계 고위 공직 인사가 내 차례가 되었는지 나를 보더니 질문하기를 "너의 나라는 무슨 말을 쓰느냐?"고 했다. 그 말에 나는 잠시 머뭇거리다 "미국에서는 학교 급사 채용 시험에도 한국말이 어떤 것인지 모르면 탈락한다."라고 조크 섞인 대답을 하자 장내는 쾌재를 부르듯 폭소를 터트리며 다들 멋있고 훌륭하고 격에 맞는 재치있는 대답이라고 나를 보며 손을 치켜 올렸다. 특히 영국의 여교수 한 분은 너무 좋아하며 엄지손가락을 들어 올려 보였다. 어떻게 국제회의에서 일국의 지도자에 속하는 한 사람이 그것

도 교육계를 대표하는 지도자가 세계적으로도 우수한 글자라고 언어학계가 인정하는 한국말이 어떤 것인지 모른다니 한심하기 짝이 없다는 생각이 들면서 나는 속으로 조금 화가 나서 대답을 그렇게 한 것이다. 물론 대답을 할 때 크게 웃으면서….

영국 런던에서의 또 다른 법학자 국제회의에서도 마찬가지였다. 역시 사회자이면서 회의의장을 하던 사람이 내게 물었다. "너희 나라는 흑인이 몇 퍼센트 되느냐?"라고 묻기에 나는 즉시 대답하기를 "우리나라는 흑인을 노예로 쓴 나라가 아니다."라고 했다. 장내는 잠시 분위기가 머쓱해졌다. 어찌 이렇게도 사람들이 다른 나라에 대하여 몰라도 이다지도 모를까? 그러면서도 지도자들이나 교육계 인사가 되었다고 하니 참으로 아이러니컬한 일이 아닌가? 사전에 국제회의 참석자들 국가에 대한 사전 지식이나 정보에 이렇게도 어둡고 모를 수가 있단 말인가? 이 또한 한심한 노릇이라 생각했다.

고한실의 삶

독도는 우리 땅

2차 대전 패전 후 일본은 어느 약소국가를 상대로라도 더 이상 전쟁을 일으킬 수 없는 처지가 됐다. 유엔 맥아더 사령부에서 새로운 일본 헌법을 만들기 시작한 것이다. 1946년 3월부터 매일 1시간씩 유엔 법무관실에서 7명의 법무관들이 모여 의견을 수렴했는데 '일본은 더 이상 전쟁을 일으킬 수 없다.'는 내용이 새 헌법의 골자였다. 그 법은 1946년 11월 3일 맥아더 사령관이 사인을 마침으로 마무리 돼, 이듬해인 1947년 5월 3일 마침내 시행되기에 이르렀다. 나는 7명의 법무관 중 유일한 동양 사람으로 헌법 제정에 참여했다. 새롭게 제정된 헌법의 제9조에 의하면 일본은 전쟁과 무력에 의한 협박이나 국제 분쟁 혹은 전쟁을 일으키지 못한다는 내용이 뚜렷이 게재되어 있다.

미국에 살 때 미국의 헌법학자인 로버트 여사(UN 법무관)와 함께 일본을 방문한 적이 있다. 일본의 새 헌법에 관련된 국제회의가 동경에서 열렸는데 미국에서는 로버트 여사와 나, 이렇게 두 사람이 대표로 참석하게 된 것이다. 나는 그 자리에서 세계의 평화를 위해 가장 좋은 일본 헌법은 전 세계에서 으뜸가는 법이라 고칠 필요가 없다고 주장했다. 미국의 로버트 여사 역시 "고 박사와 같은 생각이다."고 답변해 나의 의견에 무게를 실어 주었다. 일본에서는 그 이후 고 박사와 로버트 여사가 동의했다고 하며 국회에서 찬성했다.

한편 일본에서는 새 헌법과 관련 전쟁에 대한 언급이 기록된 제9조를 빼자는 의견이 심심치 않게 거론되고 있다. 5~6년 전에도 고이즈미 총리가 이 조항을 삭제하자는 의견을 내 놓은 적이 있다. 국회의원들이 참석한 일본 총리실에서 열린 회의실에서였다. 헌법에 의해 일본은 전쟁 목적의 군대를 만들 수 없다. 대신 자국의 방어를 위한 방위군을 갖고 있다.

하지만 그 방위군이 실상은 우리나라 군인보다 더 강하다. 육상자위대, 항공자위대 등 육·해·공군 모두를 갖고 있다. 계급도 군인 계급 대신 1위, 2위, 3위, 1장, 2장, 3장 이렇게 사용한다. 이름만 못 쓸 뿐이지 일반 군대처럼 있을 것은 다 있는 셈이다. 하지만 일본의 방위대는 우리나라 군대처럼 의무제가 아니다. 일본 사람 90퍼센트가 방위대에 찬성하고 있다. 군대에 가지 않아도 되는 혜택이 있기 때문이다.

이런 상황이다 보니 일본은 예전의 제국주의 시대처럼 함부로 전쟁을 일으킬 수 없을뿐더러 독도를 차지하고 싶어도 마음대로 독도를 칠 수 없는 처지이다. 전쟁을 일으키면 유엔에서 가만있지 않을 것이기 때문이다. 독도 문제는 러시아 제국 때 지도와 프랑스에서 세계지도 만들 때 당시 지도에서 독도가 우리 땅이라는 증거를 확보하며 대처하여야 한다.

한편, 국제 분쟁 등을 해결하는 상설 국제재판소로는 국제 사법재판소와 국제 형사재판소 및 국제 해양법재판소 등 3군데가 있다. 그중, 국제 형사재판소(ICC International Criminal Court) 소장에 2009년 서울대 교수

고한실의 삶

인 송상현 박사가 선출됐다(2009년 3월 11일부터 3년간). 송 교수는 2003년 2월 ICC초대 재판관 선거에서 18명의 당선자 가운데 2위로 당선된 인재이다. ICC는 집단 학살 죄, 전쟁 범죄 등 중대한 국제 인도법을 위반한 개인을 처벌하는 것을 주요 업무로 하고 있어 독도 문제와 직접적인 관련은 없으나 3개의 국제 재판소 중의 하나에 한국 사람이 소장으로 일하고 있는 것은 여간 마음 든든한 일이 아닐 수 없다.

국제 사법재판소(ICJ International Court of Justice)는 유엔의 사법기관이며 국가 간의 법적 분쟁만을 취급하는 곳으로 독도 문제가 국제 사회 수면 위로 떠오를 경우 영향력을 행사 할 수 있는 기관이다.

한편 독도 문제에 직접적인 영향을 줄 수 있는 국제 해양법재판소(ITLOS)재판관으로 2009년 3월 6일 서울대 백진현 교수가 취임했다. 국제 형사재판소 소장에 송상현 박사가 선출되기 직전의 경사였다. 백교수는 취임 후 독도 문제에 관해 "독도는 대한민국 영토이기 때문에 재판 할 사항이 아니다."라고 명쾌하게 답변했다. 2011년 ITLOS 소장에 일본인 아나이 순지 재판관이 선출돼 독도 문제에 영향을 미치지 않을까 우려의 목소리가 잠시 있었다. 하지만 일본은 독도가 자신의 영토라고 주장할 만한 법적 근거가 대단히 희박하다는 것이 나의 소견이다.

웃음만 나오는 에피소드

진지한 이야기만 했으니 웃을 일도 이야기한다. 동경제대 대학원 박사 논문을 준비하던 1946년경, 유엔 고등검찰관을 겸하던 중 다른 일거리가 들어왔다. 일본 요코하마 지방검찰청의 차장검사가 자신의 딸이 사법 시험 준비 중이니 도와달라는 것이었다. 집은 동경도내 거주자, 일본 최고의 국립여자대학인 오차노미즈 여자대학에 재학 중이었다. 합격하면 사례비와 보너스를 주겠다고 한다. 차장검사는 동경제대 선배이며 사시 선배이기도 했다. 물질 욕심이 없는데다가 고등검찰관을 하며 이미 충분한 보수를 받고 있어 돈에 욕심이 생기진 않았다. 그보다 차장검사가 하도 간곡히 부탁을 하기에 우선 한번 만나 보자는 생각이 들었다.

첫 만남부터 다짜고짜 법률 이야기를 꺼내 보았다. 가정교사를 하려면 학생의 실력이 어느 정도인지 알아야 할 필요가 있다고 생각했던 것이다. 그런데 새까만 눈동자를 깜빡거리며 바라보며 내 질문을 경청하는 폼이 마치 사법시험을 치르는 면접관을 대하듯 진지하다. 야무진 대답도 정확하다. 여우처럼 영리한 여대생이었다. 가르쳐 보고 싶은 욕심이 생겨 검찰관 일이 끝나는 저녁 시간을 이용하기로 했다. 맥아더 사령부 일은 4시 반이면 끝났다.

사법시험을 준비시켜 준 지 1년 만에 합격 소식이 날아들었다. 그런데 이 아가씨가 영리할 뿐만 아니라 공부 욕심도 많았다. 다음 해에는 행정

고한실의 삶

고시를 준비해 보고 싶다고 하더니 행정고시까지 연이어 너끈히 합격하는 것이 아닌가? 그런데 그것이 끝이 아니었다. 그 다음 해에는 외무고시까지 패스함으로 3년 만에 시험 중에서 가장 어렵다는 3시 시험에 모두 합격함으로 지루한 시험공부에 종지부를 찍었다. 나는 사시뿐 아니라 행정고시와 외무고시 공부까지 옆에서 함께 공부하며 도울 수 있을 만큼 도움을 줬다. 함께 공부하며 나 역시 많은 공부가 되었다. 방법이 비슷했다. 처음에는 일주일에 두 번 가다가 일 년 후부터는 2주일에 세 번 갔다.

그런데 그렇게 장장 3년 간 그 집을 드나들며 욕심 많은 여대생뿐 아니라 그 가족들과도 친분이 쌓이고 허물없는 사이가 되었다.

외무고시까지 패스하고 더 이상 그 집에 올 일이 없어지자 차장검사가 애초에 약속한 보너스를 못 준다는 것이었다. 아니 3배로 받아도 시원찮은데 대신 딸을 데려가라고 한다.

그동안 공부를 가르치며 정이 들었던 터라 그 제의가 싫지 않았다. 의외의 말에 놀랐을 뿐이다. 제주도에 계신 아버지께 연락을 드렸다. 그랬더니 일본 사람이라 안 된다는 것이었다. 그래서 차장검사에게 아버지의 뜻을 전하고 한국인으로 귀화시키면 데려가겠다고 했더니 이번에는 그 집에서 반대였다. 그렇게 해서 삼시를 패스한 일본 여인과의 결혼은 한국 가정대 일본 가정의 국적 분쟁의 합의점을 찾지 못한 가운데 아쉽게 불발로 그치고 말았다.

그로부터 30여 년이 지난 1976년경이다. 우리 대학에 등록한 학생 중에 삼시 패스한 그 일본 여인의 이름이 있었다. 동명 이인인줄 알았는데 강의실에 들어가 보니 30여 년 전의 바로 그 여인이 맞았다. 사법연수생으로 온 것이었다. 그녀는 3개월을 공부하고 돌아갔는데 그 다음 일본 학회에서도 다시 만날 기회가 있었다.

추억의 그 여인은 20대의 수수깡처럼 깡마른 모습은 온데 간데 없고 몸집이 후덕한 중년 여인으로 변모해 있었다. 아 그런데 어쩌란 말인가? 아직 독신이라니… 동경 지방법원 판사를 하다가 현재는 변호사를 하고 있다고 하는 이 똑똑한 여인을 아무 남자도 감히 데려가지 못한 것이다. 아니 눈이 너무 높아 시집을 못간 것인지도 모르겠다. 아! 이럴 줄 알았으면 사법시험만 준비시키고 나머지 공부는 도시락을 싸들고 다니며 말릴 것을… 한 치 앞을 알 수 없는 것이 인생이다.

이 외에도 조금만 참았으면 좋았을 법한 일도 있었다. 미국 정부기관에서 일하는 한 고관이 29일 동안 스물아홉 장의 교통위반 딱지를 떼인 골치 아픈 사건이 내게 맡겨졌다. 매일 한 장씩 받은 것은 아니었다. 그냥 지나친 날도 있었고 하루에 아침, 점심, 저녁으로 석 장씩 받은 날도 있었다. 우리 대학교의 총장과 친분이 있는 사람이었는데 법대의 교수들이 서로 떠넘기다 급기야는 내게로 맡겨졌다. 아무튼 골치 아픈 사건들은 늘 내 차지였다.

이 정도면 운전면허 정지는 말할 것도 없고, 경우에 따라서는 감옥행도 불사해야 한다. 보통 티켓 10장이면 면허가 취소된다. 하지만 5~6장에 취소당하는 수도 있고 스물아홉 장을 받고도 취소 안 되는 사람도 있기

고한실의 삶

는 하다. 총장의 부탁에 하는 수 없이 3일만 시간을 달라고 했다. 그런데 아무리 꼼꼼하게 조사를 해봐도 변호할 길이 보이지 않는다. 평소 같으면 거절했을 터다. 그런데 총장이 간곡히 부탁을 하는 바람에 하는 수 없이 맡았다. 그리고는 우선 연방 지방법원에 판사 친구가 있어 검토가 끝난 다음 날 그와 점심 약속을 잡았다.

그런데 내 얘기를 전해들은 판사 친구가 마침 교통법원 판사를 대동하고 점심 약속 장소에 나타났다. 중국집에서 배불리 점심을 먹고 백악관 앞에 있는 연방 지방법원 판사의 방에서 우리 세 사람은 얘기를 나눴다.

내가 교통법원 판사에게 물었다. 자꾸 참고 기다리라고 하는데, 아니 무엇을 참으란 말인가? 판사가 대뜸 언제 이 사건을 시작하는 것이 좋겠나? 물었다. 나는 당장 하자고 했다. 그래서 바로 다음 날인 월요일 아침 9시에 워싱턴 DC에 있는 교통법원으로 갔다. 29일 동안 29장이라는 천문학적인 숫자의 티켓을 받은 높으신 분을 대동하고서 말이다.

그곳에는 60여 명의 교통경찰이 방청석에 앉아 대기 중이었다. 우리 사건 말고도 다른 케이스들이 있었던 것이다. 다른 사건들이 하나 둘 진행되는 동안 자포자기 상태로 기다리고 있는데 12시까지 기다려도 29건의 교통 사건 중 단 한 건도 우리 서류가 나오지 않고 있었다. 점심시간인 12시부터 2시가 지나자 고관에게 딱지를 물린 29명의 교통경찰 중 겨우 대여섯 명만이 남아 있다. 2시가 지나도 서류가 나오지 않는다. 드디어 2시 55분에 우리 사건 중 첫 서류가 나왔다. 하지만 아! 그때는 이미 우리 담당 경찰들은 모조리 방청석을 떠난 후였다. 증인 나오시오. 두리번두리번 아무리 주변을 둘러보아도 한 사람도 자리에 남아있지 않았다. 마침내 판사가 쾅쾅 방망이를 두들기므로 No Guilty(무죄)가 선언되는 극적인 순간이었다.

나에겐 알량한 변호 한 마디 할 기회조차 주어지지 않았다. 변호라 봐야 별 것이 있었겠는가? 급한 사정이 있어서 빨리 달렸다고 할 수 밖에.

이렇게 해서 이 사건을 이기기는 했다. 내 힘으로가 아니라 판사가 도와주기는 했지만 아무튼 합법적으로 이기기는 했다.

변호비로 1만 달러를 주겠다고 하는데 거절했다. 대신 총장에게 식사 대접이나 하면 좋겠다고 제의했다. 그는 총장과 나를 그의 집으로 초대해 성대한 식사를 대접해 주었다.

나의 변호사 경력에 교통 사건은 이 사건이 처음이자 마지막이었다.

한편, 그때 중국집에서 함께 식사를 한 판사가 다름 아닌 그날 코트에 젊잖게 앉아 방망이를 두드린 바로 판사였다.

아! 그러고 보니 '느긋하게 참고 기다려라.'라고 한 말의 의미를 이제야 터득했다. '서류를 늦게 보낼 터이니 좀 참아라.' 그런 뜻이었던 모양이다.

정직하고자 했던 변호사 경력에 한 가닥 흠집이 잡힌 사건이었다. 하지만 변호사에겐 아니 누구에게도 인맥은 실력만큼이나 중요하다. 적재적소에 아는 사람을 가능하면 많이 알고 있는 것은 재산이다. 겸연쩍은 마음을 이렇게 위로했다. 그가 바로 그 판사일 줄이야…

고한실의 삶

아버지가 남기신 교훈과 장학회

생각해 보면 우리 집은 늘 복적하였다. 방 세 칸에 작은 마루가 딸려 있던 외딴 초가집에는 외할머니와 어머니, 아버지, 우리 5남매 외에도 손님들이 늘 북적였다. 서울에서 놀러 온 이화여대 학생들이 며칠씩 마루방에 유숙했다. 일본에서 한라산에 스키를 타러온 경응대학(게이오대학) 학생들도 우리 집을 애용했다. 일본 학생들은 일본에서 배를 타고 스키를 한쪽 어깨에 둘러매고 반가운 손님처럼 나타나곤 했다. 집은 볼품없는 초가집이었지만 한라산 정기를 받은 산천단의 우리 집은 경치가 빼어났다. 한라산 바로 밑자락에 있었기 때문이다. 또한 집 앞으로는 태평양으로 이어지는 초록의 남해바다가 앞뜰처럼 멀리 내다 보였다. 집에서 바다까지는 700고지, 밤이면 바다낚시를 하는 불빛이 반딧불처럼 깜빡깜빡 반짝였다. 그 덕에 네다섯 살 때 즈음 나는 우리 집에 놀러온 일본 학생들을 통해 산은 야마, 하천은 가와 따위의 일본 말을 따라 했다. 훗날 일본 유학을 떠나기 위한 연습은 이때부터 시작된 모양이었다.

아버지는 손님들이 찾아오면 가족들은 엄두도 낼 수 없는 하얀 쌀밥을 해 먹이곤 했다. 반찬 가짓수도 우리 밥상보다 두어 개는 더 얹혀졌다. 향긋한 도라지가 삶아지고, 민들레 무침에 무김치, 토란국 끓이는 냄새가 부뚜막에 넘쳐났다. 배고픈 김에 토란국에 들어가는 토란대를 익기 전에 꺼내 먹으면 맛이 독해 목이 껄껄해지고 쑤시는 듯 아팠다. 왜놈 학교는 얼씬도 하지 말라며 소학교에 가겠다고 조르던 나를 극구 만류하셨던 아버지. 조선 총독부 미나미 지로 총독의 지휘 하에 수행된 끈질긴 창씨개명에도 목숨을 걸고 한국 이름을 고수하셨던 아버지, 애국심이 누구 못지않으셨다. 하지만 손님이라면 스키를 타러 온 일본 학생들에게도 너그러우셨다. 불시에 찾아오는 손님이라도 늘 환대를 하셨다. 쌀밥을 먹을 수 없는 내 신세가 한탄스럽기는 했지만 그런 생각은 잠시 뿐, 좁쌀이 섞인 보리밥도 한없이 구수했으며 배불리만 먹을 수 있으면 그것으로 족했다.

우리는 먹을 것이 모자랄지언정 이웃을 위해 헌신하시는 부모님의 모습을 뵈며 검소한 생활이 자연스럽게 물들기 시작했다. 자녀들에게 보리 쌀 한 톨도 낭비해서는 안 된다는 모범을 보이셨다. 집안 농사가 충분해 팔아서 쓰면 잘 살 수 있었을 것이다. 산에서 물 없이 키우는 쌀도 있어 먹고 남을 만큼 농사가 충분했으나 하나도 팔지 않고 남는 것은 모두 이웃에 나눠 주셨다. 처음에는 불평을 했으나 나이가 들어가며 어렴풋이 사회봉사라는 생각이 들었다. '굶어 죽는 사람도 많은데 호의호식은 죄다. 그 죄를 어떻게 감당하려고 하는지?'라는 말씀도 자주 하시곤 했다.

언행일치, 말한 것은 반드시 지켜야 하는 습관을 가지게 하셨는데 자신이 말한 것을 지키지 못하는 사람은 다른 사람과의 약속도 지키지 못하는 비겁한 사람이라고 늘 말씀하셨다. 돈을 빌리면 꼭 갚아라. 다른 사

고한실의 삶

람에게 빌려서라도 약속한 제 날짜에 반드시 갚으라고 말씀하셨다. 그 밖에도 '감기에 걸리면 감기에 지는 놈이다. 병에 지면 아무것도 못한다.' 등 강인한 체력과 정신력을 키워 주셨다.

때론 아버지로부터 설명도 없이 회초리가 날아들곤 했지만 그것의 아픔에 비해 그로 인해 내 몸에 들여진 습관의 혜택은 이루 말할 수도 없다. 아버지는 자녀들이 올바른 가치관을 성취하도록 엄격하게 가르치신 것이다.

하지만 네댓 살적 눈 속에서 뒹굴며 노느라 살갗이 빨갛게 얼어붙으면 아버지는 얼음장 같은 내 손을 당신의 따뜻한 겨드랑이에 끼고 녹여 주곤 했다. 아버지의 따뜻한 체온이 내 가슴으로 스며들어오는 순간이었다.

내가 유엔 고등검찰관 시절(1954년경)에도 아버지는 존경받는 대상이었다. 동네 한학자들이 존경받는 한학자인 아버지께 예의범절을 배우게 하려고 우리 집에 여식들을 보냈다. 그렇게 데리고 있던 처자들이 시집을 가면 아버지가 결혼 비용 일부를 대주는가 하면 그 동생들까지 공부를 시켰다. 땅을 일구어 그 많은 식구를 먹여 살리자니 아버지는 새벽 동틀 때면 어김없이 일어나 하루 종일 쉬지 않고 움직였다. 그뿐인가, 우리도 제대로 먹지 못하는 처지에 농사지은 고구마나 더덕을 이웃에게 싸주느라 분주하셨다. 그런 일련의 아버지의 모습은 어린 나에게 스펀지에 물이 배어나듯 자연스럽게 스며들었다. 아버지의 사랑은 그렇게 이웃으로 흘러가는 것처럼 여겨졌다. 세상살이에 눈이 떠지면서 그것이 사회 봉사였구나 하는 생각이 들었다.

그럼에도 아버지는 '공짜는 절대로 받지 마라. 공짜처럼 비싼 것은 없다.'고 가르치셨다. 나도 그 가르침을 따라 중학교 1학년 때는 출판사에서 봉투에 주소 쓰는 아르바이트를 하며 학비를 충당했다. 그런데 2학년에 올라가니 성적이 우수하다고 교장선생님이 장학금을 주겠다고 했다.

장학금을 받으면 아르바이트를 안 해도 되고 그러면 잠을 실컷 자겠다 싶은 생각이 제일 먼저 들었다. 충분한 수면, 참으로 뿌리치기 힘든 달콤한 유혹이었다. 그런데 한참을 생각했다. 과연 이 돈이 공짜 돈인가? 아닌가? 그런데 고민을 할수록 공짜는 절대로 받아서는 안 된다는 아버지의 얼굴이 떠올랐다. 그래서 거절을 했다. 그랬더니 이번에는 교장선생님이 여자 중학교에 재학 중인 딸의 가정교사 부탁을 했다.

그것은 공짜가 아니니 받아들였다. 그렇게 공부를 가르쳐 주는 정당한 대가로 보수를 받고 학비를 보충해 나갔다. 출판사 아르바이트에 비하면 시간도 훨씬 짧고 보수는 상대적으로 많아 고구마로 세 끼 식사를 때우던 처량한 신세는 면하게 됐다.

그 이후 고등학교와 대학교에 진학해서도 장학금을 모두 거절했다. 그렇지 않은 경우도 있지만 장학금에 은근한 조건이 붙는 경우가 있기 때문이다. 예를 들어 대학에서 장학금을 받을 경우 인턴이나 졸업 후에 장

고한실의 삶

학금을 받은 회사로 우선 가야할 것 같은 은근한 부담을 가질 수 있기 때문이었다.

그런 연유로 장학금을 거절했는데 지금 생각해 보면 고지식한 바보이기도 했다. 돈도 없는 처지에 법에 저촉되는 것도 아닌데 장학금을 받고 졸업 후 그리로 안가면 어쩐단 말인가? 아버지 말씀을 너무 잘 따르는 효자 아들이었다. 장학금 대신 대학 마칠 때까지 가정교사를 계속했다.

내 삶을 그렇게 빚어 주신 아버지. 그러나 아버지와도 이별을 할 때가 되었다. 조용히 세상을 떠나셨기 때문이었다.

아버지가 돌아가신 것은 1976년 3월이었다. 그로부터 28년 전인 1948년 4월 3일 해방 이후 제주도에서 일어난 가장 끔찍한 사건인 4·3 사건 때 아버지는 목포 형무소(일제 강점기 동안 조선 총독부 산하에서 운영된 형무소 중의 하나. 서대문 형무소. 마포 형무소 등)에 수감돼 있었다. 아버지는 방조죄 명목으로 잡혀 갔는데 우익이 오건 좌익이 찾아오건 목마르고 배고픈 사람들에게 물과 음식을 제공했기 때문이다.

목포 형무소에서 아버지는 마을 사람들의 증언으로 무사히 풀려 나셨다. 고규남 훈장은 선비일 뿐 나라에 반역할 사람이 아니니 살려 달라고 청원을 했다고 한다. 아버지는 이웃에게 인심을 잃지 않으셨다. 아니 존경을 받으셨다. 자그마한 체구에 쉼 없이 몸을 움직였던 근면과 정직의 표본, 농부이면서 한학자였던 나의 아버지 산음 고규남. 현재 내 나이 여든 여섯, 이부자리에서 잠자듯 돌아가신 아버지와 꼭 같은 나이를 살고 있다. 나의 소원은 아버지처럼 성실하게 살다가 어느 날 아버지처럼 조용히 눈을 감는 것이다. 잠자듯이 하나님께로 돌아가는 것이다. 제주시 아라동 동장은 아버지 장례를 마을 장으로 치르기로 했다. 오준수 동장이었다.

어머니는 84세에 위병으로, 아버지는 86세에 지병 없이 잠자다 편안히 돌아가셨다. 새벽에 일어나실 시간이 되어도 깨질 않아 일하는 사람이 들여다봤더니 깊은 잠에 빠진 듯 편안히 눈을 감으신 것이다.

아버지뿐 아니라 어머니 장례식에 마을 분들이 정말 많이 애를 써 주셨다. 그렇게 이웃과 함께 울고 웃으며 마을 사람들의 정신적 지주가 되어 주셨던 아버지의 장례식에는 아라동 주민들의 아쉬운 작별 인사가 아버지의 마지막 발걸음을 조용히 따랐다. 아라동에서 산천단까지는 걸어서 20~30분이 걸리는 거리다. 그 길을 황토빛깔 먼지를 일으키며 백여 명이 넘는 동네 주민들이 걸어왔다. 밥상이 모자랄 세라 머리에 밥상까지 이고 온 사람들도 있었다. 아버지가 돌아가신 후 우리 집 주변의 땅 가운데 일부는 선친의 뜻에 따라 아라동 경찰초소에 기증했다. 아버지가 흐뭇해 하셨으리라 생각하니 내 마음도 기쁘다.

어머니나 아버지 장례식에 참석하는 사람들을 위해 제주 신문에 광고를 냈다. 조의금과 화환은 사절하며 그래도 갖고 오는 경우에는 사회에 환원하겠다고 적었다. 그런 광고에도 불구하고 조의금을 갖고 오는 사람이 있었다. 그래서 어머니의 조의금은 장례식을 치러준 교회에, 아버지의

고한실의 삶

조의금은 장애인 협회에 기증했다. 미국에서는 암으로 죽으면 암센터로 조의금을 보내는 경우를 본 적이 있다.

아버지의 교육을 본받아, 나 역시 세 아들을 기를 때 각별히 신경을 썼다. 어려서부터 아버지로부터 물려받은 가훈인 근면, 정직, 노력, 검소 등의 유산을 대물림해서 가르쳤다. 자초지종 설명 없이 회초리를 드는 것만 빼고는 모두 해 본 셈이다.

회초리 대신 상금이나 선물을 주는 방법을 사용했다. 어려서부터 정리 정돈 하는 습관을 들였는데 자기 방 청소는 의무이며 어지르면 벌점을 직접 표시하게 했다. 청소시켜 잘못하면 다시 시키기도 했다. 자녀들이 물건을 아무데나 놓고 챙기지 못하는 책임은 부모에게 있다고 볼 수 있다. 습관을 들여 주지 못했기 때문이다. 아이들이 처음에는 반항을 하다가 점차 습관이 붙어 가기 시작했다. 부엌이나 거실 등을 청소하면 방 하나에 1달러씩을 상금으로 지급했다. 그러니 학교에 갔다 와서 서로 청소를 하겠다고 경쟁을 하곤 했다.

작은 일은 25전부터 시작해서 1달러까지 상금을 정해 놓고, 저금통을 만들어 가득차면 은행 통장에 입금시켜 주었다. 자녀가 18세 이하이면 부모가 은행에 따라가서 통장을 만들어주어야 하는데 오픈 할 때만 부모가 따라가고 입금할 때는 혼자 가도 된다. 유치원부터 습관을 들였더니 5전, 10전 늘어나는 것을 자랑스럽게 여겼다. 정직하면 상을 주고 거짓말 하면 벌을 주기도 했는데 어느 날 학교에서 B 받은 것을 감추는 것

아버지와 어머니

같아 너 C받았지? 선수를 쳤더니 '아니요 B 받았어요.' 하며 이실직고를 하고 말았다.

잔소리를 하면 더 말을 안 들어, 규칙을 정해 놓고 그 범위 내에서 지키게 했다.

매일 아침과 저녁에는 가족기도 시간을 가졌고 일주일에 한 번은 정해진 시간에 가족회의를 열어 좋은 점, 불평 등을 솔직하게 얘기하게 했다. 종이에 적기도 했다. 학교 친구와 다툰 이야기, 어느 때는 배가 고픈데 엄마가 빨리 밥을 안줬다는 불평도 있었다. 가족회의를 하는 날은 무슨 일이 있어도 시간에 맞춰 귀가했다.

고한실의 삶

아이들이 초등학교에 다닐 무렵부터 아버지는 돈이 없어서 초등학교와 중학교, 고등학교 졸업을 모두 못했다. 그러니 너희들도 알아서 공부하기 바란다는 이야기를 해왔었다.

생일이나 상금으로 돈을 받아도 함부로 쓰게 하지 않았다. 읽고 싶은 책을 사거나 대학 등록금으로 저축을 했다. 왜냐하면 나의 서가에 아이들이 읽을 웬만한 책은 구비가 돼있었는데 그 밖의 읽고 싶은 책은 자신이 번 돈으로 사게 했기 때문이다. 한편 고등학교까지만 뒷바라지를 해주고 대학부터 등록금 일체를 벌어서 가거나 아니면 장학금을 받아서 충당하라고 일렀기 때문에 아이들은 틈틈이 대학 학비를 모아 두곤 했다. 다행이 나의 세 아들은 대학에서 모두 장학금을 받고 공부했다. 대학교는 돈을 벌어 가던지, 돈이 없으면 학교를 못 다니던지 했더니 일찌감치 부모의 의존 없이 제 살 길을 찾아 나선 것이다. 학교에서 아르바이트로 돈을 벌기도 하고 수학 가정 교사를 하기도 하고 장학금도 받고 그렇게 돈벌이와 장학금 두 가지를 병행하며 무사히 대학을 졸업했다.

결혼식 비용도 모두 자신들이 알아서 했는데 한 아들만은 형편이 어려워 조금 도와주고 싶었다. 하지만 직접 주는 대신 다른 사람을 통해 비밀리에 약간만 도와줬다. 자녀들이 스스로 돈을 벌 능력이 있는데 부모가 도와주면 능력 발휘를 안 하고 게을러지기 쉽기 때문이다. 고등학교를 졸업하면 스스로 제 앞길을 개척해 나가게 하는 것이 좋다. 그때부터 도와주는 돈은 자녀들에게 공짜 돈이 될 수 있다. 공짜 돈은 좋은 것이 아니다. 뇌물로 받는 공짜 돈뿐 아니라 자녀들에게 주는 공짜 돈도 때때로 자녀들의 앞길을 가로막는 걸림돌이 되곤 한다. 미국에서는 18세 이상이면 법적으로 돌봐줄 의무가 없다.

세 아들의 결혼식은 모두 미국에서 치렀다. 사회복지회관의 방 하나를 무료로 빌려서 진행하고 따로 기부를 했다. 결혼식에는 신랑 신부 가족과 가까운 지인 30여 명 정도가 참석했다. 직계 가족들을 제외하면 신랑 신부 측에서 10명씩 정도만 참석했다. 결혼식을 앞두고 워싱턴 한국일보에 다시 광고를 실었다. 축의금 사절이며 가져오시는 경우 혈액협회에 기증하겠노라고… 그런데도 갖고 오는 사람이 있어 그 사람 이름과 주소 그대로 혈액협회로 기증했다. 그랬더니 감사장이 그 집으로 날아들었다는 이야기를 그 사람들을 통해 전해들을 수 있었다.

미국과 일본에는 축의금이나 조의금과 같은 풍습이 없다. 액수가 크면 뇌물, 공무원은 교회 등에서 결혼식이나 장례식을 치르면 교회에서 돈을 받지 않는 것이 일반적이다. 일본에는 고덴 바이가에시라는 말이 있는데 조의금을 두 배로 갚는다는 뜻이다.

조의금을 만원 받으면 언젠가는 두 배인 이만 원을 갚아야 한다는 속담이다. 일본 사람들은 특히 남의 신세를 지는 것을 싫어한다. 그렇듯이 축의금이나 조의금의 풍습이 존재하지 않는다.

워싱턴에 살 때 한국의 한 외교관의 딸 결혼식에 많은 액수의 축의금을 받아 사회적인 물의를 일으킨 적이 있다. 청렴한 공무원의 모습에 위

고한실의 삶

배되는 것이었다. 1964년경 미국 법무장관의 아들 결혼식 피로연에 1달러에서 1달러 50센트 정도의 커피와 빵 한 조각이 나왔다. 요즘은 미국과 일본도 많이 달라졌지만 초호화 결혼식이나 장례식 문화는 지양해야 한다. 좀 더 필요한 곳에 나누는 것이 좋지 않을까?

알뜰하게 번 돈을 어떻게 썼느냐고 묻는 사람들이 있다. 대부분 후원과 장학금에 투자했다. 실제 나도 일본 유학시절 제주 도지사가 준 장학금 100엔이 나에게는 금쪽같았다. 아르바이트를 하면서도 그 돈이 있어 마음의 여유가 있었던 것이다. 그때의 고마운 마음이 늘 마음속에 남아 일본에서 여유가 생기자 나 같은 학생들을 도와주어야겠다는 생각이 들었다. 맥아더 총사령부에서 10년 9개월(1946. 3.1~1956. 12.31)간 일하면서 연봉으로 1만 2천 달러를 받았으니 쓰고도 넘칠 만큼 큰돈이었다. 그때부터 일본의 가난한 학생들을 대상으로 장학금을 지급하기 시작했다. 연봉 중에서 부모님 생활비로 100 달러를 보내고 그 일부는 장학금으로 지급했는데 경제사정으로 학교에 다니기 어려운 학생들이나 아르바이트를 하느라 공부할 시간이 없는 학생들을 조금씩 도와주었다. 그렇게 장학금을 받은 사람 중에 판사, 검사들이 나오기 시작했다.

그렇게 시작한 것이 산음장학회이다. 산음은 돌아가신 아버지의 호이다. 뫼산, 소리 음, 사회 환원에 대한 가르침을 알려준 아버지의 뜻을 따르고자 아버지의 호를 따랐다. 장학금을 주기 위해 학생을 만나 보는데 그 학생이 어떤 생각을 갖고 있는지 정직, 청렴, 공정한 사람인지를 먼저 알아본다. 1시간 정도 대화를 나눠보면 어느 정도는 알 수 있다. 주로 대학생들에게 지급했는데 형편이 힘든 고등학생도 약간 있었다. 한국 학생들뿐 아니라 일본과 중국 등 외국 학생에게도 지급했다. 워싱턴에서도 산음 장학회는 계속되고 있는데 재학 중인 대학을 통해 지급한다. 1년에 10~12명, 1인당 500~5천 불 정도. 그동안 5억 정도를 기증했다.

내가 근무하던 사우스이스턴 대학에는 FBI에서 가장 많은 장학금을 보냈다. 1년에 4백만 달러이다. 대신 FBI에서 보내는 학생은 약 40명 받아줘야 했다. Give and Take 인 것이다. 그 덕분에 나는 세계 각지에 4백 여 명의 FBI 제자를 갖게 됐다. 그중에는 한국인 제자도 두 명 있다.

한국에서는 1959년 고씨 중앙 종문회의 창립 멤버가 되었는데 동아일보 고재욱 사장 등 30여 명이 참여하여 총 5만 달러의 장학금 중 1만 달러를 후원했다.

미국 어린이 암협회나 장애인협회 등에서 내가 일하는 대학으로 기부를 청하는 편지가 날아들곤 했다. 그러면 큰돈은 아니어도 각각의 기관에 기부한다.

또한 휠체어협회나, 결핵협회, 아동장애자, 등 장애인협회에도 작은 액수지만 기부를 하고 있다.

고한실의 삶

바르게 살아가기 위하여

내 목표는 성실한 인간으로 실력을 갖춰 신세 안 지고 정직·공정하고 청렴하게 사는 것이다. 부족한 대로 그렇게 살고자 노력했고 후회나 아쉬움이 없다. 시대가 바뀌었지만 자녀들이나 제자, 학생들에게도 그렇게 살기를 권면한다. 어린 시절부터 정직하게 일하는 습관이 몸에 배이면 그런 정직한 꿈나무들부터 우리나라, 아니 세계의 좀 더 밝은 미래가 달려 있다는 생각이다. 자신의 푸르른 꿈을 펼치기 위해서는 실력을 갖춰야 함은 두 말 할 나위가 없다. 세계적인 지도자, 이 세상에 꼭 필요한 사람이 되기 위해 실력을 갖추어야 하겠지만 그 전에 정직과 청렴부터 몸에 배는 것이 바람직하다.

열두 살까지 고향에 머물며 몸과 정신에 배어 들어간 습관은 나의 자아 형성의 기초가 되어 주었다. 개구쟁이 기질이 잘못 나갔으면 망나니가 됐을 수 있겠다. 하지만 엄격한 아버지와 나라 사랑을 몸소 실천하신 어머니로 인해 나는 강해졌고, 인생의 목적을 갖게 됐다. 강하지 않으면 나약해 지는 것이고 그러면 인내심을 갖고 인생의 꿈을 성취하기 힘들어진다. 난관을 헤쳐 가는 능력이 부족해진다.

자녀들에게 큰 울타리를 만들어 주고 자유롭게 키우고자 했다. 무엇이 되라고 이야기 한 적은 없다. 자녀들에게 의사나 변호사가 되라거나 하는 것은 금물이다. 진로는 본인이 택하게 하는 것이 바람직하고 그것을 정했다면 그렇게 되는 방법을 가르치고 도와줘야 한다. 아이들이 할 일을 마치면 그 밖에 자녀들이 하고 싶은 일은 가급적 모두 허락했다. 그리고는 좋지 않은 일을 하려는 경우에는 나라면 그렇게 안하겠다고 하면서 자세한 이유를 설명해줬다. 아버지로부터는 종아리에 피가 나도록 맞았지만, 나는 장단점을 설명해준 것이다.

내가 가장 중요하게 생각하는 가치는 검소함, 그리고 근면함이다.

자녀들을 국무총리, 도지사, 병원장 등으로 훌륭하게 키워낸 엿장수 아버지가 있다. 제주도의 박종실 씨이다. 큰 아들 경훈은 해방 후 초대 제주도 도지사, 둘째 아들 태훈은 제주 MBC사장, 셋째 충훈은 상공부 장관을 하다가 80년 국무총리가 됐다. 박정희 대통령 유고시 대통령 권한 대행을 했다. 넷째 경훈은 제주 도립병원장을 지냈다. 딸 난수는 그 당시 경성제국대학 법학부 학생인 고광림과 결혼해 딸 고경신을 낳았는데 난수가 죽고 고광림 박사는 전혜성 박사와 재혼했다. 고광림 박사와 전혜성 박사 또한 자녀들을 훌륭하게 키워냈는데 그중 고홍주가 현재 미국 국무부 법률차관보를 맡고 있다. 고광림 박사는 나의 오촌 형이다. 그러니까 엿장수 아버지 가족과 우리 집안은 사돈이 된 셈이다.

박종실 씨는 정직하고 성실한 사람이었다. 엿장수 10년 계획을 세우고 돈을 모으면 땅을 사고 절대 팔지 않아 땅 부자가 됐다. 계획대로 엿장수 10년 만에 제주시에 잡화상을 차렸다. 물건의 품질이 좋고 싸다고 소문이 나며 잡화상은 날로 번창했다. 그는 이윤을 10퍼센트만 남기는 기준

고한실의 삶

고광림, 전혜성 박사 내외

을 세워 장사했는데 10년 안에 제주에서 제일가는 대상점이 됐다. 직원에게도 정직하게 하면 성공한다고 가르치며 10년 일하고 나가서 가게 차리면 50퍼센트, 20년 일하고 나가면 100퍼센트를 대주는 등 직원에 대한 대우도 각별했다. 그 점원들이 해방 후에 제주도 의회 의장, 상공회의소 회장이 되며 박종실씨를 기쁘게 했다.

아버지와 내가 설날에 박종실 씨 집에 세배를 하러 가면 다 꺼질 듯한 마룻장은 삐그덕 소리를 냈다. 내려앉을 것 같아 걱정을 하면 쓸 수 있을 때까지 쓴다며 개의치 않으셨다. 30대 나이의 나에게 나이 많은 성공한 아들들을 잘 부탁한다고 말하는 겸손한 사람이기도 했다. 그렇게 정직하고 욕심 부리지 않고, 검소하고 겸손하게 사는 모습이 그가 성공하고 자녀들도 훌륭하게 키워낸 비결이 아닐까 한다.

　가난했던 시절이야 절약하는 것이 당연하다고 말할 수 있다. 하지만 우리보다 잘 사는 나라에서 절약하고 검소하게 사는 모습들을 많이 보면서 느끼는 것이 많았다. 대표적인 예가 독일, 일본 그리고 미국이다.

　1974년경, 뮌헨 대학교수 초청으로 독일 학회를 참석했다. 일요일에 교수 가족과 함께 야외로 피크닉을 나갔다. 코카콜라를 마시고 아무 생각 없이 쓰레기통에 병을 버렸다. 그런데 그 교수가 나에게 빈 병을 달라고 한다. 없다고 했더니 병까지 먹었냐며 농담을 하더니 얼른 뛰어가 쓰레기통에서 빈 병을 찾아 왔다. 돌려주면 1페니를 준다는 것이다. 학회에 참석하는 동안 그 집에 유숙했다. 남편은 이과대학, 부인은 공과대학 교수였다. 그런데 쉬는 날 부인이 아르바이트를 간다면서 공장엘 나갔다. 날더러 쉬는 시간에 현장 견학을 와 달라고 해서 가 보니 막 노동자처럼 몸이 더러운 상태로 나왔다. 공과대학 교수로 공장에 가서 실험도 할 겸 막일을 하고 있는 것이다. 2차 대전의 패전국인 독일이 경제 발전을 먼저 일으킨 이유를 알 것 같았다. 근면하고 검소했다.

　또한 독일은 일반 국민이 수입이 들어오면 일부는 쓰고 나머지는 기증을 하거나, 장학금을 주는 등 서로 도와주는 문화가 잘 정착이 돼 있다는 것도 알게 됐다. 여유가 있는 사람이 돈을 묻어 두지 않고 어려운 사람을 도와 함께 경제가 활기차게 돌아가게 하는 것이다.

고한실의 삶

일본에서 중학교 교장을 하다가 문교부차관이 된 사람의 집에 식사 초대를 받아 방문한 적이 있다. 음식 양이 적을 뿐 아니라 위생적으로 조금씩 떠다 먹고, 자기가 가져 온 음식은 남김없이 다 먹는 모습이 인상적이었다. 디저트로 과일을 먹는데, 사과를 네 조각으로 나눠 한 조각씩만 먹는 것을 보고는 놀라지 않을 수 없었다. 부잣집이면서도 우리의 문화로 보기에는 마치 먹을 것이 부족한 가난한 사람들처럼 여겨졌다. 집집마다 조금씩 다르기는 하겠지만 음식의 양이 적고, 접시의 음식을 남기지 않고 깨끗이 비우는 것은 일본 음식 문화의 일반적인 모습이라고 하겠다.

　이 외에 부가적으로 이야기하고 싶은 생활습관 중 하나는 정리정돈이다. 밤 9시면 기름 등불도 다 꺼버려 잠자리에 드는 시간이다. 그런데 열 살 쯤 된 어느 날, 캄캄한 방 가운데 아버지가 국어책을 가지고 오라고 하신다. '아버지 아무것도 안 보이니 성냥불 좀 주십시오.'라고 했다. 그랬더니 '그냥 가져와라.' 하신다. 더듬더듬 기어서 책을 꺼내 가져갔는데 잘못 가져 갔다. 종아리에 회초리가 날아들었다. 다음 날 부리나케 책 정리를 마치고 캄캄한 가운데에서도 찾을 수 있도록 모두 정리를 해 놓았다. 책꽂이라 봐야 사과박스 두 개를 이어 붙인 것이니 그리 많은 책이 있던 것은 아니었다.

　그렇게 몇 차례 회초리를 맞은 후부터는 아무리 캄캄한 밤중에 책을 찾아오라 해도 손으로 더듬어 정확히 꺼내 갖고 갔다. 왼쪽에서 세 번째 산수책, 일곱 번째 국어책, 산수 공책 이렇게 정리를 해 놓은 것이다. 그렇게 정리 정돈하는 습관도 어려서부터 훈련이 되니 인생에 여간 도움이 되는 것이 아니다. 아버지께서 한석봉 어머니 이야기를 읽으신 것은 아닌지…

아흔이 넘은 요즘도 그때의 습관을 그대로 간직하고 있다. 책장에 모든 책과 서류들을 알기 쉽게 분류, 정리해서 갖고 있다. 책장에서 뽑아 읽고 난 책은 반드시 같은 장소에 꽂아 놓는다. 그래야 다음에 찾을 때 시간 낭비하지 않을 수 있다. 처음 정리를 할 때는 시간이 좀 걸리지만 일단 정리를 마치고 나면 그 다음부터는 훨씬 수월하고 물건을 찾는데 소용되는 불필요한 시간을 줄일 수 있다.

책장뿐만 아니라 내가 쓰는 물건들은 옷부터 수건이나 양말, 연필, 자, 핸드폰, 안경, 카메라 하물며 빈 박스까지 모두 분류해서 깨끗하게 제자리에 정리해 놓는다. 정리하는 습관도 근면함의 한 부분이라고 생각하기 때문이다.

이렇게 정리하는 습관을 들이지 못했다면 실타래처럼 얽히고 설킨 복잡한 법률 공부를 어떻게 해낼 수 있었을까? 그뿐인가? 유엔 법무관으로 수많은 업무를 처리할 수도, 백악관에서 많은 대통령을 보좌하지 못했으리라. 대통령을 보좌한다는 것은 여간 꼼꼼한 준비가 요구되는 일이 아니기 때문이다.

실제 내가 처음 인연을 맺은 닉슨 대통령부터 마지막으로 모신 조지 부시 대통령에 이르기까지 하나같이 근면했으며 정리정돈의 명수들이었

고한실의 삶

다. 뒤죽박죽 상태로는 복잡한 국정을 처리해 나갈 수 없다. 물론 각 분야의 보좌관과 비서들이 있지만 그 최종적인 처리와 책임은 대통령 자신이 져야 하기 때문이다.

대통령들과 많은 시간을 함께 보내다 보니 함께 차를 마시는 일이 자주 있었다. 그러면 공적인 자리에서의 찻잔은 테이블에 그대로 두지만 개인적인 만남에서 차를 마시고 나면 바로 찻잔을 들고 싱크대로 가서 씻곤 하던 대통령들의 모습이 보기 좋았다. 몸에 밴 습관처럼 자연스러웠다.

자녀 세대에게 해 주고 싶은 말

첫째, 건강은 중요하다.

1985년경이다. 평소 친분이 있던 미국 CIA(미국 중앙정보국) 국장 윌리엄 케이시가 7살 난 그의 딸과 식사해달라는 부탁을 했다. 딸이 고기만 먹고 다른 음식은 먹질 않는다는 것이었다. 아버지 조지 부시가 부통령으로 있을 때 케이시에게 나를 소개, 알게 된 사이다. 아버지 부시는 부통령이 되기 전 CIA 국장(1975년부터 1977년까지)을 지낸 바 있는데, 그는 1924년 생으로 나와 비슷한 연배로 부통령 시절 우리 집에도 찾아올 만큼 가깝게 지내던 사이다. 로널드 레이건 대통령 때 부통령을 역임하며 백악관에서 알게 된 인연이다. 그렇게 서너 차례 케이시와 만나다 보니 서로 가까워졌고 그러던 차에 딸과의 식사 부탁을 받았다.

케이시 국장과 그의 딸과 함께 뷔페식당엘 갔다. 일곱 살짜리 딸은 아니나 다를까 소고기, 닭고기 등 각종 고기만 잔뜩 한 접시를 갖고 와서는 먹다 남긴다. 난 생선과 야채, 과일 등 골고루 음식을 담아 한 점도 남기지 않고 접시를 깨끗이 비웠다. 옆자리에 앉은 꼬마 숙녀에게 물었다. 예쁘고 싶냐, 공부 잘하고 싶냐, 예스. 예스. 그러면 채소와 과일을 많이 먹어라. 예뻐지고 기억력이 좋아져 공부도 잘하게 된단다.

그 이후 꼬마 아가씨의 식생활 습관은 차츰 개선되어 갔다고 한다. 케이시 CIA 국장은 다시 한 번 내게 청을 했다. 이번에는 어린 딸이 아닌 그

룹 상대였다.

워싱턴 근교에 있는 Vienna 초등학교. 초등학교 600명을 상대로 학교 강당에서 강의를 해 줄 수 없겠느냐는 것이다. 내 강의를 한 번이라도 들어 본 사람은 알겠지만 난 미사여구를 쓸 줄 모르는 언변이 화려한 사람이 아니었다. 그런 내가 법률문제도 아니고 이번에는 건강 강의를 하게 됐다. 접시에 음식을 직접 담아 먹으며 학생들에게 음식을 골고루 천천히 씹어 먹고 접시를 깨끗하게 비우는 시범을 보였다.

일본 사람들은 작은 그릇에 조금씩 음식을 가져와 남기지 않고 깨끗이 먹는 습관을 갖고 있었다. 그러면 하나님께서 예뻐하신다고 설명했다. 그 밖에도 채소와 과일을 많이 먹어라 등의 이야기를 나눴다. 예전에 너무 기름진 음식을 먹어 건강을 해쳤었다는 이야기도 살짝 해주었다. 강의가 끝난 며칠 후 그 학교 교장선생님으로부터 작은 소포가 날아들었다. 교장선생과 학생들의 사인이 빼곡히 담긴 예쁜 노트였다. 참으로 특별하고 귀한 선물이었다. 건강하게 사는 것, 어찌 보면 법률보다 중요하지 않은가?

둘째, 신뢰감을 쌓아라.

미국 워싱턴에 살 당시 나는 워싱턴 시내의 한 아파트에 월세로 세들어 살고 있었다. 어느 날 같은 대학의 미국인 친구 프랭크 쉐 교수가 우리 집에 놀러 왔다. 경제학과 교수로 미국 경제학의 대가일 뿐 아니라 중국 등소평의 초청으로 중국을 방문, 중국의 경제 발전을 위해서 일익을 담당했던 실력 있는 경제학자이다. 그가 어느 날 내게 이런 제안을 했다. 매달 지불하는 아파트 월세로 집을 살 수 있다는 것이었다. 다운페이를 얼마 하고 나머지는 은행에서 빌리고 다달이 아파트 세를 물듯이 집값을 갚아 나간다는 것이었다. 미국 물정에 어두운 나를 깨우쳐 주었다.

친구는 당장 행동에 옮겼다. 은행에 전화를 걸어 "Do you have a money?" 이렇게 묻는다. 그리고는 내 친구가 집을 사려하니 돈이 있으면 융자를 부탁한다는 것이었다.

은행 측에서 세 명의 보증인이 필요하니 알려 달라고 했다. 같은 학교 의 총장과 대학원장 그리고 우리 집에 놀러온 프랭크, 이렇게 교수 세 사람의 이름을 불러 주었다. 24시간 이내에 연락을 주겠다고 했다.

다음 날, 출근하니 대학원장인 자스카리안 박사에게 제일 먼저 전화를 걸어 나의 신용에 대해 물어보았다고 한다. 그랬더니 그의 대답이 또한 재미있다. 고한실 박사의 신용은 너희 은행보다 나을 것이라고 한 것이다. 그의 자신만만한 발언 덕분에 총장과 친구, 두 사람에게 전화를 걸어 신용을 조사해 보는 일은 생략됐다고 한다.

그렇게 어렵지 않게 돈을 빌려 나는 워싱턴 근교 Bowie MD에 미국에서의 첫 주택을 구입해서 그곳에서 몇 년간을 살았다. 예로부터 친구를 잘 사귀어야 한다는 말이 있는데 쓸 만한 경제학자 친구를 가까이 두었더니 눈 깜짝할 새에 내 집을 갖게 되지 않았는가?

고한실의 삶

셋째, 미디어에서 자유로워져라.

노벨상의 30퍼센트를 차지하는 유태인 가정 중에는 텔레비전을 보지 않거나 컴퓨터, 핸드폰을 쓰지 않는 가정들이 있었다. 1980년대, 가정교육에 관심이 많은 가정의 경우였다.

텔레비전이나 핸드폰이 없으면 아이들만 불편한 것이 아니다. 부모도 불편함을 감수해야 한다. 하지만 자녀 교육을 잘 시키기 위해서 부모가 그 정도의 희생은 감수하는 것이다.

사우스이스턴 대학 법대 대학원장이었던 조지 자스카리안 박사는 케네디 대통령 때 백악관에서 행정 자문위원을 했다. 백악관에서 일한 공통점이 있는데다 6·25 전쟁 때는 강원도 속초 주재 미 육군사령관을 역임한 장군 출신이라 이래저래 나와는 가깝게 지낸 친구다. 그 친구 집에 자주 놀러 가곤 했는데 그 친구와 친구 집 가까운 곳에 있는 유태인 센터(JCC)를 방문, 유태인의 가정 교육에 관한 많은 것을 배우게 됐다. 유태인 가정을 소개 받아 방문해 보니 자녀 교육 상 텔레비전이나 컴퓨터 등을 사용하지 않는 가정들이 있었던 것이었다. JCC 간부 이자 일류회사 간부들인데… 집에 하우스 키퍼를 쓸 정도로 부자였는데, 텔레비전은 없었다. 물론 돈이 없어서 그랬던 것은 아니고 자녀 교육을 위해서였다. 존스 홉킨스 총장 집에도 초대 받아 가봤는데 집에 텔레비전이나 컴퓨터가 없었다. 존스 홉킨스 총장은 자스카리안의 친구였다.

2003년 강원도 둔내에 위치한 어느 모임에서 강연을 한 적이 있다. 그 모임에서 유태인 가정에는 핸드폰과 텔레비전과 컴퓨터 없이 교육하는 가정이 있다는 예를 들었다. 그 모임에 참석했던 한 목사님이 집으로 돌아가 두 딸을 데리고 내게로 다시 찾아 왔다. 큰 딸이 15살, 둘째 딸이 12살이었다. 그런데 그중 큰 딸이 내말을 듣고 그날부터 핸드폰을 치워버릴 결심을 했다. 컴퓨터도 숙제용으로만 쓰기로 했다.

핸드폰이 없으면 불편하기가 이만저만이 아니다. 예전에는 없이도 잘 살았건만 요즘은 그것 없이 외출하려면 발걸음이 잘 안 떨어진다. 하지만 아이들은 그런 작은 고통을 극복하는 법을 통해 좀 더 큰 어려움을 극복하는 방법을 터득하게 된다. 요즘 아이들이 친구들과 전화하거나 이메일, 페이스북을 하느라 한창 공부할 나이의 귀한 시간들을 아깝게 흘려보낸다.

마지막, 사람 사이에는 대화가 중요하다.

특히 부부사이에 가장 중요한 것 중의 하나는 대화라고 생각한다. 싸움이 없는 집은 없다. 그러므로 건설적인 싸움은 찬성이다. 하지만 비 건설적이면 가정이 파탄될 수 있으므로 반대다.

나는 화가 날 때는 일기장에 하소연을 하기도 하고, 아니면 섭섭한 생각 등을 대화함으로써 소화시켜 나갔다. 말을 하지 않으면 감정을 키워나가므로 바람직하지 않다.

부부싸움이 잘 해결되지 않을 때는 중간에서 누군가 지도해 주는 사람이 있으면 좋다. 처음에는 대화가 잘 안 되도 서로의 불만과 생각을 나

고한실의 삶

누는 중 서로 조금씩 반성하기 시작하는데 이럴 때 누가 다리를 잘 놓아 주면 도움이 되는 것이다.

일본에서 변호사를 할 때 주로 일본인 부부 열 몇 케이스와 워싱턴에서는 미국인과 한국인 부부 약 열 케이스의 이혼 변호를 맡은 적이 있다. 다행히 그들 모두를 합의시켜 이혼이 성사되지 않도록 막을 수 있어 감사했다. 일본에 있을 때 어느 일본 부인이 이혼 변호를 맡겨 왔다. 말을 들어 보니 남편에게는 다른 여자가 있었고, 부인은 집을 나오기 위해 이미 방을 얻어 놓은 상태였다. 남편을 불러 왜 그랬는가 물어 보니 부인이 모든 것을 마음대로 결정해서 함께 살기가 여간 힘든 것이 아니라고 하소연을 한다. 다시 부인을 불렀다. 남편의 이야기를 설명하고 조금씩 고쳐 보게 했다. 처음에는 말을 잘 안 들더니 차츰 두 사람 사이에 조정이 시작됐다. 결국 이혼을 막을 수 있었다. 몇 년 후 어느 교회에 갔는데 어디서 많이 본 부부가 다가와 정중하게 인사를 했다. 이혼하려던 그 부부였다. 잘 살고 있었다.

이혼하기 위해 나를 찾아 왔던 사람 중에는 이미 별거하고 있는 사람, 법정까지 간 경우도 있었다. 하지만 한 쪽에서 이혼을 안 하겠다고 하면 법정에서는 이혼을 시키지 않는다.

힐러리 클린턴의 경우 두 사람을 화해시키는 데 한 달 정도 걸렸는데 그것은 빠른 편이었다. 다른 부부는 보통 훨씬 더 걸렸다. 힐러리 역시 처음에는 마음이 몹시 굳어져 있는 상태였다. 하지만 마음을 진정하도록 매일 한 가지씩만 말해주니 3주 정도가 지나니 마음이 약간 풀어지기 시작했다. 서로에게 저만한 사람 만나기 어렵다고 칭찬해 주는 것도 좋은 방법이다. 그럴 때 누군가 중재인이 있으면 좋은 것이다.

서로에게 저만한 사람 만나기 어렵다고 말해 주는 것은 사실이기도 하다. 부득이한 경우 이혼할 수는 있지만 이혼하는 사람 100사람 중 더 좋은 상대를 만날 확률은 통계적으로 극소수이다. 이혼하려는 사람과 상대가 불행해지는 것은 물론이고 가장 불행해지는 사람은 바로 자녀이다. 통계적으로 이혼한 자녀가 다시 이혼할 확률이 더 높고 자녀는 큰 상처를 받는다.

또 다른 일본 부부의 경우 결혼한 지 얼마 지나지 않았는데 남편이 다른 여자를 가까이 하고 있었다. 아내는 임신 중이었다. 남편은 여성편력이 있는 사람이었다. 여러 번 경고하다가 이번이 마지막 기회인데 지금도 가정으로 돌아오지 않으면 전재산 플러스 알파에 나중에는 양육비까지 대주어야 한다고 법적인 자료를 보여 주니 마침내 아내에게로 돌아온 경우도 있었다.

일본에서 여당 국회의원이 야당 독신 국회의원과 바람난 경우가 있었다. "그 여자를 정리하고 본 부인에게 돌아가라. 당신 같은 유능한 정치가는 이혼하면 사회적으로 매장된다. 앞으로 장관, 총리도 될 사람인데." 하면서 1년 이상을 설득했다. 그는 결국 가정으로 돌아갔고 그 몇 년 후 실제로 장관이 됐다.

교육 수준이 너무 차이가 나서 이혼하려는 경우에는 한 쪽에 책을 많

고한실의 삶

이 읽으라고 권해 줬고, 성적인 문제는 의사를 소개시키거나, 노력하면 좋아진다고 말해 주었다. 감정적으로 이혼하려는 경우 대부분 법적으로 이성적으로 설득하면 좋아지는 경우가 많았다.

이혼하는 것도 욕심에서 비롯되는 것일 수 있는데 저 집 남편은 잘 나가는데 우리 남편은 무능하다는 등등의 이유이다. 하지만 누가 행복한지는 아무도 모르는 것이다.

미국은 주(州)마다 이혼법이 다른데 네바다 주가 가장 간편해서 일주일만 별거하면 이혼이 성립된다. 하지만 이혼이란 그렇게 일주일에 해결 날 만큼 간단한 문제가 아니다. 아무 죄 없는 아이들이 왜 불행해져야 하는가? 자녀들이 불행해지기를 원하나? 그러면 열이면 열 모두 다 아니라고 대답한다. 직장에서도 인사 문제 등 여러 가지로 불리해질 수도 있다. 백악관에서 일하다 미 연방 하원의원이었던 김창준도 이혼하면서 모든 사람의 시선이 다 달라져 그 자리에 있지 못하게 됐다.

내가 일하던 대학에서도 대학교수 중에도 이혼하면 경시하는 분위기가 은근히 존재했다. 우리나라 직장 등에도 그런 분위기를 만들어 놓으면 불가피한 경우가 아닌 감정적인 이혼 등은 막을 수 있지 않을까 싶다. 이혼하는 사람들을 차별의 시선으로 바라보기 위해서가 아니라 가급적이면 이혼은 줄이거나 막아 보기 위해서다. 예전보다 이혼하는 사람들이 많아져 이혼 문제를 너무 쉽사리 생각하는 것 같아 노파심에서 하는 걱정이다. 부부 싸움이 건설적이면 찬성, 비건설적이면 절대 반대이다.

Part 7. 신앙생활

내 인생에서 신앙을 빼면 의미가 없다.
젊어서 누구보다 열정적으로 살아왔고,
또 그만큼 법조인으로서 사회적으로 인
정받았다고 자부한다. 그럼에도 '법조인
고한실'보다 '신앙인 고한실'이 나에게
우선이다.

하나님의 품 안에서

하나님의 품 안에서

성경을 깊이 연구하다

내 인생에서 신앙을 빼면 의미가 없다. 젊어서 누구보다 열정적으로 살아왔고, 또 그만큼 법조인으로서 사회적으로 인정받았다고 자부한다. 그럼에도 '법조인 고한실' 보다 '신앙인 고한실'이 나에게 우선이다.

이젠 삶의 존재 이유가 되어버린 신앙이지만 그 인연은 너무도 사소했다. 미국 생활을 오래 해오면서 언제부터인가 우리말이 서툴다는 것을 느끼기 시작했다. 은근히 걱정을 하던 나는 워싱턴에 있는 한인교회에 나가기로 했다. 우리나라 사람들과 섞여 있다 보면 자연스럽게 우리말이 되살아날 것 같아서였다. 그때가 1970년 내 나이 마흔이 넘어서였다.

워싱턴에 있는 침례교회를 1년쯤 다니다 담임목사와 원로목사와의 불화로 교회가 갈라지면서 담임목사를 따라 믿음을 이어갔다. 그러다 담임목사가 미국 남침례재단 한국부장으로 영전해 가면서 나는 장로교회

고한실의 삶

로 적을 옮겼다.

그때만 해도 신앙적 절실함은 그리 중요한 것이 아니었기에 종파니 종단이니 하는 것은 큰 관심사가 아니었다. 이론적 논쟁보다는 편안한 마음으로 믿음만 충실하면 그것으로 만족했다. 1978년 워싱턴 한인교회협의회가 창설되면서 당시 법대교수였던 나는 교육분과위원장직을 맡게 됐다. 당시 워싱턴에는 사이비 종교가 성행했는데 이를 시정하기 위한 노력이 잇따랐다. 워싱턴 한인교회협의회, 워싱턴 YMCA, 재미한국문화협회가 주도가 되어 정기적으로 사이비 종교와 관련된 세미나를 열었는데, 워싱턴 YMCA 이사장과 재미한국문화협회 회장을 내가 맡고 있던 터여서 자연스럽게 주도적으로 참여하게 되고, 사회도 보게 되었다.

한번은 세미나 도중 한 침례교 목사가 '안식일교회도 이단'이라고 주장하면서 문제가 발생했다. 참석한 안식일교회 장로가 '성서적으로 안식일교회가 왜 이단인지 설명해 달라.'고 질문하자 정작 문제를 제기한 침례교 목사는 당황만 할 뿐 제대로 답변을 내놓지 못했다. 보다 못한 내가 나섰다.

"왜 이단인지 책임을 지고 답변을 드릴 테니 연구할 시간을 달라. 아무리 늦어도 10년 안에 답변을 주겠다."

이렇게 공언하고 돌아오기 무섭게 안식일교회와 관련된 서적에 빠져들었다. 중학교 입학식 날 도서관으로 달려가 육법전서에 매달렸듯이 안식일교회가 이단이라는 사실을 밝혀내기 위해 시쳇말로 '올인'을 하게 된 것이다.

　그런데 결과는 실망스러웠다. 안식일교회가 이단이라는 근거를 찾기 어려웠기 때문이다. 근거라고 있는 것은 개신교회가 가장 많은 교민사회에서 기독교 지도자들의 말이 몇몇 종교 단체와 함께 제칠일안식일예수재림교(SDA: Seventh-Day Adventist Church)를 이단이라는 것이었다. 내가 미국에서 그 해까지 20년 가까이 살면서 한 번도 미국인들에게 SDA를 이단이니 사이비니 하고 말하는 소리를 들어보지 못한 터라 내가 잘 아는 한 분을 생각하면서 친절하고 순진하고 신사적이고 예의바르고 깨끗하게 하나님 말씀대로 살려는 그들이 이단이라니! 나는 의문점을 갖고 그들이 왜 이단인지 또 이단이 확실하다면 철저히 이단의 실체를 파헤쳐서 만천하에 알리겠다는 일념으로 그때부터 열심히 이단의 실상을 찾으려고 성경과 소위 예언의 신이라고 하는 책들과 관계 서적들을 두루 섭렵하면서 그 후 10년 이상을 연구했다.

　그러나 결과는 전혀 뜻밖이었다. 안식일교회와 관련된 자료를 아무리 뒤져봐도 이단이라는 증거를 찾을 수가 없었다. 그래서 성경에서라도 그 흔적을 찾을 수 있을까 싶어 23번이나 통독했지만 헛일이었다. 안식일교회가 이단이라는 사실을 밝히기 위해 시작된 연구는 오히려 안식일교회가 정통교회라는 사실을 확인하는 기회가 된 것이었다.

　나는 너무나 놀라운 사실들과 하나님의 사랑이 얼마나 우리 인간들을 끊임없이 사랑하시고 자비를 베풀어 주셔서 오래 참을 뿐 아니라 발에서 머리끝까지 해야 할 자세하고 섬세한 부분까지 가르쳐 주셨는지를 생각하며 깊은 명상에 잠기게 되었다. 그러면서 저절로 머리가 숙여지고 무릎이 꿇어지고 감사 기도가 터지면서 모든 것을 올바르게 정립하며 깨닫게 되었다.

10여 년 동안 연구한 결론은 재림교회는 모든 면에서 성경과 위배되거나, 잘못되었거나 반대되었거나 이상하다고 할 만한 것이 전혀 없을 뿐만 아니라 전혀 하자가 없고 도리어 정통이라고 주장하는 이들의 책과 교리가 성경과 빗나가 있는 것들을 발견했다. 정통이라고 주장하는 이들이 오히려 이단이고 묵묵히 복음을 전하고 있으면서 정통주의에 의해 이단 소리를 듣고 있는 그들의 말씀과 교리와 가르침이 성경과 일치하는 정통인 것을 발견하고 또한 깊은 깨달음을 얻게 되었다.

기나긴 세월이라고 하면 기나긴 10여 년 동안 말씀을 자세히, 나의 법학자 특유의 스타일로 꼼꼼히 분석하며 따져본 결과 내린 나의 하나님 앞에서의 양심적인 판단은 재림교회는 성경말씀을 그대로 믿고 성경을 성경대로 정확하게 해석하는 정통중의 정통 교회인 것은 인정하지 않을 수 없다는 결론이다. 창세기부터 요한계시록까지 안식일을 지키라는 말은 많았지만 일요일을 지키라는 말은 없었다. 안식일은 제7일이 되는 날, 곧 토요일이다. 제칠일안식일예수재림교회는 이단이 아니라 성경말씀에 충실한 정통교회였다. 빌리 그레함 목사를 비롯해 미국 내 개신교회의 여러 유명한 목사님을 만나 조언을 구했지만 한결같이 안식일교회는 이단이 아니라고 입을 모았다. 당시 미국 빌 클린턴 대통령과 리차드 덴지 그 미 해군 장관의 추천으로 배리 C. 블랙 목사가 미국 연방상원 제62대 원목으로 취임했는데 그 또한 재림교회 목사이다.

더 이상 망설일 것이 없었다. 결국 성경의 안식일 법규를 발견하고 일요일을 지키는 교회에 몸을 담을 수 없었다. 1996년 9월 15일 그때까지 나는 장로교회의 장로였지만 마침 그 해에 미국 중동부지역 연합 백투에덴 (Back to Eden) 건강 요양 프로그램이 있었다. 그 은혜롭고 놀라운 집회에 참석하고 마치는 날, 아내와 함께 침례를 받고 제칠일안식일예수재림교인으로 다시 태어나는 중생의 체험을 하게 되었다.

그때가 세미나에서 이단임을 밝혀내겠다고 큰소리를 치고 18년 뒤의 일이다.

기쁨 중에 지내면서 살아가고 있는 동안 워싱턴에서 1996년 12월 중순 경 교회협의회회장단 목사님 7명이 나를 초청하여, 점심을 같이하고 끝날 무렵 물었다.

"고 박사, 왜 이단으로 갔소?"

나는 정정당당하게 대답했다.

"목사님들, 내가 이단으로 간 것이 아니라 이단에서 빠져나왔습니다."

"우리가 이단이란 말인가요?"

"예, 성경 상으로 그렇습니다. 성경을 다시 읽어 보십시오. 성경을 읽어 보면 그곳에 어느 것이 이단인지 잘 나타나 있으니…. 출애굽기, 레위기

고한실의 삶

등 지금이라도 정통교회로 바꾸십시오. 원하시면 도와 드리겠습니다."

그 무렵 대통령 법률자문으로서 조지 W. 부시 대통령과 이야기할 기회가 있었는데 10여 년을 연구한 끝에 제칠일안식일예수재림교인이 되었다고 했더니 잘했다고 축하해주었다. 나는 당당하게 이야기하곤 한다.

"'안식'이라는 단어가 구약 성경에 96번, 신약 성경에 58번 나옵니다. 그러나 일요일 지키라는 말은 한 번도 없었습니다."

안식일을 지키는 것은 하나님의 명령이다.

사회 규범이 법이라면 교회에는 성경 말씀이 곧 법이다. 성경은 하나님의 기록된 말씀으로 이 말씀 속에서 하나님은 구원에 필요한 지식을 인간에게 주고 있다. 성경은 하나님의 뜻에 대한 절대 무오류의 계시다. 그렇다면 우리 기독교인은 반드시 그 성경에 충실할 의무가 있다고 본다. 거듭 말하지만 성경 어디에도 일요일에 쉬라는 기록은 없다. 성경에는 일주일 중 일곱째 되는 날은 토요일이기 때문에 제칠일안식일예수재림교회는 그 뜻에 가장 충실하게 따르는 정통 기독교인 것이다. 마틴 루터가 주창한 개신교 종교 개혁 사상의 핵심인 '오직 성경', '오직 믿음', '오직 은혜'를 근본으로 철저히 십자가 중심, 성경 중심의 신앙을 가르치고 실천하는 복음주의의 개신교회이다.

내가 제칠일안식일예수재림교인이 된 이유는 안식일이 하나님의 명령이기 때문이다. 내 삶은 그 명령에 충실할 뿐이다. 그랬기에 내 인생의 그 무수한 기적들도 일상처럼 일어나고 있는 것이다.

'안식일을 기억하여 거룩히 지키라'(출 20:8).

'나의 안식일을 지키라'(레 19:3).

하나님을 믿는 사람이라면 하나님의 말씀에 순종할 권리와 의무가 있다고 나는 생각한다. 예수님도 제자들도 그리고 심지어 이방인인 사도바울도 안식일을 지키셨기 때문이다(눅 4:16).

그 이후로 나는 스스로 성경을 계속 연구하며 꿀맛 같은 하나님의 말씀 속에서 기뻐하며 감사하며 기도하며 마음의 진정한 평화를 누리는 가운데 내 생애의 말년을 보내고 있다. 누구나 하나님의 말씀을 간절히 기도하며 스스로 깊이 연구한다면 분명한 진리의 말씀을 깨달아 알게 될 것을 나는 모든 이에게 천명하는 바이다.

'일의 결국을 다 들었으니 하나님을 경외하고 그 명령을 지킬지어다 이것이 사람의 본분이니라'(전 12:13).

양심에 가책되는 일을 해서는 안 된다는 말은 하나님의 뜻에 어긋나는 일을 해서는 안 된다는 뜻이 아닐까 한다.

고한실의 삶

기도한다는 것, 하나님께 맡긴다는 것

나는 오전 5시에서 7시까지 새벽기도와 성경을 보고 저녁에 한 시간을 투자하여 매일 모두 3시간 성경공부와 기도를 한다. 기도 내용은 대략 이렇다.

'모든 일이 주님 안에서 주님 뜻대로 이루어지게 하소서. 저는 최선을 다했지만 잘못했으면 용서해 주시고 상대방이 잘못했다면 깨우치게 도와주소서. 중상모략 등으로 고난이 닥쳐 왔을 때도 주님 뜻 안에서 주님이 행사하여 주시옵소서. 오늘까지 지켜 주셔서 감사합니다.'

회개와 감사 기도는 꼭 드렸으며 이 외에도 교회 발전과 친구의 쾌유 등을 바라는 금식 기도도 달력에 빨간 동그라미를 그려 놓고 이따금씩 하고 있다.

'항상 기뻐하라 쉬지 말고 기도하라 범사에 감사하라 이는 그리스도 예수 안에서 너희를 향하신 하나님의 뜻이니라'(살전 5:16~18).
'하나님의 뜻은 이것이니 너희의 거룩함이라'(살전 4:3).

일본 땅에 첫 발을 디딘 열두 살 때 당장 등록금이 없는데도 걱정이 되지 않았었다. 걱정해서 돈이 들어오면 걱정할 터인데 그렇지 않았기 때문이다. 그때는 교회를 나가기 전이었는데 그래도 마음속으로 하나님을 믿고 있었던 모양이다.

1976년부터 일찍 출장 가는 날은 새벽에 더 일찍 일어나 2시간 동안 기도와 성경 공부를 했다. 잠을 줄이면 줄였지 가능하면 성경 공부와 기도는 빼먹지 않으려 애썼다.

1970년부터 46년간 계속 성경은 한국말로 읽고 있다. 영어 성경이 나에게는 더 이해하기 쉽지만 한국말을 안 잊기 위해서다. 그래도 한국말이 유창하지 못하다. 창세기가 가장 재미있고 다니엘서는 소설처럼 흥미있다.

그래서 나는 이렇게 말한다.

"친구 관계도 하나님께 의지하면 더 좋다. 공부도 하나님과 의논하라. 하나님이 너희 장래를 책임져 주신다."

자녀들에게도 어려서부터 하나님을 가깝게 하고 자연스럽게 기도하는 습관을 가르쳐 주는 것이 좋다. 기도 시간도 3분, 5분 이렇게 점점 늘려가는 것이 좋다. 하나님, 다니엘, 삼손의 이야기도 해주고 부모가 모범이 돼서 고린도전서 13장 사랑장의 사랑이 뭔지 가르쳐 주면 아이들이 하나님의 사랑에 대해 어려서부터 배울 수 있다. 내가 가르치는 법대생들이 시험을 치를 때 시험용지를 펼치기 전에 기도를 1분간 해 보게 했다. 억지로 하게 할 수는 없어 하고 싶은 사람만 하게 했다. 그러다 얼마 후에는 기도하는 그룹과 기도하지 않는 그룹, 이렇게 두 그룹으로 나눠 실험을 해 봤다. 기도하는 학생 그룹이 1년 후 시험 점수가 10~15점 더 나왔

고한실의 삶

다(동경부립 제일중학교 시절, 수학 숙제를 풀지 못하고 잠이 들었을 때, 공부를 가르쳐준 꿈속의 할아버지가 하나님이 아니었을까 싶다).

기도를 하지 않으면 애매한 답이 머릿속에서만 뱅뱅 돌다 결국 생각이 안 나는 반면, 기도하면 생각이 난다는 것이 나의 믿음이다. 안 믿어지면 시험해 보라. 기도 그룹의 성적이 더 잘 나오자 한 두 사람씩 기도 그룹으로 옮겨 가는 학생들이 늘어났다. 그렇게 해서 1년 후부터 42년 동안 학생들에게 시험 전 기도하는 습관을 들이게 했다. 그렇게 해서 크리스찬이 된 학생들이 생겨났다. 인생의 힘든 문제든지, 시험의 어려운 문제든지 하나님께 물어보는 것이 가장 정확하다.

성경 통독을 하던 중 꿈에서 예수님을 만난 적이 있다. 바다 위에서 예수님을 만나 바다 위를 함께 걸어가는 꿈이었다. 레이건 대통령과 함께 걸어가는 꿈, 꿈에 박정희 대통령을 만난 적도 있다. 대통령들과 함께 일을 하다 보니 꿈에서도 대통령을 만난 모양이었다.

이 세상에 대통령부터 말단 직원까지 걱정, 근심, 고통 없는 사람은 없다. 단지 어떤 사람은 고통을 모두 짊어지고 사는 반면에 어떤 사람은 걱정을 하나님께 맡긴다. 하나님을 믿으면 죽어도 믿어야 한다. 그렇게 하나님께 모든 것을 맡기면 마음의 평화가 찾아온다. 걱정 근심거리가 있어도 은은한 화평이 내 마음 언저리를 구름처럼 감싸는 것이 느껴진다. 사람들은 그것을 알면서도 잘 못하는 경우가 많다. 알면 지키는 것이 도움이 된다. 나는 무엇이든지 알면 지키려고 노력하며 살아왔다. 처음에는 잘 안 될지라도 모두 습관 나름이라고 여겨진다.

'잘 돼도 주님 뜻, 못 돼도 주님 뜻, 하나님이 지켜 주시고 하나님 뜻이라면 뭐든지 하겠습니다.' 하니 마음이 담대해지고 걱정이 없어졌다. 걱정 근심 고통을 하나님께 모두 맡기면 지속적이고 영속적인 평안과 기쁨이 온다. 나의 인생비결은 하나님께 감사하는 데 있다.

'그런즉 너희가 먹든지 마시든지 무엇을 하든지 다 하나님의 영광을 위하여 하라'(고전 10:31).

항상 기뻐하고, 기도하며, 주어진 모든 상황에 감사하고 하나님께 영광 돌리는 것이 삶의 진정한 의미이며 행복인 것이다.

고한실의 삶

나를 살리신 하나님

나는 나름대로 세계사와 한국사에서 격동의 시기를 살았다고 자부한다. 그러다 보니 인생을 돌아보면서 유독 위험에 처했을 때도 많았다. 앞서 뉴기니아 행이 취소된 경험이나 수류탄 사건 등이 그 예이다. 그때야 그저 구사일생으로 살았다고 생각했지만, 생각해 보면 이것은 하나님을 알지 못하고 죽을 나를 불쌍히 여기신 하나님의 은혜였다. 극적으로 살아난 기록을 남긴다. 때로는 허무맹랑해 보일 수 있지만, 사람이 생각하는 것 이상으로 하나님께서 움직이신다는 증거로 이 경험이 쓰였으면 좋겠다.

앞서 말한 대로 격동기를 살아오면서 나 역시 위기에 놓였다가 극적으로 살아난 때가 있었다. 이 경험을 통해 나는 내 목숨도 내 몸도 내 것이 아니라는 것을 알게 되었다.

먼저 1954년의 일이다. 6월 29일 유엔 고등검찰관 신분으로 일본 북해도에 공무 출장을 갔다. 일본인들이 어떻게 살며 어떤 생각을 갖고 있는지 지방 행정 시찰을 나간 것이다. 동경제국 대학과 사법시험 선후배인 삿포로 지방 법원 판사, 검사 등 법조계 친구들(검사 3명, 판사 2명) 다섯 사람이 내가 묵고 있는 호텔에 찾아 왔다. 판검사들은 나보다 대략 나이가 대여섯 살가량 많지만 일을 대신 해줄 터이니 온천에서 마작이나 하면서 쉬었다 가라고 부추기는 것이었다. 잘 봐달라는 뜻인 듯 했다. 그 당시 일본에서는 사람들이 모이는 자리에 마작은 흔한 놀이거리였다. 놀음은 나쁘지만 우리들은 기껏해야 밥값내기 정도로 심심풀이 삼아 했다.

북해도뿐만 아니라 고베나 나고야, 큐슈, 후쿠오카 등 공무로 일본 전국을 돌아 다녔었다. 많은 사람들을 상대하다 보면 자연스레 술과 담배를 가까이 할 일이 종종 있었다. 하지만 일반인들 사이에서는 그 당시 담배나 맥주 구하기가 무척 어려웠다. 나는 공무로 움직이는데다 유엔에서 근무하는 직책상 세무서장을 만나 부탁을 하면 손쉽게 술을 구입할 수 있었다. 세무서에서 오더를 끊어 술집에 보여주면 공정 가격으로 술을 싸게 살 수 있게 해 주는 것이었다. 뒷거래로 사면 몇 배가 비쌌다. 담배는 담배 공사에 가서 허락받고 살 수 있었다. 1960년대 즈음까지 일본에 물자가 귀하던 시절이었다. 맥주 한 박스를 싼 가격에 구입해서 호텔에 들고 가면 종업원들이 굽실거리면서 '그 술 다 마실 겁니까?'며 농담을 건네기도 했다. 한 두병 마시고 나머지를 두고 나오면 계산대에서 남은 맥주를 돈으로 환산해 호텔비를 제하고도 돈을 더 챙겨 주곤 했다. 물론 맥주 값을 받을 생각은 없었는데 자기네들끼리 계산을 해서는 굳이 돌려주는 것이었다. 그렇게 출장비 한 푼 들이지 않는 무전여행을 한 셈이 되곤 했다. 물론 출장비도 총사령부에서 지급된다. 1943년 한 집에서 하숙하던 친구가 있었는데 내가 동경제국 대학을 다닐 때 와세다 대학원을 다니던 일곱 여덟 살 많은 사람이었다. 졸업 후 와세다 대학의 교수로 일

고한실의 삶

하면서 계속 알고 지냈는데 내가 그렇게 돈 한 푼 안 들이고 일본 방방곡곡을 돌아다닌다고 하니 자기에게 가방 비서를 시켜 달라며 농담을 하곤 했다.

법조계 친구들이 도와준다고 했지만 그럴 수는 없었다. 맡겨진 일을 시작했다. 식당이나 호텔 등에서 북해도 사람들을 만나며 행정 시찰을 시작했다. 그 결과 소련이 북해도를 가져가려 하는데 (1945년 해방부터 1955년 정도까지) 북해도 사람들은 결사적으로 반대한다는 것과 미국 행정에 대해서는 정치, 경제, 문화 풍습까지 대체로 찬성하는 사람들이 많다는 것을 알 수 있었다.

또한 일본은 자위대만 있을 뿐 자위대에는 소위, 중위, 대위 등의 계급이 없다. 미국에서 아직도 찬성을 하지 않고 있다. 정식 군대를 만들기 위해서는 일본 헌법을 고쳐야 한다. 일본 사람 중 그런 미국의 처사에 반대하는 사람이 있는 지도 조사했다. 그 결과 일본 국민은 군대가 국가를 위해서는 필요하지만 자녀들이 군대에 가야 하므로 군대는 반대하고 있는 것으로 드러났다.

북해도를 갈 때는 동경에서 아오모리까지 기차를 타고 가고 다시 아오모리에서 하고다데까지 배를 탔다. 하고다데는 세계적인 미항으로 특히 밤에 고기 잡는 배에서 흘러나오는 반짝거리는 불빛은 한 폭의 그림처럼 아름답다. 일을 마치고 동경으로 돌아가기 위해 북해도 하고다데항에 도착한 것이 오전 8시 5분이었다. 5분 늦게 도착하는 바람에 아오모리까지

가는 세이간 연락선을 놓쳤다. 시간이 늦을지 모른다며 검찰청 선배가 내 준 공무용 지프차를 타고 사이렌을 불면서 활기차게 달려갔건만 배는 이미 출발하고 없었다. 그것도 배웅을 해준다는 선후배 판사 검사들까지 함께 자동차를 타고 30여 분을 달려 왔건만 내가 타고 가야할 세이간 연락선은 아무 곳에도 보이지 않았다. 하는 수 없이 우리 일행은 다시 노보리베쓰 온천으로 가서 간밤에 밀린 회포를 푸느라 잠이 부족한 탓에 눈을 좀 붙이고 11시 30분쯤 온천을 하고 점심 식사를 했다. 마침 라디오에서 긴급 뉴스가 흘러 나왔다. 내가 타고 가려던 세이간 연락선이 좌초하여 승객 1,172명의 생명이 위험하다는 것이었다. 그러더니 오후 3시 뉴스에서는 연락선의 침몰로 전원 사망이라는 뉴스가 나왔다. 나의 마작 친구들은 자기들이 생명의 은인이라며 마작을 더 하자고 했다.

그때는 그런 상황에 대해 그저 행운이겠거니 생각하고 지나갔으나 지금 생각해 보면 다 하나님의 보호하심과 섭리였음을 깨닫게 된다. 나를 살리시려고 하나님께서는 일을 바쁘게 하셨고 그래서 그 배를 놓치도록 하신 것이다. 그 후 내 생애에서 그와 비슷한 일들이 여러 차례 있었다. 그때마다 살아계신 하나님의 손길을 깊이 느끼곤 했다. 사람들은 어떻게 생각할는지 모르지만 나의 나 된 것은 하늘의 섭리 속에서 그날그날이 역사의 한 장면 한 장면 계획된 시나리오처럼 그런 시간들의 연속으로 이어졌다고 나는 지금 회고한다. 물론 모든 사람의 생애를 인도하시는 하나님의 손길은 모든 사람에게 동일하다고 나는 믿고 있다.

고한실의 삶

어쨌거나 내가 만일 그 배를 놓치지 않고 탔더라면 나는 그 배와 함께 내 생애를 마감하지 않았겠는가? 내가 아직 그때는 예수 그리스도를 잘 알지 못했지만, 모든 사람에게 생명의 기회를 공평히 주시는 하나님이 역사하셔서, 생명의 위협 속에서 구원해주신 것에 대하여 감사하게 생각한다. 능히 하나님은 충성스러운 그의 백성을 언제나 안전하게 소원의 항구까지 인도하실 것임을 믿기 때문이다. 날짜까지 정확하게 예언의 시간표 속에서 인도하시고 성취시키시는 하나님의 그 놀라우신 섭리의 손길을 우리들은 믿고 확신하는 것이다.

나는 그렇게 해서 멋있는 한해를 감사함과 기쁨 속에서 보냈다. 당시 나를 아는 많은 사람들은 내게 부러움과 놀라움과 한편으론 경이로움까지 나타내는 것을 많이 겪었다.

유엔 고등검찰관으로 일할 때도 마찬가지였다. 나는 유엔군 총사령관에서 마련해 주는 관사를 거처로 사용했다. 유에스 하우스 7호가 내 주소였다. 그 집은 모두 기피 대상인 것을 나만 모르고 쓰레기에 덥석 받았다. 전기나 전화 요금 등 관사 사용 비용 일체를 다 대주어도 집이 너무 컸던 것이다. 방 10개에 운전수 1명, 요리사 2명, 전화 교환수 2명, 비서 2명 등 일곱 사람이 함께 거주하는 실정이다 보니 도와주는 사람이 많아서 편하기는 했지만 살다 보니 조금 버거운 것은 사실이었다. 게스트 룸에는 손님이 와서 자주 머물곤 했다. 사람이 늘 바글바글해 외롭지는 않았지만 스무 살 먹은 총각 혼자 그 많은 사람을 관리하기가 쉽지 않았던 것이다.

몇 달이 지나자 미국 친구들이 '유에스 하우스 7호' 하면 왜 고개를 절레절레 흔들었는지 이유를 알 것 같았다. 자나 깨나 부모님 생각이 떠나질 않았다. 부모님은 겨울이면 외풍이 들이치는 차가운 방에, 여름에는 선풍기 하나 없이 사시는데 나는 보일러나 에어컨이 가동되는 집에서 지내자니 마음이 편하질 않았던 것이다. 그뿐인가? 1946년 3월 1일 자로 운전수가 딸린 뷰 관용차가 나왔는데 부모님은 머나먼 시골길을 걸어 다니시는데 자가용을 타고 다니는 것이 괴로웠다. 하늘을 올려다보며 "어머니, 아버지, 죄송합니다. 죄송합니다." 되뇌었다. 한번은 일본 큰 회사의 사장이 크라이슬러를 못타봤다며 한번 타보자고 해서 태워 준 적도 있었다. 1년쯤 후에 관용차를 뷰에서 크라이슬러로 바꿔줬다.

이때부터 내 몸을 함부로 다루기 시작했다. 술, 담배를 미군 부대에서 마음대로 구입할 수 있어 철없이 남용했던 시절이기도 하다. 1956년 일이다. 대학 시절 살던 하숙집 딸이 결혼했다. 신랑도 잘 아는 사람이라 축하해 주기 위해 식당으로 식사 초대를 했다. 저녁 식사를 마치고 술집으로 옮겨 한 잔 두 잔 술잔을 기울이다 혼자서 조니 워커 한 병을 다 비워버렸다. 신랑도 비슷하게 마신 모양이었다. 다들 고주망태가 되어 술집 소파에 길게 뻗어 버렸다. 집으로 어떻게 돌아갔는지 기억이 나질 않는데다 끙끙 앓느라 3일 동안 직장을 나가지 못했다. 일을 나가지 못하면 마땅히 처벌을 받아야 하는데 처음 있는 일이라 병가 처리가 됐다. 아! 이

고한실의 삶

러다 큰일 나겠구나 싶은 생각이 들었다. 전에도 친구들과 술을 마신 적은 있지만 사흘이나 일을 못나갈 만큼 심각한 경우는 처음이었다. 성실하게 일하는 것이 생활신조 중의 하나인데 안 되겠다는 생각이 들었다. 이 기회에 술을 아예 끊자 확고히 결심했다. 술맛도 모르고 숙취 때문인지 그 이후 어렵지 않게 술을 끊을 수 있었다. 그 이후 오늘날까지 맥주 한 잔도 입에 대지 않고 있으나 그다지 억울한 생각은 들지 않는다. 그 전에 후회 없이 술을 마셨기 때문인가?

담배로 치면 술버릇보다 훨씬 고약했다. 하루에 네 갑, 하루 종일 손가락에 담배를 끼고 있어 손가락이 다 노래졌다. 피고인을 앞에 놓고 줄 담배로 손에서 담배를 놓지 않고 상담을 하곤 했던 것이다. 미군 부대에서 피엑스 레이션 북으로 2주일 동안 3보루를 살 수 있었는데 그것도 모자라 상관한테 부탁해서 더 사서 피웠으니… 맥아더 사령관과 대화를 나눌 때면, 그의 손에는 파이프 담배가, 나의 손에는 줄 담배가 쥐어져 있었다. 우리는 늘 자욱한 담배 연기 가운데 이야기를 나누곤 했다.

이 와중에 나는 채플에 참석하게 됐다. 맥아더 사령부 9층에 채플이 있었다. 유엔 고등검찰관 때엔 1946년 20세에 유엔 총사령부 건물 내에 소재한 미 육군 채플에 처음 참석했다. 담임목사가 없이 한 주는 장로교, 다른 주는 침례교, 또 그 다음 주는 감리교 목사 등 매주 목사님이 달랐다. 성결 교회나 신부님도 왔다. 초 교파교회였던 것이다. 모두 미국 목사였는데 오는 목사님 마다 '기도 많이 합시다.'고 말씀하셔서 기도해야겠구나 생각했다. 기도가 왜 필요한지도 모르고 기도를 하기 시작했다.

그런데 장병 300여 명이 모이고 장군 등 높은 계급의 군인들, 그것도 술담배를 자연스럽게 즐기는 이들이 다수 출석한 탓인가 금주·금연에 대한 말씀을 해 주신 기억이 잘 나질 않는다. 누군가 나쁘다고 얘기해 줬으면 끊었을 텐데 술도 술 맛을 모르고 담배도 담배 맛을 모른 채 뻐끔뻐끔 담배를 피며 어리석은 세월을 흘려보낸 것이다.

당시 일본에서 가깝게 지내는 두 친구가 있었다. 박종근 검사와 신국주 박사이다. 박종근 검사는 경성제국 대학 출신으로 대검찰청 검사, 주일 대표부참사관(대사, 공사 다음이 참사관)을 지냈다. 신국주 박사는 함경도 출신으로 1964년 일본의 호세이(법정) 대학에서 정치학 박사학위를 받고 한국으로 돌아와 동국대학교 교수를 거쳐 총장을 역임했다(1952–70년 일본 체류).

우리는 1주일에 한 번씩 만나 회포를 풀곤 했다. 1961년 5월 5일. 그 날은 내 변호사 사무실에서 만났다. 그런데 그날 신국주 박사가 오늘부터 좋은 일 하나 하자 하길래 우리는 뭣도 모르고 무조건 찬성이다 했다. 그러더니 주머니에서 담배 갑을 꺼내더니 담배를 모두 잘라버리는 것이 아닌가? 이 시간부터 담배를 끊자는 제의였다. 우리는 마지못해 떠밀리듯 그러마하고 했다. 그 이후 3개월이 고비였다. 담배를 피우는 사람을 만나면 나도 모르는 사이에 손이 저절로 따라 나갔다. 그러더니 3개월이 지나

고한실의 삶

니 손 나가는 것이 차츰 조절이 되어 갔다. 그 다음부터는 담배 냄새가 차츰 역겨워지기 시작했다. 담배는 술보다 다소 힘들게 끊었지만 그날 이후 오늘까지 담배를 손에 대지 않고 있으니 금연에도 성공한 셈이다.

술·담배를 즐기는 데다 음식도 매끼 기름진 고기를 먹어 고혈압과 당뇨, 비만이 자연스럽게 따라 다녔다. 장교 클럽 식당에서의 호화로운 식사에 PX에서 세금 없이 구입할 수 있는 갖가지 음식 등… 그러다 보니 고혈압 약을 복용하게 됐고 고혈압 약을 먹다 다시 저혈압이 돼 다시 약을 먹어 조절하기도 했다.

그러면서도 크게 병원 신세를 지지 않고 살았던 것은 식사 때면 아버지가 늘 30번 이상씩 오래 씹어서 먹으라고 말씀해 주신 덕분인지도 모르겠다. 덕분에 위가 아파 고생한 적은 없다. 어느 식사 자리에서나 항상 끝까지 음식을 먹는 사람으로 유명했는데 그것은 백악관에서도 마찬가지였다. 한의학에서도 조예가 있으셨던 아버지는 과일 껍질이 약이니 항상 과일을 껍질째 먹으라고 일러 주시기도 했다. 그래서 어릴 때부터 사과는 물론, 감, 귤도, 껍질째 먹는다. 그것도 비결이라면 비결이 될지 모르겠다. 그렇게 금주, 금연을 시작한 연후에 기름진 음식을 조절하면서 과일, 야채를 즐기는 식단으로 점차 바꾸어 나갔더니 아흔 살이 넘어서도 당뇨나 혈압 걱정 없이 건강한 생활을 유지하고 있다.

음식 보다는 걱정, 근심 없는 평화로운 마음이 육체의 건강을 지켜 주지 않았나 하는 생각이 든다. 내 인생 모두를 하나님께 맡기고 평화로운 마음으로 지낸다. 사람이 살다 보면 그렇지 못할 일이 어디 한 두 가지인가? 하지만 마음의 동요가 잠시 지나면 내 마음은 어느 새 구름이 걷힌 높은 하늘처럼 제 자리로 돌아가곤 한다. 하나님께 기도하다 보면 자연스럽게 자리를 찾아 가는 것이다. 감사할 뿐이다.

1964년 7월 25일 아침에 있던 일이다. 스위스 제네바에서 '세계 형법학회'를 마치고 내일은 프랑스로 떠나는 날이었다. 프랑스에서 열리는 다른 학회에 참석하기 위해서였다. 세계 형법이나 세계 헌법, 세계법 등의 학회가 세계 곳곳에서 열리고 있어 학회 참석뿐 아니라 여행을 자주 할 기회가 생겨 좋았다. 프랑스에서 열리는 학회는 사흘 후에 열릴 예정이었으니 이틀의 여유가 있는 셈이었다. 프랑스행 비행기는 이미 예약이 되어 있었는데 같이 참석한 교수 중에 독일 뮌헨 대학의 형법학 교수인 Maner 박사가 비행기 대신 관광버스를 타고 프랑스로 가서 몽블랑 관광을 하면 어떻겠냐고 제안을 했다. 마침 제네바 대학의 P 교수 등도 그러자며 집에 가서 겨울 오버코트를 여유 있게 준비해 오겠다고 했다. 7월에 무슨 오버코트냐고 했더니 지금 몽블랑에는 눈이 오고 있으니 춥다는 것이다. 그렇게 해서 우리 교수 일행은 비행기 티켓은 미련없이 날려보내고 졸지에 관광버스로 프랑스에 입국, 몽블랑에 올랐다.

케이블카로 4,845미터 정상 가까이까지 올라가 전망대에서 감탄사를 연발하며 몽블랑의 절경을 구경했다. 눈이 뒤덮인 새하얀 설경뿐 아니라

고한실의 삶

독일과 이태리, 프랑스가 앞뜰처럼 내려다 보여 여간 신기한 것이 아니었다. 하지만 어찌나 차가운 바람이 세차게 몰아 부치는지 P 교수가 가져다 준 코트가 없었다면 몇 초 만에 살아있는 얼음 조각이 될 뻔 했다. 아쉬웠던 점은 이태리와 독일 프랑스 경계를 한 발로 밟아 볼 수 있다는 지점을 눈앞에 두고 가지 못한 것이다. 1미터 높이는 됨직하게 걷지도 못할 정도로 쌓여 있는 눈 때문이었다.

앗, 하는 찰나 어떤 비행기가 눈앞으로 쏜살같이 날아가는가 했는데 곧 눈앞의 다른 산봉우리에 충돌했고, 순식간에 불길이 솟구쳤다. 너무 갑작스럽게 벌어진 일이라 비행 훈련인가 하는 생각이 들며 훈련치고는 너무 용감하다는 생각이 들었다. 저녁에 호텔 숙소로 돌아와 쉬고 있는데 동경 집에서 전화가 걸려 왔다. 아내인줄 알고 받았는데 아내가 아닌 평소에 잘 알고 지내던 S 차장검사였다. 내가 전화를 받으니 대뜸 '유령이오?' 한다. 나는 농담 그만하고 용건을 이야기하라고 했더니 오늘 아침에 어디 갔었느냐고 묻는다. 버스로 프랑스 몽블랑에 갔었다고 했더니 몽블랑에서 산에 부딪혀 전원 사망한 비행기가 내가 예약한 비행기라는 것이었다. 신문의 사망자 명단에서 내 이름을 보고 아내를 위로하기 위해 집으로 왔다가 혹시나 내가 묵기로 되어 있던 호텔로 전화를 걸어 본 것이라고 했다. 그제야 나는 "하나님 감사합니다."를 외쳤다. 뮌헨의 Maner 교수에게 생명의 은인이라며 고맙다는 인사를 물론 잊지 않았다. 그러면서 일본에서 있었던 세이간 연락선 이야기를 해주었더니 동행한 교수들이 닥터 고가 탔다면 사고가 안 날 수도 있었을 것이라며 안도의 한숨을 돌렸다. 역시 그 상황에서도 하나님의 보호의 손길이 나와 동행한 학자들을 모두 그 비행기에 타지 않게 해 주시고 케이블카를 타고 관광을 하도록 인도하신 것이라고 생각한다. 그저 감사하는 마음뿐이다.

이후에도 비슷한 일이 있었다. 1970년 5월 17일 나는 매릴랜드 주의 보위(Bowie)라는 신생도시에 살고 있었다. 매릴랜드에서 워싱턴 DC로 출근하면서 사우스이스턴 대학에서 총장 특별 보좌관 일을 마치고 아내를 픽업해 집으로 돌아가는 오후였다.

아내는 미국 오하이오 주 클리블랜드 소재 웨스턴 유니버시티에서 컴퓨터 사이언스를 공부했는데 대학 재학 중 의료보험회사인 브룩 블루크로스에서 파트타임으로 일하다 졸업 후 매릴랜드로 나를 따라 오며 워싱턴 본사에서 일을 시작하게 됐다. 한국말과 일어, 영어를 구사 할 수 있어 지위도 좋고, 언어 수당 등 연봉이나 대우도 좋았다. 대학에서 집까지는 약 40분~50분이 걸리는 거리였다. 버지니아 주의 노던 버지니아 아파트에 살다가 보위(Bowie)의 새 집으로 이사한 지 얼마 지나지 않은 때였다.

시내에 있는 GHI, 제너럴 헤드 어브 인슈런스. 워싱턴의 본부 보험회사에서 아내를 픽업해 옆자리에 앉히고 루트 RT 50 고속도로 위를 달리고 있었다. 부슬부슬 비가 내리기 시작하더니 퇴근길의 아스팔트가 차츰 검은빛으로 젖어 들기 시작했다. 2차선으로 달리던 중 앞차가 너무

고한실의 삶

천천히 달려 1차선으로 추월하려는 찰나 달려오는 차를 발견하고 급브레이크를 밟았다. 미끄러운 빗길에 차가 노상에서 한 바퀴 빙그르르 돌더니 차선 옆의 낭떠러지로 떨어지는 것이 아닌가? 눈 깜짝할 새에 떨어지는가 싶더니 어느 새 차가 꿈결처럼 멈췄다. 20여 미터 정도의 언덕 밑으로 떨어지던 중 길에서 약 1미터쯤 떨어져 내렸을 때 키가 채 1미터도 안 되는 소나무에 걸려 멈춰 선 것이었다. 뒤로 떨어졌는지 자동차 꽁무니가 밑으로 향한 채 아내와 나는 하늘을 향해 앉아 있었다.

옆 좌석의 아내는 내 팔뚝을 붙잡고 두 눈을 꼭 감은 채 기도하고 있었다. 지나가던 자동차 운전수가 자동차에서 내려 급하게 트리플 에이를 불러, 자동차를 무사히 끌어 올리는 동안에도 기특한 소나무는 둥우리를 부러트리지 않은 채 고스란히 견뎌 주었다. 경찰이 뒤를 따라오는 가운데 우리 자동차는 트리플 에이에 끌려 자동차 수리센터로 갔다. 점검을 마치고 이상이 없어 다시 운전을 해서 집으로 무사히 돌아왔다.

경찰과 구경꾼들이 우리보다 더 놀라워 했다. 어떻게 자동차가 저런 소나무에 걸려 있을 수 있나 하는 것이었다. 그것은 나도 알 수 없었다. 기적이라고 설명할 수밖에는…

며칠 후 사고 지점을 다시 찾아가 보았다. 언덕길을 조심스럽게 걸어 내려가 보니 소나무 한 귀퉁이에 약간 상처가 났을 뿐 소나무는 여전히 청청하게 살아있었다. 기특한 소나무를 쓰다듬으며 "고맙다. 소나무야."하고 몇 번이나 속삭여 주었다. 예사롭지 않은 일. 하나님, 감사합니다.

그리고 6년 뒤인 1976년 7월 26일부터 28일까지 중화민국 대만 교육부 장관 초청으로 타이페이에서 미국 학자들의 법률세미나가 있었다. 현재는 자유중국이지만 그 당시는 중화민국이었다. 내가 재직하고 있는 사우스이스턴 대학의 총장인 키베리안 박사를 비롯해서 워싱턴에서 근무하는 일곱 사람의 대학교수들이 참석했다. 나는 아시아 문제 연구소장직을 겸하고 있는 데다가 유일한 동양인이라 아시아에 대해 좀 더 알고 있을 것이라며 내게 단장을 맡겼다. 3일 동안의 세미나를 마친 후 7월 29일 아침에는 화랜을 관광하도록 되어 있었다. 이미 그곳에 갈 비행기 표가 주최 측에 의해 준비된 상태였다. 나는 보고서 작성을 위해 타이핑을 치고 있었기 때문에 그 비행기를 못 탔다. 단장으로서 세미나 내용을 잊어버리기 전에 빨리 보고서를 마무리해야 할 책임감 때문이었다. 아니 꼭 단장이 아니었더라도 나는 할 일이 있으면 우선적으로 그 일을 마쳐야 다른 일을 마음 편하게 할 수 있기 때문이기도 했다. 총장한테는 양해를 구했으나 다른 일행들의 표정에는 불쾌한 빛이 역력했다. 나는 혼자 남아 일을 끝마치려 했는데 일행도 29일 떠나는 화랜 관광을 다음 날로 미룬 것이다. 어렵게 구한 비행기 표였는데 여간 미안한 것이 아니었다.

 그날 정오 뉴스 시간에 비행기 추락 사건이 보도되었다. 그리고 우리 일행인 외국인 7명도 사망했다고 보도가 나왔다. 놀랍게도 그 비행기는 우리가 그날 아침 타고 갔어야 했던 비행기였다. 그래서 TV 뉴스 보도대로라면 우리는 그 비행기와 함께 추락해서 이미 죽은 목숨들이었다. 미

고한실의 삶

국에서 어떻게 미리 알고 전화가 오고 한바탕 난리가 아니었다. 그러나 우리 일행은 건재했다.

낮 12시 30분 경 룸서비스로 점심을 시켜 먹으려는데 워싱턴의 다른 대학의 법학 교수인 슈나이더 박사가 내 방에 들어오더니 난데없이 "닥터 고, 뭘 먹고 싶나요? 사줄게." 한다. 의아스런 질문이라 여기면서도 돌부처처럼 꼼짝 않고 앉아 타이프 라이터를 두들기며 열심히 일하고 있는 내게 격려차원에서 맛있는 것을 사주려는 모양이다. 생각하고 과일이 먹고 싶다고 대답했다. 그 친구는 미국에서 차 한 잔도 함께 나눈 적이 없는 세미나를 통해 처음 만나게 된 사람이다. 그랬더니 대뜸 시원한 목소리로 사준단다. 얼마 지나지 않아 키베리안 총장을 비롯해서 6명의 교수가 모두 한 광주리씩 과일을 사 들고 내 방으로 떠밀리듯 들어왔다. 혼자 먹기에 한 광주리만 해도 벅찬데 무려 여섯 광주리라니… '오늘 우리가 이 외국 땅에서 무사한 것은 고 박사 덕분'이라는 의미로 내게 주는 감사의 선물이었다. 물을 많이 못 마셨던 그날 우리 일행은 배가 흡족하도록 물 대신 과일을 먹을 수 있었다. 우리는 한바탕 웃으며 신이 났었다.

세미나 리포트 작성을 다 마친 다음날이다. 드디어 화랜 관광에 나섰다. 비행기 대신 기차와 버스를 이용하기로 했다. 타이베이에서 까우숭(고웅)행 기차를 타고 타이낭(대남)에서 내렸다. 타이낭 호텔에서 하루를 묵고 다음 날 새벽 화랜행 버스로 갈아타기로 한 것이다. 나는 타이낭 호텔 17층, 7201호에서 묵었는데 새벽 4시에 일어나 새벽 기도를 마치고 오전 6시에 출발하는 버스 시간에 맞춰 가방을 챙겨 17층 엘리베이터 앞에서 기다리고 있는데 엘리베이터가 만원인지 17층에서 서지 않고 몇 대째 그냥 내려간다. 우리와 같은 오전 6시 버스로 화랜가는 관광객이 많은 모양이었다. 몇 차례 엘리베이터를 놓치고 간신히 호텔 입구로 내려 와보니 6시 5분, 이미 6시 버스가 눈 앞 저만치서 떠나고 있었다. 내 별명이 표준 시계인데 낭패가 아닐 수 없었다. 일행에게 백배 사죄를 하고 하는 수 없이 다음 버스인 6시 30분 버스를 타기로 하고 호텔에서 나오는 식사로 샌드위치를 먹으며 기다렸다.

6시 30분 마침내 화랜행 버스에 올라 두 시간여를 달렸나 보다. 30분만 더 가면 화랜인데 버스 창밖으로 어떤 사람이 빨간 기를 들며 버스를 멈추게 했다. 돌아가라는 것이다. 산이 무너져 못 간다는 것이었다. 6시에 출발한 관광버스는 어떠냐고 물었다. 그 버스는 산사태가 나서 현재 산 흙더미 손에 묻혀 생사를 확인할 수 없다는 것이었다. 우리 일행은 다시 가슴을 쓸어내렸다. 우리는 타이완에서 두 번 죽을 고비를 넘겼다. 우리 일행은 6시 30분차에 탔기 때문에 죽을 위험을 피할 수 있었다. 앞일을 내다보시는 하나님께서 늘 지켜주시는 보호의 손길로 이번에도 시험을 피하게 해주셨다. 하나님께서 3일 만에 두 차례나 기적처럼 살려 주신 것이다.

워싱턴으로 돌아온 우리 대학의 키베리안 총장은 대학 신문에 화랜을 다녀온 기사를 상세하게 써서 올렸다. 두 차례의 기적 같은 내용을 적은 후 마지막 구절에 이렇게 덧붙였다. '동양에 갈 때는 닥터 고와 가면 안전

하다.' 그 기사를 읽은 동료 교수들이 한동안 짓궂은 질문을 내게 던지곤 했다. '닥터 고, 언제 여행가냐? 같이 가자. 여행 갈 때 꼭 알려 달라.' 등등. 우리 일행을 지켜 주신 하나님께 감사와 찬송을 드린다.

'여호와께서 너를 지켜 모든 환난을 면케 하시며 또 네 영혼을 지키시리로다. 여호와께서 너희 출입을 지금부터 영원까지 지키시리로다'(시편 121: 7~8).

어디를 가든 나를 불쌍히 여기시고 지켜 주신 하나님께 다시 한 번 감사를 드린다.

대학 총장, 명예 학위

부록 INGO-WGCA

국제기구 세계녹색기후기구(INGO–
WGCA)는 선진국 G20과 개발도상국
연합체 G77 및 최빈국, 섬나라까지 이
지구 우주 유무기체에 피해를 주는 모
든 것에 대하여 감찰, 감시, 지도, 교육
을 지원하는 INGO-WGCA 헌법 실천
국제기구이다.

INGO-WGCA
INGO-WORLD GREEN
CLIMATE ASSOCIATION
WWW.INGO-WGCA.ORG

GREEN
REVOLUTION

Reset Earth!

국제기구 세계녹색기후기구

· 국제기구 세계녹색기후기구 목적
· 국제기구 세계녹색기후기구 소개
· 국제기구 세계녹색기후기구 헌법(부분요약)

국제기구 세계녹색기후기구
INGO-World Green Climate Association

국제기구 세계녹색기후기구 목적

'국제기구 세계녹색기후기구 (INGO-WGCA)'는 선진국 G20과 개발
도상국 연합체 G77 및 최빈국, 섬나라까지 이 지구 우주 유, 무기체에
피해를 주는 모든 요인들에 대한 감찰, 감시, 지도, 교육 및 국제녹색 기
술, 상품에 대한 검,인증을 통하여 국제녹색상품실천을 이행할 수 있도
록 지원하는 INGO-WGCA 헌법 실천 국제기구(INTERNATIONAL
ORGANIZATION)이다.

국제기구 세계녹색기후기구 감찰은 전 세계 국가들이 녹색책무실천을
이행할 수 있도록 적극 협력할 것이며, 이는 헌법 목적사업 제 37번 '전

고한실의 삶

세계 사법기관과 협조하여 공조 조사권을 실시함으로써~'를 근거로 지구와 우주 유, 무기체 보존에 나쁜 영향을 주는 요인에 대한 엄격한 규제를 지원하도록 포함된 부분이다.

'녹색기술상품실천'은 전 세계 국가, 지방정부, 기업, 국민의 강제적 책무이며, G20은 물론이고 개도국, 최빈국, 섬나라까지 전 국토개발 등 사회 전 분야에 국제 검.인증된 녹색상품과 녹색기술을 사용하여야 하며, 이는 TRIPs법과 WTO국제법, FTA, 아포스티유에서 요구하는 각 국가의 강제법인 녹색법령의 책무 범위에 적용된다.

'국제기구 세계녹색기후기구(INGO-WGCA)'에서는 기 책무를 실천하기 위하여 사회 전 분야별 녹색교육, 경력증명, 인증제도를 통한 국제학위증명과 국제자격증명, 그리고, 국제녹색자금에 대한 금융주선 및 운영을 지원하고, 또한 각 국가별 연구원이나 학계 등에게 국제검증 업무를 대행하도록 하여 녹색기술, 녹색상품을 발굴하고 이에 대하여 추천 및 거래 등을 진행할 수 있도록 지원하고 있다.

'국제기구 세계녹색기후기구 (INGO-WGCA)'는 헌법사용등록 당시 G77 의장국이었던 오세아니아 피지연방정부에서 '국제기구 세계녹색기후기구 헌법'을 국제공익신탁법에 의하여 수탁하였다.

이를 근거로 대한민국에서는 대구시와 광주시에서 민법 제 32조와 '환경부 및 기상청 소관 비영리법인의 설립과 감독에 관한 규칙' 제 4조에 따라 국제금융, 은행 등록 및 녹색선물상품거래소 사업 등 INGO-WGCA 헌법 사용허가를 득하였으며 중요 집행부와 12대표부, 14본부, 72지원기구, 연구원 등은 이미 공무수행 중에 있다. 또한 국제기구 세계녹색기후기구는 대한민국 산업분류상 '국제 및 외국기관'으로 등록되어 있으며, '국제 및 외국기관'은 경찰학 사전에 '국제기구'로 정의되어 있다.

'INGO-WGCA 헌법'은 그 자체로 공적, 사적 자치권을 가지고 있으므로 기 헌법 사용허가를 득한 국가에서는 독립적이다. 또한, 해양법 150개, 기후환경 2000개 법령, 무역관련법 등 전 세계 기후환경 및 녹색정책에 관련된 모든 국제법이 포함되어 있으며, 국제기구 세계녹색기후기구는 이를 근거로 현재 각 대륙별로 활발하게 공무수행 중이다.

고한실의 삶

특히, 대한민국 최고의 월간법률지 '고시계' 2018. 5월호에 '국제기구 세계녹색기후기구 헌법'이 공식적으로 게재됨으로써 대한민국 법조계 뿐만 아니라 전국 도서관을 통해 공개되고 있으며, 국내 최대 컨텐츠제공업체인 '누리미디어' 1,467곳과 법률정보업체 '로앤비' 80여곳을 통해 국내외로 전파 되고 있다.

또한, 금번 '2018.4.27 남북 판문점 선언'과 '2018.6.12 북미정상회담'이 성공적으로 진행됨에 따라 국제기구 세계녹색기후기구 헌법상 목적사업 20항에 수록되어 있는 'DMZ평화공원 조성사업'의 기초가 마련되었다.

'국제기구 세계녹색기후기구 (INGO-WGCA)'의 대륙 및 국가별 활동사항은 다음과 같다.

오세아니아 사무국(IO-WGCA-IAB. OCEANIA FIJI)이 있는 피지는 연방정부이며 피지정부 총리실 요청에 따라 피지대사관 서기관이 국제기구 세계녹색기후기구를 공식 방문함으로써 녹색정책협력에 대한 공무수행이 본격적으로 진행되고 있다.

교육, 금융, 개발 건설 등에 대하여 오세아니아 27개국 지원업무를 시작하였고 말레이시아, 싱가폴, 두바이, 아랍, 스위스 ITC, 여성기구, UNFCCC, IIS 등과 녹색기술상품실천을 위한 공무 수행 중에 있으며, 인근 섬나라 정부 고등 법무관 들과 정부차원에서 아포스티유내 모든 국제녹색법령을 실천하도록 협의진행하고 있다.

특히, 국제기구 세계녹색기후기구 설립 당시 G77의장 자격으로 발기 및 수탁지원을 하였던 피지수상은 C.O.P 23 회의소집 대표로서 녹색실천방법을 알리고 영국 황실과 협력 중에 있으며, 영국은 폴란드와 함께 피지정부 녹색펀드 정책에 참여하도록 하였다.

아프리카 말리 사무국(IO-WGCA-IAB. AFRICA MALI)이 있는 말리 정부는 아프리카연합법 적법성 적용을 받아 국제기구 세계녹색기후기구의 녹색정책 헌법에 동의하고 말리 대통령의 비준을 받아 '국제녹색도시개발의 시범국가'로써 아프리카 75개국에 대학, 뱅크, 인프라 개발, 녹색도시개발건설 등을 지원하게 되었다. 특히, 국제기구 세계녹색기후기구와 공동으로 프랑스 정부에 공식 국제녹색도시개발 선언에 대한 레터를 발송하였으며 프랑스 대통령은 ONE PLANET SUMMIT에서 녹색정책협력을 약속 하였고, 영국, 독일 유럽 정상들과 총리들도 C.O.P 23에서 적극적으로 지원하겠다는 유럽 공동선언을 하였습니다.

유럽 오스트리아는 2018년 현재, 유럽연합(EU) 의장국이며 오스트리아 대통령은 유럽연합(EU) 의장이다. 국제기구 세계녹색기후기구 유럽 사무국(IO-WGCA-IAB.EUROPE)은 2018년 2월 유럽연합(EU)의 적법성 적용을 받아 오스트리아 정부 경찰청에 공식등록 되었다.

이는, 국제기구 세계녹색기후기구 국제공증 및 아포스티유 인증 문서

고한실의 삶

에 포함된 전 분야 업무를 오스트리아에서 유럽 44개국 전역에 걸쳐 공식적으로 수행할 수 있다는 큰 의미가 있다.

중국 스촨성 청두시에 오스트리아 총영사관 설치에 관한 업무를 위하여 오스트리아 대통령과 외교 담당인 총리가 함께 방문하여 총영사관 설치에 합의하였고, 또한 유럽연합의장국과 의장자격으로 중국정부 일대일로 정책에 대한 국제협력에 합의하였으며, 특히, 쓰촨성 청두 태극지예 등과는 적극적인 문화교류를 약속하였다.

이는 앞으로 중국과 유럽연합과의 철도, 교육, 문화 등 각 분야별 교류는 스촨성을 깃점으로 적극적으로 진행될 것이라는 것을 알 수 있으며, 일대일로(SICO), 태극지예 등 중국정부 20여 기관은 국제기구 세계녹색기후기구와 이미 헌법 동의 및 녹색실천(헌법상 목적사업 포함)에 대한 국제협약을 체결하였다.

국제기구 세계녹색기후기구와 각 분야별 합작, 합자 등 국제협약된 중국 각 기관 등은 국제기구 세계녹색기후기구 사무국 유럽본부가 유럽연합 의장국에 등록되어 운영되고 있으므로, 국제법과 외교법 적용으로 유럽진출시 각 정부의 원활한 협력을 받아 간단한 등록절차만으로 공무수행을 할 수 있기 때문에 국제기구 세계녹색기후기구의 국제녹색실천 책무를 원활하게 적용받도록 하는 계기가 될 것이다.

중국에서는 국제기구 세계녹색기후기구 아시아 글로벌 세계지원본부 이하 아시아글로벌 본부가 베이징에 있고, 중국글로벌본부 및 중국 녹색상품거래소가 상하이에서 녹색책무 실천 중에 있으며, 33개성에서 녹색기술상품실천을 위해 협력 중에 있다.

국제기구 세계녹색기후기구 헌법 동의 및 녹색실천 중에 있는 중국 합작 기관 및 단체는 다음과 같다.

중국국무원 산하 최상위 기관으로 국가발전에 관한 정책기획, 입법, 실행, 허가 관리기관인 '중국 국가발전 개혁위원회'와 1,2,3차에 걸쳐 합작계약을 하였고, 중국 허난성 핑딩산시, 산둥성 르자오시 우롄현, 중국 산둥성 지닝시 쓰수이현 등 인민정부와 중국 국무원산하 농업금융위원회도 합작계약하여 협조하고 있다.

또한, 중국상무위원에 비준되었으며 중국56개 민족 통합, 전세계 2000대 그룹과 중국 3만개 기업이 협력되어 있으며, 33개 성 및 2급, 3급 도시에 녹색기업 및 상품을 국제녹색인증받아 참여할 수 있도록 업무협약이 되어있는 '중국 저탄소 산업투자센터'와 협력하고 있으며, 중국 전통문화 사상인 중학과 인성교육인 공자, 맹자, 노자, 양명학 등 중국정신건강교육의 근간인 '북경 사법대학 중화국학원'과 국제기구 대학.대학원 활성화에 대한 합작계약을 하였고, 중경에서는 중국국제교육 운영위원회 5억 회원을 보유하고있는 새농촌 기관 및 빅데이터 기관과 국제녹색검증 업무를 비롯하여 농산, 수산, 축산, 임업 등 전 분야에 걸쳐 협력 합작하였다.

특히, 중국 정부의 전 세계 일대일로 정책 중 유일한 기구이며 60여개국에 등록되어있는 '실크로드 기구(SICO)'는 이미 국제기구 세계녹색기

고한실의 삶

후기구 헌법에 동의하였고 물길, 발길 닿는 곳은 국제녹색검증.인증을 받아 진행하기로 협약 하였으며, 국제녹색인증을 받은 기업, 기술, 상품에 대한 수출 및 녹색기술, 상품 검.인증 업무 등에 대한 구체적인 2차 합작계약을 체결하여 본격적인 활동 중에 있다.

전 세계 일억 회원을 보유하고 있는 쓰촨성 태극지예와는 태극 문화, 예술, 관광, 의료, 교육, 체육, 건강 등에 관련하여 협약하였으며, 상해의료건강중심과는 의료 개발.건설 분야에 합작하였다.

그밖에도 청두에 농수산물 및 미생물 검증기관을 보유하고 있는 대만 경제인 연합회와 발효효소 식품분야 검증, 인증에 관하여 업무협약을 하는 등 중국과는 녹색 전 분야에 협력되어 있다.

터키 IAB(사무국)은 터키 안전행정부 공식 비준을 받았으며, 유럽, 아랍지역 지원업무를 수행하고 있습니다.

남미 칠레, 파라과이, 아르헨티나 등 남미지역에서도 각 글로벌 본부 팀들이 3년간 공무수행 중에 있다.

방글라데시 글로벌지원본부는 방글라데시 전 국토개발 FS가 완료되었으며 에너지분야부터 전 분야에 걸쳐 녹색기술상품실천 중에 있다.

캄보디아 녹색상품 글로벌지원본부는 태국 등 서남아시아 지역을 지원하는 등 녹색 기술상품실천에 관련한 전 분야에 대하여 업무진행 중이다.

　그리고 국제기구 세계녹색기후기구 문화힐링, 12본부에서는 파키스탄 및 러시아와 협력함으로써 국제기구 사무국을 통한 약 70 국가들의 녹색 기술상품실천을 위한 준비가 완료되고 있으며, 러시아, 아랍지역, 탄 공화국, 아프리카 지원을 위한 대륙별 국제녹색 기술단지를 한국, 러시아 등 다국적그룹과 함께 진행중에 있다.

　세계지원교육재단에서는 국제기구 세계녹색기후기구 국제녹색인증상품을 쿠웨이트 정부의 공식 인증을 받아 수출하게 됨으로써 두바이, 사우디, 쿠웨이트가 주축이 된 GCC 지역 연합 사무국을 진행중에 있다.

　미국 글로벌 세계지원본부에서는 대한민국 법률계의 최고 법률잡지인 고시계와 함께 미국 대통령 7분의 법률자문을 역임하신 고한실 박사의 자서전 발간 및 기념사업까지 진행하고 있으며, 미국 글로벌 선물거래소 등 미국을 비롯한 200개 국가들과 함께 본부 설립을 위한 공무 수행 중이다.

　아시아글로벌지적재산권관리기구는 대한민국 내 100여개 대사관을 국제기구 세계녹색기후기구 문화 친선기관으로 등록하여 관리 중이며, 한국소비자협회는 국제기구 세계녹색기후기구로 등록하여 폭스바겐 법

고한실의 삶

을 국회 입법으로 주도하였을 뿐 아니라 대한민국 발전에 공헌과 헌신을 하여온 각 분야 시별, 도별 의회 기관, 기업, 국민에게 대한민국국회 정무위원회와 함께 한국 소비자 대상을 드리는 등 다양한 활동을 진행하고 있다.

무한에너지본부는 175개 국에 공무수행 중인 팀들과 협력 지원 중에 있다.

이렇듯, 이 지구상 통신과 온라인으로 소통되는 모든 국가는 국제기구 세계녹색기후기구의 녹색헌법 실천을 위한 책무이행 국가라고 할 수 있으며, 이미 적극적으로 실천 중이다.

국제기구 세계녹색기후기구 헌법(부분요약)

국제기구 세계녹색기후기구 설립 배경

지구의 환경문제는 더 이상의 설명이 필요 없을 만큼 심각한 안보문제로까지 인식되고 있다.

이러한 지구를 다시 되돌릴 수 있는 방법은 '녹색기술상품 실천'뿐이라는 사실을 인지한 세계정상들은 이미 수년 전부터 국제회의 등을 통해 '녹색기술상품의 실천'은 모든 세계인의 책무로써 최혜국 대우를 적용하여 즉시, 당장 실천하여야 한다'는 '녹색기술상품 실천법'을 만장일치로 승인하였고, 대한민국은 '창조경제 녹색기술상품 사용실천에 대하여 '저탄소 녹색성장 기본법' 제4조 국가, 제5조 지방정부, 제6조 기업, 제7조 국민의 책무로 규정하고 있다.

이렇듯, 녹색기술상품 실천은 공공의 이익을 위해선 강제적으로 이행하도록 규정하고 있으나 정작 실천하기 위해 앞장서는 국가나 단체의 활동은 찾아보기 어렵다.

이에, '국제기구 세계녹색기후기구'는 실천헌법인 '국제기구 세계녹색기후기구(INGO-WGCA) 헌법'을 공포하고 인류와 우주 유,무기체를 영구히 보존하고자 하는 공공의 이익을 위해 360개국을 대신하여 '녹색기술상품 실천'이라는 전 세계인의 책무를 강력하게 이행하고 있는 최초의 책무이행 실천 국제기구이며, 대한민국에 중요 집행부를 두고 있다.

Establishment Background of INGO-WGCA

The environmental problems of the earth is recognized as a very serious security issue.

The leaders in the world decided that the only way to save the earth is 'the practice of green technology products' and therefore unanimously approved 'green technology product practice law' that receives the most favored nation treatment, which is the duty of all people in the world that must be executed immediately. South Korea defines the 'practice of green technology products'

고한실의 삶

in 'Framework Act on Low Carbon, Green Growth' as the duty of the nation (article 4), local governments (article 5), companies (article 6) and citizens (article 7).

Practice of green technology products is to be enforced for the public interest, however, it is difficult to find a country or an organization actively working for this cause.

Thus, INGO-WGCA proclaimed 'INGO-WGCA Constitution' as the first international organization to enforce 'the practice of green technology products' on behalf of 360 countries for the public interest to permanently preserve the humanity, universe, organic and inorganic matters and its main executive branches in South Korea.

총 칙

본 국제기구는 비엔나 협약(조약 제1089호-오존층 보호에 관한 협약) 및 국제연합 기본 협약(조약 제1213호-기후변화에 관한 협약)의 목적 달성을 위하여 국제기구 헌법을 이행 실천한다.

또한, 무역관련 지적재산권에 관한 협정[(TRIPS) (조약 제1265호 발효일 1995.1.1.) 및 한 · 미 FTA 제18장 8조 녹색기술상품 사용(국제표준 녹색기술(발효일 2012.3.15.) 외 무한에너지(미국특허법 103조, 한국 특허법 106조의2항 1호) 등을 바탕으로 녹색기술상품 실천기구 헌법을 국제 공익 신탁 법에 근거하여 당시 G77의장국이면서 의장인 피지(오세아니아)국과 동시 몇 개국에 허가 받아 수탁 등기하였으며, 전 세계 공공의 이익을 위한 '녹색기술 상품실천 이행'을 삼백육십개국을 대신하여 선포하였다.

General Provisions

INGO-WGCA executes the constitution in order to achieve goals of Vienna Convention (article 1089 - agreement on the protection of ozone layer) and UN FCCC (article 1213 - agreement on the climate change). Also, based on TRIPS (article 1265, effective date 1995.1.1.), Korea-USA FTA article 18 no. 8, usage of green technology products (international standard green technology, effective date 2012.3.15.) and unlimited energy (US patent law article 103, Korea patent law article 106, term 2, no. 1), green technology products practice constitution is permitted and registered in Fiji which is the president of G77 and a few other countries. And this constitution that practices green technology products for the pubic on behalf of 360 countries is permitted by TRIPS to enforce to the world and was proclaimed to all 360 countries.

목 적

국제기구 세계녹색기후기구(INGO-WGCAF/WGCA) 이하 80여 국제기구는 이 지구와 우주 유, 무기체를 보존하기 위하여 이 시대 전, 후를 통합하여 미자 학, 양자 학, 무한에너지, 에어엔진 등 유엔 세계 지적 재산 소유권기구(WIPO)에 학술로 등록 되었거나 분류코드를 받은 녹색기술상품, 각 국가의 특허청에 등록된 녹색기술상품 발명, 발견, 학술, 분류 코드 등, 융 융합 녹색기술과 용 융합 녹색기술, 무한에너지, 에어엔진 등의 녹색기술로 만들어진 녹색기술상품, 1차, 2차, 3차 특허 녹색기술상품 등을 이 지구와 우주에 공급한다.

또한, 녹색생활과 인류가 살아가는데 필요한 모든 기후, 환경관련 의, 식, 주 등을 녹색기술상품으로 개발 실천 하여, 화석연료를 사용함으로 발생한 지구환경 오염 및 연료 고갈 등 인류를 존폐 위기에서 구하게 될 것이다.

모든 WTO 서명 가입국 동시 발동의 시행법령 제9조와 무역관련 지적 재산권에 대한 협정하의 특허법과 대통령령 20729(2008년 2월 29일 발효)의 8조 녹색기술 등 회원국은 미국특허법 103조 등 UNFCCC 제1213호에서 지구와 인류를 보호하는 "국제표준 녹색기술 상품"의 사용실천에 대하여 전 세계가 만장일치로 이행 약속하였다.

이에 따라, "국제표준녹색 기술상품"에 따른 모든 연관된 제품에 대하여 국제기구 세계녹색기후기구 (INGO-WGCAF/WGCA) 80여 국제기구에선 '특허법 106조의 2항 1호' 공공의 비상업적인 경우 및 'TRIPs 제31조'를 적용, 권리자 없이도 녹색기술에 관련하여 '강제수용'으로 국제표준녹색기술 상품을 발굴 생산 할 것이며, 생산된 제품에 대해서는 국가별로 허가 및 등록하여 전세계에서 책무이행을 할수있도록 하고 있으며, 국제법상 유엔 특별기구 WIPO에 녹색기술 및 학술로 등록된 녹색기술 등의 지적재산권을 사용하도록 하는 국제기구이다.

국제기구 세계녹색기후기구는 '녹색기술상품 실천 헌법' 공포하고 실천하는 최초의 국제기구이자 대한민국에 글로벌 본부를 두고 있으며, 대한민국은 조약법 이행 국가이고 그 근거로 국가와 지방정부, 기업, 국민의 책무로 규정하고 있다. 또한, 국제표준녹색기술이 학술로 등록된 일방 국으로 분류되고 녹색기술상품 책무 실천국가로써 녹색기술상품에 대해서는 전 세계 모든 국가는 '최혜국대우'로 녹색기술상품을 개발, 전파해야 할 강제성을 가지고 있다. 이는 당사자 국가는 UNFCCC 제1213호 근거 녹색기술실천을 실행하기 위하여 개도국G77국가포함 모든 국가를 최혜국 (TRIPS법 근거, 즉시 당장 실행 하라는 근거)

고한실의 삶

대우로 의무적으로 실시하고, 그에 따른 모든 국가는 녹색기술상품 실천으로 경제와 환경의 조화로운 발전을 이룩하여야 한다.

본 기구의 주요업무는 녹색기술상품으로 녹색성장을 조성하고, 녹색산업을 새로운 성장동력으로 활용하여 각 국가의 경제를 발전시키며, 녹색기술상품, 녹색산업혁명, 녹색 사회 구현을 통하여 세계인류의 삶과 질을 높여 국제사회의 평화를 이룩하는데 그 "목적"이 있다.

또한, 전세계에서 보유하거나 관리하고 있는 모든 국제자금(녹색기술상품 자금, 사막방지 자금, 바다청결운동 자금, 환경개발 자금, 녹색도시개발 자금)등을 활용하고 유치하여 국제기구 세계녹색 기후기구 글로벌 은행(12본부) 본부에서 각 국가와 한반도 통일 대비를 위한 녹색기술상품과 녹색펀드를 발행한다. 이는 각 설립국가와 80여 국제기구를 대신하여 글로벌은행을 통하여 집행하게 되고, 국가별 글로벌 SFC1-72자산운영사에서 관리하며 운용본부 산하 SFC1-72가 운영한다.

글로벌본부에서 녹색기술상품을 실천하여 전국 18개 광역본부에 녹색기술상품실천을 위한 각 국가별 우량 녹색기술상품 면세점을 운영하게 되고, 그 이하 지역본부에 의, 식, 주, 공산품 면세장을 운영하게 된다. 이로서 녹색기술상품이 인증된 제품에 대하여 전 세계 360개국에 녹색기술상품이 같은 방법으로 공급된다.

대한민국에서는 창조경제녹색성장에 필요한 저 탄소 녹색성장 기본법 (제2조3항 녹색기술상품 실천, 제4조 국가의 책무, 제5조 지방정부의 책무, 제6조 모든 기업의 책무, 제7조 모든 국민의 책무, 제8조 타법과의 관계 최우선)이 시행되고 있다. 이를 근거로 국제기구 세계녹색기후기구 (INGO-WGCAF/WGCA) 80여 국제기구는 '녹색기술상품 혁명'의 시작을 대한민국 녹색기술부터 시작하여 전 인류의 책무, 전 인류 기업의 책무, 전 인류 각 등록국 지방정부의 책무, 전 세계 360개 국가의 책무로 규정하고 녹색기술상품실천 혁명 헌법이 시작되었다.

Objectives

In order to preserve the earth, organism and inorganic matters, supply to the earth and the universe with green technology products such as neutrino science, quantum science, infinite energy and air engine that are registered in WIPO or received classification codes as well as primary, secondary and tertiary patent green tech products developed by green technologies that are registered in each country's patent department such as green technology products invention, discovery, scholarship, classification code fusion green technology, green energy air engine.

Moreover, develop all the necessary climate and environment related food, clothing and shelter as green tech products and save the humanity from crisis of survival due to global warming, exhaustion of fossil fuel and the subsequent pollution of the earth.

All WTO member countries unanimously agreed to "global standard green technology products" that protect the earth and humanity in patent law under agreement on trade related intellectual property rights, green technology from Presidential degree 20729 article 8 (effective date February 29th 2008). Accordingly, INGO-WGCAF/WGCA applies patent law article 106 term 2 and no.1 public noncommercial case and TRIPS article 31 and develop and produce international standard green technology products 'compulsorily' and the produced products is enforced to be registered in each country to practice green technology. Also, INGO-WGCA is allowed to use intellectual property of green technologies that are registered in WIPO.

INGO-WGCA is the first international organization that practices the green technology products constitution and the headquarter is in South Korea. South Korea defines the practice of green technology products as a duty of local and central government, corporations and citizens and green technology products are registered as a scholarship. All countries in the world are mandated to treat green technology products as the most- favored nation and to develop and use green technology products. In order to execute green tech products based on UNFCCC article 1213, developing countries including G-77 should enforce green technology products with most-favored nations treatment, (TRIPS law: it must start immediately), which will lead to harmonious economic and environmental growth.

The main task of INGO-WGCA is developing economy for each country with utilization of green technology as a new growth engine and achieving peace within international community through green tech products, green industrial evolution and realization of green society.

Also, using all existing global funds (green tech product funds, funds to combat desertification, clean sea campaign funds, environmental development funds, green city development funds), INGO-WGCA Global Bank issues green tech products and green funds for each country and for preparation of unification of Korea. This is executed by INGO- WGCA through global bank on behalf of each country and 80 global organizations and managed by SFC1-72 under Operation headquarter.

18 metropolitan headquarters manage green tech products duty free stores for each country and the local headquarters

고한실의 삶

manage food, clothing, shelter, industrial products and duty free stores. All certified green tech products are distributed the same way through SPC-A, B, and C 1-300 corporations.

South Korea implements Framework Act on Low Carbon, Green Growth (article 2 section 3 Green Tech Product Practice, article 4 duty of the government, article 5 local governments' duty, article 6 citizen's duty, article 8 highest law above all). Based on this enforcement of green tech products in South Korea, INGO-WGCA starts the evolution of green tech products practice which stretches to all humanity's duty, all business's duty, each local government's duty and all 360 country's' duty.

INGO-WGCA/INGO-WGCAF/W-GCA 설립 선언문

아래의 내용을 선언한다.

보다 건강하고 푸른 행성 및 세계인을 위해 온실가스 없는 에너지원을 가능케 함으로써 공공의 이익에 도움이 되는 기술과 녹색기술상품을 사용하게 하는 것은 국제기구 설립에 대한 국제적 당면과제이며 필수 사항이다.

지구의 외기에 점진적으로 영향을 미치는 화석연료의 사용 및 해양생태계의 손상을 일으키는 해양 이산화탄소 농축으로 인간의 생존을 위협하고 있는 엄청난 양의 대기 방출 온실가스를 줄이기 위해 새로운 발명과 녹색기술 상품 사용실천은 공공의 이익을 위해선 필수적이고 이미 강제적이다.

국제기구 세계녹색기후기구(INGO-WGCAF/WGCA)의 녹색기술상품 실천은 개발도상국가 및 선진국가 내의 공익을 위해 저 탄소 국제표준 녹색 기술 창조를 가능케 하는 기술을 개발하는 것으로 시작된다. 이는 기후변화가 건강, 고용, 소득과 생활, 성별 배제 또는 성차별, 교육, 주택, 식량확보 및 빈곤 등을 포함하는 지속 발전 가능한 사회적 요소 각각에 영향을 미칠 수 있는 가능성을 내포한다는 사실의 인지에서 비롯된다.

미래의 기후 변화의 정도는, 현재 국제적 최우선 과제인 더욱 더워지는 대기, 더욱 따뜻하고 산성화되는 해양, 높아지는 해수면 및 파괴적 날씨 형태인 큰 이상기후 등의 원인이 되는 온실가스 배출을 줄이기 위해서 지금 우리가 무엇을 하는지에 달려있다.

하부기관과 밀접하게 협력하고 있는 국제기구 세계녹색기후기구(INGO-WGCAF/WGCA)는 기후변화에 의해 발생하는 위협적인 결과로부터 지구와 그 거주민을 보호하기 위해 G-77국가들과 WTO가입 국가들 내의 세계인들에게 이익을 주는 국제표준 녹색기술을 개발하고 녹색기술상품을 사용하며 촉진할 것이다. 그러므로 개발도상 국가이며 또한 기후변화에 영향을 받고 있는 피지와 G-77일부 국가부터 선진국에 이르기까지 본 국제기구의 등록은 온실가스를 배출하는 화석연료의 최상의 대체로써 저 탄소 국제표준녹색기술의 진흥 및 장려 가시화를 위해서 필수적이다.

본 기구는 인류의 보금자리 지구를 보다 깨끗하고 건강하게 하는 목표를 위해 국제적인 네트워킹을 이용하여 신기술 도입을 위한 강제 및 필수적인 시도가 이루어질 것이다.

WTO, G-77 국가 및 기타국가들로 구성되는 국제기구 세계녹색기후기구(INGO-WGCAF/WGCA) 회원국은 에너지 부족으로 인한 경쟁 및 독과점을 줄임으로써 세계 경제의 공평한 발전을 목표로 한다.

국제기구 세계녹색기후기구(INGO-WGCAF/WGCA)는 이산화탄소가 없는 녹색산업사회를 위한 녹색 기술을 신 성장 엔진으로 하여 각국의 경제 발전을 가능케 하는 에너지 생산 및 사용의 새로운 방식 도입을 촉진한다. 장기적으로 국제기구 세계녹색기후기구는 국제사회의 평화 촉진의 목적과 더불어 전 세계인의 삶의 질을 향상시키는데 도움을 주고자 한다.

전 세계에 국제기구 세계녹색기후기구(INGO-WGCAF/WGCA) 등록은 비엔나협약 규정에 따른 공통 의무이며, 본 기구는 모든 WTO국가 및 G77 회원국내 안전한 형태의 무한에너지인 에어엔진, 수소에너지 개발을 가능하게 하는 저 탄소 국제표준 녹색기술의 새로운 형성을 위한 국제적 협력과 기술적 지원을 할 것이다.

본 기구는 국제적, 권역적, 국가적 및 영역별 차원에서 신 재생에너지 기술의 개발 및 촉진에 대해 대한민국 소재의 글로벌본부, 운용본부, 행정본부로부터 연구 및 개발, 기술적 지원을 포함하는 녹색기술상품 실천 등 모든 합의된 조치를 취할 것이다. 또한, 사회적 및 경제적 체제와 관계없이 국제기구 세계녹색기후기구(INGO-WGCAF/WGCA)의 회원국으로 서명 가입하는 모든 국가들은 이산화탄소가 없는 에너지 생성 방법의 채택 및 촉진을 통해 대기 중 온실가스 배출을 감소시키는 최상의 노력을 하는 책무와 실천 의무를 갖게 될 것이다.

고한실의 삶

국제기구 세계녹색기후기구(INGO-WGCAF/WGCA)는 조화롭고 집약된 조치를 통해 각국 국민의 건강과 사회복지를 최우선시하는 국제 협력을 확대하도록 국가간 공동 협력망 구축을 도울 것이다. 이는 국가의 지속사용 가능한 연료를 확보함으로써 획득될 것이며, 특히 G-77 회원국은 유해한 대기 중 탄소 배출을 줄임과 더불어 경제적 독립성을 차례로 강화하게 될 것이다.

국제기구 세계녹색기후기구(INGO-WGCAF/WGCA)는 재생가능하고 이산화탄소가 없고 무한에너지 에어엔진, 수소의 생산 및 사용이 가능한 설비의 국제산업적 생산에 있어 개발도상국이 평등한 권리를 갖도록 형평성 있는 노력을 할 것이다. 또한 본 기구는 모든 기구 회원 및 국제사회의 신뢰를 유지하고 더욱 공고히 하며 전 세계 에너지 수요 충족을 위해 지구의 자원개발에 대한 스트레스를 줄이는데 도움을 줌으로써 국제사회의 공조를 도출하는 의무를 갖는다. 최종적으로 본 기구는 국제적 평화와 안전에 기여하고자 한다.

INGO-WGCA/INGO-WGCAF/ W-GCA Establishment Declaration

Hereby INGO-WGCA declares the following:

It is an urgent problem and a necessity to establish an international organization to enforce green technology and green technology products that contributes to public interest by providing energy source without greenhouse gases for healthier and greener earth.

In order to reduce the enormous amount of the life-threatening greenhouse gases caused by fossil fuel and concentration of carbon dioxide that damages the marine ecosystem, enforcement of green technology products and invention of new technology is essential and mandatory for the public interest.

Practice of green technology products of INGO-WGCAF/WGCA starts from developing international standard low carbon green technologies for the interest of developing and developed countries. This begins by recognizing the fact that the climate change can affect sustainable development of social factors such as health, employment, earnings, prevention of sexual discrimination, education, housing, security of food and poverty. The degree of future climate change is dependent on what we would do in order to reduce the emission of green house gases that cause global warming, acidification of the ocean, rising sea level and abnormal weather.

INGO-WGCAF/WGCA will develop and promote international standard green technology products that benefits everyone in the world including G-77 and WTO member nations in order to protect the earth and humanity from the threatening results of climate change. Therefore, it is crucial that the countries being directly affected by climate change such as Fiji, G-77 and developed countries to register to INGO-WGCA to promote international standard green technology that will replace fossil fuel that emits greenhouse gases. INGO-WGCA will utilize global network to introduce new technologies that helps our planet earth cleaner and healthier.

INGO-WGCAF/WGCA member nations such as WTO and G-77 aim to reduce competition and monopoly caused by the lack of energy and achieve fair development. INGO-WGCAF/WGCA promotes the production and usage of energy that helps economic development by utilizing green technology as a new growth engine for carbon-free green industrial society. INGO-WGCAF/WGCA aims to promote world peace and improve quality of life for everyone in the world in a long term. Registering to INGO-WGCAF/WGCA is the common obligation based on Vienna Convention, and INGO-WGCAF/WGCA will cooperate and provide technical support for international standard green technology that facilitates safe and infinite energy such as air engine and hydrogen energy.

INGO-WGCAF/WGCA will execute all the obligations including research, development and technical support of global headquarter, operation headquarter and animation headquarter located in South Korea for development and promotion of new renewable energy in global, regional and national aspect. In addition, all member countries of INGO-WGCAF/WGCA, regardless of their social and economical system, will have the obligation to make great effort to reduce the emission of greenhouse gases by choosing carbon dioxide free energy.

INGO-WGCAF/WGCA will construct international joint cooperation network in order to expand international cooperation for health and social welfare of people in each country via harmonious and integrated measures. This will be achieved by securing sustainable fuel and G-77 countries, in particular, will reduce emission of carbon dioxide and strengthen economic independence.

INGO-WGCAF/WGCA will make effort to provide fair rights for all developing countries in terms of producing infinite energy, air engine and hydrogen energy that are renewable and free of carbon dioxide. Also, INGO-WGCAF/WGCA has the duty to promote mutual assistance of the international community by reducing stress on resource development for the energy demand of the world. Finally, INGO-WGCAF/WGCA contributes to world peace and safety.

고한실의 삶

국제기구-세계녹색기후기구(INGO-WGCAF/WGCA) 지침

1. 설립임원 집행부 임원은 국제기구 세계녹색기후기구(INGO-WGCAF/WGCA)의 특별기관과 지원기관을 포함한 80여 기관을 설립하는 것에 동의한다.

   국제기구 세계녹색기후기구(INGO-WGCAF/WGCA)는 녹색의 청정하고 지속 가능한 무한에너지, 에어엔진, 수소에너지를 생산하는 저 탄소 국제표준 녹색기술의 협력, 연구, 개발 및 녹색기술 상품 사용실천, 책무이행 촉진의 중추적 역할을 담당한다.

   이는 본 기구의 헌법과 오존층 보호를 위한 비엔나협약 및 기후변화에 대한 유엔협약에서 규정하고 있듯이 국제기구 세계녹색기후기구(INGO-WGCAF/WGCA)의 책임과 일치한다.

2. 무역관련 지적재산권에 대한 협정 하의 특허법과 대통령령 20729호(2008년 2월 29일 발효)의 8조 녹색기술에 대한 WTO서명 가입국 동시 발동, 시행법령 제 9조에 근거한 선행기술의 조사에 일치하여 환경오염을 야기하는 온실가스 및 오염물질 배출을 최소화하는 효율적 기술을 활용한다. 본 녹색기술은 에너지와 자원을 절약하는 사회경제적 활동을 위해 세부적으로 온실가스 저감기술, 에너지 사용효율성 기술, 청정생산 기술, 청정에너지 기술, 자원순환 및 친환경 기술(융합기술 포함)을 포함한다.

3. 특허법 106조의 2항 1호에서 규정하는 "공공의 이익, 비상업적 사용"의 경우, 국제기구 세계녹색 기후기구(INGO-WGCAF/WGCA)는 대체기술을 활용하여 대체에너지 생산을 위한 연구개발 및 기술촉진 등, 기 공표한 목적을 수행할 의무가 있음을 이사진은 동의한다.

4. 본 특허 와 유엔특별기구 WIPO에 등록된 녹색기술과 상품은 사용과 개발지에 사용됨에 있어 차별 없고 공평한 방식으로 모든 국가, 모든 주, 지방정부의 법인, 전 세계 남성 및 여성의 이익을 목표로 한다.

5. 국제기구 세계녹색기후기구(INGO-WGCAF/WGCA)는 선진국가 및 개발도상국가의 정부 및 관련 공기관, 시민사회 및 사적 부문 기관들과 연계하여 변혁적 변화를 촉진시키는 것을 목표로 한다.

6. 연계 회원국내 녹색성장을 가능케 하는 혁신적인 저 탄소 국제표준녹색기술 및 과학의 개발과 촉진은 탄소배출 에너지설비를 확연하게 감소시킴으로써 공익과 인류 건강을 도모할 것이다. 물리적 환경 또는 지구 생물권에 변화를 야기하는 화석연료의 대규모 감소를 통해 본 녹색에너지 생산기술은 자연적 생태계의 복원 및 생산을 증가시키는데 도움이 될 것이다.

7. 인류 발생적 장애측면에서 본 기술의 적용은 대기 중 온실가스 농축의 저감을 통해 기후체계의 점진적 안정화에 지대한 공헌을 할 것이다.

8. 최종적으로 이는 기후변화에 자연스럽게 순응하고자 하는 전세계 국가들의 생태계로 하여금 식량생산의 위협을 감소시킬 것이고 한편으로는 무공해 및 지속 가능한 방식으로 전 세계 국가의 대중에게 경제적 발전을 위한 기회를 제공할 것이다.

9. 국제기구 세계녹색기후기구(INGO-WGCAF/WGCA)에 대한 본 산업으로부터 재무적 이익은 사회적으로 소외된 산업에 대한 하부권한 이양을 가능하게 할 것이고 국제적 구호활동을 지원함과 더불어 대중의 건강과 복지 촉진을 가능하게 할 것이다.

10. 국제기구 세계녹색기후기구(INGO-WGCAF/WGCA)는 저 탄소 배출기술을 사용하여 녹색의 친환경적 사업운영을 포함하여 건강한 문명사회를 구축하는데 시민의 자발적 참여를 보장할 것이다.

11. 이는 녹색산업으로 변화하기 위해 국제표준녹색기술을 활용하고 국가의 입법과 법률에 따라 프로젝트 수행을 촉진시키고자 하는 모든 회원국 및 이와 밀접하게 연계된 지방정부, 공.사적 기관내의 공공의 관심을 촉진시킬 것이다.

12. 국제기구-세계녹색기후기구(INGO-WGCAF/WGCA)는 열정을 가지고 차별 없이 G-77회원국 및 WTO회원국내 프로젝트와 관련한 물적, 인적 교환 및 협력 등을 포함한 평화구축을 촉진시킬 것이다.

INGO-WGCAF/WGCA Guideline

1. Establishment officers and executive board members agree to establish 80 organization including INGO-WGCAF/WGCA special organization and support organization.
INGO-WGCAF/WGCA plays a pivotal role in the cooperation, research, development, practice and promotion of international standard low-carbon green technology that produces clean and sustainable energy such as infinite energy, air engine and hydrogen energy.

This coincide with the responsibility of INGO-WGCAF/WGCA that is regulated in Vienna Convention for the protection of ozone layer and UNFCCC.

2. Utilize efficient technologies that are based on patent law under TRIPS, presidential decree 20729 article 8 (WTO member nations must start at the same time, effective date February 29th 2008) and trial statute article 9 to minimize the emission of greenhouse gases and pollutant that cause environmental pollution. This green technology includes greenhouse gas reduction technology, energy efficiency technology, clean

고한실의 삶

production technology, resource recycle and environment-friendly technologies (including fusion technology).

3. Board member agree that INGO-WGCAF/WGCA is obligated to execute research, develop and promote alternative energy in case of 'public interest and noncommercial usage' defined by patent law article 106 term 2 and no.1.

4. The patent and green technologies and products registered in WIPO is for the interest of all countries, states, local governments and all men and women in the world in a fair method in terms of the usage and development.

5. INGO-WGCAF/WGCA aims to promote transformational change with the governments and related public organizations of developed and developing countries, civil society and private organizations.

6. Development and facilitation of innovative low carbon international standard green technology and science will help green growth of member nations and promote public interest and human health by significantly reducing emission of carbon dioxide.

7. The application of this technology, in terms of human genetic disorder, will immensely contribute to gradual stabilization of climate system through reduction of greenhouse gas concentration in the atmosphere.

8. Finally, this will reduce the threat of food production of all countries in the world that wish to naturally adapt themselves to the climate change and provide opportunities of economic development for everyone in the world in pollutant-free and sustainable way.

9. Financial profit of INGO-WGCAF/WGCA will help socially marginalized industries to thrive, support international relief activities and improve public health and welfare.

10. INGO-WGCAF/WGCA will guarantee voluntary participation of citizen for establishing healthy civilization by using low-carbon emission technology and managing environment friendly business.

11. This will accelerate public interest of all member nations and related local government and public and private organizations that aims to use international standard green technology and promote the projects based on legislation and laws in order to evolve to green industry.

12. INGO-WGCAF/WGCA will promote world peace, without any type of discrimination, which includes material and human exchange and cooperation related with projects within G-77 and WTO member nations.

사 업 목 적

본 국제기구는 360개국 지구인들이 지구환경 변화와 이상기후에 대비하고 창조경제 녹색기술을 실천하여 지구 안 밖의 모든 녹색기술산업을 새로운 성장동력으로 활용함으로써 각 국가의 경제를 발전시키고, 녹색기술의 실현, 녹색기후환경 산업사회 구현을 통하여 세계 인류의 삶과 질을 높여 국제사회의 평화를 이룩할 목적으로 설립한 비 정부 국제기구 (INGO)인 국제기구 세계녹색기후기구 (INGO-WGCAF/WGCA)이다.

본 국제기구는 360개 국가 허가 및 등록이 완료된 해당국에 국제기구 세계녹색기후기구를 등록 후, 해당 국가에서 행정을 담당하게 하여 녹색기술상품이 정책화 되도록 할 것이며, 또한 국가책무 이행을 위한 녹색펀드 사용에 대한 전 국토개발참여, 회원교육과 예산 등을 기획, 녹색프로그램과 활동을 담당할 수 있게 해당국 행정 팀을 국제기구 세계녹색기후기구 각 행정본부로 파견 하도록 하여 녹색 기술 등 다각적인 교육과 기술상품에 대한 인지능력 향상 등을 담당하게 한다.

또한, 실천조직인 INGO-WGCA GLOBAL WHQ와 행정본부, 운용본부, 72지원기구 글로벌본부 각 1, 2, 3,은 각자의 지역본부 18본부, 이하에 72지원기구, (부속부 8부)를 대한민국에 설치 운영하여 전세계 녹색기술이 360개국에 상호 교류하게 하고 녹색기후환경을 실천하여 지구를 영구히 보존하는데 그 "목적"이 있다.

Business Purpose

INGO-WGCA is an International Nongovernmental Organization (INGO) established in order to accomplish world peace by developing economy of all 360 countries and improving quality of life for all humanity in the world through realization of green technology and green climate industrial society by preparing for environment change and abnormal climate and by utilizing all green technology industry as a new growth engine. INGO-WGCA will be registered in 360 countries in order to administer the vitalization of green technology products, participate in national land planning, educate members, manage green funds and budget and organize green programs in each country. Administration team in each country will be dispatched to INGOWGCA administration headquarter to improve knowledge on green technology and green products.
In addition, INGOWGCA GLOBAL WHO, Administration HQ, Operation HQ (each manages 18 local headquarters) and 72 Support Organization Global HQ (manages 8 affiliate departments) are established in South Korea to administer mutual interchange of green technology among all 360 countries in the world and permanently preserve the earth by practicing green climate environment.

고한실의 삶

운영 방법

본 국제기구 운영방법은 국제기구 세계녹색기후기구 글로벌 본부소속 12개 글로벌 본부(국가별등록 본부포함)와 SFC(자산운영사) 1-72기구 등을 전 세계 동일한 광역지역에 설립하고, 그 지역을 지원 할 SPC(Special Purpose Council) 72지원기구 이하 SPC(Special Project Company)-A.B.C 각 1~±360개 국제기구 공기업 설립과 광역지역본부를 설립 후, 물류, 건설, 에너지 분야로 구분하여 녹색선물상품 거래소 운영, 등록 국가는 행정구역별 지역본부에 녹색선물상품 거래소를 운영한다.

글로벌 소속 SFC(자산운영사) 1-72기구 및 운용본부 소속 SFC(운용사) 1-72기구와 협력할 선물.상품. 전산플랫폼 본부와 로펌 본부는 플랫폼 법률을 담당하며, 대한민국은 18개 지역본부와 각 관리 72지원기구인 선물.상품.전산플랫폼 지원기구로 구성되고 전 세계 광역지역에 동일하게 적용한다.

SPC-A.B.C는 각 1~±360개의 녹색기술상품 실천을 위한 생산공장(A), 판매법인(B), 생산공장 생산대행 공장(C)으로 구성되며, 운용본부, 여성본부, 한반도 평화통일 본부, 뉴 새마을 본부는 광역본부 및 지역운영본부와 그 지역을 지원할 72지원기구 설립, 이하 SPC—A.B.C 각 1~±360개의 녹색기술상품 선물상품 거래 운영 SPC를 설립하고, 국제기구 세계녹색기후기구 디자인.방송운영 글로벌 본부, 국제기구 세계녹색기후기구 대학.대학 글로벌본부, 온라인을 담당하는 글로벌본부는 녹색기술상품 검증 글로벌본부 지원을 받아 전세계 삼백육십 개국을 대신하여 인류와 지구 및 우주 유, 무기체를 영구히 보존하고자 하는 공공의 이익을 위해 '국제기구 세계녹색기후기구 헌법'을 이행 실천한다.

Operation Method

INGO—WGCA Global HQ and 12 affiliate global headquarters (including headquarters in registered countries) and SFC (asset management company) 1-72 organizations are established in wide regions all over the world and each region has SPC (Special Purpose Council) 72 support organizations and affiliate SPC (Special Project Company)-A,B,C (each type can have 1~±360 companies), which will be divided into distribution, construction and energy sectors to manage green futures commodity exchange and the registered country manage green futures commodity exchange in each local headquarter.

SFC (asset management company) 1-72 and SFC (Operator under Operation HQ) 1-72 under global headquarter manages futures commodity and Computational Platform HQ and the Law Firm HQ manage platform laws. INGO-WGCA in South Korea is composed of 18 local headquarters and futures, commodity, computational platform support organizations that are each 72 support organization. This applies to all countries in the world.

SPC-A,B,C each is composed of production factories (A), sales company (B), producing factory and production agency factory (C) for the practice of green technology products. Operation HQ, women HQ, Korea peaceful unification HQ, new Saemaeul HQ establish local operation HQ and 72 support organization for each district. SPC-A, B, C manage green technology products and futures commodity exchange. Design, broadcasting global HQ, University HQ, INGO-WGCA Global HQ that manages online office is supported by Green Technology Products Inspection Global HQ and practices the constitution in order to permanently preserve humanity, the earth, universe and organic and inorganic bodies.

국제기구 세계녹색기후기구 헌법에 명시한 360개국 공통 사업

1. 국제기구 세계녹색기후기구 회의록 7호 첨부서류 근거와 INGO-WGCA (WGCO/ GCA) 헌법, 헌장, 선포문에 기재된 사업통합

2. 녹색기술상품으로 개발국 턴키 개발사업

3. 녹색기술상품 선물.상품 무역.물류 사업

4. 녹색기술상품 개발, 건설사업

5. 저 탄소 녹색성장 기본법 녹색기술 상품 개발

6. 삼백육십 개국 회원국 가입 협약비 수익 사업

7. 삼백육십 개국을 대상으로 녹색기술상품 인증표 검증 및 국제녹색인증발행

8. 세계무역기구(WTO) 회원국 내 국제표준 녹색기술의 교육, 문화, 예술, 과학교육 등의 진흥을 위한 사업, 국제기구 세계녹색기후기구를 위한 대학 대학원 교육 및 운영 승인업 무(온라인 대학 포함)

9. 국제기구 세계녹색기후기구 INGO-WGCA(WGCAF/GCA) 헌장, 헌법, 72지원기구 및 첨부된 본부 및 위원회 사업 및 국제표준 녹색기술상품 사업

10. 국제기구 세계녹색기후기구 INGO-WGCA(WGCAF/GCA) 글로벌 세계행정지원 업 무 및 국제금융거래 행정 각 도, 시, 지역별 본부 / 해양조선 행정본부 / 대륙별 본부 (아 프리카, 유럽, 남아메리카, 북아메리카, 오세아니아, 서남아시아, 중앙아시아, 아랍)승인 및 아시아 글로벌 세계지원 총괄 관리, 72개(SFC1~72) 자산운용사 법인총괄, 각 자산

고한실의 삶

운용사(SFC1)이하 100개법인 (SPC1~100) 관리 감독업무, 상업법인 총괄 업무 및 사업관리

11. 저 탄소 녹색성장 기본법 제2조와 제4, 5, 6, 7조 책무이행 및 기본법 제6조에 해당한 모든 지원사업

12. 녹색성장, 자원순환, 농산물, 녹색산업, 녹색제품, 녹색생활, 녹색경영 등 국제녹색인증 및 녹색기업 녹색의식주 제품 전분야 공익을 목적으로 하는 사업으로써 대통령령으로 정하는 사업의 세계화(대한민국은 일방국으로써 TRIPs 에서 규정한 전세계 최혜국적용 및 지적재산권 적용국가 개도국 및 최빈국포함 즉시 당장 무조건 실천하게 하는 강제조항)

13. 국제기구 세계녹색기후기구 INGO-WGCA(WGCO/GCA/WGCAF) 녹색기술거래소 사업

14. 국제기구 세계녹색기후기구 INGO-WGCA(WGCO/GCA/WGCAF) 녹색기술상품, 국제녹색기금, 국제금융, 은행업무 및 등록 및 국제펀드 국제금융 거래본부 사업

15. 국제기구 세계녹색기후기구 INGO-WGCA(WGCO/GCA/WGCAF) 녹색상품거래소 사업

16. 국제기구 세계녹색기후기구 INGO-WGCA(WGCO/GCA/WGCAF) 녹색선물거래소 사업

17. 국제기구 세계녹색기후기구 INGO-WGCA(WGCO/GCA/WGCAF) 자산운용행정본부 및 자산운용사 72개 관리감독 및 대륙별 사업

18. 국제기구 세계녹색기후기구 INGO-WGCA(WGCO/GCA/WGCAF) 국내외 해양물류 국가개발 무역거래 지원사업, 협동조합기본법에 준한 사업 및 조직구성 사업

19. 국제기구 세계녹색기후기구 INGO-WGCA(WGCO/GCA/WGCAF)와 관련된 전국행사 및 제주국제포럼 등 행사 사업

20. 전세계 대통령 기념공원 조성 및 지원사업 및 DMZ INGO-WGCA(WGCO/GCA/WGCAF) 평화공원 및 대북이탈주민 지원단지 건립 지원 사업

21. 국제기구 세계녹색기후기구 INGO-WGCA(WGCO/GCA/WGCAF) 360개국과 오대양 내 무풍지대 해양폐기물 및 해양산업, 폐 플라스틱 제거산업, 사막방지산업, 개도국 턴키 방식 국가개발, 바다 위 녹색공원, 에너지제로하우스 및 해양주거 산업조성 사업

22. 녹색기술 실천을 위한 자산운영 컨설팅 및 각 국가 별 왕궁 한국 내 건립 업무

23. 녹색기술 배후단지, 힐링 단지 조성사업 및 관광(의료관광 포함)과 개도국 기술교육사업

24. 국제기구 세계녹색기후기구 INGO-WGCA(WGCO/GCA/WGCAF)에서 운용하는 녹

색기술상품, 홈쇼핑, 상품거래소, 국제금융거래소, 은행, 방송국, 온라인 사무국, 대학.대학원 사업(전국 및 360개 국 등록 및 지사를 둘 수 있음)

25. 더불어 살아가는 공동체 만들기를 실현하는 새마을운동 실천사업

26. 국제기구 세계녹색기후기구 INGO-WGCA(WGCO/GCA/WGCAF) 대학.대학원을 통한 인재육성, 석,박사 논문검증 및 지적재산 발굴, 녹색상품 검증 본부 역할 및 녹색정책 대학원 교육 사업

27. 녹색기술 관리감독 교육 검증, 연구 연수원 및 기후환경 오존층 보호를 위한 행정감독, 국제녹색감찰신문감독권 및 녹색감사, 감찰 지원사업

28. INGO-WGCO 및 INGO-WGCA (INGO-WGCA GLOBAL WHQ) 대행, CCGI 방글라데시 업무대행

29. 국제기구 세계녹색기후기구 INGO-WGCA. INGO-WGCAO (WGCAF/GCA) 업무대행, INGO-WGCAF 업무대행

30. 국제기구 세계녹색기후기구INGO-WGCA(WGCAF/GCA) 글로벌 세계본부업무를 위한 대륙별 대표부와 각 국가별 본부를 둘 수 있으며, INGO-WGCA(WGCO/GCA/WGCAF) 분야별 글로벌 세계대표부 본부와 협조하여 사업을 이행하며, 이행된 사업에서 발생된 자금은 기후환경을 위하여 각 국가와 개도국 최빈국 등 기후환경 오존층보호 녹색기술상품 발굴, 국제금융유치, 국제녹색인증, 녹색 감찰 세계 대사지원 등과 INGO-WGCA에 협조하여 세계본부업무 및 지원업무 등 ICC룰과 INGO-WGCA 헌법룰을 적용한다.

31. 기후환경 오존층을 보호하고 인류와 동식물을 보호하기 위하여 조약법에서 근거한 저탄소 녹색성장 기본법 등 법 실천과 각 360국가에 지사를 설립하여 대한민국과 전세계 녹색기술을 전파하고, UNFCCC 조약법 1213조, 리우협약, 비엔나 협약을 통한 강제조항인 녹색기술실천을 이행하는 INGO-WGCA/ WGCAF 헌법을 성실히 실천할 사업이행

32. 국제금융거래 유치를 위한 INGO-WGCA 업무대행

33. 국제기구 세계녹색기후기구 (INGO-WGCA / INGO-WGCAF / GCA / WGTO / GTO / 72-SUP ORG/INGO-WGCO) 유치문서, 회의록, 이행헌법 원본관리

34. 국제기구 세계녹색기후기구 INGO-WGCA(WGCAF/GCA)의 방글라데시, 인도, 중국, 두바이, 네팔, 필리핀, 말레이시아, 캄보디아, 베트남, 미얀마, 라오스 등 8대륙을 포함한 360개국 등록허가문서 INGO-WGCA 헌법수탁건과 위 기재된 국가를 포함한 360개국에 국제기구 세계녹색기후기구 글로벌 뱅크본부 녹색펀드 발행에 관한 관련서류를 대한민국 서울중앙지방검찰청 소속 법무법인에서 공증 후, 대한민국 외교부(대한민국 법

고한실의 삶

무부 일부 포함) 인증 및 해당국 대사관에 공증 및 인증 후 중앙지방법원 등 설립 등록국 업무 진행 건에 대한 원본 카피본 수탁된 문서 통합 관리

35. 각국 360 개국 허가문서 원본 관리, 헌법 수탁과 통합관리

36. 홍콩을 포함한 360개국 녹색펀드 발행문서 통합수탁 및 국제기구 세계녹색기후기구 글로벌 은행업무 및 글로벌 은행 본부 관리

37. 전 세계 사법기관과 협조하여 공조 조사권을 실시함으로써 기후환경과 인류에게 나쁜 영향을 주는 모든 유.무기체에 대한 감독, 감찰, 교육, 감시 업무 및 공동조사

38. 국제기구 세계녹색기후기구 INGO-WGCA(WGCAF/GCA) 72지원글로벌본부 및 1~72지원기구 본부관리

39. 대한민국에서는 저탄소 녹색성장 기본법에 국가, 국민, 기업, 지방정부의 책무로 규정 되어있으며, 중국 정부의 5대정책에는 자국에서 실천하고 있는 법률범위 내에서 녹색정 책이 포함되어있고 에너지는 안보로 규정되어 있으며, 대한민국과 전 세계 각 국가와 협 약한 FTA에는 대한민국의 경우 저탄소녹색성장기본법 제4조, 5조, 6조, 7조에서 녹색 기술상품 실천 책무가 포함되어 있고, 아포스티유 적용대상 국가(TRIPs에서 지적재산권 적용 대상국인 개도국, 최빈국 포함)에 국제녹색인증업무 및 녹색상품 공급업무

40. 국제기구 세계녹색기후기구와 중국정부 상무위원들이 주축이 되어 비준한 '중국저탄 소산업투자센터'와 모든 녹색정책에 대한 합자, 합작, 협약에 관한 글로벌은행, 개발.건 설, 물류, 에너지, 의료, 녹색약품, 건강, 힐링관련 업무

41. 중국 허난성 인민정부와 핑딩산시 인민정부와 협약한 녹색물류통합 업무 및 국제 녹 색 저탄소 산업. 중국보건기구 국제녹색업무 합자, 합작, 국제녹색인증된 기업, 녹색상 품, 녹색책무 협약에 관한 업무

42. 국제기구 세계녹색기후기구 전세계 회원국가의 국제 및 외국기관과 국제공무 담당자 여권발급 업무 및 관리업무.

43. 주주명시: 기 국제기구는 지구와 우주의 유, 무기체를 녹색기술 상품을 사용함으로써 영원히 보존하기 위한 기구이다. 그러한 이유로 주주는 이 지구 유, 무기체이다. 단, 등기 임원이나 대표자는 등기 임원, 즉 법인 인격체, 기능적 인격체(주주)를 대신하여 국제기 구 세계녹색기후기구 헌법에 명시한 근거로 한 관리자 일 뿐이다.

Common Businesses Stated in INGO-WGCA Constitution

1. Integration of Businesses listed in the Business Minutes of INGO-WGCA Attachment 7 with Businesses listed in the Constitution, Charter and Proclamation of INGO-WGCA's

2. Green Technology Product Businesses of INGO-WGCA's that are turnkey development businesses for developing countries

3. Green Technology Product Future, Products, Trade and Distribution Businesses

4. Green Technology Product Development and Construction Businesses

5. Low Carbon Green Growth Standard Law Green Technology Product Development

6. Membership Agreement Fee Business (360 member nations)

7. Green Technology Certification Table Verification and International Green Certificate Issuance for 360 Member Nations

8. Education, Culture, Arts and Science Education etc. on International Standard Green Technology to foster businesses with WTO member nations, university and graduate school education for INGO-WGCA and operate approval administration (including online university)

9. Constitution and Charter INGO-WGCA's, 72 Supporting Institutions and attached HQ and Operation Committee Businesses and International Standard Green Technology Products Businesses

10. INGO-WGCA(WGCAF/GCA) Global World Administration Support and International Financing Administration for each province, city and region HQ / maritime and ship administration HQ / approval for each continent HQ (Africa, Europe, South America, North America, Oceania, Southwest Asia, Central Asia, Arab nations) and Asia Global World Support Integrated Management, mange 72 (SFC1~72) Asset Management Companies, manage and supervise 100 companies under each asset management company (SFC1), integrated management of commercial companies and business management

11. Execution of Low Carbon Green Growth Standard Law Clause 2, 4, 5, 6, 7 and all support businesses related to standard law clause 6

12. Businesses that have the objective of the benefit of the public focusing on Green Growth, Resource Circulation, Agricultural, Green Business, Green Products, Green Living, Green Business etc. International Green Certification and Green Corporation Green Clothing, Food and Housing, globalization of businesses mandated by the President's Executive Order (Republic of Korea is a one direction country, and is a country that must immediately participate in all priority benefit county and intellectual property applied countries according to TRIPs)

13. INGO-WGCA(WGCO/GCA/WGCAF) Green Technology Market Exchange Businesses

고한실의 삶

14. INGO-WGCA(WGCO/GCA/WGCAF) Green Technology Product, International Green Funds, International Funding, Banking Business and Registration and International Funds International Finance Transaction Headquarters Businesses

15. INGO-WGCA(WGCO/GCA/WGCAF) Green Product Market Exchange Business

16. INGO-WGCA(WGCO/GCA/WGCAF) Green Futures Market Exchange Businesses

17. INGO-WGCA(WGCO/GCA/WGCAF) Asset Management Administration Headquarters and Management and Supervision of 72 Asset Management companies and Businesses for each continent

18. INGO-WGCA(WGCO/GCA/WGCAF) Domestic and Overseas Maritime Logistics National Development Trade Support Business, Business According to Cooperative Union Standard Law and Organization Forming Businesses

19. National Events related to INGO-WGCA(WGCO/GCA/WGCAF) and Jeju Island International Forum etc. Event Businesses

20. Build a Worldwide President Memorial Park and DMZ INGO-WGCA(WGCO/GCA/WGCAF) Peace Park and North Korean Refugee Support Complex Building Support Businesses

21. Sea Flat Region Maritime Waste and Maritime Business for the 360 nations of INGO-WGCA(WGCO/GCA/WGCAF) and the 5 Oceans, Removal of Waste Plastic, Prevention of Deserts, Developing County Turnkey Method National Development, Ocean Surface Green Park, Energy Zero House and Ocean Residency Industry Businesses

22. Asset Management Consulting for Green Technology Participation and Build Kingdom for each Country within Korea

23. Green Technology Support Complex, Healing Complex Building Business and Tourism (including medical tourism) and Developing Country Technology Education Businesses

24. Green Technology Product offered by the INGO-WGCA(WGCO/GCA/WGCAF) Home Shopping, Product Market Exchange, International Finance Exchange, Bank, Broadcast Station, Online Office, University and Graduate School Business (registration nationwide and to 360 nations and regional offices can be setup)

25. Saemaul Movement Participation Business that aims to make a community to live together in harmony

26. Through INGO-WGCA(WGCO/GCA/WGCAF University and Graduate School, Education to Foster Talent, Masters and PhD Program Thesis Verification and Discovery of Intellectual Property, Green Product Verification HQ and Green Policy Graduate School Education Businesses

27. Verification of Education for Management and Supervision of Green Technology, Administration and Supervision for Research Training and Climate and Environment Ozone Layer Protection,

Supervision Rights to International Green Inspection Newspaper, Inspection Support Businesses

28. Administration for INGO–WGCO and INGO–WGCA (INGO–WGCA GLOBAL WHQ), Administration for CGI Bangladesh

29. Administration for INGO–WGCA and INGO–WGCAO (WGCAF/GCA) Administration for INGO–WGCAF

30. Regional Heads and HQ for each nation can be setup for global worldwide HQ Duties of INGO–WGCA(WGCAF/GCA), and business cooperation is executed with each area of global worldwide HQ of INGO–WGCA(WGCO/GCA/WGCAF), and the funds that occur from these businesses are cooperated to INGO–WGCA with each nations and developing and least developed nations for the climate and environment etc. with the cooperation of climate environment ozone protection green technology product discovery, attracting international funding, international green certification, green inspection worldwide support etc. for the duties of the worldwide HQ and support duties according to the rules of ICC and the Constitution of INGO–WGCA

31. To protect the climate and environment ozone layer and humanity and animals, the low carbon green growth standard law etc. based on the Agreement Treaty is enforced and by founding regional offices in the 360 countries, green technology is spread in Korea and throughout the world, and the INGO–WGCA/ WGCAF Constitution will be diligently enforced for the mandated green technology participation through the UNFCCC Treaty Clause 1213, Rio Environmental Agreement and the Vienna Convention on the Law of Treaties

32. administration for INGO–WGCA to attract international financial transactions

33. Attraction documents for INGO–WGCA / INGO–WGCAF / GCA / WGTO / GTO / 72–SUP ORG/INGO–WGCO, Meeting Minutes, Management of Constitution Documents

34. The Constitution Consignment for the registration of 360 countries in 8 continents including Bangladesh, India, China, Dubai, Nepal, Philippines, Malaysia, Cambodia, Vietnam, Myanmar and Laos of INGO–WGCA, after notarizing global bank HQ green fund issuance related documentation at a law firm associated with the Seoul Central District Prosecutor's Office in Korea for the 360 countries including the countries above, integrated management of the consigned original copies of the documents that registered each of the nations with the Seoul Central District Court after certifying the documents at the Ministry of Foreign Affairs of Korea after notarizing and certified with the embassy of each nation

35. manage the original permission documents for each of the 360 nations, consignment and integrated management of constitutions

36. Integrated consignment of issuance documents for the green funds of 360 countries including Hong Kong and

고한실의 삶

global banking administration for INGO-WGCA and management of global bank HQ

37. In cooperation with legal organizations all over the world, by conducting a mutual right to investigate, supervision, inspection, education monitoring and investigation on all organic and inorganic things that negatively impact the climate and environment and humanity

38. Management of 72 global support HQs and INGO-WGCA(WGCAF/GCA) 1~72 Support Organization HQs

39. In Korea, the low carbon green growth standard law regulates the responsibilities as the nation's its citizens', corporations' and regional governments', and within the legal boundaries of the 5 major policies executed by the Chinese government, green policies are included while energy is regulated as a security issue, and for the nations in the world that have agreed to FTA's with Korea, the duties related to green technology products are included in the low carbon green growth standard law Clauses 4, 5, 6 and 7, and the international green certification duties for countries that require Apostille (countries that are part of the intellectual property application developing and least developed nations according to TRIPS are included) and green product supply businesses

40. global banking, development and construction, distribution, energy, fuel, medical, green pharmaceuticals, health and healing related businesses for the partnership, cooperation and agreement on all green policies and the 'China low carbon industry investment center', which has been the main political campaign of the directing members of the Chinese government and the INGO-WGCA

41. the green distribution consolidation and international green low carbon businesses agreed upon between the People's Governments of Henan and Pingdingshan. the partnership, cooperation on the international green responsibilities by the China Health Organization, businesses related to the agreements between corporations and have been verified through international green standards, green products and green responsibilities

42. Issuing passport and its management for people in charge of international business in international or foreign institutes which are affiliated with INGO-WGCA in world-wide members' countries

43. Clarification for stakeholders: This international organization is an organization that eternally preserves the organic and inorganic matter of the earth and space by using green technology. Under this meaning our stakeholders are organic and inorganic matter of the earth and space. But registered directors or representatives, are merely managers that act instead of the registered directors, or other human entity forms of the corporation to manage the company based on the Constitution of the INGO-WGCA.

고한실 박사 자서전

고한실의 삶

| 초 판 인 쇄 | 2018년 6월 25일 |
| 초 판 발 행 | 2018년 7월 10일 |

| 지 은 이 | 고 한 실 |
| 디 자 인 | 국제기구 세계녹색기후기구 디자인본부 |

| 발 행 처 | 국제기구 세계녹색기후기구 세계지원교육기관 |
| | 국제기구 세계녹색기후기구 고시계출판기관 |

서울특별시 관악구 봉천로 472
코업레지던스 B1층 102호 고시계사

대 표 817-2400   팩 스 817-8998
考試界·고시계사·미디어북 817-0418
국제기구 세계녹색기후기구 고시계출판기관 817-0419

신고번호 : 제2018-000017호
www.gosi-law.com
E-mail : goshigye@chollian.net

저작권 : 국제기구 세계녹색기후기구 미국글로벌세계지원본부

판 매 처	고시계사
주 문 전 화	817-2400
주 문 팩 스	817-8998

저작권자와 협의하여 인지를 생략합니다 / 본서의 무단복제행위를 금합니다

정가 20,000원   ISBN 978-11-963529-1-2   03810